Tout comme toi

DU MÊME AUTEUR

Carton jaune, *Plon*, *1998* ; *10-18*, *2006*
À propos d'un gamin, *Plon*, *1999* ; *10-18*, *2006*
Haute Fidélité, *Plon*, *2000* ; *10-18*, *2000*
La Bonté, mode d'emploi, *Plon*, *2001* ; *10-18*, *2006*
Vous descendez ?, *Plon*, *2005* ; *10-18*, *2006*
Slam, *Plon*, *2008* ; *10-18*, *2009*
Juliet, Naked, *10-18*, *2010*
Funny Girl, *Stock*, *2014* ; *10-18*, *2016*
Un mariage en dix actes, *Stock*, *2020* ; *10-18*, *2021*

Nick Hornby

Tout comme toi

roman

Traduit de l'anglais par Christine Barbaste

Stock
la cosmopolite

TITRE ORIGINAL :
Just Like You

ISBN : 978-2-234-09114-6

Pour Mangerton, jeune et vieux.

« Si nous évaluions les gens, non seulement d'après leur intelligence et leur éducation, d'après leur profession et leur pouvoir, mais aussi d'après leur bonté et leur courage, d'après leur imagination, leur sensibilité, leur compassion et leur générosité, il ne pourrait y avoir de classes. Qui serait alors capable de dire que le savant est supérieur au portier doué d'admirables qualités paternelles, que le fonctionnaire exceptionnellement apte à remporter des prix est supérieur au chauffeur de camion exceptionnellement apte à cultiver les roses ? »

Michael Young,
La Méritocratie en mai 2033[1]

1. Traduit de l'anglais par Maurice Luciani, Sédéis, coll. « Futuribles », 1969. (Toutes les notes sont de la traductrice.)

PREMIÈRE PARTIE

Printemps 2016

1

Comment quiconque peut-il dire avec certitude ce qu'il déteste le plus au monde ? Tout dépend certainement de la proximité de la chose détestée à ce moment-là, si on la fait, si on l'écoute ou si on la mange. Elle détestait faire cours sur Agatha Christie pour le programme du bac, elle détestait tous les secrétaires de l'Éducation issus du Parti conservateur, elle détestait écouter son fils cadet travailler sa trompette, elle détestait toutes les sortes de foie, la vue du sang, les émissions de téléréalité, le *grime* et les abstractions habituelles – la pauvreté dans le monde, la guerre, les pandémies, la mort imminente de la planète, etc. Mais rien de tout ça ne la concernait directement, hormis la mort imminente de la planète – et même ce danger-là n'était qu'imminent. Elle pouvait se permettre de ne pas y penser, la plupart du temps. En cet instant précis, à 11 h 15, par un samedi froid d'hiver, ce qu'elle détestait le plus au monde, c'était faire la queue devant la boucherie tout en écoutant Emma Baker parler de sexe, encore et encore.

Cela faisait un petit moment qu'elle tentait de s'extraire de l'orbite d'Emma, mais le mouvement était imperceptible et l'éloignement prendrait, prédisait-elle sombrement, encore quatre ou cinq ans. Elles s'étaient rencontrées à l'époque où leurs enfants étaient petits et jouaient ensemble ; il y avait eu des invitations à dîner, qui avaient été rendues, et qui avaient donné lieu à de nouvelles invitations. Les enfants se ressemblaient tous plus ou moins, en ce temps-là. Ils n'avaient pas encore développé de personnalité propre et leurs parents n'avaient pas encore décidé quel genre de personne ils deviendraient. À l'entrée en primaire, Emma et son mari avaient choisi d'inscrire les leurs dans le privé, et, dès lors, les garçons de Lucy les avaient jugés insupportables. Les interactions sociales avaient fini par s'interrompre, mais on ne pouvait pas grand-chose au fait d'habiter dans le même quartier, de faire ses courses dans les mêmes commerces.

Ce qu'elle détestait, c'était une étape bien précise de la queue : celle où, arrivée juste devant la porte, qui l'hiver restait fermée, il fallait décider s'il y avait assez de place à l'intérieur du magasin. Entrer trop prématurément l'obligerait à s'écraser contre quelqu'un tout en courant le risque de passer pour une resquilleuse et de susciter des regards anxieux ; trop tard, et sa timidité lui vaudrait un coup de klaxon métaphorique de la part de quelqu'un derrière elle. « Voulez-vous bien… », lui suggérerait-on aimablement, ou « Je crois qu'il y a suffisamment de place, maintenant ». C'était comme s'engager dans un carrefour qui requérait de l'agressivité. Ça lui était égal de se faire klaxonner lorsqu'elle était au volant, cela dit. Du verre et de la tôle la séparaient des autres automobilistes, qui disparaissaient dans la seconde et à jamais. Ces gens, dans la queue, étaient ses voisins. Elle devait vivre avec leurs coups de coude et leur désapprobation tous les samedis. Elle aurait pu aller dans un supermarché, bien sûr, mais ça reviendrait à « laisser tomber les commerces de proximité ».

Et le boucher était de toute façon trop bon, elle était donc disposée à payer un peu plus cher. Ses fils ne mangeant ni poisson ni légumes, elle avait dû se résigner à l'idée qu'elle ne tenait pas à leur servir une viande bon marché, pleine d'antibiotiques et d'hormones susceptibles de les transformer un jour en femmes de l'Est haltérophiles. (Toutefois, si jamais ils décidaient de devenir des Européennes de l'Est haltérophiles, elle les soutiendrait sans réserve dans leur choix. Elle ne voulait simplement pas leur imposer ce destin.) Et puis Paul l'aidait à satisfaire les penchants carnivores des garçons. Il n'était pas radin. Il se sentait coupable sur tout. Il gardait suffisamment d'argent pour vivre, et encore, mais il lui donnait le reste.

Elle disposait probablement de dix bonnes minutes avant d'affronter l'épineux dilemme du entrer-ou-ne-pas-entrer. Vu que le prix et la qualité des produits exerçaient un attrait sur les habitants de ce quartier particulier de Londres, les clients étaient nombreux à faire la queue et, quand ils avaient réussi à pénétrer dans le magasin, ils prenaient tout leur temps. Que l'obsession d'Emma Baker pour le sexe se manifeste justement ici et maintenant, c'était intolérable.

« Tu sais quoi ? Je t'envie », lança-t-elle.

Lucy ne répondit pas. Le laconisme était sa seule arme. Vue de l'extérieur, cette arme semblait probablement inopérante, étant donné que le débit verbal demeurait inchangé, mais toute velléité de réponse aurait engendré un torrent impossible à arrêter.

« Tu vas coucher avec quelqu'un avec qui tu n'as encore jamais couché. »

Lucy ne voyait pas en quoi cela était particulièrement enviable, car à supposer que cela arrive, ça n'aurait rien d'un exploit. Après tout, la plupart des personnes valides se voyaient offrir cette opportunité, et libre à elles de l'exploiter ou non. Mais le statut de célibataire de Lucy ramenait inlassablement Emma au même sujet. Pour Emma, mariée depuis de nombreuses années à un homme dont elle dénonçait sans fausse pudeur les défaillances, dans la chambre à coucher et dans n'importe quelle autre pièce, divorce était synonyme de sexe – ce qui était paradoxal et/ou bête, trouvait Lucy, puisque d'après son expérience il était surtout synonyme d'abstinence. En d'autres termes, le célibat de Lucy offrait à Emma un écran sur lequel projeter des fantasmes à l'infini.

« Qu'est-ce que tu recherches ? Je veux dire chez un homme ? »

Dans la réalité ou dans la tête de Lucy, le silence s'était fait dans la queue.

« Rien. Je ne cherche pas.
— Quel est le but de ce soir, alors ?
— Aucun. »

Les réponses ne racontaient qu'une part infime d'une très longue histoire. En effet, un artiste contemporain aurait fort bien pu piocher au hasard dans un très long récit les mots « rien », « pas » ou « but », afin de communiquer, dans son œuvre, un sens ironiquement en désaccord avec l'intention de celui qui racontait l'histoire.

« L'hygiène, lâcha Lucy à tout trac.
— Pardon ?
— C'est ça que je recherche.
— Arrête ! Tu peux demander plus que ça.
— C'est important, l'hygiène.
— Tu ne veux pas d'un bel homme ? Drôle ? Riche ? Qui assure au lit ? Qui n'a jamais de panne ? Qui adore te faire des gâteries ? »

Derrière elles, quelqu'un ricana. En réaction aux propos d'Emma, très probablement, puisqu'à ce stade on entendait les mouches voler.

« Non. »

Une réponse lapidaire qui, là encore, ne disait pas toute la vérité, voire ne la disait pas du tout.

« Eh bien, moi, c'est que je rechercherais.
— J'en apprends beaucoup plus que je ne le souhaite concernant David.
— Côté hygiène, je ne peux rien lui reprocher. La plupart du temps, il sent comme James Bond.
— Tu vois. Il n'a aucune des qualités que tu me dis rechercher chez un homme, et tu es encore avec lui. »

Tout bien réfléchi, l'hygiène – une qualité qui ne l'avait guère préoccupée jusque très récemment – primait sur toute autre qui lui venait à l'esprit. Imaginons qu'Emma soit en mesure de lui fournir un partenaire potentiel paré d'absolument tous les attributs et particularités qu'elle désirait – ou ceux du moins qui lui venaient à l'esprit, là, tout de suite, dans la queue devant la boucherie, alors qu'elle ne savait même pas quoi dire. Imaginons que cet homme improbable aime les fleurs coupées et les films d'Asghar Farhadi, préfère les grandes villes à la campagne, lise des romans – de vrais romans, pas des histoires de terroristes et de sous-marins – imaginons que cet homme, oui, aime faire des gâteries autant qu'en recevoir, qu'il soit gentil avec ses fils, qu'il soit grand, brun, beau, solvable, drôle, intelligent, tolérant, stimulant.

Cet homme, donc, se présente pour l'emmener dîner dans un restaurant chic et branché, à l'ambiance feutrée, et elle remarque qu'il sent affreusement mauvais. Ce serait rédhibitoire, n'est-ce pas ? Une mauvaise hygiène prend le pas sur tout. Et cela valait pour la méchanceté, une condamnation (voire de simples rumeurs) pour violences conjugales et des opinions racistes inacceptables. Sans oublier une dépendance à l'alcool et à la drogue, encore que cela allait sans dire, compte tenu de tout ce qui s'était passé. L'absence d'aspects négatifs importait bien plus que n'importe quel aspect positif.

Lucy nota sinistrement qu'elles se rapprochaient de la mêlée. Et là-dedans, c'était le chaos. La queue s'étirait maintenant en double file jusqu'au fond du magasin et il ne s'agirait plus simplement de se faufiler tant bien que mal à l'intérieur mais d'opérer une percée dans l'étroit arrondi que la file d'attente formait juste derrière la porte, puis de batailler pour aller prendre place tout au bout, en jouant des coudes dans la foule – et ça commençait à ressembler bien plus à une foule qu'à une file – en causant au passage un surcroît de stress pour tout le monde, celui qui poussait et ceux qui étaient poussés.

« Je pense qu'on peut entrer toutes les deux, observa Emma.

— C'est tout juste s'il y a de la place pour une personne.

— Allons, viens.

— Non, s'il te plaît.

— Je pense que vous pouvez entrer, maintenant, intervint la femme derrière elles.

— Je disais justement à mon amie qu'il n'y a pas de place pour deux », répliqua sèchement Lucy.

Un couple émergea du magasin dans un froissement de sacs en plastique contenant de belles pièces de viande sanguinolente qui, si elles étaient consommées en l'espace des sept prochains jours, leur vaudraient de graves soucis cardiaques et un cancer de l'intestin – et raccourciraient la queue la semaine suivante.

Emma ouvrit la porte et entra.

« Elle est passée devant tout le monde pour faire la queue avec vous, observa la femme derrière Lucy – un détail que celle-ci avait oublié. Et maintenant, elle est à l'intérieur, et pas vous. »

Il y avait une métaphore là, quelque part.

Cent douze livres, ça faisait cher pour de la viande. Joseph se demanda si le couple allait chercher à réduire la note, en renonçant aux tournedos ou aux rôtis de porc, disons, mais non. Et ils ne sourcillèrent même pas lorsqu'il leur annonça le total. La première fois qu'il avait présenté une note à trois chiffres à un client, Joseph s'était fendu d'une mimique d'excuse – ou plutôt d'une grimace, comme s'il s'apprêtait à infliger une souffrance physique. Mais le coup de massue avait été indolore, apparemment, et c'est finalement lui, Joseph, qui s'était senti maladroit. Lorsque la situation s'était représentée, il l'avait joué cool, mais le type s'était senti obligé de se justifier – un dîner de famille, il ne pouvait pas se permettre cette extravagance chaque semaine, etc. Les habitants de ce quartier n'étaient pas snobs, en ce sens qu'ils portaient des jeans et ne s'exprimaient pas comme le prince Charles, mais ça crevait les yeux qu'ils avaient de l'argent, et certains semblaient en concevoir une certaine gêne. Joseph, lui, s'en fichait – franchement. Il voulait ce que ces gens avaient et, un jour, il l'obtiendrait. Qu'il gagne cent dix livres par jour à la boucherie n'impliquait pas de haïr ceux qui en claquaient cent vingt pour quelques morceaux de viande.

La blonde tapageuse qui s'était forcé un passage dans le magasin après le départ du couple à trois chiffres l'inquiétait plus. Cette femme était un problème, d'un genre bien particulier : chaque samedi, elle lui faisait du rentre-dedans à coups de blagues sur les saucisses et les longes de porc. Ne sachant pas comment réagir, Joseph souriait, mais du bout des lèvres. Quand ça avait commencé, il avait essayé d'éviter de la servir, mais le remède s'était vite avéré pire que le mal car la femme ne prêtait pas la moindre attention à Cass, Craig ou quiconque s'occupait d'elle, et les blagues douteuses sur les saucisses continuaient de toute façon. Du coup, tout le monde se sentait gêné – Joseph, son client du moment, celui ou celle qui servait la blonde –, et c'était intolérable. S'il calculait bien son timing, il pouvait contenir le problème.

Il n'eut pas besoin de ruser. Elle était sa cliente suivante.

« Bonjour, Joe. »

Il ne s'appelait pas Joe, mais Joseph. C'était indiqué en toutes lettres sur son badge. Mais récemment la blonde avait décidé qu'elle avait besoin d'être en termes plus amicaux.

« Vous savez ce que vous voulez ?

— Ah. Vaste question. »

Elle eut au moins la décence de faire cette remarque à voix basse, de sorte que seuls les trois ou quatre clients les plus proches l'entendirent. Tous regardèrent Joseph, pour voir s'il allait se prêter au jeu. Il fit à la blonde tapageuse son sourire du bout des lèvres.

« Je sais, je suis coquine, reprit-elle. Ou le serais à la moindre occasion. Puis-je avoir une demi-douzaine de saucisses aux poireaux, s'il vous plaît ? Pas des chipolatas, hein ? »

Même cette précision se voulait une plaisanterie.

« Entendu. »

Il lui servit les saucisses, puis des biftecks d'aloyau, et quatre poitrines de poulet. Et comme il devina que la blonde allait embrayer sur les poitrines, la sienne ou en général, il ne lui en laissa pas le temps :

« Cass, tu voudrais bien aller au labo et leur dire qu'on va être à court d'aloyau ? »

« Lucy. »

La blonde tapageuse était en train de gesticuler pour inciter son amie à la rejoindre devant le comptoir, et l'amie en question, plus menue, plus jolie, brune, déclinait l'invitation d'un geste frénétique, l'air gêné. On aurait dit que tous les autres clients de la queue étaient les figurants d'un film centré sur deux femmes que tout oppose mais qui sont les meilleures amies du monde. « Je te retrouve dehors », dit Lucy.

La blonde tapageuse secoua la tête de désespoir, comme si ce refus de jouer des coudes pour resquiller quelques places illustrait très précisément ce qui clochait chez son amie, dans tous les domaines de sa vie.

« Il y a vraiment des cas désespérés », commenta-t-elle en pianotant son code de carte bleue, puis elle regarda Joseph. Qui s'efforça de réprimer un frisson.

« Je pourrais le dévorer, déclara Emma lorsqu'elles se retrouvèrent à l'extérieur.

— De qui parles-tu ?

— De Joe. Le gamin qui m'a servie.

— Il ne donnait pas l'impression d'être partant.

— Parce qu'il ne sait pas comment je le cuisinerais. »

Lucy n'était pas certaine que cette métaphore fonctionne. Connaître par avance la recette ne rendait pas vraiment plus alléchante la perspective d'être dévoré.

« Tu ne trouves pas qu'il ressemble à quelqu'un ? Un acteur, ou un chanteur ?

— Peut-être.

— Non. C'est sûr. »

Lucy connaissait le champ de références d'Emma, et il n'était pas très étendu. Ladite ressemblance pointait presque à coup sûr vers Idris Elba, ou éventuellement Will Smith, du temps de leur jeunesse.

« Denzel Washington jeune, reprit Emma. Ça ne te frappe pas ?

— Non. Mais des trois visages noirs disponibles dans ta banque d'images, c'est probablement à ce dernier qu'il ressemble le plus.

— J'en ai largement plus de trois en mémoire. J'ai choisi celui qui lui ressemble vraiment. »

Emma était une décoratrice d'intérieur freelance et dilettante, et Lucy aurait été surprise qu'elle ait un jour eut un client noir. De plus, Emma ne s'intéressait à aucun autre domaine qui aurait pu lui fournir des options de comparaison – le sport, la musique, les livres ou même la politique. Lucy avait eu suffisamment de conversations avec des élèves et des collègues pour comprendre combien ce genre de préjugés était profondément enraciné, mais par où commencer face à quelqu'un qui, comme Emma, réfléchissait si peu et n'avait pas conscience de grand-grand-chose ? Mieux valait s'abstenir.

Elles firent le chemin du retour ensemble. Emma habitait deux rues plus loin, dans une des grandes maisons au bas de la colline. Elles avaient été voisines, autrefois, mais après la séparation, Lucy s'était installée avec les garçons dans un endroit plus petit.

« Les garçons sont avec Paul, ce week-end ?

— Oui.

— Donc, si ça se passe bien, ce soir…

— Je ne coucherai avec personne ce soir.

— Tu n'en sais rien.

— Tu as déjà trompé David ?

— Lucy ! Enfin !

— Quoi ?

— On ne pose pas ce genre de questions !

— Parce que ?

— Ça relève du domaine privé. »

Lucy savait qu'Emma avait été totalement fidèle à son mari pendant toute la durée de sa vie conjugale, et cette information-là était son secret le plus sombre et le mieux gardé, qu'elle ne souhaitait pas divulguer. En dépit de tous ses bavardages sur les longes de porc et ses envies de dévorer les gens, Emma n'avait jamais rien fait et ne ferait jamais rien. Oui, c'était pathétique, mais la vérité c'était qu'elle n'était qu'une parmi tant d'autres de ces épouses dépressives et esseulées qui s'accrochaient coûte que coûte à l'idée qu'un homme jeune puisse vouloir coucher avec elles. Et où était le mal, franchement, si cela pouvait les aider ?

« Pourquoi ma vie sexuelle est-elle un sujet de conversation quand la tienne ne l'est pas ?

— Parce que tu es célibataire.

— Les célibataires ont droit à une vie sexuelle privée.

— Mais tu connais David.

— Je sais garder un secret.

— Ce n'est pas ce que je voulais dire.

— Donc, tu as déjà été infidèle.

— Changeons de sujet. »

Et ainsi l'honneur d'Emma fut sauf.

Elle appréciait la tranquillité nouvelle des samedis après-midi. En hiver, quand le terrain de jeu était trop détrempé pour une partie de foot avec les copains, un des garçons regardait des gens regarder un match de foot dans une émission sportive tout en écoutant du *grime* et en jouant sur son téléphone, et l'autre jouait à Fifa sur la Xbox tout en criant sur des amis par casque-micro interposé. Cette cacophonie ne lui manquait pas. Maintenant qu'ils passaient leurs samedis avec Paul, elle pouvait lire, faire des mots croisés, écouter de la musique qui ne ferait pas grogner ses fils de fureur (Mozart) ou d'amusement (Carole King). Elle appréciait moins les débuts de soirée. Une maison familiale, quand bien même ratatinée par la force des circonstances, devait abriter une famille, et le silence de 19 heures lui faisait un peu l'effet d'un échec. Un échec qui n'était pas le sien, du moins de son point de vue, mais peu importait qui le revendiquait.

Et ce soir-là, elle n'avait même pas besoin de cuisiner. Avant ces samedis en solitaire, elle n'avait pas perçu toute l'importance de cette activité. Cuisiner marquait une séparation entre l'après-midi et la soirée – c'était une ponctuation qui empêchait la longue phrase de la journée de bégayer et de sombrer dans la confusion. Mais que faire, sans pâtes à faire cuire ni oignons à émincer ? Elle refusait d'être une de ces bonnes femmes qui, avant un rencard, tuaient le temps dans la chambre en essayant une tenue après l'autre. Dans les films, ces séquences faisaient toujours l'objet d'un montage et peut-être aurait-elle essayé la totalité de sa garde-robe si cela n'impliquait pas de se déshabiller, si les vêtements apparaissaient comme par magie sur son corps, accompagnés par une bande-son et une chanson sur les nouveaux lendemains.

De toute façon, se préoccuper de son apparence reviendrait à trop s'investir, à accorder à cette soirée une gravité que celle-ci ne méritait pas. Lucy ne connaissait pas cet homme et, à première vue, il n'y avait pas de quoi s'enthousiasmer. Ce Ted travaillait dans l'édition grand public, et s'il incarnait un nouveau lendemain, autant rester au lit jusqu'à lundi. Peut-être n'allait-elle même pas se changer. Elle se trouvait parfaitement présentable, et si Ted n'aimait pas les femmes qui venaient à un rencard en jean et tee-shirt, il pouvait aller au diable. Elle pouvait tout de même enfiler un haut digne de ce nom, cela dit. Elle regarda la grille de mots croisés. « Toutes les solutions horizontales se rapportent à un thème dont la définition n'apparaît pas par ailleurs. » Génial. Il fallait identifier le thème pour trouver les solutions, et trouver les solutions pour identifier le thème. Elle semblait passer le plus clair de sa vie à faire ça. À la place, elle alluma la télé.

Ils se sourirent.

« Donc…

— Donc… »

Ils avaient commandé les boissons et faisaient mine maintenant de consulter le menu. Ted devait avoir cinq ans de plus qu'elle et il n'était ni laid ni beau. Il perdait ses cheveux, mais il en avait fait son deuil et rasé ceux qui lui restaient, avec soin et sans agressivité. On devinait aux fines rides autour de ses yeux qu'il souriait beaucoup, et il avait des dents blanches et bien alignées. Seule la chemise, qui cumulait regrettablement un imprimé floral et un fond noir, déclencha chez Lucy quelques signaux d'alarme. Il se pouvait cependant qu'il l'ait achetée spécialement pour l'occasion, auquel cas c'était à la fois touchant et triste. L'un dans l'autre, Ted correspondait au profil attendu dans le cadre d'un rendez-vous arrangé par une amie commune : un homme de compagnie agréable, cabossé par la vie, inoffensif, habité d'une foi aveugle dans le pouvoir d'une femme à l'arracher à sa solitude. Lucy se demanda si Ted posait peu ou prou le même diagnostic la concernant, mais elle ne pensait pas dégager la même mélancolie. Peut-être se leurrait-elle. Elle sut en une poignée de secondes qu'il n'y aurait pas de second rendez-vous.

« Qui passe en premier ? »

« Qui passe en premier ? » Doux Jésus. On se serait cru devant la porte des toilettes, où il n'y a de place que pour une seule personne à la fois. « À vous l'honneur », eut-elle envie de répondre. Il n'y avait jamais la queue devant les toilettes des hommes. À sa décharge, ils n'étaient pas là pour s'amuser, mais pour découvrir s'ils pouvaient envisager de se contenter l'un de l'autre, si la perspective de cette relation était supportable et, pour ce faire, il fallait écarter du chemin des histoires – des histoires de douleur, de deuil, de ratés et d'écarts de conduite. Lucy pressentait, au défaitisme qui se dégageait de Ted, que les écarts de conduite n'avaient pas été de son fait.

« Allez-y.

— Bon. Je m'appelle Ted. Ce que vous savez déjà. Et je suis un ami de Natasha. »

Il déploya un bras vers elle, comme s'il la priait de faire une révérence. Par ce geste, il indiquait que Lucy était elle aussi une amie de Natasha et que c'était la raison pour laquelle ils feignaient, ensemble, de s'intéresser au menu.

« J'ai deux filles, Hollie et Marcie, treize et onze ans, et je suis très impliqué dans leur vie, mais je suis séparé de leur maman.

— Je suis heureuse de l'apprendre.

— Oh. Non. J'ignore ce que Natasha vous a dit, mais Amy n'est pas une mauvaise personne. Elle a commis des erreurs, mais…

— Pardon. C'était un trait d'humour idiot.

— Je ne l'ai pas compris.

— Eh bien… si vous étiez encore avec elle, ce

serait malvenu de votre part de dîner avec des inconnues. »

Ted braqua un doigt vers elle. En seulement cinq minutes, il y avait eu ce mouvement de bras, et maintenant ce doigt pointé. Ted aurait fait un bon agent de la circulation, mais ce n'était pas nécessairement la qualité que Lucy recherchait chez un partenaire.

« Ah. Oui. Ce serait drôle. Drôle au sens de curieux, j'entends.

— Mon trait d'humour se voulait drôle, au sens d'hilarant.

— Non, non, il l'était. Mais avouez que si je dînais avec une inconnue sans être séparé de ma femme, ce serait drôlement curieux.

— Suis-je autorisé à demander ce qui s'est passé ?

— Avec Amy ?

— Oui.

— Elle a rencontré quelqu'un.

— Oh. »

Le haussement d'épaules n'indiquait pas une acceptation. Sous une désinvolture étudiée, il dissimulait une douleur aiguë et tenace.

« Que vous dire ? Il faut être deux pour danser le tango, reprit-il.

— Ils l'étaient, non ? Elle et lui.

— Je ne parlais pas de... l'autre personne concernée.

— Vous dansiez le tango, vous aussi ? »

Ça ne semblait vraiment pas être son genre, mais qu'en savait-elle ?

« Non ! Enfin, si par danser le tango vous voulez dire… Qu'est-ce que ça veut dire, au juste ?

— Je vous demandais, je suppose, s'il fallait être quatre pour danser le tango ?

— Quatre ? Comment sommes-nous passés de deux à quatre ?

— Vous et quelqu'un d'autre.

— Ah. Non. Bon Dieu, non. Non.

— Alors, en quel sens dansiez-vous le tango ?

— Je regrette d'avoir parlé de tango.

— N'en parlons plus, dans ce cas.

— Ce que j'essayais de dire, je crois, c'est que dans un mariage heureux, il n'y a pas de place pour une tierce personne.

— Oh, vous êtes de ceux qui croient ça.

— Est-ce un tort ? Avons-*nous* tort ? »

Peut-être avait-elle adopté un ton trop cinglant.

« Non, non. Ce n'est pas un tort. Juste… un excès de prévenance.

— Ah bon ? On peut pécher par trop de prévenance ? »

Non, bien sûr. Mais à trop vouloir en faire, la prévenance de Ted venait de trébucher dans un auto-apitoiement poisseux.

« Le truc, c'est que j'ignore jusqu'à quel point votre femme était malheureuse.

— Je l'ignorais moi aussi.

— Elle n'était probablement pas si malheureuse que ça, alors.

— Comment le savez-vous ?

— Vous ne semblez pas manquer de sensibilité. Vous l'auriez remarqué. Elle devait être dans un entre-deux. Ni heureuse ni malheureuse. Comme la plupart des gens. »

Elle parlait sans savoir, mais elle commençait à voir que les rendez-vous arrangés, en particulier ceux qui resteraient infructueux, qui ne recelaient aucune promesse d'avenir, avaient bien des richesses à offrir. On pouvait donner des avis non informés et non sollicités, on pouvait laisser libre cours à sa curiosité. Lucy devait souvent se faire violence pour ne pas aborder des inconnus – une personne plongée dans une lecture douteuse, disons, ou une jeune femme en pleurs au téléphone, ou encore un coursier blanc avec des dreadlocks juché sur son vélo – et leur demander quel était le problème. Juste ça : « C'est quoi, le problème ? »

Dès lors que trouver un partenaire – de vie, de sexe, ou même de tennis – n'était plus sa première préoccupation, elle pouvait s'asseoir à une table comme celle-ci, avec un homme comme Ted, et lui demander quel était le problème, et cet homme ne pourrait pas lui rétorquer de s'occuper de ses oignons puisqu'ils étaient là pour aller à l'essentiel – *to cut to the chase*, selon l'expression consacrée en anglais. Jusqu'à une date relativement récente, Lucy croyait que cette expression avait un lien avec la chasse à courre et qu'elle était en usage depuis des siècles. Mais un samedi après-midi, après une solution de mots croisés, elle avait lancé une recherche sur Google, et elle savait désormais que l'expression datait des premiers temps du cinéma et signifiait : arrêtons de tourner autour du pot et passons à l'action. Hal Roach, le producteur auquel on attribuait sa paternité, n'avait sans doute jamais imaginé que cette consigne pourrait également s'appliquer un jour à un dîner entre deux divorcés évoquant leurs déceptions et leur hypersensibilité. Mais bon, ainsi va la vie. Lucy avait quarante-deux ans, et jamais plus probablement elle ne se retrouverait ligotée à des rails de chemin de fer, à la merci d'une locomotive fonçant droit sur elle. Cette épreuve, elle l'avait déjà traversée avec Paul.

« C'est ce que je croyais, dit Ted. Qu'elle était dans un entre-deux.

— Dans un entre-deux, il y a toujours de la place pour une tierce partie.

— Je n'avais pas pensé à ça. J'aurais dû être sur mes gardes, selon vous ?

— Non. L'entre-deux n'incite pas à la vigilance. C'est là tout le problème. Si tous ceux qui nagent dans un entre-deux s'enfuyaient avec une tierce partie, aucun mariage ne tiendrait plus de cinq minutes. »

Lucy se demanda si ces deux-là avaient eu une vie sexuelle épanouie, puis elle se souvint que c'était un premier rendez-vous et qu'il n'y en aurait pas de second. Elle pouvait demander ce que bon lui semblait.

« Et au lit, ça se passait bien ? C'était… régulier ?

— Amy était très séduisante. Est, devrais-je dire. Plus séduisante que moi. En l'épousant, j'ai probablement visé trop haut. »

Il entreprit de chercher son téléphone dans les poches de sa veste.

« Non, non, je comprends ce que signifie séduisante. Je ne vois pas en quoi ça concerne le sexe.

— Je me sentais toujours un peu intimidé. »

Elle ne comprenait pas du tout le sens de cette réponse, ni son rapport avec le sujet, mais elle avait atteint la limite de son appétit pour les détails.

« Vous recherchez quelqu'un d'ordinaire, donc ?

— Je sais que ça doit paraître bizarre, mais c'est exactement ça. Et j'avoue qu'en vous voyant entrer, j'ai été un peu déçu. Pardon, mais vous connaissez le dicton : chat échaudé...

— Vous savez parler aux femmes, vous. »

Il éclata de rire.

« À votre tour.

— Oh, mon Dieu. Déjà ?

— J'en ai bien peur.

— Lucy, amie de Natasha, deux garçons, Dylan et Al, dix et huit ans, très, très impliquée dans leur vie, probablement plus que je ne veux l'être, séparée de leur père.

— Et vous êtes prof d'anglais.

— Oui, et chef du département à Park Road.

— Nous nous étions intéressés à cet établissement, pour les filles.

— Et vous n'avez pas été convaincus ?

— Si. C'était très impressionnant. Mais Amy voulait que les filles bénéficient de la même éducation qu'elle.

— Dans le privé.

— Oui. Mais pas seulement ça. Des classes plus petites, avec plus d'élèves...

— Des classes plus petites avec plus d'élèves ? Ils sont drôlement forts, dans cette école.

— Non, je veux dire plus d'élèves qui... »

Lucy connaissait des tas de gens qui envoyaient leurs enfants dans le privé et qui tous se prenaient les pieds dans le tapis en voulant expliquer comment ils en étaient arrivés à cette décision. Ils invoquaient en général quelque obscur problème de sensibilité empêchant l'enfant de fréquenter l'établissement public du quartier, et donc même s'ils auraient adoré le scolariser à deux pas de chez eux, ça n'aurait tout simplement pas marché, dans ce cas particulier, pour cause de timidité, ou de dyslexie non diagnostiquée, ou encore de talent hors du commun que l'État, avec ses maigres moyens, n'était pas en mesure d'excaver et d'encourager. Lucy décida qu'elle coucherait avec le premier père qui dirait sans détour : « Vous vous foutez de moi ? Cette école est un repaire de psychopathes et de gangsters, personne n'y parle anglais, pas plus les profs que les élèves, les gamins empestent l'herbe dès la cinquième... Prendre le risque que ma fille de onze ans se fasse tabasser par ses petits camarades parce qu'elle lit Platon pendant la pause déjeuner... non merci. »

« Plus d'élèves qui...

— Leur ressemblent ? »

Ted lui lança un regard reconnaissant.

« Oui, je suppose que c'est ça. Mais il y a beaucoup de filles asiatiques à Bluebell, vous savez. D'origine chinoise et indienne. Donc, ce n'est pas...

— Tout va bien. Je comprends.

— Où sont vos fils ?

— Francis-Bacon.

— Oh, j'ai entendu de bons échos de cet établissement. »

Il paraissait soulagé, comme si le fait que les garçons fréquentent une école semi-correcte prouvait que Lucy n'était pas une de ces tarées aliénées par l'idéologie.

« Et pourquoi… Bon, pourquoi êtes-vous ici ?

— Pourquoi je suis célibataire ? Natasha ne vous a rien dit ?

— Juste les grandes lignes.

— Elles résument parfaitement l'histoire.

— Comment va-t-il, maintenant ?

— Bien. Il est sobre. Cure, suivi thérapeutique… il a fait tout ce qu'il aurait dû faire bien plus tôt.

— Et il ne veut pas revenir ?

— Oh, si. Il ne parvient pas à voir où est le problème.

— Et où est-il ?

— Je le déteste.

— Cela peut changer, non ?

— J'en doute. »

Tout le monde semblait penser que le pardon était à portée de main, qu'il lui suffisait de bien vouloir ouvrir la vanne, mais que la perversité et l'amertume l'en empêchaient. Elle était en colère, c'est vrai, mais il n'y avait pas de vanne. Paul avait claqué tout leur argent. Paul avait gâché beaucoup trop d'anniversaires. Paul l'avait trop souvent traitée de garce et de sale conne. Paul avait frappé un livreur Deliveroo, et il avait introduit de la cocaïne et des dealers dans la maison où vivaient ses enfants. Elle demeurerait en contact avec lui pour le restant de sa vie, et il était envisageable qu'un jour, s'ils laissaient passer assez d'années, cette rage s'apaise. Mais une rage apaisée, ce n'était pas la même chose que de l'amour. À une autre qu'elle ayant enduré des épreuves similaires, Ted aurait peut-être semblé une option séduisante, mais Lucy n'avait pas besoin de quelqu'un qui lui témoigne de la bonté. Elle recherchait une stimulation intellectuelle, sexuelle, et si elle ne pouvait pas avoir ça, alors elle n'avait besoin de personne.

« Natasha vous a présentée comme une grande lectrice, dit Ted, qui, clairement, ne voulait plus parler de haine.

— Ah. Oui.

— J'ai essayé de potasser un peu le sujet, mais je mentirais en disant que c'est mon truc. »

Comment avait-il procédé, pour « potasser » le sujet ? En lisant les pages « Livres » du *Sunday Times* ? Un livre ? Tous les livres publiés depuis cinq ans ?

« Pas de problème.

— Ça me rend plus heureux de regarder une bonne série sur Netflix. »

Lucy aimait bien elle aussi regarder une bonne série sur Netflix. Le reste de la soirée coula assez facilement. Lucy n'était plus toute jeune, elle le savait. Elle se trouvait à peu près au mitan de sa vie. Mais elle était encore trop jeune pour ça, non ?

2

À sept minutes du coup de sifflet, avec un score de zéro à zéro, Lucas shoota de toutes ses forces de son mauvais pied, rata la balle mais percuta l'ailier de l'équipe adverse dans le ventre, pile au niveau du diaphragme, pile sous le nez de l'arbitre. Le gamin plongea à terre, pas pour chercher un penalty mais parce que le coup avait expulsé tout l'oxygène de son corps, et peut-être même deux ou trois organes. Joseph avait de l'affection pour Lucas. Il n'était pas très bon au foot, et ce n'était pas une lumière, mais Joseph le coachait depuis trois ans et le gamin n'avait jamais loupé un entraînement ni un match. C'était un bon petit, en dépit de son père qui n'était, lui, ni bon ni raisonnable, et qui, comme le fiston, ne loupait jamais un match et avait tendance à se laisser aveugler par sa fierté paternelle. Quand l'arbitre accorda le penalty, sa décision déchaîna une salve d'injures, qui n'avaient rien de choquant parce qu'elles n'avaient rien de nouveau.

« C'est quoi ces conneries, arbitre de mes deux ? »

Le volume sonore était tel que l'arbitre, à cinquante mètres de là, fit volte-face et dévisagea le père en colère.

« John, du calme, intervint Joseph.

— Tu as vu ça ?

— Oui. Et c'était le penalty assuré. »

Le petit ailier, toujours allongé au sol, se faisait réconforter par son coach.

« Il ne l'a pas touché !

— Il n'a plus bougé depuis le coup de pied.

— Il se portera comme un charme dans deux minutes, tu vas voir.

— John, vous n'êtes même pas censé être ici. »

De fait, John aurait dû se tenir avec les autres parents derrière les cages – seul les entraîneurs et les remplaçants étaient autorisés sur la ligne de touche. Mais ces règles ne s'appliquaient pas à John. Il avait été là avant elles, Lucas étant le troisième de ses fils à jouer chez les benjamins de Turnpike Lane.

« Arbitre ! Arbitre ! Arbitre ! »

Et comme l'arbitre avait décidé de l'ignorer, la litanie continuait.

« Arbitre ! Arbitre ! Arbitre ! »

Et puis, enfin, un signe d'attention.

« Arbitre, vous êtes un putain de tricheur. »

L'arbitre s'accroupit pour voir comment se portait le blessé, puis il se retourna et se dirigea vers eux à petites foulées extrêmement déterminées.

Deux ans plus tôt, au centre commercial de Wood Green, Joseph était tombé sur le sous-directeur de son ancienne école qui lui avait demandé ce qu'il devenait. « Je vois… tu te constitues un portefeuille de compétences, avait commenté M. Fielding. C'est l'avenir. Sauf pour toi. Pour toi, c'est le présent. »

Joseph ignorait qu'il existait un terme pour cela, voire que d'autres avaient eu la même idée, mais l'explication de M. Fielding l'avait rasséréné : jusque-là, il avait craint que jongler entre plusieurs boulots à temps partiel pour éviter d'en prendre un à plein temps ne relève surtout du bricolage. Il ne connaissait personne qui trimait autant que lui, mais au moins il s'était épargné pour l'instant toute décision concernant son avenir – le genre de décision qui engage définitivement dans une direction plutôt que dans une autre. Le samedi, il travaillait chez le boucher ; deux soirs par semaine, il entraînait les gamins du club ; et le vendredi soir, il supervisait les matchs ; il effectuait ses trois matinées au centre de loisirs puis il gardait les jumeaux de Marina à leur sortie de l'école, faisait en prime quelques heures de baby-sitting par-ci par-là et poursuivait son activité de DJ. Ce job-là, celui qui lui tenait le plus à cœur, ne lui avait pas encore rapporté un seul penny et, d'ici deux ou trois mois, il lui coûterait même de l'argent puisqu'il s'apprêtait à claquer six cents livres pour s'offrir le pack Ableton Live 10 – il se contentait depuis un bon moment d'une version piratée qui ne fonctionnait pas correctement et il savait que, s'il voulait arriver quelque part, il lui faudrait investir. Ce qui signifiait ne plus beaucoup sortir, donc ne plus entendre ce que d'autres DJ faisaient, donc continuer à travailler sans savoir s'il perdait son temps, parce que ce n'était pas, ou plus, le genre de musique que les gens attendaient.

Joseph savait qu'il quitterait sans regret la boucherie et sa clientèle si jamais son activité de DJ décollait, et qu'il n'aurait pas non plus d'états d'âme concernant le centre de loisirs. Il passerait de temps en temps chez Marina, parce qu'il avait beaucoup d'affection pour les jumeaux, et leurs parents. Il s'était toujours dit que c'était son boulot d'entraîneur qui lui manquerait le plus, mais celui-ci devenait de plus en plus dur, entre les gamins qui séchaient les matchs, même en les appelant deux heures avant, le comportement abusif de certains parents, les applaudissements des entraîneurs de l'équipe adverse quand leurs joueurs contraient une attaque par un plaquage ou en tirant sur un maillot. Et tous – les gamins, les parents, les oncles et les tantes – voyaient dans le football une porte de sortie. N'importe quel Blanc d'âge mûr avec une casquette vissée sur la tête était un découvreur de talents de Brentford, Spurs ou Barcelone, et s'il n'y avait aucun Blanc d'âge mûr avec une casquette dans les tribunes, c'était la faute de Joseph : l'équipe n'était pas assez bonne, Joseph ne plaçait pas les garçons aux bons endroits. Depuis qu'il avait commencé le coaching, un seul joueur de Lane avait été recruté, toutes formations confondues, et Barnet s'en était séparé une fois que le gamin avait eu dix-sept ans.

Certains des parents et grands-parents qui venaient assister aux matchs rappelaient que John Terry, Jermaine Defoe et Sol Campbell avaient débuté au Senrab, à Wanstead Flats, mais ces temps-là étaient révolus, d'après Joseph. Pour briguer les places dans les grandes équipes, les jeunes de Lane n'étaient plus en compétition contre leurs homologues de Wanstead, Liverpool ou Dublin, mais contre d'autres jeunes arrivant du Sénégal et de Madrid, qui eux ne se gavaient pas de cochonneries et ne fumaient pas de l'herbe dès treize ans. Il fallait se mesurer au reste du monde, maintenant, et le reste du monde était à la fois vaste et bon au foot.

Quelqu'un comme John, le père de Lucas, aurait pu dire qu'il y avait ici trop d'étrangers et que les petits Anglais n'avaient plus la moindre chance, mais Joseph ne voyait pas pourquoi les clubs de football devraient s'engager à sélectionner des joueurs qui les rendraient non compétitifs. Son propre père faisait valoir un argument différent. D'après lui, tous les Européens de l'Est qui l'avaient mis au chômage travaillaient pour moins de la moitié de son ancien salaire, s'entassaient à cinq dans un studio tout au bout de la Central Line, puis s'en retournaient chez eux dès qu'ils avaient économisé quatre ronds, bla-bla-bla. On ne pouvait pas dire de Sergio Agüero, Eden Hazard et consorts qu'ils bossaient pour des salaires au rabais. Ils mettaient les locaux au chômage parce qu'ils étaient mille fois meilleurs qu'eux, et Joseph ne comprenait pas où était le problème. Dans le domaine du football, l'Angleterre était le pays le plus riche du monde, mais cela n'avait rien à voir avec les Anglais – avec les joueurs anglais, du moins.

« Pourquoi ne pas prendre quelques minutes, John ? Pour faire un petit tour ? demanda Joseph.

— C'est trop tard, non ? Il vient vers nous. Je donnerais l'impression de prendre la fuite. S'il cherche la bagarre, crois-moi, il va la trouver.

— Il ne cherche pas la bagarre. Il veut vous parler.

— Et moi je veux lui en coller une.

— Ne dites pas de bêtises. »

L'arbitre arriva à leur hauteur, essoufflé et en colère.

« De quoi m'avez-vous traité ?

— De tricheur de mes deux. »

Joseph nota avec intérêt que, dans ce type de situation, réitérer l'accusation tendait à désavantager l'accusé. La question de l'arbitre ouvrait plutôt la voie à une réponse en forme de dérobade, ou peut-être à des excuses, voire à un changement de sujet. La répétition exigeait une action, ce qui plaçait l'accusé dans une position difficile. Cet homme était un arbitre. Il n'était pas censé frapper les gens. Il se contenta donc de repousser John d'une main, avec assez de force pour le faire tomber.

« Vous le prenez comme ça ? Ce sera signalé, le menaça John.

— Faites donc », répliqua l'arbitre. Puis il tendit à Joseph son sifflet, son carnet et ses cartons. « J'arrête, annonça-t-il, et il s'éloigna en direction des vestiaires.

— Résultat des courses, tu vas devoir arbitrer,

observa John, toujours assis par terre. Et tu vas pouvoir changer sa décision au sujet du penalty. »

John avait quarante-cinq ans, l'arbitre semblait bien installé dans la cinquantaine et Joseph avait vingt-deux ans. Il entra sur le terrain et informa les gamins qu'on allait en rester là pour aujourd'hui. Parfois il n'avait pas envie d'être le seul adulte de York Road.

Il tomba des cordes tout le samedi matin, et les clients étaient rares. Ils finiraient par venir, mais ils remettaient ça à plus tard et l'après-midi s'annonçait chargé. Mark leur fit passer la serpillière, briquer le magasin et trier les condiments, mais, arrivé 11 heures, il dut admettre qu'il n'y avait pas grand-chose à faire, et Joseph et Cassie abandonnèrent Saul au comptoir pour aller boire un café à côté. Cassie était étudiante à l'université de North London et son job du samedi était pour elle une torture après les efforts physiques que lui avait réclamés sa soirée de la veille. Joseph et elle ayant plus ou moins le même âge, Cassie avait tendance à présumer qu'il se trouvait dans un état similaire, même si ce n'était jamais le cas. Après le match, Joseph s'était préparé à dîner, il avait regardé la télé avec sa mère, puis il était allé au lit. Il n'avait jamais dit à Cassie qu'ils étaient différents. Aux yeux de celle-ci, c'était trop important qu'ils soient pareils.

« Je suis en vrac, dit-elle lorsqu'ils eurent récupéré leurs commandes et se furent assis.

— Ah ouais ?

— Fête à la maison.

— Ah.

— Il y en a qui continuaient quand je me suis levée pour aller travailler. Bref. Évite la kétamine, quand tu bosses le lendemain matin à 9 heures.

— Je m'en souviendrai.

— Moi, ça a du mal à rentrer. J'en prends, et puis j'oublie. »

Elle n'oubliait pas tant que ça, franchement. Cassie était fidèle au poste et efficace, même si Joseph devinait que ce n'était pas vraiment elle, derrière le comptoir, juste son corps. Il ne pouvait pas l'affirmer, puisqu'il ne l'avait jamais vue autrement, mais il espérait qu'elle ne se résumait pas à ce qu'elle lui montrait d'elle le samedi.

« Et toi, ta soirée ?

— Tranquille.

— D'accord. » Elle n'écoutait pas vraiment. Il voyait bien qu'elle était distraite, et pas seulement par son triste état.

« Ça t'embêterait que je te pose une question ? demanda-t-elle finalement.

— Probablement pas.

— Tu es sûr ? »

Cette entrée en matière était la version d'une étudiante blanche du « Sans vouloir te vexer... ». La suite n'était pas forcément vexante, mais c'était toujours, toujours au sujet de la race. À tout prendre, il préférait l'approche de Cassie, mais le sujet n'en devenait pas pour autant bienvenu ou pertinent.

« Pas à cent pour cent, non. D'où le *probablement*.

— Il vaut mieux que je m'abstienne, donc ?

— Je ne sais pas. Mais si tu penses qu'il y a le moindre risque d'être offensante, tu devrais t'abstenir.

— Je ne pense pas. Mais il te suffira de dire stop et je n'irai pas plus loin. »

Joseph ne répondit rien, pour indiquer son degré d'enthousiasme et de résistance.

« Tu es en train de me dire : "Vas-y" ?

— Je suis en train de ne rien dire.

— D'accord. J'avais plus ou moins oublié ce que ça veut dire, quand tu ne dis rien.

— Putain, Cassie. Accouche.

— C'est au sujet des rancards.

— Ah. Bien. Je suis un grand spécialiste du sujet. Je comprends pourquoi tu t'adresses à moi.

— Bon, ce n'est pas juste à propos des rencards, en fait.

— Tiens donc.

— C'est à propos des rencards avec des Noirs.

— À ma connaissance, de nos jours, c'est légal partout dans le monde. Mais c'est sûr que dans certains endroits, ça te créera plus de problèmes que dans d'autres. Dans le nord de Londres, ça passe nickel.

— Oh. Ouais. Non. Je ne voulais pas dire...

— Je plaisantais.

— D'accord.

— Et donc... ? »

Elle inspira profondément.

« C'est vrai que les Noires n'aiment pas les Blanches qui sortent avec des Noirs ?

— Tu sors avec un Noir ?

— Je ne sors pas vraiment avec lui. On a

couché ensemble une fois. J'aimerais bien recommencer.

— Je suis sûr qu'il sera d'accord. »

Même si Cassie n'était pas à son avantage le samedi, Joseph voyait bien qu'elle n'aurait pas trop de mal à coucher avec qui que ce soit si elle le décidait.

« Ouais, mais est-ce que c'est naze de faire ça ? »

Ça le fatiguait vraiment, ces conneries.

« Comment veux-tu que je le sache ?

— Tu sortirais avec une Blanche, toi ?

— Pourquoi ne me demandes-tu pas si je suis déjà sorti avec une Blanche ?

— Oh. C'est le cas ?

— Oui, évidemment.

— Et personne n'a… tiqué ?

— Si. Son grand-père.

— Il était raciste ?

— Non. Végétarien. Ça ne lui plaisait pas que je bosse ici.

— Sérieux ?

— Non. Il était raciste.

— OK. Mais je parlais plutôt… des gens de ta communauté. »

Sa « communauté ». Il s'obstinait à vouloir que sa communauté soit l'endroit où il habitait, une communauté constituée de vieilles dames blanches, de jeunes musulmans, de petits Lituaniens, de fillettes métisses, de familles asiatiques, de chauffeurs de taxi juifs. Mais ce n'était jamais le cas.

« Non, répondit-il. Les voisins n'y ont rien trouvé à redire.

— Pourquoi vous avez rompu ?

— Je l'ai trompée et elle l'a su. Tu n'apprendras pas grand-chose de cette histoire. »

Cassie lui jeta un regard désapprobateur.

« J'avais dix-neuf ans, se défendit-il. Ce sont des choses qui arrivent.

— Toutes mes relations, sans exception, ont foiré parce que l'un avait trompé l'autre.

— Ça fini toujours comme ça, non ? Jusqu'à ce que tu te maries, que tu le restes, et que l'un des deux meure. »

Ils méditèrent là-dessus en silence, et laissèrent tomber le sujet des relations amoureuses.

La jolie brune entra alors qu'il pleuvait toujours et qu'il n'y avait quasiment personne dans le magasin. Joseph poussa presque Cass hors de son chemin afin de la servir. Elle avait arrêté de venir avec la blonde tapageuse, et, depuis trois bonnes semaines, une question turlupinait Joseph : s'agissait-il d'une simple coïncidence ou bien ce changement avait-il quelque chose à voir avec lui ? Du coup, tout en se demandant si la brune venait désormais sans son amie parce qu'elle essayait de flirter avec lui, il commençait aussi à se demander si tout tournait parfaitement rond chez lui. Peut-être avait-il besoin d'une petite amie. Cela faisait un petit moment. Peut-être était-ce une trop longue abstinence qui lui faisait s'imaginer que les femmes achetant de la queue de bœuf et des poitrines de poulet fermier demandaient en réalité autre chose ? Quand la blonde tapageuse faisait un commentaire sur des longes de porc, peut-être parlait-elle littéralement d'une pièce de viande.

Peut-être devrait-il chercher à savoir si Kayla voyait toujours Anthony T.-C.

« Bonjour Joseph.

— Bonjour.

— Alors, qu'est-ce que je veux… ? Ah oui…

— Je suis désolé, je ne connais même pas votre prénom, donc je ne peux répondre que bonjour. Ça semble un peu grossier.

— Oh, ne vous inquiétez pas. »

Était-ce une façon de l'assurer qu'elle n'était pas froissée ? Ou bien de refuser de lui dire son prénom ? Auquel cas il allait s'entraîner à ne plus jamais se poser de questions.

« Donc. Des steaks. Beaucoup de steaks. Et des steaks hachés.

— D'accord. Beaucoup de steaks, ça en fait combien ?

— Ils n'en auraient jamais assez, si je les écoutais, mais je ne peux pas me le permettre. Et ce n'est pas bon pour leur santé. »

Pas de prénom, donc. Il était rare qu'il se sente bête, surtout avec les femmes. Cela étant, il ne connaissait pas beaucoup de femmes de son âge. De quel âge, d'ailleurs ? Trente-cinq ? Il fallait espérer qu'elle n'était pas plus vieille que ça. Dix ans d'écart, enfin, treize, en réalité, ça restait surmontable, mais pas plus. Allons bon… c'était quoi ce délire ? Qui lui demandait de surmonter quoi que ce soit ? Pas la brune, pour sûr. Elle ne voulait même pas lui dire son prénom.

Comment tout ça avait-il commencé, d'ailleurs ? Il l'avait remarquée pour la première fois du temps où elle venait avec la blonde tapageuse, il s'était peut-être demandé, à ce moment-là, laquelle il choisirait s'il y avait un pistolet braqué sur sa tempe. Parfois ce genre de questionnement aidait à passer le temps. Et puis quand il l'avait revue, il s'était aperçu que le pistolet ne serait pas nécessaire – qu'il ne l'aurait même pas été la semaine précédente. Elle avait de beaux yeux, son sourire réchauffait une pièce même réfrigérée, et elle semblait avoir traversé une épreuve qui l'avait blessée. On ne pouvait pas s'en réjouir, évidemment, mais tant de clients, ici, donnaient l'impression de n'avoir jamais rien enduré. Lui-même n'avait pas enduré grand-chose, comparé à d'autres jeunes hommes de sa « communauté », mais chaque fois qu'il se faisait contrôler par la police, quand il rentrait chez lui tard le soir et qu'on l'obligeait à retourner ses poches, cela l'éloignait encore plus de tous ces journalistes, acteurs ou politiciens auxquels il vendait du bœuf bio le samedi. Il ne distinguait rien de la silhouette de la jolie brune parce qu'on était en février, puis en mars, et qu'elle était ensevelie sous une immense parka. Les silhouettes étaient sans importance, il le savait, sauf qu'elles ne comptaient pas non plus pour des prunes quand on s'amusait à des petits jeux dans sa tête et qu'il y avait des pistolets dans le paysage. Et Joseph aurait pu plaider pour sa défense que la blonde tapageuse avait précisément le genre de corps censé faire pencher la balance, mais si jamais il essayait de penser à elle de cette façon, il ne voyait que de la stupidité, il n'entendait que des plaisanteries lourdes et gênantes. Le mieux à faire était peut-être d'élever la charmante brune au rang de modèle. Il se souviendrait d'elle, de ses yeux, de ce qu'elle dégageait de chaleur et de tristesse, et il essaierait de trouver une fille de son âge qui s'en approchait plus ou moins.

« Lucy, dit-elle subitement. Je m'appelle Lucy. Vous avez dû croire que je ne voulais pas vous répondre. »

Un autre client entra, un type avec un chien. Les animaux n'étaient pas admis dans le magasin, mais Cassie pouvait s'en occuper.

« Non, je me suis juste dit : Pourquoi devrait-elle me dire son nom ?

— Mais maintenant, vous pouvez vous dire : Pourquoi Lucy devrait-elle me dire son nom ? »

Joseph éclata de rire pour bien lui montrer que a) il avait pigé, b) il était amical, c) il n'aurait absolument pas besoin d'un pistolet sur la tempe. Cela dit, le c) allait probablement lui passer par-dessus la tête. C'était compliqué.

« Vous habitez dans le coin ? lui demanda-t-elle.

— Pas loin. À Tottenham.

— Ah. »

Elle semblait déçue. Si vingt minutes de bus, c'était trop pour elle, alors probablement n'était-elle pas vraiment intéressée.

« Je cherche une ou un baby-sitter pour ce soir et je me demandais si vous connaîtriez une jeune personne responsable, dans le quartier.

— Je fais pas mal de baby-sitting. Vous connaissez Marina ? La maman des jumeaux ? Elle vient ici le samedi.

— Oui, je connais Marina.

— Sauf que ce soir, je suis déjà un peu pris. »

Un peu pris ? Il était *totalement* pris. Il gardait les jumeaux, pour la troisième fois en six semaines.

— Ah, dommage. En général, les enfants sont chez leur père, le samedi, mais cette semaine… bon, ils n'y sont pas. Ce n'est pas grave, je vais juste annuler mon truc.

— Non, non, ne faites pas ça. Je vais me débrouiller.

— Vous êtes sûr ? Ce serait fantastique.

— Pas de souci.

— Donnez-moi votre numéro de téléphone et je vous enverrai l'adresse par SMS. »

Cassie ne bougeait pas le petit doigt pour régler le problème du chien. Elle servait du bacon au type et faisait celle qui n'avait rien remarqué. Joseph la regarda et, d'un mouvement de menton, lui désigna l'animal. Cassie croisa son regard et haussa les épaules.

Joseph prit une carte de la boucherie dans la petite boîte en plexiglas, sur le comptoir, et y nota son numéro.

« Merci infiniment », dit Lucy. Elle rangea la carte et s'en alla.

Sitôt qu'elle fut partie, Joseph demanda au client : « Pourriez-vous faire sortir le chien ?

— J'en ai presque terminé, répondit le type.

— Oui, mais vous allez nous attirer des ennuis, si notre patron arrive et qu'il le voit.

— Vous aurez des ennuis si vous embêtez vos clients.

– Allez l'attacher devant la porte, insista Joseph.

– Laisse tomber, intervint Cassie en tendant son bacon au client.

– Merci. C'est agréable de voir que tout le monde ici n'est pas déraisonnable et agressif. »

Lucy réapparut.

« J'ai oublié d'acheter la viande, expliqua-t-elle, sans s'adresser à personne en particulier. Oh, bonjour David. Bonjour Senna. »

David était le client ; Senna, le chien. Joseph devina qu'il devait son nom à Ayrton Senna, car le type était le genre de connard à aimer la formule 1.

« Comment va Emma ? »

Joseph aurait volontiers parié qu'Emma était la blonde tapageuse, et c'était parfaitement logique que cet abruti soit son mari : ils parlaient aussi fort l'un que l'autre et ils partageaient la conviction que tout le monde avait envie d'entendre ce qu'ils avaient à dire.

« Elle va bien », répondit David, mais la question ne l'intéressait guère, il n'en avait pas terminé avec la prise de bec. « À ta place, je me débrouillerais pour être servie par la fille plutôt que par ce gamin susceptible.

– Faites sortir le chien, au lieu de bavarder, s'impatienta Joseph.

– Je vous demande pardon ? Je bavarde si j'en ai envie.

– Viens, sortons », dit Lucy.

David donna d'abord l'impression qu'il allait résister. Joseph n'aurait pas été surpris s'il avait commencé à nourrir le chien avec de la viande crue au beau milieu du magasin, juste pour faire durer sa visite, mais non, il soupira, décocha un regard à Joseph et suivit Lucy dans la rue.

« C'est du joli, dit-elle à David sitôt qu'elle estima que Joseph ne pouvait pas les entendre.

— Quoi donc ?

— Ta petite démonstration de pouvoir, là-dedans.

— Je m'apprêtais à payer mon bacon quand il a essayé de me virer.

— Pour commencer, ce n'est pas un larbin.

— Ah, nous y voilà.

— Et en quoi se montrait-il susceptible ? Il essayait juste de faire respecter les règles du magasin. »

Lucy fulminait au point d'en déformer les propos de David. Il avait traité Joseph de gamin – pas de larbin. Il y avait une sacrée différence, mais elle n'allait pas contenir son indignation pour autant. David était le genre d'homme capable de traiter quelqu'un de « larbin », et cela lui suffisait.

« Je ne savais pas que les chiens n'étaient pas admis à l'intérieur.

— Je pense que tu devrais aller t'excuser. »

David lâcha un rire incrédule et sonore.

« Ouais, ça, n'y compte pas.

— Je n'y comptais pas. Je te dis juste ce qu'une personne normale jugerait correct de faire.

— Ravi de t'avoir vue, Lucy. J'embrasserai Emma de ta part. Viens, Senna. »

Et il s'éloigna en sifflotant, pour montrer combien tout ça lui glissait dessus.

Lucy ne voulait pas entrer de nouveau dans la boucherie – pour la troisième fois – avant de s'être calmée. Elle savait sa fureur disproportionnée au regard de l'incident et elle devait au moins essayer d'en comprendre la raison avant de se retrouver face à Joseph. Elle craignait qu'il n'ait pas apprécié son interférence, et que celle-ci ait été l'aboutissement d'un cheminement complexe qui n'était ni bon ni sain. Avait-elle surréagi parce que David était blanc et snob ? Pourquoi s'était-elle sentie le droit d'intervenir ? Parce qu'elle voulait prouver quelque chose à Joseph ? Qu'elle était de son côté, pas de celui de David ? Pourquoi ?

Joseph se présenta à 19 h 30 tapantes. Lucy n'était pas prête – et cette fois elle était décidée à consentir un petit effort –, mais elle lui fit faire le tour de la maison et le présenta à ses fils, qui étaient en train de jouer à la Xbox.

« Les garçons, voici Joseph. Joseph, voici Dylan et Al.

— Qui est Dylan et qui est Al ? »

Les deux levèrent la main en même temps. Lucy, elle, leva les yeux au ciel.

« Ils sont très bons élèves, mais ils laissent leur intelligence à la porte en rentrant de l'école.

— Moi, c'est Al.

— Non, c'est faux, dit Lucy.

— C'est *le* Ronaldo ? » demanda Joseph.

Les garçons le regardèrent avec intérêt.

« Tu joues à Fifa ?

— Ouais.

— Tu as commencé quand ? demanda Al.

— Fifa 06.
— 06 ? Waouh.
— Ils n'étaient pas nés, précisa Lucy.
— Je suis un vieux, confirma Joseph. N'empêche que je vais vous mettre une tannée à tous les deux. »

Dylan lui tendit une manette.

« Une minute, s'interposa Lucy. Je dois encore lui dire deux ou trois trucs avant de le perdre dans un trou noir.

— À quelle heure doivent-ils aller au lit ? demanda Joseph.

— Ils ont la permission de veiller pour regarder je ne sais plus quel événement sportif.

— Le Classico ? hasarda Joseph.

— Évidemment, répondit Dylan.

— Waouh ! Donc, je joue à Fifa puis je regarde le Classico ? On n'a pas le Câble, chez moi. J'espère que tout ça est dans mes moyens.

— C'est gratuit, le rassura Dylan.

— D'accord, mais je vais devoir dédommager ta maman, non ?

— C'est elle qui va *te* dédommager, annonça Al, du ton de celui qui délivre une nouvelle incroyable. Tu es le baby-sitter.

— Je crois qu'il plaisantait, dit Lucy.

— Pas tant que ça, observa Joseph.

— Bref… ils regardent ce truc, le… Classico… et ensuite, direct au lit.

— Compris.

— Je ne suis pas en train de me faire piéger, n'est-ce pas ? Ce truc, ça ne dure pas toute la nuit ?

— C'est juste un match de foot.

— Parfait. Et si vous avez faim, ou soif, servez-vous.

— Je prendrai peut-être une bière, une fois qu'ils seront montés.

— Je ne rentrerai pas après minuit.

— Ne vous en faites pas pour moi. Envoyez-moi un texto. »

Quand elle fut prête et qu'elle alla embrasser les garçons, elle vit qu'ils n'en revenaient pas d'avoir tiré pareil gros lot.

Les garçons étaient avec elle parce que, la veille au soir, Paul s'était saoulé. C'était sa première rechute. Le matin, il s'était réveillé malade et dans un état pitoyable, mais au moins avait-il eu la décence de la prévenir. Il ne cherchait pas à se défiler de ses obligations du week-end envers ses fils. Bien au contraire. Lucy savait qu'il était impatient de les voir, que ces retrouvailles l'aidaient, quelques jours durant, à livrer les batailles qui étaient les siennes, et qu'elles donnaient un cadre et un but à une période qui n'était sinon définie que par l'absence. Elle savait aussi qu'il s'en voulait et que ce week-end serait pour lui terriblement éprouvant, à moins qu'il ne le passe à boire, auquel cas il serait désastreusement facile. Si, après cette cuite, Paul était resté sobre ne serait-ce que deux ou trois jours, Lucy aurait tenté de se convaincre que quarante-huit heures de devoirs parentaux lui seraient bénéfiques, mais la calamité était bien trop récente, le risque trop grand.

Elle aurait annulé ses projets dans la plupart des circonstances, mais elle se faisait une joie de ce dîner chez son amie de fac Fiona et son mari Pete. Même si Fiona n'avait pas dit grand-chose, Lucy savait qu'elle allait lui présenter un écrivain fraîchement divorcé, un romancier dont elle appréciait le travail, de dix ans son aîné, mais avec des enfants du même âge que les siens. Fiona avait même pris soin de mentionner que son ex n'était pas une lumière. Elle avait travaillé pour l'éditeur de celui qui était devenu son mari et, d'après Fiona, il s'agissait d'une aventure qui avait terriblement dérapé. Lucy voulait juste flirter avec quelqu'un. Cela faisait un petit moment.

Les livres de Michael Marwood étaient tout en sobriété, mesure et concision, mais l'homme Michael Marwood ne paraissait guère priser la brièveté, et il descendit deux verres de vin pendant que Lucy l'observait parler. Il était lancé dans une histoire interminable – le récit d'une réception au 10, Downing Street, peuplé de personnes célèbres, mais apparemment dépourvu de fil narratif ou de sous-texte – et s'était à peine interrompu pour saluer Lucy. Il tenait un public captif (un autre couple était présent, Claire et Marsha, des voisines) et n'était pas prêt à l'abandonner pour qui que ce soit. Même quand Pete disparut en cuisine et rapporta le dîner, Michael ne se montra pas enclin à laisser quiconque l'attaquer.

La table de la salle à manger était ronde, et Michael se trouvait assis à sa droite.

« J'espérais qu'il en soit ainsi, lui glissa-t-il dans un chuchotement de conspirateur, mais comme personne n'avait engagé de conversation, tout le monde put l'entendre.

— Quoi donc ?

— Que nous serions assis à côté.

— Bon, vous aviez une chance sur deux, souligna Lucy.

— Alors que nous sommes six ? Non, je dois être plus chanceux que ça.

— Je compte pour deux puisque je pouvais être assise à votre droite ou à votre gauche, et avec vous, ça fait trois. »

Il y eut un silence, chacun tentant de son côté de vérifier la justesse de ce calcul, avant de renoncer pile au même moment. Michael haussa les épaules et rit, et Lucy se demanda si elle pourrait lui pardonner son histoire à bâiller d'ennui.

« Vous avez écouté mon histoire à bâiller d'ennui ? » lui demanda-t-il.

Elle éclata de rire.

« J'ai entendu la fin.

— Je me suis ridiculisé ? J'ai descendu trois verres de vin en un rien de temps, et subitement, sans savoir comment, je me suis trouvé empêtré dans cette histoire interminable. Ce genre de choses arrive pour de vrai, vous savez. Mais bon… Je suis vraiment désolé. J'ai dessaoulé maintenant. »

Ses excuses étaient assez désarmantes et, à compter de là, Lucy commença à remarquer d'autres détails le concernant, des détails plus flatteurs : la coupe de cheveux, à la mode mais en accord avec son âge ; la barbe bien taillée et mouchetée de gris. Et il sentait bon ; le choix d'une eau de toilette masculine classique, citronnée, faisait certainement partie de son petit numéro, mais qu'importe, ça restait un bon point pour lui.

« Alors, dites-moi tout... Comment ça va ? »

Lucy leva au ciel son troisième œil, puis s'en voulut aussitôt de ses jugements à l'emporte-pièce. Peut-être se porterait-elle bien mieux si elle restait seule et se contentait d'aventures sexuelles ponctuelles ? Qui aurait envie de vivre avec quelqu'un qui s'irritait d'une question archisimple et aussi banale ? Ça n'en restait pas moins déplacé de demander à de parfaits inconnus comment ils allaient. On réservait cette question à des amis. Le renseignement demandé présupposait une connaissance du passé, d'un contexte dans lequel inscrire la réponse, et Michael Marwood ne disposait de rien de tout ça. Seuls les jeunes des associations caritatives qui vous abordaient dans la rue usaient de cette entrée en matière particulière, ce qui en disait long sur son degré de sincérité.

« Bonsoir », répondit Lucy.

Elle s'était complètement embrouillée. Elle avait voulu lui servir une réponse sèche et acerbe (« J'ai eu le nez un peu pris, dernièrement, mais ça va beaucoup mieux », ou quelque chose dans ce goût-là), qui aurait pu lui faire prendre conscience de l'impossibilité de répondre à une question aussi intime, et l'amener à se moquer de lui-même. Au lieu de quoi, il la regardait comme si elle était folle.

« Re-bonsoir », dit-il.

Maintenant qu'autour de la table la conversation battait son plein, une petite bulle d'intimité s'était créée autour d'eux. Michael, toutefois, voulait réduire encore plus la taille de cette bulle. Il se pencha vers Lucy et commença à murmurer des paroles qu'elle ne pouvait pas vraiment entendre. Mais elle était heureuse de découvrir qu'il était équipé d'un bouton permettant de régler le volume, car rien ne l'avait laissé présager avant de passer à table. Ce n'était cependant pas un bouton à proprement parler, plutôt un interrupteur, avec deux modes au choix.

« Pardon ?

— Saviez-vous par avance qu'on m'avait désigné comme votre cavalier ?

— Je savais qu'un des invités était célibataire. Est-ce que cela compte ?

— Et ça vous embêtait ?

— Est-ce que ça m'embêtait que Fiona et Peter invitent un célibataire à dîner ?

— Vous m'avez parfaitement compris.

— Non, ça ne m'embêtait pas. Je ne me sentais pas pressée de m'engager sur le long terme.

— Ah, je vois. Vous préférez le court terme. Il me faudra garder ça à l'esprit.

— La durée d'un dîner est parfaite. »

Elle s'amusait, maintenant. Elle ne cherchait pas à se montrer désobligeante, mais il s'obstinait à la placer dans des situations où le camouflet était irrésistible, et par conséquent inévitable.

« J'ai lu vos livres. »

Elle se maudit. Voilà que c'était elle, la maladroite. Jamais avant ce jour elle n'avait eu un écrivain pour voisin de table – et encore moins un écrivain invité uniquement pour équilibrer le plan de table.

« Tous mes livres ?

— Je ne sais pas. Combien en avez-vous écrit ?

— Sept, si on ne compte pas les recueils de poésie.

— Oh, je n'ai pas lu la poésie. Devrais-je le faire ?

— Uniquement si vous avez envie.

— Vous êtes au programme maintenant, vous savez.

— Oui, il paraît.

— On le vit comment ?

— C'est très flatteur.

— Ça ne vous donne donc pas envie de vous pendre ?

— Non ! Ça devrait ?

— Tous ces enfants qui vous détestent…

— J'ai fait une intervention dans une classe, et ils semblaient tous très enthousiastes.

— Où était-ce ?

— À Highgate.

— Oh. D'accord. » Highgate – évidemment. « Ça ne vous gêne pas d'intervenir dans des écoles privées ?

— Je n'ai pas été invité dans un établissement public. Je viendrai dans le vôtre, si vous voulez.

— Nous ne saurions pas quoi faire de vous. »

Le proviseur ne serait pas ravi s'il apprenait qu'elle déclinait gaiement des propositions de Michael Marwood, et ce même si ce nom ne lui disait probablement rien. Le proviseur avait à cœur d'enrichir sa collection de trophées et n'était pas très regardant sur la taille du gibier.

« Ça a le mérite de la franchise.

— Navrée. Notre établissement ne brille pas par sa filière littéraire. Nous serions déjà contents que nos élèves lisent, n'importe quoi.

— Je n'entre pas dans le cadre du n'importe quoi ?

— Que leur diriez-vous ?

— Qu'ils ont une chance folle de vous avoir pour professeur.

— Vous n'avez aucune idée du professeur que je suis.

— Je ne parlais pas de votre gestion de classe. »

Et il la regarda. Lucy commençait à suspecter qu'il puisse être ce que les gamines de son école appelaient un *fuckboy*, un mot qu'elle les dissuadait d'employer en raison de ses quatre premières lettres mais qui, à tous autres égards, était un néologisme entièrement bienvenu. Il y avait toujours eu des traînées, des pouffiasses, des salopes, et maintenant il y avait des *fuckboys* – et Lucy se réjouissait d'entendre les filles cracher ce mot avec mépris. Si elle avait dû deviner, elle aurait hasardé que le mariage de Michael Marwood avait capoté parce que cet homme était un *fuckboy*, ou un *fuckman*, du moins, et nullement à cause d'une épouse cauchemardesque. Les mariages faisaient naufrage, et ce, parce qu'un conjoint malheureux ou insatisfait rencontrait quelqu'un d'autre. Mais quand un conjoint malheureux et insatisfait rencontrait quelqu'un d'autre, puis quelqu'un d'autre, puis encore quelqu'un d'autre, il était pardonnable de se demander si le malheur et l'insatisfaction n'étaient pas incurables.

Il n'y avait rien de mal à coucher avec un

fuckman, bien sûr, aussi longtemps que les termes avaient été préalablement bien compris par les deux parties concernées. Lucy n'avait plus de relation sexuelle depuis un an et elle n'avait eu d'autre partenaire que Paul pendant douze ans ; même avant leur séparation le sexe faisait figure d'oasis dans le désert – et c'était très probablement une métaphore erronée pour décrire un moment de faiblesse et de tristesse au beau milieu d'une grande confusion. Les garçons et son travail consumaient presque toute son énergie mentale, mais il restait une petite part pour elle, et elle était de plus en plus dévolue aux fantasmes, ou aux spéculations du moins : quand, qui, où. Alors pourquoi pas Michael Marwood ?

Lucy s'excusa et se leva de table, en partie parce qu'elle avait besoin d'aller aux toilettes, en partie parce qu'elle se disait qu'elle devrait jeter un œil à son téléphone. Sur lequel elle trouva cinq messages de Joseph.

La situation était telle que Joseph l'avait décrite. Paul était dehors, assis sur le trottoir, adossé au mur de la maison. Joseph montait la garde sur le pas-de-porte. Tout en payant la course du taxi, Lucy ne put s'empêcher de penser qu'il devait faire froid dans la maison.

Elle se planta devant son ex-mari.

« Qu'est-ce que tu fais ?

— Ce petit connard m'a agressé.

— Je ne vous ai pas pris en traître, se défendit Joseph. Je vous ai prévenu que je vous empêcherais d'entrer, au besoin par la force. Je ne l'ai pas frappé, ajouta-t-il à l'intention de Lucy. Je l'ai poussé et il s'est vautré dans la haie. Après, il a rampé jusque-là.

— Merci Joseph. Fermez la porte et restez avec les garçons, voulez-vous ?

— Appelez-moi si vous avez besoin d'aide.

— Merci. »

Le rectangle de lumière projeté sur le trottoir disparut quand la porte d'entrée se referma et Lucy resta un instant bras ballants, sans savoir quoi dire ou faire. Elle voulait s'asseoir à côté de Paul, pour lui témoigner une forme d'amour et de solidarité, mais il n'était même pas 22 heures et elle n'avait aucune envie d'expliquer à un voisin qui sortirait ses poubelles ou rentrerait du cinéma que... Que quoi, d'ailleurs ? Il ne lui venait à l'esprit aucune explication autre que la vérité – à savoir qu'elle avait dû rentrer en catastrophe d'un dîner chez des amis parce que son ex-mari ex-alcoolique était redevenu alcoolique – mais n'était pas redevenu son mari. Elle n'avait pas voulu divorcer, parce que rester mariée, peu importe à qui, est un accomplissement en soi, sauf que, selon les circonstances – et plusieurs se trouvaient réunies ici –, certaines situations échappaient à tout contrôle. (Ces situations échappaient-elles à son contrôle ? Ou bien étaient-elles de sa faute ? La psy l'avait grondée d'envisager cette option, mais, de temps à autre et bien malgré elle, Lucy se demandait si la dépendance de Paul n'était pas le fruit de leur relation plutôt que d'un acte divin ou de la génétique – si tant est que ces deux dernières causes ne soient pas une seule et même chose.

Si elle n'avait pas demandé, ou refusé, d'être plus ceci, ou moins cela, alors peut-être que rien de tout ça ne serait jamais arrivé. La psy pouvait bien dire ce qu'elle voulait, qui détenait la réponse, franchement ?)

« Est-ce que tu peux te lever ?

— Pourquoi ?

— Parce que je ne veux pas avoir à appeler la police. »

Il la regarda, blessé.

« Pourquoi appellerais-tu la police ?

— Oh, Paul.

— Arrête, avec tes "Oh, Paul" ? J'entends trop de "Oh, Paul", et pas assez de… »

Il peinait visiblement à trouver ce qui pourrait contrebalancer les excès de « Oh, Paul », mais il poursuivit néanmoins ce cheminement de pensée.

« … et pas assez de Paul tout court.

— Quand je dis "Oh, Paul", j'exprime mon trop-plein de sympathie et de désespoir. Il n'y a pas grand-chose que je puisse faire concernant le second, mais je peux supprimer la première, si tu préfères.

— Arrête juste tes menaces débiles au sujet de la police. »

Elle sentait qu'il avait épuisé ses réserves de rage, et que la police ne viendrait pas. Mais si ce genre d'esclandre devait se reproduire, qu'était-elle censée faire ? Paul était pour elle un livre ouvert, deux gamins, neufs ou dix réunions parents-professeurs, onze ou douze Noël, huit ou neuf vacances en France, cinq saisons de *The Wire* et des centaines et des centaines de baises et de plats à emporter. (Des milliers peut-être ? Si on additionnait les deux – ce qu'on n'avait aucune raison de faire –, on arrivait probablement à un total à quatre chiffres.) Où était la place de la police dans cette histoire ? Cependant, si une de ses amies lui avait raconté que son ex avait débarqué chez elle en son absence, qu'il avait tenté d'entrer de force et en était venu aux mains avec le baby-sitter, Lucy lui aurait conseillé d'obtenir une ordonnance d'éloignement.

« Je vais appeler Richard.

— Ah, non. Pas ce connard.

— C'est ton frère, il s'inquiète pour toi. Et arrête avec les insultes, s'il te plaît. Tu pourras passer la nuit chez Jude et lui. »

Pour toute réponse, Paul lâcha une puissante gerbe de vomi sur le trottoir, suivie d'une salve de gros mots. Le vomi était un soulagement. Paul allait maintenant se sentir affreusement mal, mais plein de regrets.

« Je peux entrer ? J'en ai marre d'être assis dehors.

— Je ne crois pas que ce soit une bonne idée. Les garçons sont en train de regarder un match de foot.

— Un samedi soir ?

— Le Classico.

— Oh, merde. MEEERDE », répéta-t-il, de toute la puissance de sa voix. Et il tapa du poing contre le mur.

Le premier « merde » valait pour un simple « Ah, zut, ça m'était sorti de la tête, j'aurais préféré regarder ça plutôt que de passer la soirée assis par terre dans la rue ». Lucy présuma que le second, plus appuyé, signalait que Paul venait de retrouver la mémoire : lors du week-end précédent, il avait été décidé qu'avec les garçons ils commanderaient des pizzas (ils avaient même déjà choisi les garnitures) et feraient des paris, pour de vrai, via l'appli dédiée de Paul. (Paris qui, lui avait-il assuré, ne s'élevaient jamais à plus d'une livre. L'idée consistait à viser des gains astronomiques en combinant toute une série d'événements improbables. Paul prétendait que cela constituait un bon exercice de maths pour les garçons – et il est vrai que, jusque-là, ils n'avaient pas été corrompus par la richesse.) Mais à cause de lui, ce projet était parti à vau-l'eau, il avait détruit une soirée que tous les trois attendaient avec impatience, et ses obscènes hurlements de souffrance (et le coup de poing asséné contre le mur, moins ambigu, lui) trahissaient un sincère mépris de soi.

« Je ne pense pas qu'ils devraient te voir dans cet état. Quand as-tu commencé à boire ?

— Tout allait bien jusqu'à 17 heures. Mais 17 heures, c'est un cap difficile, le week-end, quand tu es tout seul.

— Je vois très bien ce que tu veux dire.

— C'est vrai ?

— Oui. C'est toujours un peu bizarre, le samedi soir, lorsque les garçons sont avec toi.

— Je ne pouvais pas les prendre aujourd'hui parce que j'avais trop bu. Donc j'ai continué à boire. Putain de merde.

— Je sais. »

Il se mit à pleurer, sans bruit, juste quelques larmes qui roulaient sur ses joues. Tout ça était insoutenable. Il souffrait, elle souffrait, et ces deux souffrances se combinaient jusqu'à se confondre – un simple nuage de chagrin et de douleur les enveloppait, sur un trottoir sombre et mouillé qui sentait le vomi. Lucy devait à tout prix s'extraire de là et se débrouiller pour emporter avec elle son propre nuage pour ne pas devenir à son tour un parent irresponsable.

« Marchons jusqu'au bout de la rue. On va t'appeler un Uber et je préviendrai Richard que tu es en route.

— Comment s'appelle le mec qui m'a agressé ?

— Joseph. C'est la première fois qu'il garde les garçons. »

Et probablement la dernière, songea-t-elle.

« Tu lui transmettras mes excuses ?

— Même s'il t'a agressé ?

— Tu ne connais pas toute l'histoire. Mais ça, tu l'as sans doute deviné.

— Oui.

— J'approuve ton choix, soit dit en passant. Je parie que les garçons s'entendent bien avec lui.

— Tu pourrais peut-être faire appel à lui, un soir. »

Ils savaient l'un comme l'autre que Joseph serait très probablement déjà pris ce soir-là, mais c'était une sorte de lueur à l'horizon et Lucy voyait qu'elle avait un effet assez encourageant. Elle appela Richard, escorta Paul jusqu'au carrefour, où elle convainquit un chauffeur Uber réticent de le laisser monter dans sa voiture, puis elle rentra à la maison. Les garçons étaient passés en mode double écran, un œil sur le foot et l'autre sur YouTube, au grand dégoût de Joseph. Et comme ils avaient leurs écouteurs, ils avaient tout loupé du drame.

« Tu rentres plus tôt que prévu, observa Dylan. Tu avais dit que Joseph nous coucherait.

— Ouais, eh bien, j'avais terminé le plat principal, et comme le pudding ne m'inspirait pas, je suis rentrée. »

C'était le genre de logique qui leur parlait. On avait du mal à penser qu'ils puissent se comporter autrement, même à quarante ans, quand ils iraient à leur tour dîner chez des amis. Lucy les imaginait bien danser d'un pied sur l'autre à côté de la porte en débitant d'une seule traite : « Mercibeaucoup pourcedînerj'aiterminéetj'aimismonassiettedansle lave-vaisselle. »

« Quoi ?

— Retire tes écouteurs.

— J'en ai qu'un. Qu'est-ce que tu as dit ?

— J'ai dit que j'avais terminé le plat principal et, comme le pudding ne m'inspirait pas, je suis rentrée.

— Il était à quoi, le pudding ?

— Pourquoi maman est déjà là ? demanda Al.

— Le pudding ne l'inspirait pas.

— Quoi ?

— Enlève tes écouteurs.

— Ils sont pas branchés. »

Ils l'étaient.

« LE PUDDING NE L'INSPIRAIT PAS.

— Il était à quoi ?
— Elle veut pas me le dire.
— Aux fruits, sans doute.
— Et quoi d'autre ?
— Rien.
— C'est pas vraiment du pudding, alors.
— Ben oui, tête de nœud, c'est pour ça qu'elle est rentrée.
— Tu veux bien arrêter de dire ça ?
— Pardon.
— Bref, vous pouvez veiller encore un peu. Je vais boire une infusion avec Joseph.
— Quoi ? »

Sentant que ce dernier « quoi » marquait la fin de la conversation, Lucy gagna la cuisine. Elle ne voulait pas d'infusion pour autant. Elle voulait de d'alcool, mais jugeait cette envie peut-être malvenue. Avoir besoin d'un verre au motif que votre ex-mari alcoolique s'était pointé et lancé dans un combat de coqs avec le baby-sitter, était-ce jouer les pousse-au-crime a posteriori ? Ou bien fallait-il voir là le signe d'une dépendance inappropriée ? D'un alcoolisme par procuration ? Il existait peut-être des groupes de soutien pour chacun de ces problèmes si on cherchait sur Internet. Les Pousse-au-Crime a Posteriori d'Islington se réunissaient probablement tous les jeudis dans le sous-sol de l'église St Luke.

« Ça vous paraîtrait vraiment inapproprié si je me servais un verre de vin ?

— Eh bien, tout dépend, je suppose, si vous êtes une alcoolique qui voudra me tabasser une fois que vous l'aurez bu.

— Non.
— Alors ça me va. Les gens boivent de l'alcool.
— Vous en buvez ?
— Ça m'arrive.
— Vous voudriez un verre de vin ?
— Vous n'avez pas de bière, n'est-ce pas ?
— Je crois que l'Indien m'en a offert une avec la dernière livraison. »

Elle farfouilla à l'arrière du frigo et la trouva – une bouteille de Kingfisher. Joseph en vida la moitié presque d'une traite, au goulot.

« Je suis affreusement désolée, reprit Lucy en se servant du vin.

— Pas de souci.

— Il y en a un, au contraire. Je ne vous ai pas prévenu que ça pourrait arriver et vous ne vous y attendiez pas.

— Ça s'est déjà produit ? C'est arrivé à d'autres baby-sitters ?

— Non. En plus, ça ne m'a pas traversé l'esprit. Disons, pour ma défense, que j'aurais eu l'impression de vous mettre en garde contre… des cambrioleurs. Ou la foudre. »

Joseph passa plus de temps qu'il n'aurait dû à se demander pourquoi cette comparaison était bancale. Connaissant l'existence des cambrioleurs et de la foudre, il aurait évalué les risques en fonction. En revanche, il ignorait que Lucy avait un ex-mari alcoolique susceptible de débarquer à l'improviste. Or ce type était un poil plus dangereux qu'un éclair. Il était plus proche d'un pistolet chargé, ou d'un couteau qui traîne dans une poche.

« Ce n'est pas de votre faute. » Ça l'était

cependant un peu, si on calculait en termes de pistolet chargé.

« Je sais. Mais je suis affreusement gênée. On croirait une scène tout droit sortie… d'*Eastenders*.

— C'est peut-être pour ça que les gens aiment tant ce feuilleton.

— Probablement. Mais je dirige le département d'anglais d'un établissement d'enseignement secondaire. Je suis censée mener une vie rangée.

— C'est ce que vous pensez, honnêtement ?

— Oui. Bien sûr. Une bonne moitié des élèves ont un père alcoolique qui débarque et fait un scandale. Je ne peux pas faire partie du lot. »

Lucy aurait aimé affirmer qu'elle avait aperçu le danger sitôt la phrase prononcée, mais cela aurait été mentir. Et de toute façon, Joseph avait démarré au quart de tour.

« Quel *lot* ?

— Les parents alcooliques qui débarquent et font un scandale.

— Ben, vous faites déjà partie de ce *lot*.

— Oui, mais pas… »

Elle s'interrompit. Elle le voyait maintenant, le danger.

« Votre mari alcoolique est différent des pères alcooliques de vos élèves ?

— Je vois ce que vous voulez dire.

— Vraiment ?

— Oui. Les problèmes engendrés sont les mêmes pour moi que pour n'importe qui d'autre. Il n'en existe pas qui seraient spécifiques à une directrice du département d'anglais.

— C'est ça. Seulement voilà, dès que vous avez un lien de parenté, les ennuis commencent. C'est là le souci.

— Nous avons tous des liens de parenté, dès l'instant de notre naissance. »

Il hocha la tête.

« C'est bien ce que je dis. »

Il avait l'esprit plus vif qu'elle. Ou plutôt elle avait cru pouvoir se dispenser d'être au top de sa vivacité d'esprit parce qu'elle était plus âgée que lui, mais elle s'était trompée. Elle pouvait probablement le battre à un quiz sur Jane Austen, mais ça s'arrêtait là.

« Il y a également du grabuge dans votre famille ? »

Joseph savait que c'était probablement le moment de la jouer donnant-donnant, mais il n'avait pas envie d'exposer sa propre famille, ses cousins rebelles et son oncle le mouton noir, uniquement pour que Lucy se sente mieux.

« Il y a en dans toutes les familles. »

Il termina sa bière.

« Je vais y aller. »

Il était déçu. Il avait caressé un fantasme qui impliquait de passer la nuit chez Lucy et filer discrètement le matin venu, avant le réveil des garçons – un fantasme assez élaboré, qu'il avait peaufiné en regardant le foot avec Dylan et Al, avant l'arrivée de Paul. Fantasme qui n'avait pas survécu aux événements de la soirée, cela dit. Si jamais il devait un jour coucher avec Lucy, il lui faudrait préalablement avoir un plan béton, avec tous les coups et toutes les ripostes possibles mûrement réfléchis à l'avance. Il n'était pas très bon aux échecs, et ce n'était pas un jeu particulièrement sexy de toute façon. Trop de cogitation, ça tuait l'ambiance.

« Oh. Bon, OK. »

Était-elle déçue elle aussi ? Si tel était le cas, il devrait se contenter de cet ersatz d'étincelle sexuelle. Mais une déception mutuelle, ce n'était pas pareil qu'une attraction réciproque.

3

Quand Joseph arriva au travail le samedi matin, il trouva Cassie sur le trottoir en train de fixer la devanture.

« Qu'est-ce qui se passe ?

— Pourquoi a-t-il fait ça ? demanda-t-elle.

— Fait quoi ? »

D'un mouvement la tête, elle désigna l'affiche. C'était le genre de détail auquel Joseph ne prêtait jamais attention. Ça semblait inintéressant. Il était juste écrit VOTEZ POUR LE BREXIT LE 23 JUIN, en lettres noires sur fond d'Union Jack.

« Ben, il pense probablement qu'on devrait voter pour le Brexit le 23 juin.

— Les gens ne vont pas aimer.

— Les gens vont s'en foutre royalement.

— Dans ce quartier ? Tu rigoles ?

— Ah bon ? Ils s'intéressent à cette putain d'Union européenne ? »

Joseph n'avait pas vraiment réfléchi à tout ça. On était en avril, le référendum n'aurait pas lieu avant des semaines. Il allait probablement voter pour le Brexit, comme son père, sans voir pour autant en quoi rester dans l'Europe ou la quitter ferait une grande différence dans sa vie. Il y aurait toujours de la viande, des centres de loisirs, des gamins, du foot.

« Mes parents refuseraient de se servir ici, s'ils voyaient ça, confirma Cassie. Ils détestent Nigel Farage et Boris Johnson.

— Tes parents n'habitent pas dans le coin, n'est-ce pas ?

— Non. Ils habitent à Bath. Même combat.

— Bath et Londres, c'est pareil ?

— Cette partie de Londres ressemble à leur partie de Bath. Mon père est prof de théâtre, ma mère enseigne l'écriture créative. Bon, ils n'auraient pas les moyens de vivre dans ce quartier, mais beaucoup de nos clients me font penser à eux.

— Et tes parents ne voteraient jamais pour le Brexit ?

— Évidemment. »

Joseph était loin de se douter qu'il existait une quelconque évidence au sujet du Brexit. Il pensait que chacun allait voter différemment. D'accord, il n'y avait que deux options, mais il avait présumé que… la mère de Cassie, disons, puisse ne pas voter comme le père de Cassie. Ce qui semblait se profiler, c'était un match « nous » contre « les autres », sauf que Joseph n'était pas très au fait de la composition de chaque équipe.

« J'avoue que Nigel Farage m'était sorti de la tête.

— Tout le monde le déteste, asséna Cassie.

— Vous comptez passer la journée à contempler la vitrine, tous les deux ? lança Mark depuis le pas de la porte. Parce que ce n'est pas pour ça que je vous paye.

— Vous êtes sûr de vouloir mettre cette affiche en vitrine ? lui demanda Cassie quand ils entrèrent dans le magasin.

— Qu'est-ce qu'elle a, cette affiche ?

— Elle va déplaire à beaucoup de gens, dans le coin.

— Je devrais plutôt mettre l'autre ?

— Que dit-elle, l'autre ?

— « La Grande-Bretagne plus forte avec l'Europe ». Avec les deux premières lettres d'« Europe » en rouge pour bien mettre en relief le EU. C'est assez malin. »

Il n'y avait que Mark pour en arriver à cette conclusion, songea Joseph. Nul besoin d'être un génie pour comprendre que les deux premières lettres du mot « Europe » pouvaient servir à souligner visuellement le sigle de l'Union européenne.

« Une seconde, dit Cassie. Vous seriez prêt à passer d'une affiche à l'autre… juste comme ça ?

— Je m'en fiche pas mal, non ?

— Vous ne savez pas ce que vous allez voter ?

— Je vais voter pour le Brexit. Trop de bureaucratie. Trop d'Albanais.

— L'Albanie ne fait pas partie de l'UE.

— Qui en fait partie, alors ?

— L'Espagne, la France, la Pologne, l'Irlande, l'Allemagne, l'Italie… vous voulez la liste complète ?

— Trop de Polacks, dans ce cas.

— Alors pourquoi mettre en vitrine une affiche qui soutient le contraire ?

— Si tu me dis que c'est bon pour les affaires, pourquoi m'en priver ?

— Parce que ça va à l'encontre de vos convictions ?

— Écoute. Je peux pas piffer le foie, mais j'en vends, et je veux que tout le monde m'en achète. Où est la différence ?

— Le foie n'a rien d'une philosophie personnelle.

— Pour moi, si.

— Ne pas aimer le foie est une philosophie personnelle ?

— On peut dire ça. Mais je suis d'abord et avant tout un homme d'affaires. Philosophe, ça vient en second. »

En second ? tiqua Joseph. Son classement se fondait sur des critères généreux. Mark était bien plus danseur de ballet que philosophe – et ce, malgré son mètre quatre-vingt-dix, ses quelque cent trente kilos et sa cinquantaine bien sonnée.

À ce stade, Cassie sembla abandonner la partie, et Joseph ne pouvait pas l'en blâmer. Ils gagnèrent le laboratoire pour enfiler leurs tabliers.

En milieu de matinée, il reçut un texto de Lucy. Ils ne s'étaient pas parlé depuis trois semaines environ – depuis le baby-sitting. Elle n'était même pas venue à la boucherie, à moins qu'elle n'ait soigneusement calculé son coup afin de l'éviter. Elle lui avait envoyé un message d'excuses, auquel il avait répondu en lui disant de ne pas s'inquiéter, mais l'échange s'était arrêté là. Elle se sentait gênée, probablement. Il n'empêche, elle lui manquait. Quand elle entrait dans la boucherie, ça lui remontait le moral, c'était une étincelle qui donnait de l'éclat à la matinée. Il s'éclipsa aux toilettes pour lire le message parce que Mark n'aimait pas les voir consulter leur téléphone dans le magasin.

Elle lui demandait s'il faisait une pause déjeuner, et si, le cas échéant, ça lui dirait de passer manger des œufs au bacon. Les garçons aimeraient bien le voir.

Elle habitait à deux minutes de la boucherie ; ce n'était donc pas comme s'il allait gaspiller un temps précieux en trajet.

c pour du baby-sitting ? lui répondit-il. C'était une blague.

Oh. Non. Désolée.

C'était ainsi qu'elle rédigeait les textos. Avec des points et des majuscules partout où il en fallait. On voyait bien qu'elle était prof d'anglais, mais c'était une facette d'elle que Joseph appréciait, en plus de toutes les autres. Il n'aurait su dire à quoi ça tenait. Sans doute au fait qu'il ne recevait jamais de messages rédigés avec ce degré de précision, il lui semblait faire la connaissance de quelqu'un de différent. Et puis, c'était assez sexy. En quoi ponctuer les textos était sexy, ça, il n'aurait pas su l'expliquer, mais il se surprit à se demander comment ce serait de coucher avec quelqu'un comme elle. Il allait s'efforcer de rédiger ses messages avec le même soin, du moins ceux qu'il lui destinait. Qu'une absence de ponctuation puisse exercer sur elle la même séduction que sa présence en exerçait sur lui était inconcevable. Elle avait deux gosses. Il ne voulait pas être le troisième.

Je débauche à 12.30. Elle ne s'attendait quand même pas à ce qu'il précise 12 h 30 ? Ou carrément *midi et demi* ? Elle allait bien comprendre que le 12 indiquait midi, non ? Il décida de s'en tenir à 12.30.

Œufs au plat, ça vous va ? répondit-elle.

Oui. Puis il ajouta un point d'exclamation. *Oui !*

Il trouvait que le point d'exclamation ajoutait une note amicale.

Parfait. À tout à l'heure.

Ce fut Al qui vint lui ouvrir, avec un verre de jus d'orange sur un plateau, et une petite serviette à cheval sur le bras, comme un serveur.

« Entre, je t'en prie », dit-il. Joseph prit le verre et Al disparut.

Il n'avait jamais rien fait durant sa pause déjeuner du samedi, sinon acheter un sandwich à deux pas de la boucherie et le manger dans l'arrière-boutique. Il pénétra dans une pièce qui embaumait le café et le bacon. Il y avait un rayon de soleil, des toasts et de la marmelade sur la table, du jazz qui sortait de l'enceinte Bluetooth, et Lucy aux fourneaux, les cheveux attachés par un chouchou. Ces trois minutes de marche l'avaient emmené dans un autre univers. Elle se retourna et lui sourit.

« Bonjour. Le jus d'orange est arrivé à bon port ? »

Joseph inclina la tête vers le verre qu'il tenait. Il

cherchait à comprendre ce qui la différenciait tant de toutes les autres femmes qu'il connaissait. Elle ne se maquillait pas beaucoup, selon lui. Et elle portait un long cardigan gris, qui en principe n'aurait pas dû la flatter. Il n'était ni près du corps ni ample, il n'affichait aucun logo de marque, mais sur elle, inexplicablement, il avait de la gueule. Ah oui, les sourcils : ils n'étaient pas rasés et redessinés au moyen d'un épais trait de fard sombre. Tous ces détails lui plaisaient-ils parce qu'ils étaient différents ou simplement parce que c'était elle ? Joseph savait que se concentrer sur les sourcils était bizarre, mais depuis deux, trois ans les sourcils étaient devenus un phénomène de mode à part entière, et ça le faisait flipper. Il ignorait quelle fonction on voulait leur faire endosser, mais quelle qu'elle soit, les sourcils n'étaient pas faits pour aimanter le regard. Si on les remarque, c'est que quelque chose s'est mal passé.

« Parfait, dit-elle. Vous avez faim ? Je ne vous ai pas demandé si vous étiez végétarien, musulman ou autre.

— Je ne suis rien qui m'empêche de manger des œufs au bacon.

— Mais vous êtes bien quelque chose ?

— Ouais. Plus ou moins. Je suppose. Chrétien.

— Ah. Et ça vous empêche de faire quoi ? »

Joseph était certain que sa question était dénuée de sous-entendu équivoque. Elle n'avait pas détaché les yeux de la poêle, et le ton ne dénotait rien d'autre que de la curiosité. Mais il sentit sa voix s'enrouer et, du coup, sa réponse, qu'il voulait neutre et rassurante, sonna comme un aboiement désespéré.

« Rien. »

Elle éclata de rire.

« Ça, c'est le genre de religion que j'aime bien.

— Bon, elle me prive de grasse matinée le dimanche, mais…

— Vous allez à la messe tous les dimanches ?

— J'essaie. » Nul besoin d'évoquer les interminables disputes dominicales avec sa mère.

« Et vous croyez en Dieu ?

— Pour répondre en un mot… »

Ce mot était-il oui, ou non ? Il n'en savait rien. Peut-être croyait-il que Dieu avait créé l'univers, mais il ne savait pas où cela le menait. Et le dimanche, en voyant les vieilles dames qui se pressaient aux premiers rangs, il se demandait si Dieu laissait trop de gens s'en tirer à bon compte. Ils avaient eu des vies déprimantes, difficiles, tous ces gens arrivés plusieurs décennies plus tôt, et malgré ça, chaque semaine, ils continuaient à venir remercier Dieu. Joseph n'approuvait pas les crétins qui avaient pillé les magasins d'électroménager à Wood Green cinq ans plus tôt, la seule nuit où sa mère avait fermé la porte à clé pour les empêcher de sortir, sa sœur et lui, mais s'il devait choisir entre balancer une brique dans une vitrine et attendre sagement la mort pour être sûr de pénétrer au royaume des Cieux, il n'aurait pas besoin de réfléchir trop longtemps.

« Pardon. Vous êtes venu pour des œufs au bacon… rien d'autre. Les garçons ! C'est prêt ! »

Al et Dylan rappliquèrent, firent un *check* à

Joseph et s'assirent. Ils voulaient parler foot et matchs, les vrais et les virtuels, et voulaient savoir quand Joseph reviendrait les garder.

« On ne m'a rien demandé.

— Nous, on te le demande, répondit Dylan.

— Il faut d'abord qu'une occasion se présente, observa Lucy.

— Ce soir, par exemple ? demanda Al.

— Je n'ai rien de prévu ce soir.

— Le week-end prochain, alors.

— D'accord, le week-end prochain. Si vous êtes libre.

— Je le suis, indiqua Joseph.

— Moi aussi », dit Lucy, et ça la fit rire.

Le café était du café filtre, le bacon était croustillant, et la confiture maison, offerte par une collègue de Lucy.

« C'est une façon de vous présenter mes excuses, expliqua Lucy. Et on espère que vous nous donnerez une seconde chance. »

Joseph la regarda en écarquillant les yeux, comme pour dire : « On peut parler de ça devant eux ? »

« Les garçons sont au courant, confirma Lucy.

— Ah ! fit Joseph avec enjouement.

— Papa s'est saoulé et il a cherché la bagarre, dit Al. Tu l'as poussé, et il s'est cassé la figure. »

Joseph se sentit dans ses petits souliers. « Ouais, bon, je n'aurais pas dû faire ça.

— Non, non, tu as bien fait, protesta Dylan. Quand papa est saoul, il est horrible. Moi aussi, je le pousserais pour qu'il se casse la figure, si j'en avais la force.

– Tu l'auras jamais », déclara Al d'un ton détaché.

Tout cadet qu'il était, Al était le plus costaud des deux.

« Ouais, mais moi, comme je fais du judo, je peux fracasser des gens plus grands et plus forts que moi.

– T'es pas près de me fracasser, mon coco. Je peux te maîtriser d'une seule main.

– Nous avons invité Joseph pour nous excuser et le remercier, intervint Lucy avec fermeté.

– Vous n'avez pas à vous excuser, protesta Joseph. Aucun de vous.

– On ne voulait pas que vous pensiez que ce serait toujours comme ça, si vous vous occupiez des garçons. »

Les garçons avaient déjà fini de manger et leur désir de voir Joseph était rassasié.

« On peut repartir jouer ? On est tous les deux en mode Draft FUT.

– Oh, dans ce cas..., soupira Lucy. Vous les trouvez mal élevés, Joseph ?

– Non, non, pas de souci. »

Il s'était efforcé de prendre un ton détaché pour ne pas paraître trop pressé de se débarrasser d'eux. Il n'avait pas terminé sa phrase que les garçons mettaient déjà les voiles. Lucy haussa les épaules.

« Un autre café avant d'y aller ?

– Merci. » Il tendit son mug, sur lequel écrit GREAT EXPECTATIONS CHARLES DICKENS, sur fond orange et blanc. Il allait s'abstenir de toute remarque sur Charles Dickens. Il aborderait ce sujet en temps voulu, si ce temps devait arriver un jour. Là, tout de suite, rien n'indiquait que de grandes espérances soient de mise.

« Je ne sais même pas ce que vous faites, le reste du temps.

— Oh, je jongle avec plusieurs jobs. Garde d'enfants, entraînements de foot, permanence deux jours par semaine au centre de loisirs. Je mixe aussi un peu. »

Il aurait dû faire l'impasse sur son activité de DJ. C'était à la fois la plus intéressante de la liste, et celle qui n'était pas à strictement parler un job. Mais c'était elle qui l'empêchait d'être quelqu'un qui n'allait nulle part avec sa kyrielle de petits boulots hétéroclites.

« Oh, vous êtes DJ ? Sympa. »

Merde.

« Disons que je suis davantage... Je ne mixe pas tant que ça dans les clubs et des soirées. » *Pas tant que ça.* « Je passe beaucoup de temps à travailler sur mes propres productions. »

Ça, au moins, c'était vrai. Ou plutôt plus proche de la vérité que des sets dans des clubs ou des soirées.

« Et vous en faites quoi, ensuite ?

— Le but, c'est de les faire écouter à des gens. De se constituer un public. Quelqu'un tombe sur votre morceau et vous propose un contrat.

— Ça arrive encore, ce genre de choses ?

— Ouais.

— Dans ce cas, bonne chance.

— Je vous reverrai probablement avant de percer. »

Il savait ce qu'elle était en train de penser : tout

le monde voulait être une star. Ses enfants voulaient probablement devenir des youtubeurs aux millions d'abonnés, ses élèves voulaient probablement passer à *X Factor* ou participer à *Love Island*, et en voilà un autre qui venait grossir le rang. Joseph savait qu'il était bon et qu'il avait de bonnes idées. Mais il n'était pas idiot. Il savait aussi que d'ici quinze ans il dirigerait un centre de loisirs – s'il avait de la chance.

« Pourquoi n'êtes-vous pas venue à la boucherie ces derniers temps ?

— J'étais gênée. Il me semblait que je vous devais des remerciements en bonne et due forme, pas quelques mots par texto ou par-dessus le comptoir.

— Comment les garçons ont-ils su, pour la bagarre ?

— Paul leur a raconté.

— Ah bon ? Pourquoi ?

— Je n'en sais rien. Enfin si, je sais. Lorsque Paul traverse ce genre de crise, il accorde beaucoup de prix à l'honnêteté. C'est lié au fait qu'il a un parrain, etc., etc. Mais cela n'a pas été un choc pour les garçons. Ils l'ont déjà vu faire des choses idiotes.

— Ça doit être dur, pour vous.

— Ça l'est encore plus pour lui, je pense. Il s'est loupé dans son mariage, et dans sa mission de père.

— Et c'est irrattrapable ?

— Pour le mariage, oui. Pour sa mission de père, non. Je l'espère, en tout cas. Quand ils seront plus grands, peut-être qu'ils lui en voudront vraiment. Pour l'instant, leur colère est fluctuante. Vous voulez des enfants, un jour ? »

C'était bête, mais il ne tenait pas à parler de ce qu'il pourrait vouloir ou ne pas vouloir faire avec une autre femme. Or, au train où ils avançaient, il était presque certain que les enfants, ce serait avec une autre. Il regarda son téléphone.

« Je ne devrais pas tarder.

— Merci d'être venu.

— Il n'y a pas de quoi. C'était très agréable. La meilleure pause déjeuner du samedi de ma vie. Hé, je peux vous demander un truc ?

— Bien sûr.

— Vous êtes au courant du référendum ? Qu'est-ce que vous allez voter ?

— C'est une question drôlement personnelle, jeune homme.

— Ah, ouais. Pardon

— Je rigole. Je vais voter contre.

— Vous connaissez des gens qui voteront pour ?

— Mes parents. Mais ils lisent le *Daily Telegraph* et ils habitent dans le Kent.

— C'est tout ?

— Je crois, oui.

— OK. Merci. On discutait de tout ça au travail, ce matin. »

Devait-il lui parler des intentions de vote des personnes de son entourage, de son père, de ses collègues de la salle de sport ? Comme elle semblait penser avoir donné la bonne réponse ainsi qu'un aperçu de ce qui se passait dans l'esprit de tous les adultes, il préféra laisser tomber.

Elle le raccompagna à la porte et, au moment où il partait, elle l'embrassa sur les deux joues. Il huma la trace d'un parfum qu'aucune des filles qu'il avait pu embrasser n'aurait porté. Et ce n'était probablement même pas un parfum – ça ne vous atomisait pas les narines –, mais plutôt une crème ou un savon, à la fragrance subtile, discrète, adulte. La bise et le parfum agirent sur lui comme le cardigan gris et les sourcils. Il en oublia tout ce qui le tracassait. En regagnant la boucherie, il se sentit un peu flageolant. S'il ne se trouvait pas rapidement une copine, il allait se ridiculiser. Ce qui, dans sa tête, était déjà chose faite. Il lui fallait oublier ces histoires de sourcils. Et pas question de se mettre à lire Charles Dickens uniquement à cause d'un mug.

Il rencontra Jaz parce qu'il ne la cherchait pas, même s'il n'avait pas manqué d'occasion dans sa vie où il aurait pu le faire. Il se trouvait au centre de loisirs, affairé à ranger les filets de badminton et sortir les cages de football à cinq, quand elle l'aborda pour lui demander s'il existait un championnat féminin de football à cinq.

« Je pose la question pour une amie, précisa-t-elle.

— Dis-lui que pour l'instant il n'y en a pas, mais qu'on essaie d'en créer un.

— C'est moi, l'amie.

— L'amie de qui ?

— C'est ce qu'on dit, non ? Qu'on renseigne pour quelqu'un d'autre. Genre "Tu sais comment je pourrais faire pour brancher le mec canon qui bosse à la salle de gym et qui m'imprime pas ? C'est pour une amie".

— Je suis perdu, là. »

Il ne l'était pas, franchement.

« OK. Donc, admettons qu'un mec super bien gaulé travaille à la salle de gym...

— Et ?

— Eh bien, comment je m'y prends pour lui parler ?

— Je pourrais te le présenter.

— Et si c'était toi ?

— Moi ?

— Putain ! Oui ! Toi !

— Et je la connais, l'amie en question ? »

Il l'asticotait et prenait plaisir autant à flirter avec elle qu'à l'agacer.

« C'est moi, l'amie.

— Tu es l'amie ET l'amie de l'amie ?

— L'amie n'a pas d'amie. Il n'y a que moi. Je suis celle qui se demande comment s'y prendre pour parler au mec canon – toi – qui travaille à la salle de gym.

— On parle déjà depuis une éternité.

— Pas de ce dont je veux parler.

— De quoi veux-tu parler ?

— Je veux savoir quand on peut sortir ensemble. »

C'est là, et là seulement, que Joseph commença à la remarquer pour de bon. Toutes choses étant égales par ailleurs, les yeux faisaient généralement pencher la balance, et pas seulement parce qu'ils conféraient sa beauté à un visage. Les yeux sont tout – ce sont eux qui, les premiers, indiquent si une personne est intelligente, bienveillante, drôle, affamée de toutes les bonnes façons et de quelques autres qui le sont moins mais ne manquent pas d'intérêt. Jaz avait de super yeux, grands, noisette, débordants de vie. Mais comme toutes les choses se doivent être d'égales par ailleurs, et sans qu'il soit besoin de la scruter de trop près, Joseph voyait que chez Jaz tout était sur un solide pied d'égalité.

« Jeudi, lui répondit-il.

— Jeudi. Parce que tu as une petite amie et que tu la vois le week-end ?

— Parce que je jongle avec plusieurs boulots et que je travaille vendredi soir.

— Bonne réponse. »

Ses sourcils étaient épilés, mais dans les limites du raisonnable. Il venait à peine de les remarquer ; ce n'était donc pas eux qui menaient l'offensive. Jaz semblait avoir à cœur de souligner l'égalité de toutes choses, encore que cela tenait peut-être juste aux propriétés naturelles des vêtements de gym. Mais puisqu'elle avait choisi de l'aborder dans cette tenue, elle n'essayait certainement pas de cacher quoi que ce soit.

« Et que je vois ma copine le mercredi et le samedi. »

Jaz éclata de rire et lui asséna un coup de poing dans le bras. Cela semblait être de bon augure.

« Je m'appelle Jaz, au fait.

— Salut. Joseph.

— Pas Joe ?

— Jamais.

— Pigé. »

Chacun entra son numéro dans le téléphone de l'autre et Jaz fila à son cours de spin.

Lucy ne s'attendait pas, après sa soudaine disparition lors du dîner, à avoir des nouvelles de Michael Marwood, mais il appela un soir alors qu'elle préparait le repas des garçons.

« Oh, bonjour. »

Elle eut la présence d'esprit de conserver une intonation neutre. La moindre note effusive, lui semblait-il, aurait suggéré un enthousiasme et une excitation qu'elle préférait ne pas révéler. Et excitant, ça l'était, s'aperçut-elle sitôt qu'elle entendit sa voix – même si l'homme lui-même ne l'excitait pas nécessairement. Elle savait qu'il avait dû appeler Fiona pour obtenir son numéro de portable, que leur amie commune n'avait probablement pas manqué de le taquiner, mais qu'il ne s'était pas laissé démonter – la preuve. On sentait chez lui de la détermination. Et ça, c'était toujours enthousiasmant ou ça l'avait été, du moins, à l'époque où la détermination pouvait déboucher sur un coup de fil.

« Que faites-vous demain ? Je voulais vous inviter à m'accompagner quelque part. À une première. Mais mieux vaut vous prévenir. Je ne crois pas que le film soit une réussite.

— Ah.

— Par conséquent, la première n'aura rien de bien glamour.

— Ah.

— Vendu ? »

Elle éclata de rire.

« Vendu.

— Mais de grâce, ne me jugez pas sur les mauvaises adaptations des livres de mes amis.

— C'est ce que nous allons voir ? Une mauvaise adaptation d'un livre écrit par un de vos amis ?

— Sans moi », claironna Al, qui faisait ses devoirs dans la cuisine.

Elle secoua la tête et lui adressa une grimace.

« On se retrouve là-bas ? proposa Michael. C'est à Belsize Park. La projection commence à 19 heures.

— À demain. »

Joseph se trouvait au centre de loisirs, sur la chaise du maître-nageur, quand il reçut son texto. Il n'était pas censé se servir de son téléphone, mais il n'y avait qu'une seule femme dans le bassin, en train de marcher. Beaucoup de personnes âgées faisaient leurs longueurs de cette façon lorsqu'elles s'étaient blessées. Il y avait peu de chances qu'elle se noie.

Êtes-vous libre demain soir ?

Et puis, avant qu'il ait eu le temps de répondre : *J'ai un rencard, pour de vrai.*

Ha, écrivit-il. *J'en ai un moi aussi.*

Avec quelqu'un de chouette ?

Je ne la connais pas vraiment. Et puis : *Mais elle est sexy.*

Bon point de départ.

Oh, et je suis libre 2m1 soir… demain.

Lol, 2m1, je comprends ! Le mien n'est pas sexy. Trop vieux. Mais séduisant.

Sexy donc.

Sexy catégorie âge mûr. Semi-sexy.

Quel âge ?

Je ne sais pas. Cinquante et des poussières ?

Quel âge avez-vous ?

Ha. Quoi ? Vous d'abord.

Vingt-deux.

Oh. J'espérais que vous ne répondriez pas. Et puis, après une courte pause : *J'en ai quarante-deux.*

La vache. Il n'allait rien répondre.

Quelle heure ?

Tôt, c'est possible ? 17.30/18 h ?

Joseph commença à écrire une plaisanterie sur les rencards à l'âge mûr, puis il l'effaça.

Parfait.

Il allait ranger le téléphone quand un autre message arriva.

Qu'est-ce qui la rend sexy ? Ça m'intéresse.

Les trucs basiques. Et puis : *J'en suis pas fier.*

Mais elle est sympa ?

Aucune idée pour l'instant.

Il lui fallait saisir l'occasion, maintenant qu'ils étaient si près du sujet. Dire un truc, tout en sachant par avance que, quoi qu'il écrive, il s'en mordrait les doigts sitôt le message envoyé. L'astuce consistait à rester dans le vague.

Il existe toutes sortes de sex-appeals.

Il ne s'en sortait pas trop mal. Ou du moins il n'avait pas envie de courir la rejoindre, où qu'elle soit, pour lui arracher le téléphone des mains.

Il existe toutes sortes de sex-appeals.

Était-ce pathétique d'imaginer qu'il élargissait

la définition afin de l'y inclure ? Ou bien faisait-il référence à Michael ? Mais ce n'était pas logique. Ils avaient clos ce sujet, non ? Donc s'il parlait bien d'elle, s'il lui disait bien qu'elle possédait une certaine sorte de sex-appeal, de son point de vue, et que son rencard du jeudi en possédait une autre… Bon, ça ne voudrait rien dire – pas vrai ? Si la mère de Joseph avait un rencard et se regardait dans le miroir, ne lui dirait-il pas, en bon fils attentionné : « Il existe toutes sortes de sex-appeals, maman » ? Très probablement. Elle imaginait que Joseph aurait tout d'un gentil fils, encourageant.

Pas besoin d'aller chercher plus loin, donc : elle était sexy comme l'était la mère de Joseph. La conclusion la déprima, inévitablement. Elle ne voulait pas qu'il l'assimile à sa mère, ni dans ce contexte ni dans aucun autre. Elle relut leur échange, juste pour être sûre. *Les trucs basiques… j'en suis pas fier… aucune idée pour l'instant… toutes sortes de sex-appeals*. Si elle montrait cette conversation à une amie, la théorie du soutien filial serait démolie en moins de deux, en partie au motif incontestable que Lucy n'était pas la mère de Joseph. Mais c'était tout le problème, avec les amies. Elles aussi se devaient de manifester leur soutien. Et comment déterminer lequel des deux soutiens en compétition était le plus proche de la vérité ? C'était impossible. Un soutien ne s'embarrassait pas de la vérité, c'était là tout son intérêt.

Lucy se trouvait dans son bureau, plus ou moins seule : dans un coin de la pièce, une élève de seconde, qui avait été expulsée du cours d'une jeune collègue pour avoir balancé un livre sur une rivale en amour, était apparemment en train de réviser. Missy serait presque à coup sûr capable d'interpréter le texto problématique avec sagacité et empathie, mais cela aurait été déplacé de lui demander ce service.

Combien existe-t-il de sortes de sex-appeals ? écrivit-elle. La conversation s'étant interrompue depuis plusieurs minutes, elle se sentait obligée de répéter quelques-uns des mots-clés afin de lui remémorer le sujet. Sa détresse était à nu.

Elle effaça ce qu'elle venait d'écrire et ramena la question à : *Combien ?* Mais il n'allait pas comprendre. *Combien existe-t-il de sortes de sex-appeals ?* écrivit-elle de nouveau. Et de nouveau, elle effaça la question. *Combien ?* Et tant pis s'il ne comprenait pas, elle n'entrerait pas dans des explications – sauf s'il lui en demandait, bien sûr. Subitement, elle envoya le message, et voulut courir lui arracher le téléphone des mains, où qu'il soit.

4

Il y avait un petit attroupement devant le cinéma et Michael se faisait tirer le portrait aux côtés d'un homme de son âge – son ami, vraisemblablement, qui avait l'air mal à l'aise et contrit. Comme la photographe, une jeune femme, officiait avec son téléphone, on imaginait mal que ce cliché puisse apparaître sur le site d'un tabloïd ou dans les pages du magazine *Hello !*. Lucy se douta que la jeune femme travaillait pour l'éditeur de l'infortuné auteur dont le livre, d'après Michael, avait été massacré.

Sitôt que Michael s'avisa de sa présence, il s'éclipsa et vint lui planter une bise sur chaque joue. La femme à l'iPhone les regarda en souriant et prit deux ou trois clichés de cette embrassade.

« Oh, non, non, protesta Michael. Ce n'est…

— Ah, fit la jeune femme. Voulez-vous que je les efface ? Je vais le faire.

— Rien n'exige non plus de les effacer, tempéra Michael.

— D'accord. Donc… on les garde ? »

Michael se tourna vers Lucy et partit d'un rire gêné.

« Vous accepteriez de me les envoyer ? demanda Lucy à la photographe.

– Bien sûr. Laissez-moi votre numéro de portable avant de partir.

– C'est très gentil à vous, souligna Michael quand la femme eut tourné les talons. Au fait, bonsoir.

– Bonsoir.

– Comme je vous l'ai dit, je ne suis pas sûr que vous souhaiterez garder un souvenir impérissable de cette soirée. Mais je suis flatté que vous vouliez tout de même les photos. »

Elle n'en voulait pas. Elle avait juste cherché à trancher un dilemme et clore une conversation insupportable. Et maintenant Michael Marwood en était arrivé à la conclusion qu'elle était surexcitée à l'idée d'assister à une première, et d'y assister en sa compagnie.

« Vous m'en enverrez une, lorsque vous les recevrez ? »

Elle voyait bien qu'il disait ça parce qu'il s'y sentait obligé – sinon il aurait donné l'impression que cette soirée ne signifiait rien pour lui.

« Je ne veux pas de ces photos. »

Elle y était allée un peu fort dans le rétropédalage.

« J'ai dit que je les voulais uniquement parce que cette pauvre fille se sentait gênée de les avoir prises.

– Oh, je vois. Bon… Voilà qui me remet à ma place. Vous êtes bonne à ce petit jeu.

— Non, non, je suis sûre que je voudrai les garder. Au final. Si je… si nous… Vous savez quoi ? Je vais tout bêtement oublier de lui laisser mon numéro. »

Michael éclata de rire.

— Bon, d'accord. »

N'était-ce pas le seul moyen de régler le problème, quand les dix premières secondes d'un premier rencard avaient été capturées pour l'éternité – ou jusqu'à ce que la jeune femme se trouve à court de mémoire de stockage ?

Cordes sensibles racontait l'histoire de deux cœurs esseulés qui enduraient leur solitude chacun à un bout du pays, puis se rencontraient en ligne par le truchement de leur amour commun pour la musique médiévale en général, et pour le luth en particulier. Si vous souhaitiez enrichir votre connaissance du luth, *Cordes sensibles* était fait pour vous : qui se doutait, par exemple, que la ville de Halesmere, dans le Surrey, où s'étaient établis les facteurs d'instruments Arnold et Carl Dolmetsch, occupait une place prépondérante dans le folklore du luth ? Ou qu'il existait à Londres un temple hollandais accueillant fréquemment des récitals de luth, où le couple finissait d'ailleurs par se rencontrer en chair et en os ? Ou encore qu'écouter le son lugubre du luth pendant près de deux heures donnait envie de rassembler tous les luths existant dans le pays et d'allumer un gigantesque feu de joie ?

Lucy saisissait sans peine quel avait été l'objectif du réalisateur. Il voulait qu'un après-midi de semaine, aux heures où les tickets étaient bon marché, la mère de Lucy et toutes les autres retraitées de la classe moyenne du pays accourent dans les salles, puis incitent toutes leurs amies à en faire autant les après-midi de la semaine suivante. Le problème, c'est que le film était trop ennuyeux, même pour la mère de Lucy, et que, pire encore, il cultivait l'opacité dans ses ressorts psychologiques. Pourquoi la femme donnait-elle son instrument à une adolescente pas très futée au moment précis le bonheur semblait à portée de sa main, auprès d'un membre de la communauté des joueurs de luth ? Pourquoi l'homme possédait-il une petite collection de fouets dans sa chambre, parfaitement visible sur le mur à côté du miroir, mais dont la présence n'était jamais expliquée ?

« Dans le roman, il en faisait de belles, avec les fouets », commenta Michael après coup. Ils se trouvaient dans un bistrot français, à deux pas du cinéma, mais planqués au fond de la salle, au cas où l'auteur massacré et son entourage décideraient de choisir justement ce restaurant pour leur veillée funèbre.

« Vraiment ? Il les utilisait ?

— Oui. Sur de jeunes hommes. C'était un roman assez torturé. Selon moi, ils voulaient préserver un peu de sa noirceur, mais ils ont changé d'idée au montage. Décidé de se tourner plutôt vers le public d'*Indian Palace*. Mais ne parlons pas de ces gens-là. »

Michael jugeait, à l'évidence, que le fossé entre les préférences cinématographiques des retraitées britanniques et la séduction était trop large pour l'enjamber avec élégance, et il avait raison : il avait mal calculé son coup, et ce brusque changement de régime arracha à Lucy un rire qui laissa Michael perplexe.

« On peut en parler, si vous voulez, dit-elle.

— Vous voulez en parler ?

— N'importe quel sujet de conversation me convient. » Et puis elle ajouta, le regard pétillant : « Ça ne changera rien. »

Michael la dévisagea.

« À quoi ?

— À ce qui pourrait se passer à un autre moment, je suppose. »

Elle avait failli dire « plus tard », mais cela lui avait semblé un peu trop hardi, même dans son état d'esprit actuel. Elle voyait maintenant que sa réponse avait surtout été déroutante.

« Quel autre moment ?

— Eh bien… plus tard. » Voilà, c'était dit. « Ou une autre fois. »

Elle avait refait machine arrière.

Elle avait décidé en se rendant au cinéma qu'elle coucherait avec Michael, et ce pour deux raisons. Son échange ridicule de messages avec Joseph l'avait perturbée. Si elle devait se ridiculiser en rêvassant à un jeune homme qui avait presque la moitié de son âge, elle devait au moins établir si une période d'abstinence sexuelle imposée y était pour quelque chose.

Et, abstraction faite de toutes pensées inappropriées concernant Joseph, qu'une célibataire couche avec un célibataire raisonnablement séduisant ne réclamait pas, et ne devait pas réclamer, des heures de réflexion. Pourquoi en faire toute une histoire ? Elle ne s'était pas posé autant de questions avant de rencontrer Paul. Elle n'était pas dévergondée, loin de là, mais elle n'avait pas non plus décortiqué chaque potentielle expérience sexuelle comme dans un épisode de *The Moral Maze*[1]. Elle voulait rendre sa légèreté à la chose, ou du moins voir si c'était possible. Elle était presque certaine que c'était le cas, mais tout était bien plus simple autrefois.

Beaucoup d'activités, se souvenait-elle, se pratiquaient alors en position verticale – généralement pas le sexe, mais boire, parler et danser – et toutes ces activités à la verticale semblaient conduire naturellement à un baiser, puis le baiser à un lit, et à l'horizontalité. Maintenant il fallait subir des films sur le luth, consulter des menus, endurer des conversations laborieuses et empêtrées de circonspection. Et faire de la psychologie ! Quel besoin avait-elle eu de la psychologie quand elle était ivre et qu'elle avait vingt-cinq ans ? Toutes ses années dans l'âge adulte lui avaient laissé entrevoir ce qui se passait dans la tête des gens, et ces indices étaient autant d'entraves. Les gens se dévoilaient à moitié dans tout ce qu'ils faisaient et disaient, et elle regrettait de ne pas pouvoir en faire abstraction.

« Je ne comprends toujours pas ce qui ne

1. Emission de la BBC Radio 4 dans laquelle des intervenants débattent de questions de morale et d'éthique en résonance avec l'actualité.

changera rien. Ou de ce que cela pourrait entraîner ou pas.

— Oui, je le vois bien.

— Avez-vous fait votre choix ? Leur steak-frites est très bon. »

Le steak-frites coûtait vingt-cinq livres. Lucy était contente que Joseph ne soit pas là, encore qu'il eût été difficile d'imaginer dans quelles circonstances il aurait pu s'y trouver. Son imagination coupable lui soufflait que Joseph les jugeait tous fous de dépenser de temps à autre huit livres pour un morceau de viande. Que dirait-il s'il savait qu'ils s'apprêtaient à en dépenser dix ou quinze de plus dans le but de payer quelqu'un pour qu'il le fasse cuire à leur place ? C'était une chance que Joseph n'ait pas accès à ce qui passait dans sa tête. Il l'aurait prise sinon presque à coup sûr en flagrant délit de condescendance à son égard. Il était sans doute habitué depuis longtemps aux prix pratiqués dans sa boucherie. Et il connaissait tout aussi probablement celui d'un repas dans un bon restaurant. S'il vivait chez ses parents et cumulait plusieurs emplois, il était même possible qu'il jouisse d'un revenu égal au sien. Par prudence, toutefois, elle décida de faire l'impasse sur la viande.

« Le risotto à la courge me tente bien.

— Vous êtes végétarienne ?

— J'ai deux fils résolument carnivores. Je mange de la viande un jour sur deux par flemme de préparer deux menus. »

Elle jugeait cette explication parfaitement plausible. Nul besoin de lui parler de Joseph et d'argent. Puis il lui vint à l'esprit que si elle invitait

Michael à la raccompagner après dîner, il rencontrerait Joseph.

« Vous ferez la connaissance de notre boucher, si vous venez boire un verre à la maison, ensuite. »

Il y eut un silence perplexe, puis Lucy éclata de rire, gênée. Sa proposition était bien plus directe que sa remarque sur ce qui n'avait pas vocation à changer, mais elle s'était débrouillée pour donner l'impression qu'elle l'invitait à une petite sauterie réunissant les commerçants du quartier.

« Épatant !

— C'est notre baby-sitter.

— Ah, je vois. Il a besoin d'arrondir son salaire en dépit de toute la viande que vous lui achetez.

— Il travaille à la boucherie, il n'en est pas propriétaire. Les garçons l'adorent.

— Parce qu'ils sont résolument carnivores ?

— Parce qu'il est calé en football et doué à la Xbox. »

Elle parlait de Joseph bien plus qu'elle n'en avait eu l'intention.

« Bref. Pour en revenir à notre sujet, si ça vous dit de venir boire un verre ensuite, vous serez le bienvenu.

— Merci. »

Il n'était pas en train de bondir de joie et de gratitude, mais il ne s'empressait pas non plus d'ajouter que, devant se lever tôt le lendemain matin, il était contraint de décliner poliment. Peut-être à leur âge était-ce exagéré d'attendre des bonds de joie, d'autant plus que ce genre d'invitation n'avait rien d'une première pour Michael Marwood, à ce qu'elle avait cru comprendre. Peut-être était-ce exagéré d'attendre des bonds de joie à n'importe quel âge, à bien y penser.

« J'ai la chance d'échapper à tout ça.

— Pardon ?

— La Xbox. J'ai deux filles.

— Ah. Petit veinard. Qu'est-ce qui la remplace ?

— Les livres, pour l'essentiel. »

Lucy fit mine de se tirer une balle dans la tête et il éclata de rire.

« Désolé. Ce ne sont pas de bons livres, si cela peut vous consoler. Beaucoup de dystopies, avec leurs cortèges de malheurs.

— Quelle horreur ! Je suis bien contente que mes garçons échappent à ça et passent tous leurs week-ends à s'abrutir devant un écran. Est-ce que les filles vivent avec votre ex ?

— Oui. Je les ai un samedi soir sur deux. Toujours la même histoire.

— Et vous vivez ça comment ?

— C'est douloureux, bien sûr. »

Lucy se demanda si elle entendrait ce même son de cloche pendant les dix ou quinze années à venir, jusqu'à ce qu'elle commence à rencontrer des hommes dont les enfants seraient à la fac. Elle se demanda aussi s'il s'en trouverait un, un jour, pour répondre : C'est carrément génial ! Je les vois et j'assure financièrement, mais le reste du temps n'appartient qu'à moi. Elle en doutait. Pour rafraîchissante qu'elle soit, cette réponse était prohibée, et Lucy devrait s'interdire tout contact sexuel et émotionnel avec un tel homme.

« J'imagine. »

Voilà. Ils avaient sacrifié aux traditions et pouvaient maintenant aller de l'avant.

L'entrée était une fricassée de crevettes aillées à partager, elle se demanda donc bien évidemment si elle avait des chewing-gums dans son sac, et si Michael se froisserait qu'elle lui en propose un sur le chemin du retour. Elle s'interrogea ensuite sur le message que ce chewing-gum enverrait, direct et bégueule à la fois, et craignit du coup que Michael ne remarque qu'elle réfléchissait à tout ce qui pourrait, ou pas, advenir par la suite plutôt que de s'intéresser aux conversations en cours. Elle se secoua et s'obligea à bannir toute anxiété au sujet des chewing-gums.

Ils parlèrent d'écriture, d'enseignement, du référendum. (Michael tourna en ridicule l'idée qu'un pays puisse voter contre ses propres intérêts économiques, et tant d'assurance tranquillisa Lucy.) Ils parlèrent de l'échec de leurs mariages respectifs, et il expliqua les dérapages qui avaient eu raison du sien sans désinvolture ni haine de soi complaisante. Elle l'aimait bien. Elle l'invita à boire un verre, et il la regarda en faisant mine d'être effrayé. Mais en souriant, aussi.

« Joseph, Michael. Michael, Joseph. »

Ils échangèrent une poignée de main.

« Comme l'éditeur », observa Michael.

Joseph le fixa d'un regard vide.

« Il y a un éditeur qui s'appelle Michael Joseph, expliqua Michael.

— Ah.

— Oui. Ce qu'il publie n'est pas vraiment ma tasse de thé, ajouta-t-il, et il gloussa.

— Michael est écrivain, s'empressa de préciser Lucy, dans l'espoir d'expliquer pourquoi il citait le nom d'un éditeur à quelqu'un qu'il ne connaissait pas dix secondes plus tôt.

— Sympa », commenta Joseph.

Lucy pouvait voir qu'il n'allait pas demander à Michael quels livres il avait écrit. L'information n'aurait présenté aucun intérêt. Lucy avait quelquefois invité des auteurs locaux à s'entretenir avec ses élèves, et ces visites n'avaient toujours suscité qu'une complète indifférence. Elle en avait longtemps conçu de la frustration – quand elle-même était écolière, on ne lui avait présenté que des auteurs morts –, mais nombre de ses anciens élèves, désormais adultes, étaient aujourd'hui infirmiers, policiers, agents de voyages, vendeurs, employés du London Underground. Il y avait aussi deux footballeurs professionnels, un comptable, un vétérinaire et un rappeur. Ils étaient en train de devenir des membres précieux et appréciés de la société sans le secours de la fiction.

En voyant ces deux hommes qui restaient plantés là, à fixer le sol, Lucy s'efforça de ne penser à rien. Ce n'était que Michael, un romancier avec lequel elle venait de dîner, et Joseph, le baby-sitter qui travaillait chez le boucher. Elle s'efforça, en particulier, de ne pas penser aux différences physiques : le visage parfaitement lisse de Joseph, l'ombre de la barbe grisonnante de Michael, le corps grand, mince et musclé de Joseph, les mains mouchetées de taches brunes de Michael, sa petite bedaine. Si on additionnait leurs âges respectifs puis divisait le total par deux, on obtiendrait plus ou moins l'âge de Lucy, mais la vie, et là résidait le problème, était un voyage à sens unique, qui l'éloignait à vive allure de Joseph et la précipitait vers Michael ; qui l'obligeait, lui semblait-il, à regarder ce qui se trouvait devant elle, et non derrière.

« Vous avez passé une bonne soirée ? demanda Joseph.

— Je vais laisser Lucy répondre à cette question, répondit Michael.

— Eh bien, nous n'avons pas trop aimé le film, ni l'un ni l'autre, mais le dîner était bon.

— Mieux vaut ça que l'inverse, observa Joseph, et Lucy se mit à rire, plus fort peut-être que ne le méritait le trait d'esprit.

— Les garçons ont été sages ?

— Très. On s'est bien amusé.

— Avec la Xbox ?

— Ils ont aussi fait quelques devoirs.

— Ils ont fait leurs devoirs d'eux-mêmes ?

— Non. Je leur ai demandé s'ils en avaient, et là ils les ont faits.

— Waouh. »

Si on avait demandé à Lucy de dresser la liste des choses qu'elle considérait comme sexy, les devoirs à la maison n'y auraient pas figuré, quand bien même cette liste aurait fait des centaines de pages. Elle sentit cependant un pincement au cœur, familier mais presque oublié. Était-elle parvenue à un âge où le sens des responsabilités et la fermeté étaient des traits de caractère séduisants ?

Et comment diable Joseph s'y était-il pris pour les acquérir des dizaines d'années avant elle ?

Elle lui donna quarante livres, une dépense nullement indolore mais qui paraissait un peu moins cuisante que du temps de Paul, au retour d'un de ces dîners houleux dans un restaurant bruyant, et elle le raccompagna à la porte, abandonnant Michael seul dans la cuisine.

« Merci », dit-elle et, sans réfléchir, elle l'embrassa sur la joue. Il se fendit d'un grand sourire et s'éloigna dans la rue.

« Hé, vous voulez que je vous commande un Uber ? lui cria-t-elle.

— Non, ça ira. »

Il s'arrêta et rebroussa chemin.

« Je retire ce que j'ai dit, dit-il. Il n'y en a qu'une seule sorte.

— Pardon ?

— De... ce dont on parlait. Grrr. Laissez tomber. »

Et, cette fois, il fila au trot vers le bout de la rue.

Elle ouvrit une bouteille de vin, sortit deux verres, invita Michael à passer au salon, puis feignit de mettre une éternité à choisir un CD.

« Quel genre de musique aimez-vous ?

— Qu'avez-vous ?

— Un peu de tout. Marvin Gaye ? » Oh zut. Les chansons de Marvin Gaye parlaient de sexe. « Joni Mitchell ? Adele ?

— C'est bien, Adele ? Je crains de n'être pas trop à la page, en matière de musique. »

Elle ne le contredit pas sur ce coup-là, écouter

Adele indiquait qu'elle-même était parfaitement au diapason de son époque. Elle mit un des albums de Paul, un Dylan, au soulagement évident de Michael, qu'elle alla rejoindre sur le canapé.

« Ah, Bob…, soupira-t-il.

— Oui. »

Bob, comme Michael Joseph, n'était pas d'un grand secours pour lancer une conversation.

Histoire de meubler le silence, chacun sirota son vin. Puis Michael posa une main sur le genou de Lucy, dans un geste plus amical que lubrique.

« Je devrais vous prévenir qu'on joue un peu à pile ou face ces temps-ci. En fait, non, disons plutôt *en ce moment* que *ces temps-ci.* »

Lucy se demanda de quoi il pouvait bien parler.

« OK.

— C'est juste que… si c'est vers là que nous allons, mieux vaut l'expliquer maintenant, je pense, plutôt que de vous laisser le découvrir plus tard.

— Merci. »

Un remerciement était probablement de rigueur, car la remarque semblait dictée par la franchise et une espèce de considération.

« Si je puis me permettre… que joue-t-on à pile ou face ?

« Ah. Oui. J'étais inutilement nébuleux. Pile, tout marche normalement. Face… il ne se passe rien du tout. »

Le brouillard s'était dissipé. Lucy continuait à penser qu'il était probablement un *fuckman*, mais il avait les yeux plus gros que le ventre, comme disait sa mère, et il devait donc trouver ça déroutant.

« Je répugne à être un de ces hommes qui dit : “Oh, ça ne m’était jamais arrivé.” Alors que ça m’est déjà arrivé.

— Je vois.

— Donc.

— Avez-vous envisagé… une solution d’ordre médical ?

— Oui, bien sûr. De plus en plus souvent. Mais ensuite, subitement, tout ressuscite et après je me dis : “Bon, qu’on en finisse”. On entend tellement d’histoires épouvantables, n’est-ce pas ?

— Ah bon ?

— Oui. Des histoires où… ça s’éternise, où ça devient inconfortable, atrocement embrassant. »

C’était donc ce qui l’attendait ? Mais il devait bien y avoir des étapes le long du chemin, non ? Elle avait présumé que le Viagra et compagnie seraient de la fin du périple – une fois à Plymouth, disons, si on se rendait en Cornouaille. Mais qu’en était-il de Reading, Bath, Bristol Temple Meads ? Elle ignorait quel était l’équivalent sexuel de Bristol Temple Meads, mais, apparemment, elle s’était assoupie et avait loupé cet arrêt.

« Tout ça est incroyablement rebutant, je sais. Mais c’est si déroutant, ce fonctionnement erratique.

— Avez-vous détecté quelque raison à ces aléas ? »

Michael s’adressa de nouveau à son verre de vin.

« J’ai échafaudé quelques théories, mais… je ne suis pas certain de vouloir les exposer. Et c’est injuste pour la, la… bref.

— Oh, pardon. Je ne voulais pas…

– Non, non, c'est… »

Quelles étaient-elles, ces théories ? Et pourquoi étaient-elles injustes ? Quelle aurait pu être la chute de sa phrase ? Lucy n'était pas troublée, juste extrêmement curieuse. S'il s'apprêtait à dire que c'était injuste pour la potentielle partenaire sexuelle, c'était à coup sûr laisser entendre que les dysfonctionnements ne se produisaient qu'avec un certain type de femme. Mais lequel ? Fallait-il se situer au-dessus d'un certain seuil d'intelligence ? Fallait-il comprendre que si votre QI n'était pas à la hauteur de l'écrivain primé Michael Marwood, sa virilité, nullement impressionnée et consumée d'ennui, restait inerte ? Ou, pire, qu'elle consentait un petit effort, puis rendait l'âme en cours de route ? La raison pouvait se nicher n'importe où ailleurs – le tour de poitrine, ou de hanches, le poids… Mieux valait couper court à ce petit jeu de devinettes, avant que ses suppositions ne prennent un tour plus sombre et plus particulier. Cela avait-il quelque chose à voir avec sa mère ? La femme qui lui ressemblait le moins ? Qui lui ressemblait le plus ? Ou qui ressemblait le moins/le plus à son père ? Pourquoi les déambulations mentales et les accès de panique conduisaient-ils tous aux parents des potentiels partenaires sexuels ?

« Et… il va sans dire que je prends un risque, en vous parlant de ça. Mais j'apprécierais votre discrétion. J'ai cru comprendre qu'une romancière que je ne nommerai pas amuse la galerie avec le récit de mes infortunes.

— Basé sur une expérience de première main ? Ou des ouï-dire ?

— Un point pour vous.

— Un point pour quoi ? »

Sûrement pas pour un trait d'esprit ou un argument convaincant. Elle avait juste posé une question. Elle présuma que, dans ce contexte, ce point accordé signifiait « Fermez-la ».

Elle hésita.

« Puis-je ajouter une dernière chose ?

— Et ensuite, nous changeons de sujet.

— Le sexe ne se résume pas à ça, loin de là.

— Loin de là ?

— *Très* loin de là. »

Elle ne savait pas du tout si c'était vrai ou pas. Les addictions de Paul avaient souvent été à l'origine de dysfonctionnements, mais aucun des deux ne s'était trop préoccupé d'y remédier – Paul se mettait en colère et, du coup, elle ne voulait de toute façon plus coucher avec lui. Mais elle savait que c'était quelque chose que les gens disaient.

« Selon moi, c'est vrai dans le cadre d'une relation bien installée. Je ne suis pas sûr que ça marche quand on... on apprend à connaître quelqu'un. Si c'est ce que je suis en train de faire. Et vous aussi. Si c'est ce que *nous* sommes en train de faire, en y pensant bien.

— Vous croyez ?

— Ces deux dernières années, depuis ma rupture, il semblerait que je tente souvent de coucher avec des femmes qui ont perdu confiance en elles – parce que leur mari les a quittées pour une jeunette, ou qu'elles ne rencontrent jamais personne, ou que sais-je... ce ne sont pas les raisons qui manquent, n'est-ce pas ?

— J'aurais pensé que cela valait autant pour les hommes que pour les femmes. »

Elle pensait à ce pauvre Ted, qui cherchait une partenaire ordinaire.

« Oui, oui, naturellement. Mais je vais au lit avec quelqu'un, et rien ne se passe... Bon, vous avez beau dire que le sexe ne se résume pas à, à... ça, et je vous l'accorde, vous voyez bien cependant que...

— Oui, oui. »

Elle souhaitait juste le faire taire, maintenant, clore cette discussion. Une part d'elle voulait, inévitablement, découvrir de quel côté tomberait la pièce avec elle, mais cette part-là était plus petite, bien plus petite que celle qui voulait que la soirée se termine le plus vite possible.

Joseph appelait son père Chris, et sa mère Maman. Il n'avait pas besoin d'un psy pour en comprendre la raison. Et comme Chris habitait dans la rue du cinéma où il avait rendez-vous avec Jaz, il passa d'abord chez lui boire une tasse de thé. Il n'aimait pas rendre visite à son père. Chris le déprimait. La vie n'avait pas été dans le sens qu'il avait voulu, et c'était là son principal sujet de conversation. Une grande partie de son insatisfaction n'était pas de sa faute : depuis quelques années, une douleur chronique à l'épaule l'empêchait de travailler autrement que par intermittence. Cette douleur l'avait rendu dépendant au Subutex, un puissant opiacé auquel Joseph le soupçonnait d'être désormais plus ou moins accro, et Chris consacrait le plus clair de sa vie à débusquer de nouveaux médecins qui lui en prescriraient. La situation n'était pas près de s'arranger.

Chris habitait dans un appartement en rez-de-chaussée de la cité Denham et il avait placardé une affiche rouge sur sa fenêtre : REPRENEZ LE CONTRÔLE. VOTEZ POUR LE BREXIT LE 23 JUIN. Joseph sut, à la seconde où il la vit, qu'il valait mieux s'abstenir de toute question à son sujet. Sinon il lui faudrait supporter une diatribe qui occuperait la totalité de la visite. Joseph ne savait pas pourquoi son père tenait à placarder cette affiche, ni s'ils seraient tous les deux sur la même longueur d'onde. Mais il savait d'expérience que quand Chris avait une idée fixe, mieux valait le laisser ruminer en paix.

D'emblée, il lui sauta aux yeux que quelque chose avait changé. L'appartement était propre et ne sentait plus ni le chien ni le tabac – comme cela avait longtemps été le cas, même après que Chris avait arrêté de fumer et enterré le chien. En outre, Chris l'accueillait avec le sourire.

« Comment va, fils ?

— Je vais bien, Chris, merci.

— Tu as vu mon affiche sur la fenêtre ?

— Non.

— Pour le Brexit.

— Ouais. Tu m'avais dit que tu voulais voter pour.

— Et toi, tu vas voter quoi ?

— J'en sais rien. J'y ai pas réfléchi. Comment vas-tu ?

— Ouais. Ça va bien.

— Bien ? » Joseph n'était pas certain d'avoir déjà entendu ce mot dans la bouche de son père, en réponse à cette question ou n'importe quelle autre.

« Ouais. Je suis optimiste.

— Génial. Pourquoi ?

— À cause de tout ça. Je me suis impliqué. J'ai distribué des tracts, et tout et tout. »

Il était en train de pointer le doigt vers l'affiche.

« Ça changera quoi pour toi ?

— Tu n'y as pas réfléchi du tout, n'est-ce pas ?

— Pas vraiment. Je pensais que tout le monde allait voter contre.

— Non, mon ami. Pas dans le coin. Personne, absolument personne ne votera contre. Avec qui en as-tu discuté ? »

Joseph décida que Chris ne tenait pas forcément à entendre parler de Lucy et des autres clients de la boucherie.

« Je ne sais pas. C'était juste une impression.

— Une impression fausse.

— Dans ce cas, je vais peser le pour et le contre.

— Il n'y a rien à peser, si tu es un travailleur.

— Tu passes ton temps à me dire que je n'en suis pas un.

— Je sais que tu bosses dur, mon fils. Le seul fait que tu ne sois pas monteur d'échafaudage ne signifie pas que tu ne te décarcasses pas. »

Joseph eut du mal à ne pas rester bouche bée. C'était là une opinion que son père n'avait jamais eue, ni exprimée.

« L'appartement est drôlement en ordre.

— Tout n'est qu'une question d'offre et de demande. S'ils veulent construire quoi que ce soit à Londres, ils devront payer des salaires décents. »

Chris lui tendit un mug de thé. On y distinguait à peine l'inscription DAD OF THE YEAR ; presque entièrement effacée, maintenant. Peut-être Joseph était-il le seul à pouvoir encore la lire. Il avait offert ce mug à Chris il y avait fort longtemps. Il voulait le lui reprendre. Il voulait aussi que son père s'achète de nouveaux mugs.

« Le truc, c'est que j'ai rien contre l'immigration. Sans elle, on ne serait pas ici. Mais tous ces Européens de l'Est, et les autres, ils ne viennent pas pour faire partie du pays, pas vrai ? Pour eux, c'est juste un frappe-et-court. Ils cassent les prix de la main-d'œuvre locale, ils se font un peu de blé et ils rentrent chez eux. Et pendant ce temps, nous qui sommes coincés dans une des villes les plus chères du monde, on ne peut plus vivre décemment.

— C'est vrai.

— Tu te souviens de Kelvin, avec qui je travaillais à Canary Wharf ?

— Non.

— Eh bien, on est restés en contact. Et d'après lui, si les Européens de l'Est se cassent, ils seront obligés de nous payer vingt-cinq livres de l'heure.

— Est-ce que tu as vu Grace, récemment ?

— Pourquoi ça ne t'intéresse pas, ce que j'ai à dire ?

— Ça m'intéresse, mais je n'ai pas beaucoup de temps, je vais au cinéma et je voulais parler d'autre chose avant d'y aller.

— Elle ne viendra pas jusqu'ici. »

La sœur de Joseph louait un appartement dans la banlieue sud de Londres avec des amies. Elle était assistante pédagogique à Balham.

— Tu l'as invitée ?

— Non.

— Pourquoi ne lui donnes-tu pas rendez-vous quelque part ?

— *Rendez-vous* ? Et où veux-tu que je lui donne rendez-vous ? »

Autrefois, c'est-à-dire quelques semaines plus tôt, avant qu'il ne découvre son but dans la vie, c'était la ruse préférée de Chris : répéter la suggestion et enchaîner avec une question pour laquelle, selon lui, il n'existait pas de réponse. C'était une habitude née de la dépression, mais Joseph devait fréquemment réprimer un éclat de rire car, à la plupart de ces questions sans réponse, il pouvait répondre en deux mots.

« Au pub ? Au McDonald's ?

— Peut-être que je le ferai. »

S'il tenait parole, alors Joseph saurait que la perspective de quitter l'Union européenne était plus efficace que n'importe quel antidépresseur. Votez en faveur du Brexit pour rabibocher les familles désunies.

Jaz avait fait un effort – elle ressemblait à une fille qui avait un rencard. Elle portait un haut moulant et scintillant, un legging et des paillettes sur le visage. Joseph supposa qu'il regrettait d'être venu dans son survêtement Nike, mais pas au point de s'excuser. Ils décidèrent de voir un film d'horreur, *Le Boucher de Satan*. L'affiche montrait un boucher en tablier sanguinolent, un couperet à viande à la main. Il avait les yeux injectés.

« J'espère que ça parle d'un boucher possédé par le Diable et qui découpe les gens en tranches », plaisanta Joseph. L'affiche n'offrait pas beaucoup d'interprétations alternatives.

« De quoi d'autre veux-tu que ça parle ? » réagit Jaz, comme s'il était idiot.

Heureusement, le film parlait bien d'un boucher possédé par Satan, et Jaz agrippait le bras de Joseph chaque fois qu'il se passait quelque chose d'horrible sur l'écran, soit environ toutes les deux minutes jusqu'à la dernière demi-heure où, là, les atrocités s'enchaînaient sans la moindre pause. Joseph était fréquemment distrait par l'incompétence du boucher de Satan. Faute de formation, lui-même n'était pas autorisé à découper les carcasses. (Mark, son patron, ne demandait qu'à le former, mais Joseph s'y refusait par crainte de se retrouver embauché malgré lui à temps complet à la boucherie.) Le boucher de Satan utilisait un couperet au lieu d'un couteau, et il tranchait dans le sens des fibres, ce qui était le summum de la bêtise. Tailler dans ce sens-là rendait la viande plus difficile à mastiquer, et même si Joseph n'avait jamais vu Mark débiter des steaks d'une carcasse humaine, il était certain que les mêmes règles s'appliquaient. Le boucher de Satan s'en sortait légèrement mieux avec les côtes, mais plus par accident qu'en faisant appel à sa jugeote. Il s'acharnait à trancher l'os au couperet, qui faisait le job, certes, mais moins bien que ne l'aurait fait une scie, et, apparemment, il pensait pouvoir vendre le plat-de-côtes couvert – qui est, en fait, plein de gras et ne sert pas à grand à chose. (À supposer, encore une fois, que les côtes humaines soient grossièrement comparables à celles d'une vache.)

Cela lui fit penser que Jaz ignorait tout de son job du samedi.

« Je suis boucher, lui murmura-t-il, une fois que le boucher démoniaque eut disposé ses steaks en vitrine.

— Ta gueule.

— Non, c'est vrai.

— Toi, boucher ? Ça m'étonnerait.

— N'empêche que je travaille dans une boucherie.

— Arrête de raconter n'importe quoi.

— Pourquoi je te mentirais ?

— Parce qu'on regarde un film sur un boucher satanique et que tu veux me ficher la frousse. »

Le spectateur assis dans la rangée derrière la leur se pencha et tapa sur l'épaule de Jaz. Quadragénaire, des cheveux blonds coupés très court, accompagné d'une femme. C'était le genre d'homme que Joseph avait toujours trouvé potentiellement problématique. Jaz se retourna.

« Quoi ?

— Je veux juste participer, expliqua l'homme. Comme je n'entends pas ce qui se dit à l'écran, autant que je discute avec vous. Quel est le sujet de la conversation ? »

Joseph ne put s'empêcher de trouver que c'était une manière élégante de demander à quelqu'un de la fermer.

« Putain, mais de quoi je me mêle ? » riposta Jaz.

La réponse, en revanche, l'était nettement moins.

« Évitez de me tendre la perche, lui rétorqua l'homme. Fermez-la. »

Quelques spectateurs se retournèrent vers eux. Quelqu'un applaudit.

Jazz était en colère.

« Regardons juste le film », dit Joseph.

Jaz faisait la tête, mais elle n'ouvrit plus la bouche.

« Où va-t-on ? » demanda-t-elle en sortant du cinéma.

Rien n'indiquait qu'elle conservait des séquelles de l'accrochage avec leur voisin de siège et Joseph vit là un mauvais présage : cela sous-entendait qu'une prise de bec allait de pair avec toute sortie en ville. Il se surprit à se demander s'il irait un jour au cinéma avec Lucy. C'était parfaitement possible, bien sûr, en ce sens que de très modestes ambitions peuvent se concrétiser assez facilement pour peu qu'on s'en donne la peine. Il lui suffirait de l'inviter, peut-être après deux ou trois autres sessions de baby-sitting. Il pourrait dire : « Lucy, ce film a l'air vraiment intéressant, mais je ne connais personne qui veuille le voir et je n'aime pas aller au cinéma seul. Ça vous dirait ? » Et elle répondrait presque à coup sûr : « Oui, à condition de trouver un baby-sitter. » Mais bien entendu, ce ne serait pas là le sens de sa question, n'est-ce pas ? Encore que… Peut-être voulait-il juste aller au cinéma avec une femme qui n'était pas susceptible de lancer un « Putain mais de quoi je me mêle ? » à l'inconnu assis derrière eux. Sauf qu'en vérité il n'allait jamais au cinéma, sinon pour un rencard, ce qui semblait le ramener à son point de départ.

« Allô ? fit Jaz.

— Pardon. Tu veux boire un verre ?

— Dans mon idée, c'était plutôt... chez moi ou chez toi ? Sauf que chez moi, c'est mort. Zéro intimité. »

S'il devait être honnête, toute cette soirée n'avait été motivée que par un besoin sexuel. Mais maintenant que l'offre était apparemment sur la table, elle paraissait hors sujet, déconnectée de tout ce qui s'était passé entre eux jusque-là. Ça marchait comme ça ? Ils regardaient un film sur un boucher possédé, elle disait à quelqu'un d'aller se faire foutre, puis elle voulait savoir où ils allaient le faire ? Ça ressemblait plus à la quête d'une place dans un rack à vélo qu'à une relation sexuelle. Il ne cherchait pas un endroit où la garer.

« Zéro intimité chez moi aussi. »

Ils n'étaient plus que deux à la maison, maintenant que Grace avait quitté le nid, et sa mère ne trouvait pas grand-chose à redire s'il disparaissait à l'étage avec de la compagnie. Cela l'avait inquiétée, et à juste titre, quand Joseph avait quatorze ou quinze ans, mais depuis qu'il avait atteint un âge où l'on pouvait raisonnablement compter sur son sens des responsabilités, elle s'était détendue.

« On va faire quoi, alors ?

— Tu peux venir chez moi et faire la connaissance de ma mère, ou bien on peut aller quelque part. »

Il y avait un mot, sur la table de la cuisine, pour lui rappeler que sa mère avait commencé à faire des gardes de nuit. Elle lui avait laissé une moitié de tourte au poulet dans le four. Elle refusait de croire qu'il ne touchait jamais aux tourtes.

« On est seul, donc ?

— Ouais.

— Ooooh, fit Jaz en l'enlaçant par-derrière.

— Tu veux du thé ? »

Elle le lâcha.

« T'as pas de la vodka ?

— De la vodka ?

— Ouais. Ça craint, comme question ?

— Non, répondit-il, puis il haussa les épaules, suggérant plus ou moins le contraire.

— Je ne veux pas me saouler, juste me détendre un peu, tu vois. Tu en prendras une ?

— Non, ça va pour moi.

— Ça n'a pas l'air.

— Ce qui veut dire ?

— Je sais pas. T'es tout tendu, genre oui-non, oui-non. »

Il n'avait pas dit grand-chose, dans le bus, mais elle avait passé tout le trajet le nez sur son téléphone. À un moment donné, elle l'avait brandi en l'air pour les prendre tous les deux en photo, puis elle lui avait montré le cliché. Joseph s'était trouvé un air perplexe. Elle avait ensuite posté la photo quelque part, ou l'avait envoyée à quelqu'un, mais Joseph n'avait pas demandé où, ni à qui, et, cela fait, elle s'était remise à consulter son Instagram.

Il savait qu'il y avait une bouteille de vodka. Quelqu'un l'avait apportée à Noël. Ni lui ni sa mère ne buvaient beaucoup. Elle était dans le freezer, intacte.

« Qu'est-ce que tu as à mettre dedans ? Du Coca ?

— Non. Il n'y a jamais de Coca dans cette maison.

— Dis donc, c'est la fête, avec toi. Pas de vodka, pas de Coca… »

Pas de tourtes au poulet, pas de sexe. Qu'est-ce qui ne tournait pas rond chez lui ?

« Du jus d'orange, ça t'irait ?

— Oui, à moins que tu préfères faire des shots. »

Il allait devoir dire oui à quelque chose, bientôt, mais il n'avait aucune intention de faire des shots.

« Je pense que je vais prendre une vodka orange. »

Il sortit la bouteille de vodka du freezer, le jus de fruit du réfrigérateur, et deux verres. Jaz le regarda servir la vodka.

« Il va nous en falloir un peu plus que ça. Sinon, on saura même pas qu'on a bu un verre. »

Il avait toujours eu en lui ce grain de… Bon, il ne savait pas comment appeler ça. Abnégation ? Obéissance ? Un truc en lien avec l'Église ? Cela venait en grande partie de son envie de rester svelte le plus longtemps possible. Il faisait aujourd'hui le même poids qu'à dix-huit ans, et il accordait de l'importance à sa silhouette. D'où la tourte au poulet et le Coca, et même la vodka. Il était déçu de n'être pas plus intéressé par Jaz, cependant.

Cela n'avait rien à voir avec sa condition physique. Ni davantage avec l'Église.

« Je ne sais même pas ce que tu fais, dans la vie, lança-t-il.

— Je suis étudiante.

— Ah ouais ? T'études quoi ?

— Tourisme et gestion hôtelière à South Bank. C'est ma dernière année.

— Et après ?

— Je sais pas. L'hôtellerie, probablement. J'aimerais aller travailler ailleurs. À l'étranger.

— Ça te plaît pas, ici ?

— Qui s'y plaît ? C'est gris, cher, et il pleut tout le temps comme vache qui pisse.

— Ça ne me gêne pas. »

Il n'était pas certain que ce soit vrai, mais il se sentait sur la défensive. Il ne voulait pas partir s'installer ailleurs, donc, sauf à prendre fait et cause pour le pays, ce serait reconnaître un manque d'ambition, et un surcroît d'abnégation.

« Où veux-tu aller ?

— Aux States. En Californie.

— Il te faut pas un visa ? »

Un visa ! Il se déprimait lui-même. Il n'osait pas imaginer ce qu'il lui faisait subir.

« Putain. Et moi qui pensais que ce serait le plan le plus fastoche de l'histoire de l'humanité. Joli garçon, célibataire, l'air intéressé. Et qui maintenant n'a qu'une idée en tête : critiquer ma façon d'organiser un voyage que je ne ferai sans doute pas avant dix ans.

— Pardon. Je ne voulais pas que tu sois déçue.

— Merci. Bon, tu vas m'embrasser ou quoi ?

— Tu en as encore envie ?

— Vu que la conversation me branche moyen… »

Joseph éclata de rire et l'embrassa. Il sentit qu'il était réceptif, mais cette réponse lui sembla déplacée, incohérente. Il en revenait à l'idée qu'il existait plusieurs sortes de sex-appeals. Il y avait celui de Jaz, qui semblait être indépendant de la personne, voire en conflit avec elle. Puis celui de Lucy, qui lui semblait s'intensifier au fur et à mesure qu'il apprenait à mieux la connaître. Était-ce possible, un truc pareil ? Si oui, ça semblait problématique.

Subitement, sans crier gare, Jaz se mit à chanter *Drunk in Love* de Beyoncé. Ce passage où ils se réveillent dans la cuisine en se demandant « C'est quoi ce bordel ? ». La voix de Jaz était tellement inattendue, si puissante et rauque, si particulière, que Joseph se mit à rire.

« La vache.

— Ouais, fit Jaz. J'ai aussi ça.

— Tu es incroyable. »

Elle haussa les épaules, comme pour dire : « Je t'avais prévenu. »

« Où est ta chambre ?

— Ma chambre ?

— Ouais. Ta chambre. Faut battre le fer tant qu'il est chaud.

— Quel fer ? »

Il n'avait franchement pas l'intention de se montrer obscène, ni de l'aguicher. Il cherchait juste à déterminer comment la métaphore fonctionnait ici. Jaz lui disait-elle que chanter avait fait rougir son fer ? Ou bien pensait-elle que sa voix aurait fait tomber chez lui les dernières résistances ?

« Le tien, j'espère », clarifia Jaz. Et l'effet du baiser s'étiola aussi sec. À cet instant, Joseph prit pleinement conscience qu'il désirait quelqu'un d'autre.

« Ouais, bon, écoute, je crois que tout ça va un peu trop vite pour moi.

— Quoi ?

— Ouais. Peut-être qu'on devrait faire deux ou trois autres rencards, avant.

— Quoi ? »

Elle semblait littéralement incapable de comprendre ce qu'il disait, et il voyait bien pourquoi. Lui-même en croyait à peine ses oreilles. Il lui était arrivé un truc. Une belle fille voulait savoir où se trouvait sa chambre, et il refusait de lui répondre.

« J'ai pas l'intention de t'épouser », assénat-elle.

De façon absurde, il entendit là un rejet qui le piqua au vif.

« Comment as-tu su ça aussi rapidement ?

— Allons bon… tu veux m'épouser ?

— Non, écoute, le truc, c'est que j'ai plus ou moins quelqu'un.

— Oh, le putain de menteur !

— Je ne suis pas *avec* ce quelqu'un à proprement parler, mais…

— Ça veut dire quoi, ce charabia ?

— Je sais pas.

— Ben réfléchis. »

Il comprenait tout à fait qu'elle puisse vouloir une clarification.

« Je n'étais avec personne lorsque tu m'as demandé de sortir avec toi.

— Comment ça ? Qui a demandé à qui ? » s'indigna Jaz.

Cette réaction-là était nettement moins raisonnable.

« Écoute, peu importe qui a demandé à l'autre, je n'étais avec personne à ce moment-là. Mais, depuis, la situation a évolué.

— Tu m'as proposé de sortir avec toi il y a deux jours !

— Ouais, je sais. Mais un plan que je croyais mort a ressuscité.

— Quand ? »

Vu l'étroitesse de la fenêtre de temps, il ne disposait pas, pour sa réponse, de beaucoup d'options.

« Hier.

— Hier ?

— Je sais. C'est bizarre. Mais les affaires de cœur vont à leur propre rythme. »

Plus tard, cette conversation lui donnerait, à maints égards, envie de rentrer dans un trou de souris, mais c'était cette réplique-là qu'il regretterait le plus. D'où l'avait-il sortie ? D'un vieux film ? D'un livre qu'il avait dû étudier à l'école ? Il avait tâtonné et cherché une remarque digne d'un adulte, mais avec celle-là il avait traversé l'âge adulte sans s'arrêter et était carrément ressorti de l'autre côté.

« C'est un de tes multiples boulots, écrire des cartes de Saint-Valentin bien pourries ? »

Joseph éclata de rire. La pique était drôle. Mais Jaz ne trouvait pas qu'il y avait là matière à rire, et elle rentra chez elle. Sa voix, sa puissance et le choc qu'elle avait produit demeurèrent dans la pièce après son départ.

5

L'église qu'ils fréquentaient ne ressemblait pas à une église. Le bâtiment avait jadis abrité une bibliothèque, mais qu'il fût ancien, datant d'une décennie indéterminée du XIXe siècle, suffisait amplement à la mère de Joseph. La hauteur sous plafond et la brique victorienne lui permettaient de regarder de haut les autres lieux de culte, principalement africains, qui avaient essaimé dans Tottenham en investissant des locaux autrefois occupés par des bookmakers ou des supérettes. « Ces pauvres gens », disait-elle quand le bus passait devant ces églises de fortune, mais on n'entendait pas une once de pitié dans sa voix, seulement de la supériorité. Elle avait besoin de cette différence de statut.

Joseph regrettait toujours d'assister au culte. Il ne croyait pas en Dieu, mais l'Église baptiste du royaume des Cieux n'entendait pas laisser quiconque douter peinard au dernier rang – et sa mère non plus. Joseph devait être debout et chanter Sa gloire à tue-tête, sans quoi un coup de coude dans les côtes le rappelait à l'ordre. Un jour, il dirait à sa mère qu'il n'était pas assez pieux pour consentir un tel effort.

Son téléphone bipa pendant le sermon ; il murmura immédiatement des excuses, mais sa mère n'était pas contente, et ce manque de respect ne serait pas oublié. Il sortit le téléphone de sa poche pour l'éteindre, mais pas avant d'avoir vu que le message était de Lucy : *Libre ce soir ? Comment s'est passé le rancard ?* Il y répondit sitôt qu'ils furent sortis, pendant que sa mère, comme chaque dimanche matin, échangeait quelques mots avec une vieille dame en fauteuil roulant. S'il voulait se montrer cynique, il s'autoriserait à observer que sa mère mettait un point d'honneur à bavarder avec cette dame en fauteuil roulant, comme s'il s'agissait d'un prodigieux geste de charité chrétienne.

Rencard foireux. Quelle heure ?

Voulez-vous dîner avec nous ? 18.30 ?

Parfait.

« Ta sœur vient dîner ce soir, lui annonça sa mère pendant qu'ils attendaient l'autobus.

— Dis-lui de passer d'abord voir Chris.

— Elle ne veut pas le voir.

— Il va bien, en ce moment. J'y suis allé, l'autre jour. Il est à fond.

— À fond sur quoi ?

— Le référendum. Il pense que si on sort de l'Union européenne, il va gagner beaucoup plus d'argent.

— Que Dieu nous aide.

— Tu ne veux pas qu'il gagne plus d'argent ?

— Je suis la seule soignante britannique de mon service, en ce moment. Toutes les autres sont polonaises, hongroises et espagnoles. Si on les renvoie chez elles, autant faire nos valises et rentrer au pays nous aussi.

— Donc tu vas voter contre ?

— Oui. Évidemment.

— Chris soutient que tous les Européens de l'Est tirent son salaire à la baisse.

— C'est ce que les gens disent.

— Qui a raison ?

— Je n'en sais rien. Mais le NHS a plus de malades qu'il n'y a d'ouvriers du bâtiment. Bref. Nous dînerons à 18 h 30.

— Ah. J'ai déjà un truc, ce soir.

— Non. Ce soir, tu dînes avec ta sœur.

— J'ai un baby-sitting. Pour Lucy. Je ne peux pas lui faire faux bond. Tu aurais dû me prévenir plus tôt.

— Je ne l'ai pas su plus tôt.

— Quand te l'a-t-elle annoncé, alors ? Parce que tu ne m'as rien dit avant d'entrer dans l'église, et ensuite tu as éteint ton téléphone.

— Pourquoi faut-il que tu accoures quand cette Lucy te siffle ?

— Elle ne me siffle pas. Elle m'a demandé si j'étais libre pour un baby-sitting. Je peux toujours répondre non.

— Dans ce cas, fais-le.

— J'ai déjà répondu oui. Et gagner cet argent ne me déplaît pas.

— À quelle heure dois-tu partir ?

— À 18 heures.

— À 18 heures ? Un dimanche ? Où va-t-elle un dimanche à 18 heures ?

— Je ne le lui ai pas demandé, maman. Ça changerait quelque chose, si je le savais ? »

Les dimanches matin où sa mère se rendait directement à l'église au sortir d'une garde étaient un mauvais moment à passer, que Joseph endurait en général sans trop de mal. Elle dormait l'après-midi, après le déjeuner, mais avant ça, la fatigue la rendait irritable. Si jamais sa musique lui rapportait un jour de l'argent, Joseph essaierait de la convaincre d'arrêter de travailler, mais elle adorait son métier, et une infirmière avait des horaires irréguliers.

« Oui, ça changerait quelque chose. Tu as un engagement familial.

— Tu es sérieuse ?

— Je ne vois pas pourquoi, où qu'elle aille, elle ne peut pas emmener ses enfants. 18 heures, c'est tôt. Ou bien peut-être pourrait-elle y aller plus tard ? Ça vaut la peine de poser au moins la question. »

Il appela Lucy.

« Salut. C'est toujours bon, pour ce soir ?

— Eh bien, justement, ma mère se demandait si vous pourriez emmener les enfants avec vous, parce que j'ai promis de dîner avec elle.

— Je n'avais pas l'intention de les emmener où que ce soit. Vous veniez dîner, et je sortais ensuite.

— Oh, je vois.

— Vous l'aviez compris, n'est-ce pas ?

— Oui.

— Est-ce qu'elle vous écoute, là ?

— Évidemment.
— Vous devriez dîner avec votre maman.
— Non, non. Je peux arranger ça. »
Il ne savait pas trop dans quoi il s'engageait, ni par quel chemin il comptait arriver à bon port, mais s'il raccrochait, il n'irait nulle part, et ça, il n'en était pas question. Il était en train de se passer quelque chose, là.
« Je ne sais pas quoi dire », reprit Lucy.
Il y eut un blanc.
« Je comprends, se décida à répondre Joseph, d'un ton qu'il espérait songeur.
— Que diriez-vous de ça ? Si vous n'êtes pas libre ce soir, on remet ça à un autre soir, bientôt. Parce que nous sommes vraiment impatients de vous voir. Tous les trois. Je regrette de ne pas pouvoir annuler ma sortie. »
Il en avait assez entendu. C'était plus qu'il n'en attendait, ou n'en avait besoin.
« Oh, non ! s'exclama-t-il. Je suis vraiment désolé. J'espère que ce n'est pas grave. À tout à l'heure. »
« Sa mère, précisa-t-il à l'intention de la sienne après avoir raccroché. Elle est tombée malade.
— Dans ce cas, tu dois y aller. »
Il savait qu'elle répondrait ça.
« Je sais.
— Et ne sois pas en retard.
— Je ne comptais pas l'être. »
Joseph peinait à imaginer dans quelle circonstance sa mère serait susceptible de bavarder avec Lucy et de découvrir que la mère de celle-ci se portait comme un charme. Les deux s'entendraient

bien, cela dit, il le savait. Enseignante et infirmière étaient des professions qui exigeaient de bien s'entendre avec tout le monde. Brusquement, Joseph prit conscience du fait que sa mère et Lucy avaient à peu près le même âge, et il fut saisi d'une sorte de haut-le-cœur. Presque le même âge ! Il voulait coucher avec une femme qui avait l'âge de sa mère !

« Je vais jouer un peu à la Xbox, maman. Va te coucher.

— J'ai besoin de mon petit-déjeuner, d'abord. »

Il gagna sa chambre, sortit son téléphone et commença à chercher sur Google des célébrités nées en 1973 et 1974. Victoria Beckham, Penélope Cruz. Kate Moss. Tyra Banks. Plus tout un tas d'actrices de porno inconnues au bataillon, mais leur créneau professionnel en disait long sur l'absence générale de caractéristiques maternelles, et cela lui suffisait. À en juger par ces photos, il n'y avait rien de mal à trouver une femme de quarante-deux ans séduisante. Le problème n'était pas Lucy, mais sa mère. Pourquoi faisait-elle vingt ans de plus que n'importe laquelle de ces femmes ? Elle avait renoncé à cette part de sa vie, au monde des hommes, du sexe et des rencontres, et cela ne semblait pas la déranger outre mesure. Elle était corpulente, et ses genoux et ses chevilles la faisaient souffrir. Était-ce juste le manque d'argent qui la faisait paraître si vieille ? Ou bien Grace et lui avaient-ils contribué d'une manière ou d'une autre à la faire vieillir avant l'heure ? Ils avaient été des enfants faciles, dans l'ensemble. Son père, lui, n'avait pas aidé. Mais franchement, pensait Joseph, le comportement des gens n'avait rien à voir là-dedans. Si sa mère avait été une Spice Girl et femme de footballeur, peut-être ressemblerait-elle maintenant un peu plus à Victoria Beckham. C'était une idée dérangeante, et Joseph ne tenait pas à y consacrer trop de temps.

Pendant qu'elle cuisinait et que les garçons jouaient à la Xbox, elle essaya mollement de dénicher un endroit où passer la soirée. Maintenant qu'elle avait dit à Joseph qu'elle regrettait de ne pas pouvoir annuler sa sortie, elle devait au moins faire un effort pour donner rendez-vous à quelqu'un ou trouver quelque chose à faire. Elle se manifesta auprès de deux amies qui ne pourraient en aucun cas être libres au pied levé un dimanche soir, des amies aux prises avec des enfants pleurnichards ou ronchons, qui n'avaient pas fait leurs devoirs ou rentraient fatigués, énervés, d'une visite chez les grands-parents. *Tout va bien ? Je peux sortir en cas d'urgence,* lui répondit Chrissy. *Aucune urgence*, répondit Lucy. *Je me disais juste que ce serait sympa d'aller écouter de la musique ou autre.* Chrissy allait penser que ces messages à eux seuls témoignaient d'un état dépressif. Qui trouvait ça sympa, de sortir un dimanche soir ?

Et même si quelqu'un l'avait prise au mot, Lucy aurait presque à coup sûr annulé à la dernière minute, ce qui n'aurait fait que renforcer l'impression d'une excentricité agaçante. Elle voulait avoir une conversation avec Joseph, sans savoir cependant quelle en serait la forme, ni la teneur. Ou bien feignait-elle de ne pas le savoir ? Elle n'avait envoyé ces textos que dans l'espoir de se leurrer elle-même, de se persuader que le baby-sitting n'était pas un prétexte totalement bidon.

Le seul problème, c'est qu'elle perdit son sang-froid. Elle aurait dû annoncer à Joseph, dès son arrivée, que sa soirée était tombée à l'eau, chose qu'elle ne fit pas ; et lorsque, ensuite, le dîner terminé, Joseph eut convaincu les garçons non seulement de ranger leurs assiettes dans le lave-vaisselle mais également de le lancer, il lui demanda où elle allait, elle lui répondit qu'elle se rendait à un concert avec une amie.

« Super. Quel genre de musique ? »

À la place, elle aurait pu dire qu'elle sortait boire un verre, et passer au besoin un moment, seule, dans un pub. Ou bien qu'elle allait voir un film, et le faire. Mais, inexplicablement, ce texto délirant adressé à Chrissy était comme un fichier temporaire archivé dans sa bouche, prêt pour un usage immédiat.

« Un truc à Islington. Rien d'extraordinaire.

— D'accord. »

Il ne tenait visiblement pas à insister car il voyait bien qu'elle cachait quelque chose.

« Ça n'a rien de secret.

— Ça ne m'embête pas que vous alliez écouter de la musique secrète.

— Non, je ne parlais pas de la musique, mais du rendez-vous. Ce n'est pas un rendez-vous secret.

— Si vous le dites. »

Il la taquinait. Elle se faisait taquiner par un garçon de vingt-deux ans.

« Je sors avec mon amie Chrissy. On va écouter du jazz. Un ami saxophoniste.

— Cool. »

Où pouvait-elle bien aller chercher ces détails ? Chaque mot qu'elle prononçait lui compliquait encore un peu plus la vie. Chrissy : indisponible. Le jazz : elle n'y connaissait rien et ne connaissait certainement pas d'endroits où on en jouait un dimanche soir. Quant à l'ami saxophoniste : particulièrement embarrassant et pathétique, ce fantasme d'une quadra dont toutes les amies étaient enseignantes, avocates ou décoratrices d'intérieur.

« Bref, conclut-elle. Oh, mince, je ferais mieux de ne pas traîner. Je ne rentrerai pas tard. »

Elle enfila son blouson en jean, prit les clés de la voiture et passa la porte.

Elle s'installa au volant, roula en direction du centre et se retrouva à suivre les panneaux menant à Regent's Park. Elle était bien contente qu'on ait avancé d'une heure et qu'il fasse jour plus tard. Elle se gara sur le Inner Circle, puis franchit les grilles du parc. C'était un soulagement d'être seule. En roulant, elle s'était aperçue qu'elle avançait à l'aveuglette, sans avoir de plan – elle qui en avait toujours eu un, plus ou moins, depuis le lycée. Elle avait voulu être déléguée des élèves, puis elle avait voulu faire des études et la suite avait été un enchaînement bien huilé – mariage, enfants, promotions, obstacles franchis avec une relative facilité. Mais depuis, des hommes l'avaient désarçonnée, Paul, d'abord, et maintenant Joseph, et elle ne savait plus comment remonter en selle, ni où cela la mènerait si elle y parvenait.

C'était avec Paul que la chute avait été la plus violente, bien sûr. Personne n'aurait pu y survivre sans quelques fractures et saignements de nez. Sa réponse, cependant, la réponse de l'ancienne déléguée, avait consisté à prendre un congé maladie, avant de repartir laborieusement de l'avant – pour décrocher une nouvelle promotion, rencontrer peut-être un nouveau partenaire, un homme divorcé et raisonnable, peut-être même se remarier. Mais ses sentiments pour Joseph la perturbaient. Ils étaient tellement insaisissables ! Qu'était-elle censée faire d'un garçon de vingt-deux ans ? Où allait-il l'emmener ? À cause de Joseph, elle ne savait plus du tout ce qu'elle ferait dans les cinq prochaines minutes, alors ne parlons même pas des cinq prochaines années. Elle en était réduite à inventer au fil de l'eau, et l'histoire qui lui était venue était bancale et tout sauf convaincante. Son ami le saxophoniste était tout simplement une représentation tragi-comique de son imagination de troisième ordre.

Elle fit le tour du lac puis regarda l'heure. Il n'était que 19 h 15. Elle voulait que Joseph couche les garçons, parce qu'elle le payait pour ça et que ce répit n'était pas de refus, mais aussi parce que si elle rentrait tout bêtement à la maison, Joseph n'aurait plus vraiment de raison d'y être, sauf à lui demander expressément de rester. Elle regagna sa voiture, puis s'arrêta acheter un journal, qu'elle lut dans un pub tranquille de Primrose Hill tout en sirotant un verre de vin blanc. Ensuite, elle rentra à la maison.

« C'était comment, le jazz ? »

Joseph regardait du football américain à la télé. Les garçons dormaient et la vaisselle était propre. Elle s'efforça de ne pas se pâmer. Là peut-être résidait le secret d'une relation sentimentale durable : payer quelqu'un dix livres de l'heure, vingt-quatre heures sur vingt-quatre.

« Oh, fit-elle. Disons que… »

Elle voyait bien que le moment était venu d'en finir avec la fable du concert de jazz, même si cette seule idée faisait accélérer son cœur.

« D'accord, je n'insisterai pas, reprit Joseph avec un petit un rire compatissant.

— Non, en fait, il n'y avait pas de concert de jazz.

— Oh, non ! Que s'est-il passé ? »

Il s'était levé, comme le font tous les baby-sitters quand les parents rentrent de leur soirée. Deux minutes de bavardage au sujet du dîner/film/pièce/concert de jazz, une mise à jour sommaire concernant les gamins, deux ou trois billets de dix livres, et affaire réglée.

« S'il vous plaît, ne me faites pas le sketch du baby-sitter. Restez assis. »

Il lui décocha un regard perplexe, en tous points justifié.

« Vous voulez que je me rasseye ? Ou que… je revois ma façon de me lever pour la prochaine fois ? »

Elle rit.

« C'est ce que ça semblait vouloir dire, mais non, il n'y a pas de mauvaise façon de se lever.

— Ouf. »

Il se rassit sur le canapé.

Elle s'installa à côté de lui, en observant une certaine distance.

« Voilà ce qui s'est passé : je voulais vous voir, mais je n'avais nulle part où aller, donc je vous ai demandé de venir garder les enfants et je vous ai raconté tout un tas de salades à propos d'amis saxophonistes de jazz. Je ne connais personne de ce genre. Ensuite, j'ai roulé jusqu'à Regent's Park, je me suis baladée, puis je suis allée lire le journal dans un pub, et me revoilà.

— OK.

— Vous pouvez m'interrompre quand bon vous semble.

— Merci. »

Il ne semblait pas en éprouver le désir, et Lucy se souvint de son âge. Quel jeune adulte serait capable de tirer son épingle du jeu dans cette conversation ? Cela signifiait-il qu'elle aurait dû s'abstenir de l'initier ? À cause de la dynamique du pouvoir etc., etc. ?

« Je trouve qu'il y a des ondes bizarres, entre nous, et je voulais… vous voyez… »

Il n'allait pas voler à son secours.

« Peut-être essayer d'y voir plus clair.

— C'est de ma faute, dit Joseph.

— De votre faute ? Pourquoi ?

— Parce que… parce que j'ai dit qu'il existait toutes sortes de sex-appeals. C'était déplacé de ma part.

— Eh bien, c'est justement le problème. Ça m'a bien plu. Je crois.

— Mais vous n'en êtes pas sûre, observa Joseph avec regret.

— Uniquement parce que je n'étais pas sûre à cent pour cent de ce que vous vouliez dire.

— Quand j'ai dit qu'il existait plein de sortes de sex-appeals… Bon, c'est faux. On est sexy ou on ne l'est pas.

— Oui, ça, j'avais compris.

— Ah.

— Mais ce n'était pas si difficile à comprendre.

— De quoi n'êtes-vous pas sûre, alors ?

— Je ne vois pas trop pourquoi c'était déplacé, je suppose.

— Parce que j'essayais de vous dire que vous êtes sexy. C'est nul. »

Il secoua la tête pour souligner la sottise de cette décision.

Ils étaient parvenus à la croisée des chemins. Sauf à s'aventurer en territoire inconnu, il n'y avait plus rien à ajouter. C'était comme une partie d'échecs, mais uniquement de la façon dont elle jouait aux échecs : elle cherchait le coup qui empêcherait la partie de se terminer.

« Vous êtes très gentil. Merci. »

Elle avait trouvé quelque chose qui leur permettrait de claudiquer de l'avant quelques secondes de plus.

Joseph se releva.

« Je devrais peut-être y aller.

— Bien sûr. Pour une raison particulière ?

— Je ne veux pas rester là à vous écouter me remercier de ma gentillesse.

— Non, non, ce n'est pas ce que je voulais dire.

— Ah bon ?

— Vous avez eu l'impression que je vous prenais de haut ?

— Ouais.

— C'est précisément ce que je ne voulais pas.

— Je ne sais pas ce que vous voulez.

— Vraiment ? Je ne sais pas comment le rendre plus évident sans, sans… sans être extrêmement rentre-dedans. »

Il se rassit, l'embrassa, et ils avancèrent à partir de là.

6

La première fois où Lucy et Joseph couchèrent ensemble resta dans les annales comme « La soirée qui n'avait pas jazzé », encore que cette appellation évolua sans tarder pour devenir « La soirée qui avait trop jazzé », par exemple, ou encore (quand Joseph savait que Lucy ne s'en offusquerait pas) « Jazz FL », altération grivoise de Jazz FM. Plus tard, on assista à un festival de jazz, un samedi soir et un dimanche matin où les garçons se trouvaient l'un et l'autre à une soirée pyjama. Comme c'était une période où ils ne restaient jamais dormir chez Paul, le festival était un événement très spécial, dont il fallait tirer un maximum de jouissance.

« Était-ce une erreur ? » demanda Joseph ensuite. Elle était étendue au creux de son bras, sur le canapé, vêtue en tout et pour tout d'un tee-shirt.

— Pas pour moi, dit Lucy.

— Ni pour moi.

— Si c'était une erreur, ça ne me dérange pas de la refaire. »

Et c'était là l'étendue de leur introspection.

Elle était anxieuse et vulnérable, au début. Elle était en forme pour son âge, mais elle n'en n'avait pas moins le corps d'une femme de quarante-deux ans, et sa silhouette était le résultat d'une consommation parcimonieuse de chocolat et de visites sporadiques à la salle de sport, plutôt que d'un programme intensif de yoga et cours de gym particuliers. Rien n'était plus aussi ferme, aussi lisse. Jamais elle ne s'en serait souciée si Joseph avait eu le même âge qu'elle, mais à la seconde où il commença à la caresser, elle ne put s'empêcher de penser à ce à quoi il pouvait être habitué là, et là, et même, ou surtout, là. Pour limiter les dégâts, elle conservait son tee-shirt, mais peut-être était-ce du même ordre que fermer les yeux et se prétendre invisible, car Joseph disposait de mille et une de façons de découvrir ses secrets. Et à quoi bon tenter de les cacher à tout prix, de toute façon ? S'il n'aimait pas ce qu'il voyait, ou sentait, la question serait réglée. Il paraissait ardent, cependant. Il n'y avait d'autres signes que ceux d'une excitation sexuelle gratifiante.

Au début, le sexe était joyeux mais pas très bon, au vieux sens du magazine *Cosmo*. Joseph voulait trop bien faire, et elle se reposait trop sur des habitudes et des routines antérieures. Elle ne faisait pas comme s'il s'était passé quelque chose quand ce n'était pas le cas et, pour finir, Joseph voulut savoir s'il y avait un moyen de la faire jouir. Il apprenait vite et, en l'espace de quelques jours, ou nuits, ou rencards, qu'importe le terme, ils étaient entrés dans un âge d'or.

« Mais est-ce suffisant ? » se torturait Lucy. « Suffisant pour quoi ? » se répondait-elle. La réponse était toujours prompte à fuser, elle aussi, comme pour museler tous ses doutes. Lucy était heureuse, dans une bulle, et la seule raison de la faire éclater tenait à ce que les bulles n'étaient pas la vraie vie. Mais elles rendaient la vraie vie tolérable, et l'astuce consistait à en souffler le plus grand nombre possible. Il y avait les bulles nouveau-bébé, les bulles lune-de-miel, les bulles succès-professionnels, nouveaux-amis, super-vacances, et même les mini-bulles séries-TV, dîners, fêtes. Toutes finissaient par éclater d'elles-mêmes, et il s'agissait ensuite de tenir le coup jusqu'à l'éclosion de la suivante. Sauf que la vie ne pétillait plus depuis un bon bout de temps. Ça n'avait pas été facile de tenir.

Alors oui, le sexe la rendait heureuse, et cette relation n'était pas purement fonctionnelle ou transactionnelle. Joseph ne renfilait pas son pantalon en pleine nuit, pour ne réapparaître qu'aiguillonné par une envie irrépressible. Ensemble, ils parlaient de leur journée, de leur travail, des garçons ; la jeunesse de Joseph n'était en rien un frein à la conversation. Au bout d'une quinzaine de jours, Lucy s'aperçut que c'était même tout le contraire. Joseph n'avait de cesse de lui poser des questions, et il écoutait les réponses. Elle lui en posait elle aussi, et écoutait tout aussi attentivement ses réponses. Elle avait très rarement des conversations comme celles-là avec des gens de son âge. Si quiconque s'intéressait aux problèmes que rencontre une directrice de département d'anglais dans une école difficile d'un quartier défavorisé, ils se donnaient un mal fou pour le cacher.

Joseph arrivait toujours une fois les enfants couchés, un arrangement qui, presque immédiatement, commença à poser problème.

« C'est quand que tu ressors le soir, maman ? demanda Al, une quinzaine de jours après "La nuit qui n'avait pas jazzé".

— Je n'ai rien de prévu. » Elle savait pourquoi il posait la question.

« C'est un peu injuste pour nous. Parce que quand tu sors pas, on peut pas jouer à la Xbox avec Joseph.

— Je suis sûre qu'il serait d'accord pour passer faire une partie.

— Oui, mais tu serais là.

— Qu'est-ce que ça change ?

— C'est plus marrant quand tu n'es pas là.

— Pourquoi appréciez-vous autant Joseph ?

— Parce qu'avec lui on se marre.

— Et moi, je ne suis pas marrante ?

— Pas vraiment, non. Enfin si, des fois.

— Quand ? »

Il y eut un long silence.

« Eh ben... »

Dylan entra dans la cuisine, en quête d'une bricole à grignoter.

« Prends un fruit.

— J'ai pas envie de fruit.

— Maman demande quand est-ce qu'elle est marrante.

— Pourquoi ?

— Comme ça.
— À Noël ?
— À Noël ? Quand ça ?
— On s'en fiche, elle est pas là pour ça.
— Mes élèves me trouvent marrante.
— Parce que tu les fais rire, sans doute.
— Et Joseph, en quoi il est marrant, Xbox mise à part ?
— Il joue super bien au foot en vrai, pas juste à Fifa.
— Il sait faire le coup du sombrero, le *Cruyff turn*, la totale.
— D'accord, mais ça, c'est être bon dans un domaine. Ce n'est pas nécessairement marrant.
— Je suis pas d'accord.
— Bon, c'est entendu, je sortirai bientôt.
— Je croyais que tu cherchais un copain, de toute façon.
— Qui t'a dit ça ?
— Papa. Quand on est allés à la pizzeria.
— Pourquoi diable a-t-il dit ça ? »

Paul avait peut-être eu vent de ses deux rencards. Elle avait veillé à ce que le secret ne s'évente pas, mais Paul connaissait tous les gens qu'elle connaissait.

« Il voulait savoir si ça nous rendait triste.
— Et qu'avez-vous répondu ?
— Que c'était pas le cas. Pas vrai, Al ?
— Et c'était une réponse sincère ?
— Je ne suis pas triste.
— Moi non plus.
— Vous en êtes sûrs ?
— Ouais. Tu devrais continuer à chercher.

— Et si jamais je trouve quelqu'un ? »

Les garçons échangèrent un regard. Ils essayaient manifestement de réprimer un rire.

« Chaque chose en son temps », répondit Dylan. C'était une de ses expressions préférées, et il l'avait rarement utilisée avec autant de félicité ; il la dégainait le plus souvent quand on lui demandait de ranger sa chambre ou de faire ses devoirs.

« Oui, mais ça ne vous contrarierait pas ?

— Tu veux dire à cause de papa ?

— Oui, j'imagine.

— Non

— Non.

— Pourquoi ? »

Ne jamais sous-estimer la capacité des enfants à vous entraîner en eau profonde. La conversation était partie, quelques instants plus tôt, d'une innocente requête – jouer à Fifa avec Joseph. Et voilà où ils en étaient maintenant, à discuter de la composition et de l'avenir de leur famille.

« Ben, c'est mieux maintenant, non ? lança Dylan.

— Ouais, renchérit Al. On aime beaucoup papa. Mais on aimait pas se faire du souci pour lui.

— Il va bien en ce moment, observa Lucy.

— Parfait, dit Al.

— Mais c'est peut-être parce qu'il vit plus ici.

— Vous ne devez pas penser que vous y êtes pour quelque chose, dit Lucy.

— On ne le pense pas. On veut juste dire qu'on devrait peut-être rester comme ça, juste tous les trois.

— Mais en voyant plus souvent Joseph.

— Ouais, sauf que toi ça te concerne pas.
— Parce que quand il est là, toi tu n'y es pas.
— Donc c'est plus notre ami que le tien.
— OK, OK, je vais sortir davantage le soir.
— Merci. »

Le samedi qui suivit cette promesse, Emma faisait la queue devant la boucherie et elle gesticula pour inviter Lucy à la rejoindre.

« Je ne peux pas passer devant tout le monde, protesta Lucy.

— Ces personnes n'y verront pas d'inconvénient. »

Elle sourit auxdites personnes derrière elle, deux hommes séduisants qui ne bronchèrent pas.

« Je te vois plus tard », répondit Lucy.

Elle alla prendre place en bout de queue ; Emma l'y rejoignit.

« Bah, je préfère bavarder que faire les courses », décréta-t-elle.

Lucy ne voulait pas bavarder avec Emma. Elle ne voulait surtout pas l'entendre parler de sexe alors qu'elles se rapprochaient progressivement de la personne avec laquelle Lucy couchait.

« Comment s'est passée ta semaine ?

— Bien. J'ai été très occupée. »

Jusque-là, tout allait bien.

« Et la tienne ?

— Oh, une horreur.

— Je suis désolée.

— J'ai épousé un porc.

— Oh, mon Dieu. » Porc. Sexe. La vie amoureuse

de Lucy. Prendre la tangente, vite. Changer de sujet.

« Que t'inspire le référendum ?

— Je suis assez tentée de voter pour, juste pour contrarier David. Il est obsédé.

— Que se passera-t-il pour lui si nous quittons l'Europe ?

— Il perdra beaucoup d'argent, probablement. J'en sais rien. Je ne lui ai pas posé la question. Il est tellement rasoir. Et il pense que tout le monde est un abruti à part lui.

— Ne vote pas pour le Brexit.

— Je ne pense pas le faire. Mais plus je lis de trucs sur le sujet, moins j'y comprends quelque chose.

— Il te suffit de regarder qui pousse à voter pour. Farage. Boris. Gove.

— En face, Cameron et George Osborne.

— Je sais. Ça craint, mais ça craint un peu moins.

— Je vais voter contre, et j'espère que le sujet sera définitivement classé.

— C'est pour ça que David est un porc ? À cause du référendum ?

— Non. »

Lucy lui lança un regard, mais aucune description d'un comportement porcin ne s'annonçait à l'horizon.

« OK.

— Remonte-moi le moral. Tu as fait des rencontres ? »

Lucy haussa les épaules, désigna d'un mouvement de menton les personnes devant elles, grimaça, fit tout ce qu'elle pouvait faire sans ouvrir la bouche pour suggérer qu'elle n'était pas ravie d'aborder ce sujet en public.

« Ah ah. Il y a donc matière à discussion. Tu ne vas pas te défiler comme ça. On prend un café, en sortant de chez le boucher ? Ou un verre ? C'est l'heure du déjeuner. On y a droit.

— Je dois rentrer préparer à manger aux garçons.

— Dans ce cas, sortons dîner, un de ces soirs. En semaine. Tu peux trouver quelqu'un pour les garder pendant deux heures ? »

Cela résolvait un problème, mais en créait un autre : Lucy supporterait-elle deux heures entières de conversation avec Emma ?

« Ooh, s'extasia celle-ci tandis qu'elles approchaient de la porte. Mon ami est là. »

Joseph aperçut Lucy, sourit et lui adressa un signe discret, du bout des doigts. Son regard, tel que le sentit Lucy, était sans ambiguïté. Elle lui rendit son sourire avec le maximum de neutralité et de désinvolture qu'elle put rassembler, mais il lui semblait que le moindre contact oculaire entre deux personnes couchant ensemble révélait fatalement toute l'histoire à quiconque se trouvait dans un rayon de cinquante mètres.

« Waouh, fit Emma.

— Quoi ?

— Ce regard que t'a décoché Joe.

— Il s'adressait à nous deux, je pense.

— Si seulement. Tu sais ce que ça veut dire, n'est-ce pas ?

— Non. Vraiment pas.

— Les phéromones. C'est comme ça que ça

s'appelle ? Un truc dans le genre. Tu as couché avec quelqu'un et il le perçoit. Ça te rend plus attirante, en général.

— J'ai pris une douche.

— Ça n'a rien à voir. C'est des trucs que tu dégages en permanence. Et il sent bien que, de mon côté, c'est morne plaine.

— J'aurais pensé que le verre de la devanture et toute cette viande auraient un peu brouillé le signal.

— Du tout. Ça traverse tout, comme une lame de couteau.

— Il s'appelle Joseph. Pas Joe. » Lucy ne pouvait pas laisser passer ça.

« Moi, je l'appelle Joe.

— Mais ce n'est pas son prénom.

— Pourquoi en es-tu si sûre ?

— Il fait du baby-sitting pour moi.

— Demande-lui s'il serait intéressé par une blonde de trente-neuf ans prête à tout pour lui.

— Pose-lui la question toi-même. Et tu n'as pas trente-neuf ans.

— Ça, je le lui avouerai après coup, quand il sera écroulé sur moi, complètement fourbu. Il n'en croira pas ses oreilles.

— S'il te plaît, ne parle pas de lui comme ça.

— Et pourquoi pas ? Je m'amuse, c'est tout.

— Sauf que tu veux que je lui demande s'il voudrait coucher avec toi.

— Ça aussi, ce serait amusant. »

Comme d'habitude, tout le monde alentour profitait de leur échange. Ceux qui faisaient la queue en couple échangeaient des regards discrets, et un homme venait de retirer ses écouteurs, probablement après avoir surpris une bribe de la conversation entre deux chansons. Qui refuserait d'écouter Emma se ridiculiser ?

« Pourquoi te sens-tu le devoir de le protéger ?

— Je ne cherche pas à le protéger.

— Alors pourquoi tu m'interdis de parler de lui ? »

Elles avaient atteint la tête de la queue.

« Vas-y, Emma, entre.

— Ooh, avec plaisir. Le client de Joe est justement en train de payer. Je vais sauter sur l'occasion. »

Lucy se sentait troublée, et un peu nauséeuse. Sa réaction était en partie dictée par la possessivité, purement et simplement, mais il y avait autre chose : le miroir brandi par Emma renvoyait une image affreusement distordue de sa relation avec Joseph. Était-ce elle, dans cette image ? Une femme mûre et avide, qui se berçait d'illusions et n'avait rien à faire avec un jeune homme de tant d'années son cadet ? Et se pouvait-il que la couleur de peau de Joseph ait aussi quelque chose à voir là-dedans ? Elle n'arrivait pas à mettre le doigt dessus, mais l'impression était bel et bien là. Emma se serait-elle pourléché les babines si le jeune et beau commis de la boucherie avait été blanc ? Probablement. Elle semblait si frustrée, si malheureuse, que n'importe quel jeune homme aurait fait l'affaire. Emma n'était donc probablement pas coupable de ce chef d'accusation-là. Mais, elle – Lucy –, pouvait-elle prétendre à pareille innocence ? Était-elle attirée par Joseph à cause de la couleur de sa peau ? Oh, merde. À défaut d'autre chose, cela lui fournirait une opportunité de réfléchir, et deux fois plutôt qu'une, de douter et de se fustiger chaque seconde que durerait leur liaison.

Ce fut la mère de Joseph qui, la première, devina ce qui se passait, et ce, à voix haute, un jour où Grace se trouvait à la maison.

« Que s'est-il passé avec cette fille ? » demanda Grace.

Ils étaient attablés devant la fricassée de poulet maternelle et Joseph voulait se concentrer sur son assiette. En plus d'avoir faim, il adorait ce plat, qui était devenu le menu attitré en l'honneur de Grace, et elle ne leur faisait pas si souvent que ça l'honneur d'une visite.

« Quelle fille ?

— Je croyais que tu avais rencontré quelqu'un ?

— Qu'est-ce qui te fait croire ça ?

— Un sms que tu m'as envoyé.

— Ah. »

Pourquoi avait-il fait ça ? En quoi ça la regardait ?

« Ouais, ben, ça n'a rien donné.

— Il a d'autres chats à fouetter », intervint sa mère.

Joseph sentit sa température chuter.

« Ooooh, fit Grace. Je veux tout savoir.

— Il n'y a rien à savoir. »

Grace et son petit ami étaient ensemble depuis trois ans. Ces deux-là n'avaient d'yeux que l'un pour l'autre et finiraient mari et femme. Elle adorait les cancans.

« Oh que si », insista sa mère.

Grace décocha un regard à son frère.

« Allez, raconte.
— De quoi tu parles, maman ?
— De ta bonne amie.
— Quelle bonne amie ? Je n'ai pas d'amie en particulier. »

Il essayait de laisser percer sa perplexité, mais le ton n'était pas le bon. Il entendait de la panique dans sa voix.

« Ma foi, c'est à moi de juger, lui rétorqua sa mère.
— En quoi il te revient de juger si j'ai une amie ou pas ?
— Oui, maman, ça ne rime à rien, abonda Grace.
— Tout ce que je sais, c'est qu'il passe un temps fou avec une femme en particulier.
— Ooh. Une femme.
— Comme tu dis. C'est ce qu'elle est.
— Que sais-tu de ce qu'elle est ? réagit Joseph.
— Parle-nous d'elle, dans ce cas.
— Il ne veut pas m'en parler, maman, dit Grace.
— Merci, dit Joseph.
— Alors dis-moi tout ce que tu sais, maman.
— Eh bien, il y a cette femme pour qui il n'arrête pas de faire du baby-sitting. Et maintenant, il y passe la moitié de la nuit, même quand il ne fait pas de baby-sitting.
— Tu ne sais pas où je suis, quand je ne suis pas ici.
— Bien sûr que si. Grâce à ce truc que tu m'as fait mettre sur mon téléphone. »

Localiser Mes Amis. Merde. Il lui avait installé cette appli pour qu'elle arrête de se faire du souci, et il avait eu l'impression qu'elle ne l'avait pas consultée une seule fois.

« Comment sais-tu que c'est son adresse ?

— Je n'en sais rien, mais un soir où tu faisais du baby-sitting, j'ai regardé où elle habitait. Et c'est l'adresse où tu es tout le temps fourré. Donc, soit c'est elle, soit tu me mens depuis le début quant à l'endroit où tu vas. »

Il était comme un homme, dans un film, acculé dans une impasse par la police. Il devait continuer à chercher une issue, même s'il n'en existait aucune.

« Je te mentais. Et alors ?

— Tu as inventé tous ces prénoms ?

— Ça n'en fait jamais que trois. Le sien, et celui de ses gosses.

— Et son travail, et l'AVC de sa mère. »

L'AVC, il l'avait inventé. Brièvement, il fut tenté de répondre que la mère de Lucy était la seule part de vérité.

« Dans ce cas, que fais-tu à traîner dans cette rue tous les soirs ?

— Ah bon ? Tu y vas tous les soirs ? »

Oui, désormais. Il ne supportait pas de ne pas y aller. Il pouvait y être en une demi-heure porte à porte si les bus circulaient bien.

« Oui, répondit-il à sa sœur.

— Alors, c'est quoi cet endroit s'il n'a rien à voir avec cette femme ?

— Je n'ai pas dit ça.

— Tu veux tout reprendre depuis le début ? proposa Grace.

— Oui. »

Il était dos au mur ; il aurait bien tenté d'y grimper, mais ce mur était trop haut et n'offrait aucune prise.

« Je t'écoute.

— Je sors avec la femme pour qui je fais du baby-sitting.

— Et en quoi est-ce si honteux ?

— Ça ne l'est pas.

— Quel âge a-t-elle ? demanda sa mère.

— Je sais pas.

— Quel âge tu lui donnes ?

— C'est un peu mufle.

— C'est mufle d'essayer de deviner son âge ? s'étonna Grace. En son absence ?

— Eh bien, si je dis soixante-deux et qu'elle en a trente-neuf, je vais me sentir... déloyal.

— Donc, tu penses que tu couches avec une femme qui a peut-être soixante-deux ans ? résuma Grace.

— Oh, Joseph, se désespéra sa mère.

— Je ne pense pas qu'il couche avec une femme de soixante-deux ans, la rassura Grace. Plutôt qu'il vient d'inventer une excuse ridicule pour éviter de nous dire son âge. Quel âge ont ses enfants ?

— Dix et huit ans.

— Donc, comme elle n'a probablement pas eu le dernier à cinquante-cinq ans, elle doit avoir dans les quarante ans... c'est ça ?

— Peut-être.

— Mon âge, donc », dit sa mère.

Personne ne broncha. Grace fixa Joseph, et il vit à son regard qu'elle savait que Lucy ne pouvait pas avoir le même âge que leur mère, quand bien même les deux seraient nées le même jour de la même année. Ils décidèrent, collectivement et par télépathie, qu'aucun des deux ne souhaitait articuler clairement cette conclusion.

« Elle est blanche ? demanda Grace.

– Ouais. Et Scott l'est aussi, donc inutile de monter sur tes grands chevaux. »

Grace leva les mains dans un geste de pacification.

« J'essayais juste de visualiser.

– Demande plutôt une photo, dans ce cas.

– Tu en as une ?

– Non.

– Elle est sur Instagram ?

– Non.

– Tu es sûr ? Comment s'appelle-t-elle ?

– Écoute, tu n'as pas besoin d'une photo ! s'impatienta Joseph. Elle a la quarantaine, elle est séduisante et elle est blanche. C'est quoi, ton problème ?

– Mais où ça mène, tout ça ? demanda sa mère.

– Où mène quoi que ce soit ? lui rétorqua Joseph.

– Tu ne cherches pas à bâtir quelque chose de plus permanent ?

– Non. J'ai vingt-deux ans. Je ne cherche pas à me marier. Ni à avoir des enfants.

– Tu en voudras, un jour.

– Peut-être. Dans dix ans.

– Je serai morte, dans dix ans.

– Pourquoi serais-tu morte à cinquante-deux ans ?

— Ou trop vieille pour en profiter, de toute façon. »

Grace attrapa son téléphone et s'adressa à lui.

« Célébrités nées en… Merde. En quelle année est-on né si on a cinquante-deux ans aujourd'hui ?

— Cinquante-deux, maintenant ? tiqua Joseph.

— Ouais.

— 1964.

— Célébrités nées en 1964. »

« *Voici ce que j'ai trouvé au sujet de célébrités nées en 1964,* annonça Siri. *Keanu Reeves. Sandra Bullock. Lenny Kravitz. Michelle Obama.* »

« Tu trouves que Michelle Obama serait trop vieille pour profiter de ses petits-enfants ? » demanda Grace.

De sa relation avec Lucy aux célébrités ayant dix ans de plus qu'elle (et sa mère), la conversation avait parcouru un sacré bout de chemin.

« Oui mais elle, elle a les gens du Secret Service et tout ça, fit valoir sa mère.

— Pourquoi aurais-tu besoin d'agents du Secret Service pour jouer avec tes petits-enfants ?

— C'est juste une remarque. Elle a des gens qui font des choses pour elle. C'est moins de stress.

— Tu penses qu'avoir besoin du Secret Service pour te protéger implique moins de stress dans ta vie ? Elle a le Secret Service parce qu'une tonne de gens veut lui tirer dessus. »

Ils en étaient maintenant à débattre pour savoir si les Obama avaient une vie plus, ou moins, stressante que celle de leur mère. Parfois, lorsqu'il leur fallait discuter de vrais problèmes, cette incapacité familiale à se concentrer sur le sujet en question l'exaspérait. Mais d'autres fois, comme ici par exemple, elle lui inspirait de la gratitude. Il avait survécu à la crise Lucy, dans l'immédiat ; ça ne signifiait pas que le sujet était tombé aux oubliettes, ni que Joseph serait plus avancé quand il reviendrait sur le tapis.

Dans le bus qui l'emmenait chez Lucy, il repensa à ce qu'il avait dit à sa mère, à une question qu'il avait lancée faute de meilleure repartie, mais qui maintenant lui trottait dans la tête. *Où mène quoi que ce soit ?* Où en serait-il, si ça avait marché avec Jaz et s'il s'était sorti Lucy de la tête, et du corps ? Aurait-il songé, *Tout ça me mène quelque part* ? Cela lui paraissait hautement improbable. Grace et sa mère auraient été de son avis, pour peu qu'elles aient rencontré Jaz. Et oui, un jour, il rencontrerait probablement quelqu'un avec qui il se projeterait peut-être dans la vie. Ce qui était étrange, à son âge, c'est qu'on passait la moitié de son temps à rêver de ce qui pourrait arriver, et l'autre à s'efforcer de ne pas y penser, et, dans un cas comme dans l'autre, on était condamné à vivre une existence qui ne semblait pas compter pour beaucoup, quelque part à mi-chemin entre l'enfance et ce que l'âge adulte pourrait apporter de permanent.

Et c'était là tout le truc, avec Lucy : elle l'ancrait dans l'instant présent. Il passait sa vie à dénicher des jobs, puis à courir de l'un à l'autre, à gagner l'argent qui, un jour peut-être, lui permettrait de vivre ailleurs que sous le toit maternel. Et si jamais ce jour advenait, il lui faudrait ajouter deux ou trois petits boulots supplémentaires à son portfolio, et jamais il n'arrêterait de courir. Les seuls moments qu'il consacrait à ce qui s'approchait d'un rêve, c'était ceux pendant lesquels il essayait de créer un morceau, qui un jour, peut-être, déboucherait sur un remix et quelques prestations rémunérées dans un club. Si, avant « La nuit qui n'avait pas jazzé », on lui avait demandé ce qui le rendait heureux, il n'aurait pas vraiment compris la pertinence de la question. Maintenant il connaissait la réponse : coucher avec Lucy, dormir avec Lucy, manger avec Lucy, regarder la télé avec Lucy. Et tout ça était peut-être sans avenir, mais il y avait là un présent, et c'est en ça que la vie consiste.

Lucy avait espéré qu'Emma ait oublié ce verre dont elles avaient parlé, mais Emma lui envoya un texto, puis elle l'appela et lui laissa un message, avant de rappeler, et de glisser une allusion à une crise que seule Lucy serait en mesure de comprendre. Sachant combien écouter n'était pas le point fort d'Emma, Lucy ne voyait pas trop comment elle en était arrivée à cette conclusion. Elles se rendirent dans un restaurant italien du quartier, dans l'intention de manger des pâtes et de boire un verre, pendant que Joseph faisait dîner les garçons et jouait à la Xbox. Le moral était au beau fixe lorsque Lucy avait quitté la maison, mais elle s'inquiétait déjà de la dispute qui, à son retour, éclaterait au sujet de l'argent. Il lui faudrait payer Joseph, qui refuserait, tant cela le mettrait mal à l'aise, mais Lucy devrait obtenir gain de cause. Sinon les lignes s'en trouveraient brouillées, et cela l'effrayait. Joseph ne pouvait pas être son petit ami ; Joseph ne pouvait pas être un genre de beau-père. Il était un baby-sitter avec lequel elle couchait. Elle payait pour le baby-sitting, mais pas pour le sexe.

« À boire », lança Emma d'un ton éperdu dès qu'elles furent assises. Lucy sourit avec indulgence, mais le plus clair d'une bouteille de vin rouge disparut avant de passer la commande, et Lucy n'avait pas terminé son premier verre.

« Dure journée ? s'enquit Lucy.

— Non, pas particulièrement. Pas pire que les autres. Au fait, mon amie Sophie va nous rejoindre. Tu te souviens d'elle ? C'était une des mères d'élèves, à Wyatt. »

Lucy la remit sur-le-champ : une grande blonde, svelte, abonnée aux vêtements de luxe, avec un air de chien battu semblant suggérer que la vie n'aurait pas pu lui distribuer de plus mauvaises cartes, mais dont l'existence, vue de l'extérieur, semblait parfaitement agréable.

« Ça ne t'embête pas, n'est-ce pas ?

— Non, bien sûr. »

Mais si tu as déjà une amie pour écouter tes jérémiades, songea Lucy, qu'est-ce que je fais là ?

« Ce qui s'est passé, reprit Emma, c'est que je lui ai parlé des récents rebondissements survenus dans ta vie. Elle est divorcée, et la chance ne lui sourit pas beaucoup, donc elle voulait que tu lui racontes un peu tout ça.

— Je vois. Mais je ne suis pas sûre de vouloir parler de ma vie privée à une inconnue.

— Donc, tu ne te souviens pas d'elle.

— Je me souviens très bien d'elle. Mais ça ne change...

— C'est une fille adorable. Ses gosses sont à St Peter's avec les miens, maintenant. »

Un raisonnement sans queue ni tête, mais Lucy n'allait pas relever.

« Qu'elle soit adorable ne change rien.

— Nous ne te demandons pas des détails. On veut juste savoir comment tu t'es débrouillée.

— Pourquoi veux-tu le savoir ? Tu n'es pas divorcée.

— Je suis sûre que je le serai bientôt. Et même dans le cas contraire... »

Emma lui décocha un regard destiné à communiquer l'idée qu'elle était prête à se lancer dans une aventure extraconjugale.

« Écoute, ma... Je ne sais même pas comment la définir. Ma relation, disons... Il n'y a rien à en apprendre. C'est arrivé, c'est tout.

— Oui, mais comment ? Ah, la voilà. »

Sophie semblait différente. Peut-être Lucy l'avait-elle confondue avec quelqu'un d'autre.

« Elle en jette, non ? demanda Emma.

— Totalement. »

Lucy distinguait maintenant une trace de la femme dont elle se souvenait. Tout, sur son visage, était luisant, tendu, et bien qu'elle y ait visiblement mis le prix, ce ravalement l'avait transformée en quelqu'un d'autre. Par choix, peut-être. Elle affichait également un décolleté opulent qui n'existait pas auparavant. Lucy s'aperçut qu'elle ne connaissait pas vraiment d'autre femme comme Sophie. Elle appartenait pour sa part à une tribu où on ne cherchait pas à camoufler des mèches prématurément grisonnantes, et ces femmes avaient beau la mettre sur la défensive et l'attrister (elle-même était résolue à utiliser autant de litres de teinture que nécessaire à la seconde où un cheveu blanc apparaîtrait), elles étaient sur la même longueur d'onde qu'elle concernant la plupart des fondamentaux – l'importance des livres et des films sérieux, la politique, l'environnement, le référendum. Mais la jungle urbaine abritait toutes sortes de tribus, et le seul fait que Lucy ne croise jamais de personnes comme Sophie, avec leur 4x4, leurs écoles privées et leurs seins flambant neuf, ne signifiait pas que ces personnes n'étaient pas là, habitant tout près, dans des rues où elle ne passait jamais.

« Qu'est-ce qui ne tourne pas rond, chez les gens ? » demanda Emma.

Lucy comprit, au vu du contexte, que « les gens » étaient les hommes qui ne sortaient pas avec Sophie. Elle secoua la tête pour exprimer une perplexité compatissante.

« Tu fais toujours ce merveilleux boulot ? demanda Sophie.

— Je doute que mes élèves seraient d'accord.

— Elle voulait juste dire que tu es merveilleuse de le faire, traduisit Emma.

— Emma m'a raconté que tu as traversé ton lot de drames, aussi.

— Ah bon ?

— Avec ton mari. Paul, c'est ça ?

— Ah. Je ne sais pas si c'était véritablement un drame.

— Écoute-la », intervint Emma.

L'école l'avait aidée à mettre l'effondrement calamiteux de son mariage dans un genre de perspective. Mille cinq cents élèves étaient inscrits dans l'établissement, ce qui représentait un millier voire plus de familles, et elle travaillait dans cette école depuis plus de dix ans. Son histoire personnelle était dramatique comparée à celles de ses amies de fac ou des mères de la classe moyenne qui attendaient devant le portail de l'école primaire, mais les histoires que ses élèves lui racontaient – ou refusaient le plus fréquemment de lui raconter – étaient émaillées de violences domestiques, de séjours en prison, d'expulsions, de pauvreté et de faim. Il fallait trouver mieux qu'une addiction à la drogue et un divorce pour capter leur attention. Deux d'entre eux avaient été assassinés, l'un du temps où il était élève de l'établissement, l'autre peu après l'avoir quitté. Poignardés, tous les deux. Qui connaissait quelqu'un qui avait été assassiné ? De nombreux professeurs dans les grands établissements des quartiers défavorisés. Comment pouvait-on rentrer chez soi avec le sentiment de voir son monde s'écrouler, quand ce n'était pas le cas ?

« Je suis désolée d'apprendre que tu as divorcé, dit Lucy.

— La meilleure chose qui me soit jamais arrivée, répondit Sophie.

— Ah, très bien.

— Regarde-la », dit Emma, pour faire valoir,

apparemment, que sans le divorce il n'y aurait eu ni Botox, ni implants mammaires – ni grand espoir d'avenir.

« C'était une remarque idiote, reprit Sophie.

— Laquelle ? La tienne ou la mienne ? demanda Emma, un peu blessée.

— La tienne n'était pas très maligne. Mais je parlais de moi. Le divorce était une catastrophe. Je suis plus malheureuse aujourd'hui qu'avant, ce qui est tout dire.

— Pourquoi étais-tu malheureuse, avant ?

— Je ne l'aimais pas. Puis il a rencontré quelqu'un d'autre, donc je l'aimais encore moins.

— Ça semble logique.

— Tout le monde autour de moi est malheureux, dit Sophie. Tout le monde. »

Lucy le croyait volontiers, mais cette misère-là aurait laissé perplexe quiconque en était exclu. C'était le printemps. Ces femmes jouissaient d'une aisance matérielle. D'ici deux ou trois mois, elles partiraient passer deux, trois ou quatre semaines en France ou en Espagne. Mais elles se morfondaient et croyaient voir une issue dans le sexe, dans un certain type de relation, de partenaire. Leur ennui était horripilant, et Lucy commençait à se demander comment faire pour couper les ponts avec elles. Un des avantages, quand on envoyait ses enfants dans un collège public, n'était-il pas de pouvoir se débarrasser des parents de leurs premiers camarades de jeu ?

« Sauf toi, Lucy, apparemment, nuança Sophie. Ce pourquoi nous sommes ici. Nous voulons savoir pourquoi tu n'es pas malheureuse.

— Oui. Nous avons besoin d'un cours magistral.

— Donne-nous de l'espoir.

— Tout ça parce qu'il se peut que j'aie, ou pas, trouvé un partenaire ?

— Je pensais que c'était le cas, dit Emma.

— Et si toi tu n'en sais rien, qui le saura ? demanda Sophie.

— Je sais, répondit Lucy. Je ne voulais juste pas en parler dans la rue, avec plein de gens autour qui nous écoutaient. Et je ne veux pas en parler ici non plus.

— Ça ne marche pas comme ça, protesta Emma. Tu as charge de représentation.

— Je pense que rencontrer quelqu'un m'aiderait, c'est tout, dit Sophie. Même si ce n'est pas sérieux. Tout particulièrement si ce n'est pas sérieux.

— Tu as juste besoin d'une bonne partie de jambes en l'air, n'est-ce pas, chérie ? Histoire de te remettre en selle. »

Lucy eut un haut-le-cœur. Ces gens et leurs euphémismes lamentables, amputé de tout érotisme à coups de bistouri, la déprimaient. Pourquoi ne les réservaient-ils pas à d'autres domaines d'activités humaines auxquels ils s'appliquaient bien mieux – la boxe, disons, ou l'équitation ?

« Tu as essayé les rencontres en ligne ? demanda Lucy.

— Oui. Trois fois. Avec trois personnes différentes. Je ne pouvais plus reculer. »

Lucy s'efforça de ne pas réfléchir au sens de cette dernière remarque mais, à coup sûr, le décolleté flambant neuf avait été poussé sur la ligne de front dès le début de l'escarmouche. L'arme avait peut-être été trop lourde, ou dégainée trop prématurément, et avait précipité une retraite calamiteuse.

« C'est ce que tu as fait, toi ? Les rencontres en ligne ?

— Non. J'ai eu un rancart arrangé, qui n'a rien donné du tout, puis j'ai rencontré quelqu'un à un dîner chez des amis, ce qui n'a débouché sur rien non plus, et ensuite... j'ai rencontré quelqu'un d'autre.

— Comment ?

— Je suppose qu'il est ce qu'on appelle un ami de la famille. Mais franchement, je n'en dirai pas plus. Et c'est une histoire qui ne va nulle part. Nous... on se tient juste compagnie en attendant qu'il se passe autre chose.

— C'est ce que je veux ! C'est exactement ça ! »

C'est peut-être ce que tu veux, songea Lucy, mais ce n'est pas ce dont tu as besoin. Tu as besoin de livres, de musique, de Dieu, peut-être. Mais un divorcé en attente de se recaser ne pourra pas grand-chose pour toi.

« Comment s'est passée ta soirée ? » demanda Joseph.

Elle n'avait pas réussi à louper l'extinction des feux, mais les garçons avaient de toute façon demandé à Joseph de les coucher. Il avait mis au point tout un éventail de voix pour la série de bandes dessinées qu'ils lisaient avant de dormir, et les imitations qu'en avait tentées Lucy n'avaient suscité que mépris.

« Une horreur. Emma est venue avec une amie,

et elles ont passé la soirée à se lamenter sur leur sort.

— Je déteste ça.

— Tu as des amis qui se lamentent sur leur sort ?

— Non. Mais mon père était très fort à ce jeu-là.

— Et ça lui a passé ?

— Je ne sais pas combien de temps ça durera. Mais il s'est impliqué dans la campagne du référendum. Il est en effervescence.

— Tant mieux pour lui.

— Ouais, sauf qu'il va voter pour le Brexit.

— Quoi ? Pourquoi ?

— Il dit que ça fera grimper son salaire. L'offre et la demande.

— Il travaille dans le bâtiment, c'est ça ?

— Par intermittence. Il monte des échafaudages. Il veut que tous les Européens de l'Est rentrent chez eux pour que les patrons soient obligés de payer plus cher les Britanniques.

— Je ne pense pas que ça marche comme ça.

— Ah bon ? Comment ça marche, alors ? »

Sa pugnacité n'avait rien de rhétorique. Il la regardait et attendait des réponses. Elle était plus âgée que lui. Elle était prof. Elle savait des choses.

« Si nous sortons de l'Union européenne, il y aura probablement une récession.

— D'accord. Et ce ne sera pas pareil que l'austérité ?

— Une récession produit encore plus de misère, je suppose.

— OK. Pourquoi y aura-t-il une récession ?

— Parce que… Bon, en ce moment, nous avons accès à une population de cinq cents millions de personnes. C'est notre marché intérieur. Quand nous n'y aurons plus accès, les entreprises étrangères éviteront de s'installer au Royaume-Uni.

— Quel rapport avec le bâtiment ? Il y aura toujours des chantiers.

— Oui, évidemment. Mais il y en aura moins. »

Sur les poèmes de Hardy et les tragédies de Shakespeare, on pouvait lui poser n'importe quelle question, elle était incollable. Mais deux questions d'affilée sur les conséquences économiques du Brexit, et elle se sentait rougir. Qu'y connaissait-elle, aux récessions, au bâtiment, aux échafaudages ?

« C'est pour ça que tu votes pour le maintien dans l'UE ?

— Je pense que c'est plus sûr, globalement. J'aimerais que les garçons aient la possibilité de travailler en Europe, ou d'étudier dans des universités européennes, s'ils le souhaitent. Et puis, je me sens européenne, tu vois ? »

Ces arguments-là commençaient à manquer de force. Le père de Joseph ne se souciait probablement guère de préserver les opportunités d'études à l'étranger de son fils, s'il pouvait gagner un peu plus chaque semaine.

« Ah bon ?

— Oui. Pas toi ?

— Je n'ai jamais mis les pieds en Europe. Enfin, si. On est allés passer une journée à Paris, avec l'école. Je ne me sentais pas plus européen, en rentrant.

— Mais tu l'es.

— Ouais, je sais. Mais ce n'est pas complètement vrai, n'est-ce pas ? Je suis britannique. Pourquoi faut-il que je sois en plus autre chose ?

— Ça te plaît, d'être britannique ?

— La question n'est pas que ça me plaise ou pas. Je le suis, c'est tout. »

Lucy le recevait cinq sur cinq. Elle ne se sentait pas réellement européenne non plus. Les romans, les journaux qu'elle lisait étaient britanniques et américains, elle écoutait de la musique américaine et britannique, elle regardait des séries britanniques et américaines, et des films du monde entier. Elle adorait la cuisine italienne, mais mangeait également chinois et indien – comme tous les Britanniques. Elle aimait passer des vacances en Europe, mais parce qu'il y avait toujours du soleil et qu'on pouvait s'y rendre en deux ou trois heures. Si elle avait pu aller à Bondi Beach en un après-midi et pour une centaine de livres, dirait-elle à Joseph qu'elle se sentait australienne ?

« Bref. Je persiste à penser que ton papa fait une erreur.

— Va lui dire ça.

— Si tu veux. »

Elle ne le pensait pas. Elle préférait parler des sujets qu'elle connaissait.

7

Donc Emma, ou peut-être Sophie, l'avait dit à quelqu'un qui l'avait répété à quelqu'un d'autre, et cette tierce personne, qui jouait au football avec Paul le jeudi soir, avait demandé à ce dernier si c'était bizarre de savoir que son ex avait rencontré quelqu'un. Cet homme ne cherchait pas à se montrer cruel. Lui-même s'était récemment séparé de sa femme, et il redoutait le jour où il frapperait à la porte de son ancien foyer et verrait un inconnu l'ouvrir. Paul jouait de 19 à 20 heures. Il envoya un message à Lucy à 20 h 10 et aurait été là cinq minutes plus tard si elle ne l'en avait pas dissuadé. Elle voulait être toute seule au moment de sa visite, ce qui signifiait mettre les garçons au lit et prévenir Joseph par texto.

« C'est vrai ? » demanda Paul.

Il n'avait plus bu une goutte d'alcool depuis le soir de l'altercation. Elle mourait d'envie de se servir un verre de vin, mais elle mit la bouilloire à chauffer. Paul attrapa un verre dans le placard, puis ouvrit le réfrigérateur pour se servir du jus d'orange. Cette façon de se croire tout permis hérissa Lucy.

« Tout dépend de ce qu'on t'a raconté.

— On m'a juste dit que tu étais avec quelqu'un.

— Non, ça, ce n'est pas vrai.

— Alors qu'est-ce qui est vrai ?

— Vaste question. C'est dur d'y répondre.

— Tu vois ce que je veux dire.

— Non, je n'en suis pas sûre.

— Est-ce qu'il y a un mec ou quelqu'un comme ça dans ta vie ?

— Un mec ou quelqu'un comme ça ?

— Tu m'as très bien compris.

— Je vois quelqu'un, oui. C'est informel.

— Mais vous couchez ensemble ? »

Que pouvait-on faire d'autre, dans une relation informelle ? C'était de l'absence de tout le reste qu'elle tirait son caractère informel.

« Oui. »

Paul inspira profondément. Il avait besoin de quelque chose pour faire retomber la tension ; Lucy sentait presque ce manque lui chatouiller les narines. Les diverses addictions de Paul transpiraient à force de se démener pour essayer d'attirer l'attention de leur propriétaire.

« Bordel de merde.

— Cela devait arriver un jour ou l'autre. »

Un peu comme la mort d'un parent, songea Lucy. Ce n'était jamais qu'une question de temps. Mais elle n'en revenait pas que cela se produise maintenant.

« J'avais espéré que ça n'arrive jamais.

— Je sais.

— Donc, c'est fini ? Je veux dire, entre nous ? »

Quelle était la réponse la plus bienveillante ? Rien, dans sa relation avec Joseph, ne faisait obstacle à sa réconciliation avec Paul, mais il n'y aurait pas de réconciliation avec Paul.

« Ça n'a rien à voir avec ça.

— C'est quelqu'un que je connais ?

— Ce n'est pas un de tes amis, si c'est là ta question.

— Est-ce que les enfants le connaissent ? »

Elle voyait bien comment Bill Clinton s'était enferré lui-même. Tout dépend du sens qu'on donne au mot « connaître ». Les enfants connaissaient Joseph, mais pas au titre d'amant de leur mère. Or c'était là le sens de la question de Paul, non ? Est-ce qu'ils connaissaient l'amant de leur mère ? Elle pouvait formuler une réponse basée sur l'idée qu'il existait deux Joseph, et qu'ils étaient proches de l'un (Joseph le baby-sitter) tout en n'ayant jamais rencontré l'autre (Joseph le partenaire sexuel.)

« Plus ou moins.

— Qu'est-ce que ça veut dire ? »

Pour répondre à cette question en toute sincérité, il lui faudrait introduire la notion des deux Joseph – que Paul trouverait probablement peu convaincante.

« Ouais, ils le connaissent.

— Ah ! Dans ce cas, ça me concerne. Si tu joues à la petite famille heureuse avec quelqu'un je n'ai pas approuvé, ça ne va pas.

— Je ne suis pas certaine que ça marche comme ça. Les garçons habitent avec moi, et j'ai une vie indépendante. Je ne peux pas te demander ton approbation chaque fois que je… »

Cet argument lui aussi s'engageait dans un mauvais sens. Il semblait objecter avant tout que cela tournerait au cauchemar administratif, avec Paul assis à un bureau, muni d'un tampon, tandis qu'une file de partenaires potentiels serpenterait depuis la porte.

« Tu dois me faire confiance. Je ne suis pas complètement idiote.

— C'est ce que dit chaque mère divorcée. Et un beau jour, elles retrouvent leurs gamins taillés en pièces et enterrés sous le plancher.

— Je rêve ! Si jamais cela se produit, Paul, tu as mon entière permission pour venir me dire : “Je t'avais prévenue.”

— Tu te crois drôle ?

— Qui s'est pointé ici ivre, en cherchant la bagarre ? Pas mon mec.

— Tu disais que tu n'avais pas de mec. »

Elle l'avait dit, et le pensait. Joseph n'était pas son mec. Mais c'était lui qui avait empêché Paul d'entrer dans la maison, ce soir-là. « Pas mon mec » signifiait « mon ex-mari, voilà qui ». Mais vu que la personne qui n'était pas son mec avait refoulé Paul, maintenant Joseph était mêlé à la conversation.

« C'est le cas. Je comparais juste mon futur petit copain calme, pacifique et sobre à l'homme qui a essayé de jouer de son autorité.

— Est-ce que ce type fait toujours du babysitting pour toi ?

— Joseph ? Oui.

— Donc il sait probablement avec qui tu couches.

— Qu'est-ce que ça peut te faire ?

— J'ai l'impression que tout le monde est au courant sauf moi.

— Personne n'est au courant à l'exception de la personne concernée et de moi.

— Et de Joseph. »

Son cœur battait fort, maintenant. Si elle ne disait pas la vérité, alors tout ce qu'elle dirait à compter de là serait plus ou moins un mensonge.

« C'est Joseph.

— Joseph qui quoi ?

— La personne concernée.

— Je ne comprends rien à ce que tu racontes.

— Tu me demandes avec qui je… qui je vois. Je vois Joseph.

— Ce gamin ?

— C'est un jeune homme.

— Quelle est la différence d'âge entre vous ?

— Je ne pense pas que tu aies besoin de connaître ce détail. La seule chose à savoir, c'est qu'il se débrouille super bien avec les enfants, et qu'ils l'adorent.

— Merci.

— Plus ils sont entourés de gens qu'ils apprécient, mieux c'est pour tout le monde.

— Et que fais-tu de toutes les autres différences ? Amis ? Culture ? Éducation ? Profession ?

— Nous n'avons pas les mêmes amis, et nous travaillons dans des domaines différents, oui. Et que sais-tu de son éducation ? »

Il y eut un silence embarrassé tandis que Paul

envisageait la possibilité de s'être hasardé à une supposition malheureuse. Lucy, elle, se demandait si une blague, n'importe laquelle, pouvait à ce stade se retourner contre elle. Oui, forcément. Elle préféra laisser Paul mariner.

« Toi et moi avions quantité de choses en commun, observa-t-elle. Ce n'est pas nécessairement le meilleur indicateur. »

Elle se souvint d'avoir dit à Emma qu'elle voulait rencontrer quelqu'un de propre, parce qu'un manque d'hygiène signifiait que rien d'autre ne comptait. La sobriété, elle s'en apercevait maintenant, était tout aussi importante. Et peut-être était-ce ce qu'elle avait en tête depuis le début, en s'attachant à la propreté. On pouvait avoir les mêmes goûts en tout et le même nombre de diplômes, partager le même sens de l'humour et les mêmes opinions politiques, mais une dépendance dangereuse réduisait tout ça en charpie, et on se retrouvait avec un millier de petits-fils que personne n'était capable de re-tricoter.

Joseph arriva sitôt Paul parti.

« Je le lui ai dit, annonça Lucy.

— Quoi ? Waouh.

— Et je te demande pardon. Si c'est précisément ce que tu ne voulais pas.

— Tu lui as dit que c'était moi ?

— Oui.

— Comment a-t-il réagi ?

— Il a souligné toutes les raisons pour lesquelles ça ne pouvait pas marcher.

— Je vois. Je ne veux pas les connaître. »

Il alla prendre le jus d'orange dans le frigo et remplit un verre qu'il avait sorti du placard.

« Je ne comptais pas te les dire.

— On les connaît, de toute façon.

— Ouais. »

Elle s'efforça d'imiter son détachement, mais elle le sentit, ce petit pincement au cœur. Ça aussi, c'était comme la mort annoncée d'un parent. Elle savait que ça arriverait bientôt, mais pas aujourd'hui, pas encore.

Joseph avait économisé l'argent des baby-sittings et s'était acheté l'Ableton Live 10. Il avait réussi à extraire le morceau qu'il avait en chantier de l'ancienne version du logiciel et l'avait transféré dans la nouvelle. Cela lui avait pris une soirée entière, parce qu'il fallait d'abord exporter chaque piste séparément. Il avait déniché un bon plug-in de batterie, gratuit, et ne s'inquiétait pas outre mesure de ne rien savoir des tendances actuelles dans les clubs parce qu'il avait en tête un son plus rétro, un genre de deep-house old school. Il avait démarré en se calant sur une sorte de groove latino luxuriant, avec des cordes synthétiques, mais il n'en avait été satisfait qu'une fois doublé le tempo. Il avait aussi ce sample de trompette, qu'il utilisait avec parcimonie jusqu'à la dernière minute ou pas loin, avant de tout lâcher à fond pour le point culminant. Il avait trouvé ce sample sur un des albums de Earth, Wind & Fire de sa mère – album dont elle ne gardait cependant aucun souvenir et qui, selon elle, avait dû appartenir à l'oncle de Joseph. Il n'avait pu faire autrement que prélever aussi un fragment mélodique, mais il avait réussi à l'intégrer dans son morceau sans le déformer.

Il partit avec son ordinateur portable chez son ami Zech. Zech avait entrepris de changer son nom au profit de £Man. Le processus était si lent que Joseph parlait de « transition », ce qui avait le don d'énerver Zech/£Man. Tout le monde oubliait qu'il était en train de changer de nom et, par-dessus le marché, il était encore à la fac, où il suivait un cursus de techniques musicales, et son ancien nom figurait partout, sur les ordinateurs, les registres. Au BIMM[1], il refusait de répondre à quiconque l'appelait Zech, ce qui exaspérait les autres étudiants puisque, pendant qu'il restait les bras croisés à fulminer en silence, rien n'avançait. Joseph se demandait comment Earl Sweatshirt, A$AP Rocky, ?Love et tous les autres avaient réussi leur coup. On ne pensait jamais à ce genre de détails lorsqu'on se lançait.

On avait le droit de dire PoundMan, mais pas de l'écrire en toutes lettres. Il fallait utiliser le symbole. Zech était intraitable là-dessus. La vérité, c'est que personne n'avait de raisons de l'écrire. Zech avait obligé Joseph à l'enregistrer sous le nom £Man dans son répertoire téléphonique, ce qui, certes, avait fait remonter son numéro dans la liste des contacts, mais Joseph devait maintenant penser à le chercher à la lettre M car, fait étrange, le symbole £ ne comptait pas comme lettre. Mais Joseph devait reconnaître que c'était un bon nom de scène. Les Américains utilisaient le $ pour en mettre plein

1. British & Irish Modern Music Institute.

la vue, mais PoundMan, ça évoquait immédiatement le bas de gamme, à l'instar de Poundland[1], et ce intentionnellement. Pour célébrer, disait-il, la culture de consommation d'Haringey[2].

Zech/£Man était un génie, qui un jour serait reconnu par tous. Il était une encyclopédie sur pattes de la musique noire. Il connaissait Duke Ellington, il connaissait Octavian, et ses mixes étaient déments. Il avait déjà signé avec un label, mais personne ne savait trop quoi faire de lui, avec son mètre cinquante, ses culs de bouteilles, sa manie de respirer par la bouche à cause d'un problème de sinus et ses vêtements exclusivement dénichés dans les magasins caritatifs. Il avait mis certains de ses trucs sur SoundCloud, mais rien n'avait encore dépassé les cinq cents écoutes. À l'école, où Joseph l'avait rencontré, il n'avait jamais eu de bande. Il restait toujours dans son coin, il se débrouillait pour se tenir à l'écart de ceux qui en auraient volontiers fait leur souffre-douleur, puis il rentrait chez lui et écoutait tout ce qui avait jamais été créé.

£Man dénicha un câble profondément enfoui au milieu du matériel électronique qui encombrait le sol de sa chambre et il connecta l'ordinateur portable aux moniteurs de studio qu'il avait assemblés lui-même.

« OK.

— Avant de commencer…

— Ah, nous y voilà, dit £Man. Je ne veux entendre aucune excuse.

1. Chaîne de magasins à prix unique.
2. Un des boroughs du Grand Londres.

— Non, non, ce ne sont pas des excuses. C'est juste que je ne sais pas si le morceau est terminé.

— Dans ce cas, ne viens pas me le faire écouter.

— Pourquoi ? Parce que tu n'as pas une seule soirée libre ?

— Ta gueule. Lance-le. »

Joseph s'en voulut de cette pique sur la vie sociale de son ami. Son ouïe fine allait s'en trouver aiguisée à l'extrême, prête à crever l'estime de soi de Joseph.

« Au fait, sinon, ça va ?

— Va te faire foutre.

— Quoi ?

— Tu me charries, puis tu te souviens que tu t'apprêtes à me faire écouter ton morceau, et là tu cherches à rattraper le coup. Je ne suis pas débile.

— OK. Désolé. Mais écoute… toi, tu es un génie. Ça, c'est différent. J'essaie de faire de la dance, pas de réinventer la roue. Je ne joue pas dans ta catégorie.

— Dis-moi un truc que j'ignore. Allez, à la tienne », ajouta-t-il à contrecœur.

Sentant qu'il ne parviendrait pas à le mettre dans de meilleures dispositions, Joseph lança le morceau et essaya – en vain – de ne pas scruter le visage de £Man. Qui ne laissait rien transparaître, cela dit. £Man se contentait d'écouter, tête immobile, paupières légèrement étrécies. À mi-morceau environ, il se pencha en avant pour appuyer sur stop.

« Ce n'est pas terminé.

— Je sais.

— Le meilleur arrive à la fin.

— Laisse-moi deviner. Tu vas nous bazarder un rab du solo de trompette de Earth, Wind & Fire. »

Merde. Non seulement £Man connaissait le sample (évidemment), mais il avait deviné comment il serait utilisé.

« Oh, arrête, mec. Ça déchire. Grave.

— J'en suis sûr. Mais commençons par le commencement, d'accord. “Le meilleur est à la fin” ? C'est ça que tu me dis ?

— Ouais.

— Et c'est ce que tu vas dire aux gens qui vident le dancefloor pour aller chercher un verre ? Ne partez pas ! Revenez ! Le meilleur est à la fin ! Personne ne tiendra jusque-là. Combien de minutes un DJ radio accorde à un truc, avant de le mettre au rancart ? De combien de minutes tu disposes avant que les gamins passent à autre chose ? Je connais la réponse à cette dernière question, soit dit en passant : sur Spotify, trente-cinq pour cent zappent dans les trente premières secondes. Et il y a vingt-quatre pour cent de chances qu'ils zappent dans les cinq premières.

— D'accord, mais tu penses qu'ils videraient le dancefloor ?

— Pas si tu attaques avec le meilleur.

— OK. Mais du coup, je mets quoi, à la fin ?

— C'est l'autre problème. Ton truc ne ressemble pas à de l'EDM pur sucre. Il y a une mélodie. Des variations sympas. Tu as composé une chanson.

— Ça craint ?

— Si personne ne la chante, oui.

— Je n'ai pas de paroles.

— Écris-en.
— Je ne connais personne qui chante.
— On croirait entendre un môme qui essaie d'échapper à ses devoirs à la maison. J'en ai rien à cirer, que tu le fasses ou pas. N'écris pas de paroles. Ne cherche pas quelqu'un pour les chanter. Tu as mon entière permission. D'accord ?
— Tu pourrais te tromper.
— C'est exact. Mais pourquoi es-tu venu ici ? Parce que j'ai toujours raison.
— En tous les cas, merci. »
Il déconnecta son ordi et le rangea dans le sac.

« Fais-le-moi écouter, dit Lucy.
— Nan, pas la peine.
— Qu'est-ce que ça veut dire ?
— Non, je suppose.
— Je ne suis pas complètement larguée. J'écoute beaucoup de musique.
— Oui. Je sais. Mais tu n'écoutes pas le genre de truc que je veux faire.
— Quelle importance ? La musique reste de la musique.
— Quelle est ta chanson préférée ?
— Je refuse de répondre à cette question.
— Pourquoi ?
— Primo, parce que je n'ai pas une seule chanson préférée. Personne n'en a qu'une. Et si je te réponds, tu vas t'empresser d'aller l'écouter et tu reviendras en disant "la mienne n'a rien à voir".
— Quel est ton morceau de dance préféré ?
— Workin'Day and Night. Michael Jackson.

Dès que je l'entends, dans une fête, je rapplique sur la piste. »

Joseph éclata de rire.

« Ouais. D'accord. Le mien est différent.

— En bien ou en mal ?

— En mal. Je l'ai composé sur un ordinateur. Je n'ai pas de section de cuivres, ni Quincy Jones pour me produire. Bref. On se fait un épisode ? »

Bizarrement, Lucy était passée à côté des *Soprano*. Elle se souvenait qu'au moment de sa diffusion, tout le monde regardait cette série, sauf elle : à vingt-cinq ans, elle vivait avec Jane dans cet affreux appartement de Stroud Green, et l'une comme l'autre travaillaient dur, en plus de sortir beaucoup. Lucy ne se rappelait même plus si elles avaient la télé. Mais, pour sûr, elles n'avaient aucune chaîne câblée. Joseph, de son côté, n'avait jamais entendu parler de la série. En cherchant *Les Soprano* sur Google, ils découvrirent qu'il avait quatre ans lors de la première diffusion. Si lui avait trouvé ça marrant, le rire de Lucy avait été un peu forcé. Elle couchait avec quelqu'un qui portait des couches-culottes dans les années quatre-vingt-dix. Elle se consola en concluant que l'un comme l'autre avait été trop jeune, chacun à sa façon. Mais, maintenant, ils étaient tous deux accros, et à n'importe quel autre stade de leur relation, ils auraient carrément fait du *binge-watching*. Au stade où ils en étaient, ils n'avaient jamais le temps de regarder plus d'un épisode.

Ils avaient presque terminé la première saison. Dans l'épisode 10, il était question de l'industrie musicale : Chris et Adriana finissent par signer un rappeur du nom de Massive Genius, mais tout part en vrille quand Adriana essaie de produire le morceau d'un groupe dont elle fréquentait autrefois le chanteur. Pour finir, Chris met une raclée au-dit chanteur, avec sa propre guitare. Lucy était un peu perdue, elle ne comprenait pas qui devait de l'argent à qui, mais comme toute l'embrouille financière avait trait au sampling, Joseph buvait l'intrigue comme s'il s'était agi d'un médicament au goût infâme qu'il lui fallait avaler cul sec. *Les Soprano* présentaient le sampling comme un petit jeu effrayant, violent, et Joseph était un homme qui venait de piquer un bel échantillon dans un album de Earth, Wind & Fire.

« Est-ce que tu as un nom ? lui demanda Lucy une fois l'épisode terminé.

— Un nom ?

— Comme Massive Genius.

— Ah ! Non. C'est se créer trop de problèmes pour pas grand-chose. »

Il lui raconta les déboires que £Man rencontrait à la fac, et cela la fit rire.

« Tu pourrais avoir un pseudo juste pour la musique, non ? Je t'appelle Joseph, mais le monde entier te connaîtrait sous un autre nom.

— Le monde entier. Ouais, pas de souci.

— Bon, d'accord, rabat-joie. Une minuscule minorité de Londoniens.

— Oui, pourquoi pas.

— Comme Massive Genius.

— Massive Genius, c'est un nom de scène génial.

— Tu pourrais l'adopter. »

Joseph réfléchit à la suggestion.

« Ce serait marrant. Et cool.

— Je trouve aussi. » Et puis, sans se laisser le temps d'y réfléchir, il ajouta : « Tu veux écouter le morceau ?

— Si tu es sûr de le vouloir.

— J'en ai d'autres. Mais c'est sur celui-là que j'ai bossé le plus dur. »

Lucy ne possédait pas de sound system comme celui de £Man, mais elle avait sa petite enceinte Bluetooth, et le son était meilleur que celui de son ordinateur portable. Il jumela les deux appareils et lança la chanson. Lucy se mit à hocher vigoureusement la tête, en rythme, et Joseph crut mourir de honte. Il voulait lui dire d'arrêter mais, pour ce faire, il aurait fallu parler par-dessus sa musique, ce qui était hors de question. Parce que, forcément, Lucy demanderait pourquoi diable elle ne pouvait pas hocher la tête dans sa propre cuisine en écoutant de la dance music, et Joseph n'aurait pas de bonne réponse qui ne fasse référence à son âge et son, sa... professitude... ? C'était un vrai mot, ça ?

Après une minute ou deux, elle commença à danser, pas à fond, mais en bougeant à la fois le bassin et les pieds. Et ce n'était pas qu'elle n'avait pas le sens du rythme. Elle était à l'évidence une bonne danseuse. Simplement, ce n'était pas comme ça qu'on devait danser sur cette musique.

« Je ne peux pas rester dans la même pièce, je suis trop nerveux. »

Et sans lui laisser le temps de répondre, il fila aux toilettes et tira le verrou.

C'était la première fois qu'il se sentait plus jeune qu'elle. Ou, plutôt, la première fois qu'il sentait qu'elle était plus vieille que lui. Et sa façon de danser n'était pas en cause, comprit-il. Cela venait de son enthousiasme. Oui, une copine de son âge aurait pu faire exactement la même chose. Mais quand il y avait une différence d'âge, les tentatives de Lucy pour montrer que le morceau lui plaisait, avec ces balancements de hanches et ces hochements de tête, faisaient penser à de l'approbation maternelle. Elle n'avait même pas attendu trois secondes pour montrer son enthousiasme. Ça va être bon, semblait-elle dire – à tort ou à raison.

Il voulait que Lucy le soutienne, bien évidemment, mais il voulait que ses encouragements se manifestent d'une autre façon. Laquelle, il n'en savait rien, cependant. Lucy lui parlait de son travail et il était presque certain d'être à l'écoute, de la soutenir, de faire tout ce qu'un ami ou un amant pourrait faire. Mais pas, espérait-il, d'une façon qui lui rappelait combien il était jeune.

Le solo de trompette lui parvint à travers la porte des toilettes. Il restait environ une minute. Il n'était encore qu'un gamin. Ça lui sautait aux yeux, maintenant. Tout ça étant nouveau, il se sentait gêné, à vif. Il n'avait aucune légitimité, dans quelque domaine que ce soit. Il continuerait pendant encore longtemps à lui rapporter des trucs et des machins, comme un chiot, et elle ne pourrait que lui flatter le ventre et le féliciter, jusqu'à ce qu'il devienne un vieux cabot qui n'inventait plus rien.

« J'ai a-do-ré, dit Lucy. Ça fait vachement… *Professionnel.*

— Merci.

— C'est bien mieux qu'un tas de trucs qui passent dans les clubs.

— Dans quels clubs vas-tu ?

— Un point pour toi, petit impertinent.

— Donc… pas de remarque ?

— Non. C'est parfait comme ça.

— Mais il y a un truc…

— Non, non, rien. »

Il y avait un truc.

« Bon, je ne l'écouterais pas à la maison.

— Pourquoi pas ?

— Ce n'est pas fait pour ça, n'est-ce pas ?

— Non. Mais tu passes des trucs dansants. Comme Michael Jackson.

— Oui, sans doute… Suis-je autorisée à dire que je préfère les morceaux où il y a une voix, et des paroles ?

— Ça t'arrive d'écouter du jazz.

— Oui, mais c'est une musique d'ambiance.

— Donc tu voudrais que quelqu'un chante sur le morceau ?

— Peut-être. » Elle fit une drôle de moue, comme si elle lui annonçait qu'elle ne voulait plus le voir.

« C'est ce qu'a dit PoundMan.

— Vraiment ?

— Oui.

— Waouh.

— Pourquoi « waouh » ?

— Tu as fait écouter le morceau à PoundMan parce que c'est un génie. Et il a fait la même remarque que moi.

— Je pense que je vais devoir trouver une voix. Et écrire quelques paroles. Et une mélodie. J'en suis loin d'avoir fini.

— Tu dois forcément connaître des gens qui chantent bien. »

Il ne le comprendrait que plus tard : c'était la déception qui lui avait donné envie de mordre, et de frapper direct à l'endroit où Lucy serait toujours vulnérable.

« Ça veut dire quoi, ça ?

— Rien… juste que tu as probablement des tas d'amis qui chantent bien.

— Ouais, et on danse tous bien, aussi.

— Tu sais pertinemment que ce n'est pas ça que je voulais dire.

— Combien connais-tu de gens qui chantent bien, alors ?

— Je suis prof. J'en connais des tas.

— Toutes les gamines noires de ta classe ?

— Je crois que je devrais arrêter de parler.

— Si tu ne sais pas dire autre chose que des stéréotypes racistes, ce serait peut-être une bonne idée. »

C'était un défi plutôt malin. Joseph voulait s'en aller, parce qu'il en avait marre de tout et de tout le monde, mais, du point de vue de Lucy, cela reviendrait à la traiter ouvertement de raciste. Il ne pensait pas qu'elle le soit, pas vraiment. Elle avait fait deux remarques racistes : « Tu dois forcément connaître des gens qui chantent bien » et « Tu as probablement des tas d'amis qui chantent bien » – plus, peut-être, une troisième : « J'en connais des tas. » Il avait entendu bien pire.

« Je ne pense pas que tu es raciste.

— OK.

— Mais je veux quand même m'en aller.

— Je comprends. »

Il lui planta un baiser sur les lèvres, remballa son ordinateur portable et rentra chez lui.

Dans le bus, sa fureur n'était toujours pas retombée. Après un moment, il s'autorisa à identifier le sujet autour duquel ses pensées décrivaient des boucles, et celui-ci n'avait rien à voir avec Lucy, ou du moins avec la dispute qu'il avait initiée. Il était énervé à cause du morceau. Il avait voulu que £Man l'adore, que Lucy l'adore. Et il était gêné de le leur avoir fait écouter sans une piste vocale ; lorsqu'il était enfermé dans les toilettes et écoutait à travers la porte, l'évidence l'avait aveuglé : le morceau avait besoin d'une voix. Il se sentait donc bête, sur la défensive, blessé. Il se demandait comment il parviendrait un jour à produire quoi que ce soit, si cela devait le mettre dans un tel état à chaque fois. Il était incapable de ne pas composer de la musique, mais incapable aussi de la dévoiler au monde entier.

Joseph avait des tas d'amis qui chantaient bien. Lucy avait vu juste, même si le bien-fondé d'une telle supposition faisait encore débat. Pour commencer, Joseph en connaissait certaines qui chantaient à l'église. Cette chorale était peut-être un des viviers auxquels Lucy faisait allusion. Aucun de ses membres n'était blanc. Mais pour son morceau, Joseph savait à qui il devait s'adresser, et cette personne ne faisait pas partie de la chorale. Il n'avait jamais oublié Jaz en train de chanter du Beyoncé dans sa cuisine. D'ailleurs, en y repensant, ce souvenir s'était imposé pendant qu'il mettait les dernières touches au morceau, puis quand il l'avait fait écouter à £Man, enfin quand Lucy avait observé qu'il manquait une voix à l'ensemble. Jaz avait été là, dans sa tête, tout du long, mais rangée dans un coin, derrière toutes les autres prises de chou – Lucy, l'argent, le boulot. Sa voix était tellement belle qu'il était prêt à lui envoyer un texto pour lui demander de chanter, même si elle serait en colère et qu'il avait peur d'elle. Personne ne pouvait dire qu'il ne se donnait pas à fond dans son travail créatif.

« Oh, fit sa mère le lendemain soir. À quoi devons-nous ce plaisir ?

— J'habite ici.

— Pas si souvent que ça.

— Je dors ici toutes les nuits. C'est la définition même d'habiter quelque part. »

C'était vrai. Il n'avait passé qu'une seule nuit entière chez Lucy, quand les garçons avaient dormi chez des copains. Il aurait aimé se réveiller avec elle le matin, mais pour ça il aurait fallu faire un *coming out*, en quelque sorte, ce qu'ils ne souhaitaient ni l'un ni l'autre.

« Disons que tu n'es jamais là, à cette heure-ci. »

Elle regardait la télé, un documentaire consacré à la maladie d'Alzheimer ; Joseph n'avait jamais rien vu d'aussi déprimant. Il était presque en permanence sur son téléphone, mais sa mère n'arrêtait pas de lui dire qu'avec un peu d'attention, il pourrait apprendre quelque chose.

« Je ne veux rien apprendre à ce sujet.

— Je serai concernée, un jour.

— Je ne laisserai pas la situation en arriver là. Je te liquiderai avant.

— Charmant. Ma toute dernière vision sera celle de mon propre fils en train de m'étrangler.

— Je me servirais d'un oreiller. Tu ne verrais rien.

— Est-ce que je t'ai dit que j'ai changé d'avis, au sujet du référendum ? Je vais voter pour le Brexit.

— Pourquoi ?

— À cause de l'argent que le NHS va récupérer.

— Cette ânerie de bus ? Trois cent cinquante millions par semaine ? Ils mentent. Même moi je sais ça.

— Oui, ils mentent. On se chamaillait à ce propos, dans le service, et on est allés vérifier sur le site de la BBC. Mais...

— Tu sais qu'ils mentent et tu vas tout de même voter pour eux ?

— D'après la BBC, on va récupérer cent soixante et un millions.

— Le mensonge ne porte donc que sur quelque deux cents millions par semaine. Tout va bien.

— Cent soixante et un millions par semaine, Joseph ! Pense à ce que on pourrait faire avec ça !

— Ils ne seront pas tous pour toi.

— Tu ne prends pas ça au sérieux.

— Qu'est-il arrivé à tout le personnel européen pour qui tu te faisais du souci ?

— L'immigration continuera. Mais ce sera comme en Australie. Basé sur un système de points. Plus tu as de compétences et plus tu maîtrises l'anglais, etc., etc., plus tu augmentes tes chances.

— Qui est-ce qui te raconte tous ces trucs ?

— Janine. Elle va voter pour. Comme la moitié des infirmières.

— Seulement la moitié ? Pourquoi ?

— Va le leur demander. Ou demande à ta bonne amie. Elle veut qu'on reste dans l'Europe, n'est-ce pas ?

— Elle n'est pas ma bonne amie.

— Je me demande bien ce qu'elle est, alors.

— Une bonne amie, n'est-ce pas comme une maîtresse ?

— Si, et elle est mariée.

— Séparée. Et de toute façon, moi, je ne le suis pas, pas vrai ?

— Vu le temps que tu passes là-bas, c'est tout comme. »

Sa mère pouvait alimenter sans fin une controverse d'un simple changement de pied en cours de route.

« Quand vais-je la rencontrer, d'ailleurs ?

— Ce n'est pas l'idée. ». C'était une réponse irréfléchie, peu à même d'empêcher d'autres questions.

« C'est quoi l'idée, dans ce cas ?

— Ce n'est pas “Oh, j'aimerais te présenter à ma mère”.

— Pourquoi pas ?

— Ce serait inapproprié.

— Elle doit bien avoir des vêtements sur le dos, à un moment donné ?

— Bon Dieu, Maman !

— Je refuse que tu Le mêles à tes petits arrangements sordides. »

Elle avait recommencé. C'était elle qui avait introduit la fausse note, et lui qui se faisait taper sur les doigts.

« Je ne vois pas pourquoi tu en fais toute une histoire. J'aimerais bien rencontrer ces petits garçons. Ils ont l'air charmant. Et j'aimerais bien la rencontrer elle, si elle mérite que tu lui consacres tout ce temps.

— Il n'y a rien de sérieux entre nous.

— Tu veux dire qu'elle ne signifie rien pour toi. C'est juste du sexe.

— Non, elle ne signifie pas rien, mais ça tournera court dans une minute. »

Chaque fois qu'il pensait ou disait ce genre de choses, il sentait une pierre tomber dans son estomac, comme s'il se trouvait dans un ascenseur. Mais c'était vrai ; tout pourrait tourner court en une minute.

« Quelle est la durée d'une minute ?

— Je ne sais pas.

— Ça pourrait tourner court demain ?

— Non. »

Cette pierre-là aussi, il la sentait peser. Et s'il ne voulait pas que ça tourne court dès le lendemain, alors il devait aller voir Lucy et s'excuser de l'avoir traitée de raciste. Il n'était pas exclu que, de son point de vue, leur relation ait déjà tourné court.

« Un mois ? Six mois ?

— Je ne sais pas. Peut-être.

— Ce que tu es en train de dire, donc, c'est que tu ne me présenteras que des filles que tu es sûr d'épouser.

— Tu as déjà rencontré mes copines, par le passé.

— Uniquement parce que tu n'avais nulle part ailleurs où les emmener. Cette femme a une maison à elle. Supposons que ça dure deux ans de plus. Tu vas continuer à disparaître tous les soirs et je ne saurai toujours pas à quoi elle ressemble ?

— Je te la présenterai dans deux ans, promis. On est quel jour ?

— Le 12 mai.

— Eh bien, le 12 mai 2018, nous irons tous ensemble dîner au restaurant. C'est moi qui invite.

— Ce qui veut dire que tu rompras avec elle le 11 mai, j'imagine.

— On pourrait changer de disque ?

— Non. Cette conversation te fait du bien. »

Pendant que le vieil homme atteint d'Alzheimer se mourait, avec sa famille réunie à son chevet, Joseph envoya un texto à Lucy, pour lui demander s'il pouvait passer.

Je commençais à désespérer ! répondit-elle.

Il sonna, puis frappa à la porte, mais pas trop fort. Il y avait de la lumière dans la salle de bains, au premier, et Joseph se dit que Lucy prenait peut-être une douche, peut-être spécialement pour lui. Il lui envoya un message, puis s'adossa à la porte en attendant. Un voisin que Joseph n'avait jamais croisé auparavant passa devant lui et glissa la clé dans sa serrure. Mais il pouvait voir Joseph par-dessus la petite haie qui séparait les deux propriétés.

« Puis-je vous aider ? » demanda l'homme.

Pas loin de quarante ans, probablement, en chemise et cravate, veste à cheval sur un bras. Un mec de la City, ou un avocat, qui rentrait tard chez lui après avoir bu un verre.

« Non, tout va bien, répondit Joseph.

— Puis-je vous demander ce que vous faites là ?

— Elle ne m'entend pas frapper à la porte. Elle est sous la douche.

— Elle vous attend ?

— Ouais.

— C'est une heure un peu tardive, pour une visite.

— Je ne pensais pas que c'était vos oignons.

— J'éviterais d'être insolent, mec.

— Je ne suis pas insolent. Je fais juste remarquer que c'est une question bizarre.

— C'était plus une observation qu'une question. »

Joseph sentait son cœur tambouriner. Il voulait envoyer ce type au tapis, mais c'était là un sentiment familier, et il savait qu'il lui fallait le museler. Jamais il n'avait rencontré le moindre problème dans cette rue, ou dans cette maison, et maintenant le monde l'avait rattrapé.

« Je pense que je me sentirais plus rassuré si vous bougiez d'ici.

— Pour aller où ?

— Allez faire un tour en attendant qu'elle redescende. Si tant est qu'elle redescende. Vous avez sans doute son numéro de téléphone ?

— Putain... »

Joseph rebroussa chemin jusque sur le trottoir.

« Voilà qui est mieux. »

Joseph secoua la tête d'incrédulité et le type entra chez lui. Joseph revint sur ses pas pour sonner à la porte. Cinq minutes plus tard, une voiture de police apparut. Joseph eut la présence d'esprit d'envoyer un autre texto à Lucy disant *dehors stp viens vite*, sans ponctuation ni majuscule.

Deux policiers descendirent du véhicule, blancs tous les deux. L'un était tout petit, roux, et Joseph se laissa momentanément distraire par sa taille. N'y avait-il pas un minimum requis, à cet égard ? Si tel était le cas, ce type se trouvait forcément en-dessous.

« Bonsoir, monsieur », dit le plus grand des deux.

« Monsieur ». Ils avaient reçu une formation de sensibilisation aux questions de race, ou quel que soit l'intitulé du truc.

« Bonsoir, répondit Joseph avec enjouement.

— Pourriez-vous me dire ce que vous êtes en train de faire ?

— Je vais vous le dire très précisément : mon amie est sous la douche, ses enfants sont au lit, et je ne veux pas frapper trop fort, par peur de les réveiller.

— Je vois. Vous lui rendez souvent visite à une heure aussi tardive ?

— Il est 22 heures.

— Ce qui est assez tardif, pour une visite », insista le petit flic.

S'il lui avait fallu deviner, Joseph aurait dit que l'homme devait faire dans les un mètre soixante-cinq. Sa taille semblait être la bataille déterminante de sa vie, et il se saisissait de toute opportunité de prouver qu'une petite taille n'était nullement un désavantage lorsqu'il s'agissait d'arrêter des délinquants violents. Il tirait sur une laisse invisible.

« Qu'est-ce que je fais de répréhensible, à vos yeux ?

— Je pense que le monsieur qui habite à côté s'inquiétait davantage de ce que vous pourriez faire de répréhensible dans un futur proche.

— Verriez-vous un inconvénient à ce que nous procédions à une fouille de routine ? »

Il avait déjà été fouillé par le passé, à quatre ou cinq reprises, quand il était adolescent. Personne n'avait jamais rien trouvé. Il ne transportait jamais de couteau, ne se baladait jamais avec de l'herbe sur lui. La première fois, il avait protesté en invoquant ses droits, comme le font les gamins, et découvert qu'il n'en avait aucun.

Les policiers se fichaient pas mal de son consentement. Joseph portait son vêtement préféré, un blouson Baracuta vert, qu'il retira et tendit au plus grand des deux hommes.

« Beau blouson, commenta le petit. Je les ai regardés, mais c'était pas dans mes moyens. »

On entrait dans le dur, et là, le sujet n'était pas de déterminer si Lucy avait dit, ou pas, que tous les Noirs chantaient bien. Joseph éprouva subitement le besoin de lui présenter ses excuses. Peut-être avait-il besoin qu'on lui rappelle que les policiers tenaient assez souvent des propos d'apparence courtoise qui, en réalité, vous accusaient à mi-mots de vous livrer à une activité criminelle.

Le petit flic s'avança pour tâter les poches du pantalon. Cela fut vite fait. Joseph portait un jogging Nike, et il ne mettait jamais rien dans ses poches parce que tout en tombait. Pendant ce temps, le plus grand des deux passait en revue le contenu des poches de son blouson – téléphone, clés, portefeuille. Le téléphone se mit à vibrer dans sa main. Joseph vit que c'était Lucy.

« Je peux répondre ? demanda-t-il. C'est mon amie, qui habite ici.

— Vous pourrez la rappeler lorsque nous en aurons terminé », répliqua le petit.

Joseph leva la tête vers le ciel. Il ne marmonna pas de jurons dans sa barbe, il ne roula pas des yeux.

« Cela vous pose un problème, monsieur ? reprit le butor roux.

— Un problème, non. Simplement, si elle avait pu confirmer mon histoire, ça y aurait mis un point final. Mais pour une raison que je ne m'explique pas, vous voulez la faire durer.

— Nous voulons juste nous assurer que vous n'êtes pas en train d'aller au-devant de problèmes. »

La porte d'entrée s'ouvrit et Lucy parcourut la courte allée jusqu'à eux.

« Que se passe-t-il ?

— Ce jeune homme affirme être un de vos amis, dit le plus grand.

— C'est le cas.

— Et vos amis vous rendent souvent visite à cette heure-ci ? Ou bien juste celui-là ?

— En quoi ça vous regarde ?

— Malheureusement, il arrive très souvent que des arrangements privés finissent par nous regarder.

— Qu'insinuez-vous ? »

Le petit butor écarquilla les yeux et pinça les lèvres, comme pour dire : « Tout de suite les grands mots. »

« Je ne suis pas sûr que nous insinuions quoi que ce soit.

— Vous êtes en train de le fouiller ?

— Un de vos voisins s'inquiétait de son comportement.

— Qu'était-il en train de faire ?

— Nous nous efforçons de le découvrir.

— Parce que la réponse qu'il vous a fournie n'est forcément pas la bonne ? »

Joseph voyait bien que Lucy pensait pouvoir clore l'incident avec un peu d'indignation morale. Elle était professeur, directrice de département, et si ces *bobbies* outrepassaient la ligne, elle allait les remettre à leur place. Sauf que ça ne marchait pas comme ça. Ce n'était pas comme multiplier un nombre positif par un nombre négatif : le résultat resterait négatif. Multipliez un jeune homme noir par une femme blanche, et pour la police le résultat sera toujours un jeune homme noir. Tout finirait par rentrer dans l'ordre, mais uniquement parce qu'ils se seraient lassés.

« Oui, c'est ce qu'on constate souvent, dans notre métier. Mais vous n'avez pas répondu à la question : vous rend-il souvent visite tard le soir ?

— Pourquoi ça vous intéresse autant ?

— Ça s'est déjà vu, madame. Une personne bien intentionnée, comme vous, pense faire au mieux en inventant obligeamment une histoire. »

Le petit rouquin avait pris le relais. Il avait compris comment provoquer Lucy et il se régalait.

« Donc vous pensiez… Quoi ? Que Joseph avait l'intention de me cambrioler et que je serais disposée à l'aider en racontant qu'il passait boire une tisane ? Dans quel monde une histoire pareille tiendrait debout ?

— D'où vous connaissez-vous, tous les deux, alors ?

— Je crois vraiment que je devrais signaler ça.

— Faites donc.

— Viens, Joseph, on rentre. »

Ils rebroussèrent chemin jusqu'à la maison. Juste avant d'atteindre la porte, ils entendirent le petit dire quelque chose et le grand éclater de rire. Il aurait pu s'agir de n'importe quoi, mais ce n'était probablement pas le cas. Lucy fit volte-face, prête à faire demi-tour, mais Joseph la poussa délicatement en direction de la porte.

« Tu veux un whisky, un cognac ou autre chose ? » demanda-t-elle.

Elle avait sorti la bouteille de vin blanc qui semblait perpétuellement entamée dans le réfrigérateur et se servait un verre.

« On est en mai, répondit Joseph. Et je ne suis pas resté très longtemps dehors.

— C'était pour le traumatisme, pas pour le froid. »

Joseph rit, puis il comprit qu'elle ne plaisantait pas.

« Les salopards.

— Ouais.

— Tu n'es pas en colère ?

— À cause de ça ? Non, pas spécialement.

— Eh bien, moi, si. Je suis furieuse. »

Il voulait s'excuser d'avoir insinué qu'elle était raciste, mais si elle se mettait dans tous ses états à cause de ce genre d'incident, elle n'allait pas lui faciliter pas la tâche. Et il ne voulait pas qu'elle lui dise ce qu'il aurait dû ressentir.

« Je sais que ça part d'une bonne intention, mais laisse tomber.

— Pourquoi ?

— Franchement ? Il n'y a pas de quoi en faire tout un plat.

— Dans ce cas c'est terrible. Parce qu'il y a bien matière à en faire tout un plat.

— Tu ne veux pas que la police débarque quand un type rôde devant tes fenêtres la nuit ? Moi, si.

— Tu es désinvolte.

— Ne me dis pas ce que je dois ressentir.

— Je te dis seulement de ne pas reléguer ça au rang de broutilles.

— Mais putain, Lucy, si je relègue pas ce genre de trucs au rang de broutilles, je vais me rendre fou. »

Il se sentait subitement épuisé par tant de complication.

« Je m'excuse de mon commentaire au sujet du chant, dit-elle. C'était indélicat.

— Je voulais moi aussi m'excuser. De ma réaction.

— Tu ne devrais pas. J'ai parlé sans réfléchir à ce que tu pouvais entendre.

— Je n'ai rien entendu de spécial. J'étais énervé parce que le morceau était bancal et j'ai cogné avec le premier truc à portée de main.

— Tu vas bien ? Au sujet de ce soir, je veux dire...

— La police ? Ça m'énerve, mais ensuite je pense à ce qui se passe en Amérique. Avec les flics d'ici, la plupart du temps, on a juste affaire à des connards qui vadrouillent par ennui. Là-bas, ils te tuent. Enfin, bon... pas toi. »

Lucy ne disait plus rien, mais son visage était un livre ouvert.

« Ça ne t'arrive jamais de...

— Écoute, la coupa-t-il, je peux exprimer uniquement ce que moi je ressens. Je ne peux pas parler pour qui que ce soit d'autre.

— C'était horrible de les voir sur le pas de la porte.

— Essaie de l'oublier. Ils ne valent pas la peine qu'on se torture l'esprit. Surtout ce petit connard de rouquin. »

Elle sourit et l'embrassa, un baiser gentil planté sur la joue.

Joseph la regarda et l'embrassa à son tour – un vrai baiser, cette fois.

« Tu vois ? dit-il lorsqu'ils s'écartèrent. On devrait les remercier pour ça.

— Qui donc ?

— Ces connards de flics. Ça nous aurait pris beaucoup plus longtemps pour en arriver là. »

Elle éclata de rire, lui prit la main, et l'entraîna là-haut, dans la chambre.

8

Mais la chambre – et aussi les garçons, et *Les Soprano* – était leur réponse à tout, et Lucy commençait à se demander ce qu'il adviendrait lorsque les questions se compliqueraient. Elle adorait toujours autant leur bulle, mais celle-ci n'était pas très spacieuse, l'air y était un peu rare, et leur comportement avait le don d'intriguer ou d'agaçer leurs amis respectifs : ils ne voulaient jamais les voir, ne voulaient jamais rien faire, n'acceptaient jamais d'invitations. Ils regardaient un épisode et faisaient l'amour, ils regardaient un autre épisode et refaisaient l'amour, ils en regardaient deux et ne faisaient pas l'amour. Ils regardaient toujours un épisode, et faisaient presque toujours l'amour.

« Est-ce que tu joues aux échecs ? » lui demanda Joseph un soir. C'était une soirée où les garçons étaient chez Paul, et ils avaient fait l'amour, puis regardé un épisode, dans cet ordre. Ils étaient arrivés au terme de la saison 2 mais avaient décidé de ne pas enchaîner immédiatement avec la saison 3.

« Non. Enfin, je connais les règles. Et nous avons un jeu. Tu veux jouer ?

— Oh, pas si…

— Pas si je suis nulle ? »

Joseph rit. « Ce serait grossier de le présenter comme ça.

— Une partie de backgammon, alors ?

— Mon père m'a appris, une fois, mais je n'y ai plus joué depuis des années. »

Elle se dirigea vers le placard où ils rangeaient les jeux de société.

« Je suis sûre qu'on en a un. » Elle commença à extraire des choses et d'autres. « Ah. Le voilà. »

Elle le tendit à Joseph, qui entreprit de disposer les pions.

« Il manque les dés.

— Oh, je suis sûre qu'on en a quelque part. Il y a un Monopoly, là. Et un jeu de l'échelle.

— Il manque aussi des pions.

— Ah. On n'a qu'à utiliser des jetons, ou autre chose.

— Sérieux ? »

Lucy éclata de rire.

« On pourrait sortir, un de ces soirs.

— Aller au cinéma ?

— Ou au restaurant.

— Je parie qu'on pourrait s'entendre sur le choix d'un film. Qu'est-ce que tu as envie de voir, en ce moment ?

— Il y a ce film avec Meryl Streep, sur cette femme qui ne savait pas chanter. Ça me dit bien.

— Mm mm », fit Joseph.

Ils ne virent pas le film. Et ils ne réussirent jamais à sortir où que ce soit.

Lucy rougissait encore de la conversation qu'elle avait eue avec Joseph à propos de la récession et de ses répercussions sur le secteur du bâtiment, mais il s'avéra que tout le monde parlait de choses qui, à coup sûr, dépassaient leur compréhension, et cela la rasséréna. Quelques jours avant le référendum, une dispute féroce éclata en salle des professeurs entre une prof d'arts plastiques (anti-Brexit) et un professeur de géographie (pro-Brexit) quant aux futurs accords commerciaux avec l'Union européenne – dispute que Lucy suspectait d'être bâtie sur un sol extrêmement marécageux. Les deux belligérants eux-mêmes finirent par voir qu'ils avaient outrepassé les limites de leur expertise, mais ça ne les empêcha pas de continuer à s'écharper.

« Donc, quand tu écoutes tous ces brillants économistes t'expliquer qu'on court au désastre, qu'en penses-tu ? demanda Polly, la prof d'arts plastiques. Est-ce que tu te dis : "Bah, ils ne savent pas de quoi ils parlent !"

— Non, répondit Sam, le prof de géographie. Je me dis : "On s'attendait à ce qu'ils disent ça, non ?"

— Et pourquoi ?

— Parce que tout va très bien pour eux, n'est-ce pas ?

— Je ne sais pas comment se portent les économistes, mais ils s'inquiètent probablement d'une baisse de la valeur de leur maison – comme tout le monde, riposta Polly.

— Le prix de l'immobilier ! Putain. Il n'y a que les gens comme toi pour s'en préoccuper.

— C'est qui, les gens comme moi ? Les profs d'art plastiques ? Nous ne sommes pas beaucoup à être propriétaires.

— Je viens de Stoke, d'accord ? Et là-bas, tu peux acheter une maison pour une livre.

— Une livre ! » s'exclama Polly, mais c'était une exclamation d'hilarité, pas d'incrédulité.

— Parfaitement. Une livre. Pour d'anciens logements sociaux.

— C'est un dispositif d'accès à la propriété, donc.

— Tout à fait. Ce genre de dispositif ne court pas les rues, à Londres, n'est-ce pas ? Ici, ils n'ont pas besoin de vendre des maisons à une livre.

— Il me faudrait en savoir davantage sur les conditions du dispositif.

— Tu sais où ils en ont lancé un du même genre ? À Detroit, putain ! Une ville qui ressemble à une zone de guerre. Stoke est à moins de deux heures d'ici !

— Quel rapport avec le Brexit ?

— Pour commencer, tous les gens que je connais, là-bas, votent pour. Et tu sais ce qu'ils se disent, quand David Cameron affirme que la valeur de leur maison perdra trente mille livres, avec le Brexit ? Ils se disent : "Pas la mienne, mon gars. Ça risque pas, vu qu'elle vaut qu'une livre."

— Eh bien, ils se retrouveront dans une situation pire que celle d'avant.

— C'est-à-dire ? Leur maison ne vaudra plus que soixante-quinze pence ? Ou cinquante ? Et qu'est-ce que t'en sais de ce qui va arriver au marché immobilier ? Tu es professeur d'arts plastiques. Ton rayon, c'est de savoir dessiner un nez.

— Arrête de me prendre de haut.

— Ce n'est pas ce que tu fais, depuis le début de cette conversation ? Me prendre de haut ? Je n'ai toujours droit qu'à ça, de la part des gens du Sud. De la condescendance. »

Lucy y voyait plus clair, maintenant. Le référendum offrait un prétexte à engueulade à des catégories de gens qui ne s'appréciaient pas, ou du moins échouaient à se comprendre. Le gouvernement aurait pu se contenter de poser une question pour/contre la nudité en public, le végétarisme, la religion, l'art moderne, ou tout autre sujet qui scindait la population en deux groupes qui se méfiaient l'un de l'autre. Il fallait une carotte, sinon personne ne se mettrait dans un tel état. Mais si le gouvernement promettait de bazarder toutes les œuvres d'art postérieures à 1970 qui étaient propriété d'État et de donner l'argent aux écoles... là, bonjour les pugilats. Lucy ne connaissait pas grand monde avec qui elle souhaitait en venir aux mains, et elle soupçonnait Polly, avec ses Doc Martens et ses volumineuses boucles d'oreilles, d'être dans les mêmes dispositions. Elle était en train de découvrir qu'elle pourrait se battre avec le collègue assis à côté d'elle. (Cela étant, pourquoi les boots et les bijoux extravagants indiquaient-ils à ses yeux que Polly et elle étaient du même bord ? Et pourquoi le jogging Nike et le sweat à capuche bleu de Sam ne transmettaient-ils pas le même message ? Peut-être le faisaient-ils, mais Lucy le déchiffrait moins aisément.) Qu'adviendrait-il, après le vote ? Polly et Sam venaient d'échanger des noms d'oiseaux, ou du moins des épithètes peu flatteuses. Seraient-ils capables de l'oublier et de parler d'autre chose ? Vu leurs têtes à tous les deux quand sonna la fin de la récréation, cela semblait peu probable. C'était sans doute la première fois qu'ils discutaient ensemble, et certainement la dernière.

Lucy aimait bien Sam. Lors de la kermesse, l'année précédente, il arborait un maillot de foot rayé blanc et rouge (Stoke ?), avec, floqué dans le dos, le nom d'un joueur – que Lucy n'avait pas retenu, mais qui comportait la lettre *q*. Ses fils étaient allés questionner Sam tant au sujet du maillot que du *q*, et Sam leur avait demandé, pour leur plus grand plaisir, de citer cinq autres joueurs dont le nom contenait la lettre *q*. Ils avaient su répondre, Sam leur avait dit qu'ils faisaient honneur à leur mère, et à partir de là les garçons s'étaient mis à la harceler pour qu'elle les inscrive à Park Road lorsqu'ils seraient en âge d'entrer au collège, comme si leur éducation secondaire allait se résumer à citer des footballeurs dont le nom contenait un *q* ou un *z*. Mais elle n'était pas pour autant du côté de Sam. Elle était de celui de Polly. Lucy avait à peine échangé trois mots avec elle depuis son arrivée, un an plus tôt, et, chaque fois qu'elle pensait à elle, ce qui n'arrivait pas souvent, c'était avec un brin d'agacement. Polly était un peu maniérée, et elle réussissait à communiquer, sans le verbaliser, que l'enseignement était indigne d'elle.

Durant les quelques jours précédant le scrutin,

Lucy essaya d'asseoir sa certitude une bonne fois pour toutes, d'être du côté de Polly, et non de Sam. Elle regarda *Question Time*, lut les journaux, écouta la matinale de la BBC Radio 4, mais il ne subsistait aucun doute : les gens qu'elle méprisait se trouvaient tous dans l'autre camp. Sam n'était pas un mauvais bougre, pas plus, devinait-elle, que le père de Joseph, ou sa mère. Mais tous ceux qui les enjoignaient de voter pour le Brexit étaient des hypocrites, des brutes tyranniques et des racistes. Puis Nigel Farage dévoila son affiche, celle montrant des files de désespérés à la peau mate se presser aux portes d'un pays qui n'était pas la Grande-Bretagne mais pourrait le devenir, d'après lui, puis Jo Cox fut assassinée, et ses derniers doutes s'évanouirent.

Elle montra l'affiche à Joseph.

« C'est un con, asséna-t-il.

— Alors pourquoi envisages-tu de faire ce qu'il dit ?

— Parce que ça n'a rien à voir avec lui.

— Comment peux-tu dire ça ?

— L'argent pour le NHS et le salaire de mon père, ce n'est pas lui. Ce type est juste un branleur raciste qui remue la merde.

— Et qui fait partie de ton équipe.

— Je suis dans aucune équipe.

— Nous sommes tous dans une équipe ou dans l'autre, cette semaine.

— Je ne suis pas encore sûr d'aller voter. »

Lucy était indignée, mais elle allait lui laisser une chance de répondre avant de lancer une attaque cinglante sur sa paresse et son irresponsabilité.

« Pourquoi n'irais-tu pas voter ?

— Parce que je n'ai pas le début d'un commencement d'opinion sur la question. »

Et là Lucy se mit à rire, malgré elle.

« Qu'est-ce qu'il y a de drôle ?

— C'est l'opinion la plus simple et la plus évidente que j'aie entendue depuis des mois. Il n'empêche, tu ne veux pas faire barrage aux racistes ?

— Bien sûr que si. Mais ils seront toujours là, quand tout ça sera terminé. L'objectif, c'est de renvoyer les Polonais chez eux.

— J'aurais pensé... » Lucy se retint de poursuivre. Quoi qu'elle aurait pensé (et c'était une curieuse façon de conjuguer ce verbe), soit elle n'avait pas achevé le processus, soit elle ne l'avait même pas entamé. Évite les idées préconçues, Lucy. Elle aurait pu imprimer ce rappel sur un tee-shirt.

« Je sais ce que tu allais dire. Qu'est-ce qui leur prend, à mes parents, de voter la même chose qu'une bande de racistes ? Mais ils sont britanniques. Je pensais que vous vouliez tous qu'on soit britanniques. Le seul fait qu'on soit noirs ne signifie pas qu'on veut rester dans l'Europe. Dans la moitié de ces pays, ils sont plus racistes que n'importe qui ici. Les Italiens. Les Polacks. Les Russes. Tous les pays d'Europe de l'Est sans exception. Tu n'as jamais entendu les insultes qui pleuvent sur nos joueurs noirs dès qu'ils vont jouer dans ces pays ? Ces gens-là nous haïssent. »

Non, elle n'en n'avait jamais entendu parler.

Elle commençait à avoir le sentiment de ne pas savoir grand-grand-chose sur quelque sujet que ce soit.

« Quand j'étais gamin, j'adorais Thierry Henry, reprit Joseph.

— Tout le monde l'adorait.

— D'accord. Un jour, la France allait jouer contre l'Espagne et l'entraîneur de l'équipe espagnole a été enregistré en train de dire à un de ses joueurs que Henry était un Noir de merde. Ça a fait toute une histoire et l'entraîneur s'est pris une amende. Mais il a contesté la sanction devant les tribunaux, et il a obtenu gain de cause. Ça lui a pris genre trois ans, mais il a gagné. Et en Espagne ils continuent à pousser des cris de singes qui visent les joueurs noirs. C'était pareil ici, autrefois, m'a raconté mon père, mais c'est terminé depuis des années. Voilà pourquoi je ne me sens pas très européen. J'emmerde l'Europe.

— Maintenant, je me sens mal d'aller voter pour le maintien.

— Tu ne devrais pas. »

Elle alla voter en sortant du travail, dans un petit local poussiéreux qui ne semblait servir que pour les élections. Elle voulait que le sentiment du devoir accompli s'accompagne de gravité, mais c'était difficile, lorsque votre devoir se résumait à cocher une case sur un bout de papier. D'autant plus qu'en général, lorsqu'on regardait le bout de papier en question, on y trouvait des noms tels que Lord Cashew Nut, ou des formations politiques telles que le parti Keep Dogs Out of Lordship Park.

Les États-Unis, avec leurs machines à voter et leurs invalidations de bulletins mal perforés, essayaient au moins de donner au scrutin un air complexe, sérieux. Aujourd'hui, bien sûr, il ne s'agissait que de répondre à une question : le Royaume-Uni devait-il rester membre de l'Union européenne ou la quitter ? Elle s'était demandé si les cases, sous la question, se borneraient à indiquer « oui » ou « non », sans autre détail ou précision, mais en fait le libellé était très clair. Elle fit une croix dans la première case, « Demeurer membre de l'Union européenne », plia son bulletin même si on lui avait dit que ce n'était pas nécessaire, et sortit retrouver ce début de soirée d'été. Sur le trajet de la maison, elle croisa quelques connaissances, des voisins, parents d'amis des garçons, des membres du club de lecture qu'elle avait fréquentés avant de vouloir tous les étrangler. Toutes ces personnes se rendaient au bureau de vote. L'une d'elles lui adressa une grimace de nervosité, une autre croisa les doigts en l'air, une autre encore lui demanda si, d'après elle, tout allait bien se passer. Aucune n'envisagea qu'elle ait pu voter en faveur du Brexit. Ce qui n'était pas le cas, bien sûr, leur présomption était correcte. Elle voulait les arrêter pour leur demander ce qu'ils avaient investi personnellement dans l'appartenance à l'Union européenne, mais elle ne le fit pas. Elle ne voulait pas que ces gens pensent qu'elle n'était pas des leurs.

Dans le bus qui le ramenait du centre de loisirs, Joseph tomba sur John, le père qui, quelques mois plus tôt, s'était fait bousculer par l'arbitre lors d'un match. Sitôt qu'il avisa Joseph, John changea de siège pour venir s'asseoir à côté de lui.

« Tu as voté ? demanda John. Je vais m'arrêter le faire en rentrant à la maison.

— Je ne suis pas encore décidé.

— Ah bon ? Je suis étonné.

— C'est une question compliquée, fit valoir Joseph.

— Pas pour moi.

— Non ? Pourquoi allez-vous voter, alors ? »

Mystérieusement, Joseph pensait que mieux valait demander « pourquoi » que « comment ». Il se trompait.

« J'en ai ras le bol.

— Ras-le-bol de quoi ?

— Ne le prends pas mal, mais on ne peut plus rien dire, de nos jours, n'est-ce pas ?

— Ah bon ?

— Comme je te le dis.

— Je ne le prends pas mal, au fait.

— De quoi tu parles ?

— Vous m'avez dit "ne le prends pas mal".

— Ah. Ouais. Mais toi, c'est bon.

— Merci. Et voter pour le Brexit va nous aider à régler le problème ?

— Je le pense, oui, répondit John. Mais c'est juste mon avis.

— Qu'est-ce que vous voudriez dire que vous ne pouvez pas dire ?

— Bah, tu connais la chanson. Pas besoin de gaspiller ma salive. Et j'ai trop de respect pour toi. Mais il n'y en a que pour les Afro-Caribéens par-ci, et les gays par-là, et les lesbiennes, et qui sais-je encore.

— En quoi ça aidera de quitter l'Europe ?

— Ça ne peut pas empirer la situation, pas vrai ? Et à ce que j'ai compris le problème vient pour beaucoup de leurs lois. À Bruxelles.

— Je ne le savais pas.

— Apparemment.

— Bref. Je descends ici. »

Joseph se leva.

« Réfléchis à tout ça.

— Je n'y manquerai pas.

— On se revoit la saison prochaine. »

Quand il arriva chez lui, sa mère lui fourra sa carte d'électeur dans la main.

« Tu vas en avoir besoin.

— Je sais pas encore si j'y vais.

— Si, tu y vas. Des gens sont morts pour que tu puisses voter.

— Qui ça ?

— Tu les connais pas. Ils sont morts depuis longtemps.

— D'accord, mais… quel genre de gens ?

— Des soldats. Pendant la guerre.

— Pendant la Seconde Guerre mondiale.

— Oui, si tu veux. »

Ce manque de précision le fit marrer.

« Ça n'a rien de drôle.

— Je riais de toi, pas des gens qui sont morts à la guerre.

— Ha ! Allez, moquons-nous tous de moi, une fois de plus.

— La Seconde Guerre mondiale, c'était Winston Churchill, n'est-ce pas ?

— Oh, Joseph.

— Je ne cherche pas à vérifier mes connaissances. Je connais l'histoire de la Seconde Guerre mondiale. J'essaie juste de construire une argumentation, alors écoute-moi. Churchill, donc. Et tu vas voter pour le Brexit… c'est bien ça ?

— C'est ça.

— Et tu sais ce que Churchill voulait, n'est-ce pas ?

— En partie. Tu parles de quoi, précisément ?

— Il voulait une Europe unie.

— Qui t'a dit ça ? Ta bonne amie ?

— Va vérifier. Il a vaincu Hitler, puis il a dit : "Finissons-en avec les guerres en Europe. Construisons une union européenne."

— Pourquoi tu me dis ça maintenant ?

— Ça t'aurait fait changer d'avis ?

— Oui, bien sûr. C'était un grand homme. Tes grands-parents l'adoraient.

— Bon, c'est pas grave, tu ne vas pas gagner.

— Pourquoi dis-tu ça ? Tous ceux à qui j'ai parlé dans la rue vont voter pour le Brexit. Mais peu importe. Va voter. Prends ta carte, file à l'école, et fais montre de responsabilité. Comme je disais, des gens sont morts pour ça. »

Il jugeait l'argument un peu léger, mais il s'exécuta. Lucy ne connaissait personne qui allait voter en faveur du Brexit. Aucun des voisins de Joseph n'allait voter contre. Lui-même se situait quelque part à mi-chemin entre les deux. Franchement, avant tout ce bazar, il aurait cru que tout le monde était dans une position médiane et n'en avait pas grand-chose à fiche de tout ça, mais en fait il semblait se retrouver bien seul. Une fois à l'école, il contempla le bulletin, puis cocha l'une et l'autre case, parce que les deux correspondaient à ce qu'il pensait. Et ça lui épargnerait de mentir à qui que ce soit.

Comme il était affamé, il passa au McDonald's. Il ne faisait pas ça très souvent. Il consacrait une partie de la semaine à inciter des gamins à retrouver la forme et ne tenait à pas être pris le nez dans un tas de Chicken McNuggets noyés de sauce barbecue. Mais de temps en temps, le manque devenait trop fort, et puis, il n'avait pas demandé à Lucy de lui garder quelque chose, et il ne voulait pas qu'elle se mette aux fourneaux pour lui lorsqu'il arriverait chez elle. Sans compter qu'il n'était même pas sûr de passer la voir. Elle serait scotchée aux infos, il se rabattrait sur son téléphone par ennui et, elle aurait beau ne rien dire, il se sentirait jugé. Elle le trouverait idiot, ou immature, ou autre. Ou peut-être serait-ce lui qui se trouverait idiot, immature ou autre. Dans un cas comme dans l'autre, mieux valait appuyer sur pause pour une soirée.

Dans l'espoir de préserver le secret sur son envie honteuse de malbouffe, il se dirigea avec son plateau vers un angle du restaurant, et se retrouva à marcher droit sur Jaz et une de ses amies. Il sourit, les salua, dansa un instant d'un pied sur l'autre au cas où elle l'inviterait à leur table, mais au regard qu'elle lui décocha, comme s'il venait de commander du raminagrobis mijoté dans son propre vomi, il tourna les talons. Il alla s'asseoir là où il avait prévu de le faire et commença à consulter son fil Instagram.

« C'est tout ? lui lança Jaz. Tu t'assieds et point barre ?

— J'ai dit bonjour et tu as regardé ailleurs.

— Il va me falloir beaucoup plus qu'un bonjour.

— Je ne suis pas sûr d'avoir grand-chose de plus à dire.

— C'est ce que j'ai dit à tout le monde. »

Joseph leva les yeux au ciel.

« Je déconne. Je n'ai jamais parlé de toi à personne. Darcy, voici Joseph. Le mec dont je t'ai parlé. Je déconne...

— Salut, Darcy.

— Bonjour. T'es plus intéressée ? ajouta-t-elle à l'intention de Jaz.

— C'est lui qui est pas intéressé, corrigea celle-ci. Mais peut-être que j'ai pas dit mon dernier mot.

— Ben, si tu changes d'avis, préviens-moi. »

Joseph se demanda s'il aurait voix au chapitre. Il savait, parce que sa sœur l'avait sermonné plein de fois à ce sujet, que les filles développaient en grandissant toutes sortes de complexes à cause d'hommes comme lui. Mais, dans une conversation très, très privée, de celles qui ne nécessitaient même pas de remuer les lèvres, il aurait admis que Darcy était peut-être trop grosse, qu'elle avait quelques dizaines de kilos en trop pour être son idéal féminin absolu.

« T'es trop grosse pour lui, lâcha Jaz. Je connais son genre.

— C'est vrai ? demanda Darcy.

— Non, protesta Joseph. Bien sûr que non. Elle ne connaît pas mon genre, et tu n'es pas trop grosse pour moi. »

Il tentait de réparer l'indélicatesse crasse de Jaz, mais il lui sembla qu'il était en train de surcompenser, et que maintenant le danger d'un engagement sur le long terme avec Darcy le guettait.

« Tu vois ? fit Darcy.

— Il ment, asséna Jaz. Des tas de mecs lui courent après, donc c'est pas grave », ajouta-t-elle à l'intention de Joseph.

Joseph ne voulait pas s'éterniser sur le sujet de la vie amoureuse de Darcy, et le seul moyen efficace était d'offrir à Jaz une opportunité de devenir une star via son morceau. Il avait prévu une approche plus subtile, sans tierce partie présente, et peut-être pas au milieu d'un repas au McDonald's, mais ces finasseries n'étaient maintenant plus dans ses moyens.

« Je comptais justement t'appeler », lui dit-il. Avant de lui annoncer qu'il voulait l'enregistrer, il avait besoin d'une phrase d'introduction, mais celle-là n'était pas la bonne ; elle n'était qu'une perche tendue au mépris et à l'amertume.

« J'en doute pas une seconde.

— Si, si, je t'assure.

— Et qu'est-ce qui te retenait de le faire ?

— J'attendais le moment opportun. En plus, je

voulais laisser passer un peu de temps. Après le, *la* soirée au ciné.

— Je suis allée chez lui, en sortant, expliqua Jaz à Darcy. Mais il n'était pas intéressé.

— Ouais, je sais. »

Évidemment qu'elle savait. Tout le monde le savait, probablement.

« T'es toujours avec ta copine ?

— Oui.

— Si tu n'es pas célibataire, alors pourquoi t'avais l'intention de m'appeler ? »

D'une certaine manière, il se retrouvait pile là où il avait voulu aller.

« J'allais te demander de chanter sur un morceau. »

Il essaya d'anticiper la réponse blessante, mais rien ne venait. Jaz le regardait bouche bée.

« Pour de vrai ?

— Oui. Je trouve que tu as une voix incroyable.

— Combien ?

— Rien.

— Ah.

— C'est pas juste, intervint Darcy.

— Ça ne me rapporte rien à moi non plus, précisa Joseph.

— Ça, c'est pas son problème, n'est-ce pas ?

— Non. Mais si elle refuse de chanter gratuitement, je respecterai sa décision et je chercherai ailleurs.

— Tu peux pas l'écarter comme ça !

— Personne ne l'a encore écartée.

— Tu viens tout juste de me demander de chanter sur ton morceau, et maintenant tu reviens sur ta parole ! » s'exclama Jaz, avec une indignation apparemment sincère.

Cette conversation n'était guère mieux engagée que celle sur le physique de Darcy – mais, dans ce dernier cas, le champ de mines offrait au moins une issue, que Joseph aurait pu emprunter sur la pointe des pieds, pour sortir du McDonald's et gagner avec Darcy le bureau d'état civil le plus proche. L'issue de cette conversation-là ne sautait pas immédiatement aux yeux.

« Écoute, reprit Joseph, si jamais je gagne un million avec le morceau, elle peut en avoir la moitié.

— Ne tombe pas dans le panneau, dit Darcy.

— Quel panneau ?

— Ce qu'il te dit, là, c'est que si ça lui rapporte un demi-million, il ne te donnera pas un penny. Parce que ce n'était pas le contrat.

— Ce que je dis, c'est que si je gagne un demi-million, elle aura un quart.

— Un quart d'un million, ou un quart de ce que tu auras gagné ? »

Oh, doux Jésus.

« Un quart d'un million. La moitié. Si je gagne dix livres, je lui en file cinq. Cinq cents, et elle touche deux cent cinquante. Je ne vais pas passer en revue toutes les sommes possibles puis les diviser par deux.

— Mais la moitié de rien, ça reste rien.

— Oui. Entièrement d'accord. À toi de voir. »

Il n'avait pas mangé beaucoup de ses nuggets. Il en piocha un, le plongea dans la sauce et commença à mastiquer ostensiblement, pour indiquer que la négociation était provisoirement suspendue. Les filles se levèrent.

« Ça pourrait m'intéresser, dit Jaz. T'as déjà été dans ce studio, à Turnpike Lane ?

— Non. Et toi ?

— Ouais. Un garçon avec lequel je sortais a bossé là-bas, pendant un petit moment. Ça s'adresse aux jeunes défavorisés de Haringey.

— Qu'est-ce que ça veut dire ?

— Quel est le mot que tu ne comprends pas ?

— Je les ai tous compris. Je demande juste en quoi ça s'adresse à nous.

— Ça s'adresse à moi.

— Très bien. Enfin, non, pas très bien, mais…

— Tu dois nous inviter au restau.

— Toutes les deux ?

— Sauf si c'est un rencard. »

Joseph piocha un nugget et s'empressa de l'enfourner, même s'il avait déjà la bouche pleine. Jaz éclata de rire.

« Je t'appellerai », lui dit-elle, et il hocha vigoureusement la tête.

Lucy partit se coucher avant l'annonce du résultat, en proie à un vague malaise quand elle éteignit la lumière. Elle s'inquiétait de la direction qu'allait prendre le pays, de son avenir, et aussi de l'avenir de sa relation avec Joseph. Elle n'attendait pas des explications, ni de longues épîtres de dévotion par SMS, mais elle avait été surprise, et un peu piquée au vif par la brièveté de ce : *Viendrai pas ce soir. Xx*. Joseph venait tous les soirs, et il n'avait pas été question qu'il en aille différemment celui-là. Elle comprit subitement que si un jour leur histoire se terminait, le jour où elle se terminerait, ce serait probablement avec cette soudaineté, et il n'y aurait nul besoin de longues conversations angoissées ou de séances de thérapie de couple. Il n'y aurait pas non plus de larmes, d'accusations, d'autoflagellation, ce qui était positif, évidemment, mais la contrepartie était une sorte d'insécurité, comme avec un contrat zéro heure. La fin d'un mariage était une épreuve douloureuse, difficile, parce qu'un couple était une chose vivante, et lorsqu'elle rendait son dernier souffle, le chagrin était inévitable. Son histoire avec Joseph, lui semblait-il maintenant, n'existait que lorsqu'ils étaient ensemble, dans la même pièce. Et s'ils n'étaient plus dans la même pièce, alors ce n'était plus rien. Étendue dans le noir, elle dut admettre que Joseph la préoccupait bien plus que le Brexit, vu qu'elle n'était pas en train de penser au Brexit.

Et puis le lendemain matin, quand elle alluma la radio, le malaise se solidifia en peur, et Joseph n'y était pour rien. Tant que deux possibilités existaient encore, rester ou partir, Lucy avait, lui semblait-il, composé avec l'autre camp, avec Sam et le père de Joseph, et avec tous ces gens qui voulaient que quelque chose, n'importe quoi, change. Maintenant que l'issue qu'elle désirait s'était définitivement refermée, elle se retrouvait à vivre dans un pays où la BBC tendait ses micros à ces cohortes jubilantes de racistes, d'opportunistes, de menteurs, de cyniques, à tous ces gens que leur fiel avait rendus célèbres au cours des quelques derniers mois et toute ambiguïté était dissipée.

Même les garçons semblaient tendre l'oreille tout en mangeant leurs céréales.

« Donc le Brexit aura lieu, dit Dylan.

— Eh ouais.

— Tu es en colère ?

— Je suis un peu triste.

— Je ne me souviens plus si j'étais pour ou contre, dit Al.

— Tu étais pour, et moi contre, répondit Dylan.

— Ha ha. T'as perdu.

— Je ne savais pas que tu étais pour, intervint Lucy. Pourquoi donc ?

— Parce que lui était contre. »

— C'est une façon idiote de prendre une décision politique », lui fit observer Lucy, avant de se souvenir qu'elle n'avait pas procédé autrement. Et peut-être en avait-il été ainsi pour tout le monde, finalement.

Rares étaient les profs d'éducation physique à fréquenter la salle des profs avant le premier cours. En général, ils étaient au gymnase ou sur le terrain en quick, en train de sortir du matériel ou de s'échauffer avec un ballon. Alors que Lucy se préparait un café, la porte de la salle des profs s'ouvrit à la volée et Sam entra en chantant *Championes, championes, olé olé olé*.

Son exubérance fit sourire une ou deux personnes, mais la plupart lui jetèrent des regards noirs. Il se dirigea vers Polly, qui avait le nez sur son téléphone, et s'assit à côté d'elle.

« Pas de bol, lâcha-t-il.

— Va te faire foutre.

— Je savais que tu serais mauvaise perdante.

— Ce n'est pas un jeu.

— Je n'ai jamais prétendu le contraire. Mais ton camp a perdu.

— Oui, et je suis triste, alors pourquoi venir remuer le couteau dans la plaie ? Tu peux faire ça après un match de foot, mais pas quand tu as foutu le pays dans une merde noire.

— Nous n'avons pas foutu le pays dans une merde noire.

— Ah non ?

— Nous avons juste dit à l'UE où elle peut se mettre ses lois.

— Traduction : "Maintenant, on peut virer les immigrés." C'est ça ?

— Ah. Nous y voilà. Tout le monde est raciste sauf toi. »

Ben Davies, le directeur adjoint, se dirigea vers Sam et se pencha pour lui chuchoter quelques mots à l'oreille.

« Moi ? réagit Sam, en montant le son. Pourquoi pas elle ? Elle m'a dit d'aller me faire foutre, elle m'accuse d'avoir foutu le pays en l'air. Pourquoi ce n'est pas elle qui irait ailleurs ? »

Ben continua à faire valoir des arguments que personne d'autre ne pouvait entendre et, pour finir, Sam se leva et s'en alla.

Lucy enseignait depuis de nombreuses années et avait déjà assisté à des prises de bec en salle des profs. Elles avaient trait aux emplois du temps, ou aux cas d'élèves difficiles – au boulot, en d'autres termes. Ces engueulades éclataient. On parvenait à un arrangement. On finissait par en plaisanter. Mais ici, il s'agissait de savoir si Polly ou Sam étaient de mauvaises personnes. Aucun des deux ne l'était, bien sûr, mais il se passerait un petit moment avant que ces deux-là puissent voir les choses sous cet angle. Combien de temps ? Qui savait ? Et le savoir semblait hors sujet, de toute façon.

Après les cours, elle reçut un message de Fiona, l'amie de fac qui l'avait présentée à Michael, le soir où Joseph avait poussé Paul dans la haie. *On va essayer de se remonter le moral avec un verre et il y aura des petites choses à grignoter demain soir. C'est l'occasion de se lamenter et se donner des nouvelles. S'il te plaît, viens.* C'était exactement ce dont Lucy avait envie : un chœur de lamentations. Elle voulait écouter des gens qui lui ressemblaient dire des choses auxquelles elle-même n'avait pas réfléchi, et elle voulait libérer la pression. Elle avait imaginé qu'au menu, samedi soir, il y aurait des plats à emporter, deux épisodes des *Soprano* et une évasion par le sexe, loin de la réalité. Mais elle avait besoin de parler et sentait bien que Joseph ne serait peut-être pas l'interlocuteur idéal.

Tu fais toujours du baby-sitting ? lui écrivit-elle

Pour la bonne personne.

Du vrai baby-sitting. Payé, etc.

OK. Quelle heure ?

Elle avait espéré une blague au sujet d'un

paiement en nature, mais bon, elle ne lui avait pas non plus tendu la perche.

20 h ?

Je viendrai peut-être direct en sortant du travail pour jouer avec les garçons.

Si tu veux.

Cette partie-là n'est pas payante.

Elle vaut tout l'or du monde. À tout à l'heure ?

J'ai une soirée.

Oh. OK, tapa-t-elle, puis elle effaça le *oh*, qui sonnait comme une blessure à ses oreilles, et, tout bien pensé, voulait sonner de même à celles de Joseph.

OK.

xx

Tant que la communication continuerait, deux baisers resteraient probablement le tarif plancher. Une bulle pouvait-elle être en cours d'éclatement ? Franchement, non. Elle éclatait, c'est tout.

Joseph garderait les jumeaux le mardi suivant, cinq jours après le référendum et, au moment où il partirait, Marina demanderait à lui dire deux mots :

« Écoute je sais que tu as plein d'autres jobs, et plein d'autres sources de revenus…

— Ouais, l'argent coule à flots.

— Oh non, s'il te plaît, ne dis pas ça. »

Marina était une femme sympathique. Joseph n'avait strictement rien à lui dire hormis ce qui concernait ses enfants, mais elle lui faisait confiance et le traitait en adulte. Il n'avait jamais rencontré Oliver, son mari. Il n'était jamais rentré à 18 heures, lorsque Joseph déguerpissait.

« Je plaisantais.

— Je sais, mais… nous allons devoir, c'est quasiment sûr, déménager.

— Ah, d'accord. Où ça ? Parce que je pourrais peut-être…

— À l'étranger. Oliver bosse pour une boîte japonaise, et si nous ne faisons plus partie de l'Europe, Londres ne présente plus d'intérêt pour eux. Ils réfléchissent à se relocaliser rapidement à Paris ou à Bruxelles. Et ils veulent qu'il aille ouvrir des bureaux là-bas.

— Ah.

— Toute cette histoire est un putain de cauchemar ambulant. »

Partir vivre à Bruxelles ou à Paris n'entrait pas dans les projets de Joseph mais, à ses yeux, aucune des deux options n'évoquait un putain de cauchemar ambulant.

« Ouais, fit-il.

— Ta génération doit se sentir affreusement trahie. Tous ces vieux cons qui ont joué et perdu votre avenir.

— C'est clair… » Il était bien content d'avoir voté pour l'un et l'autre camp. Ce genre de conversation s'en trouvait facilité. Cependant, en évacuant sommairement tout le débat au motif que la viande, le foot et les gamins n'allaient pas disparaître du jour ou lendemain, il avait peut-être péché par excès d'optimisme. Les gamins n'étaient pas un acquis définitif. Pas ces gamins-là, en tous les cas. Mais il y aurait toujours de la viande, cela dit, et aussi du football, et des centres de loisirs. Peut-être même n'y aurait-il plus que ça… des loisirs.

9

Le vendredi, la soirée avait lieu dans un endroit baptisé God's Village, propriété d'une congrégation religieuse de Tottenham. C'était un labyrinthe de salles, de chapelles, de salles de réunion et de couloirs entièrement dédié à Notre Seigneur tous les jours de la semaine, sauf le vendredi soir, où il était dédié aux décibels, aux Yeezys et aux cadavres de boissons énergisantes. Joseph mit un moment à localiser Jaz et Darcy. Elles se trouvaient dans un coin de la salle principale, loin des enceintes, au centre d'un petit groupe essentiellement masculin. En approchant, Joseph s'aperçut qu'il connaissait la plupart de ces types de l'école, ou du football, ou pour s'être trouvé avec eux au même endroit au même moment. Il ne les avait pas revus depuis des années. Qui avait fait son chemin, depuis ? Pas lui, semblait-il.

« Personne ne danse ? » lança-t-il, pour couper court à une réflexion vache, agressive, rentre-dedans, voire explicitement sexuelle de la part des deux filles.

Les garçons, Cody, Josh L., Xavier, et deux autres qu'il ne reconnaissait qu'à moitié, l'accueillirent chacun avec un check et une brève accolade. C'était bon de saluer des gens qu'il connaissait et comprenait. C'était bon, même, de comprendre le rituel des salutations.

« On attend le set d'un DJ qui s'appelle PoundMan, répondit Jaz.

— Je connais PoundMan.

— Quelqu'un a dit qu'il était américain. »

Joseph ne lui demanda pas pourquoi un Américain traverserait l'Atlantique pour venir jouer à Tottenham, en l'honneur des vingt et un ans d'Alexa Williams, et s'appellerait de surcroît £Man.

« Non, il est londonien. Il vient des quartiers nord. »

Il ne dirait à personne que £Man était en réalité Zech. Certains ici pourraient se souvenir de lui, surtout si Joseph poussait le vice jusqu'à décrire ses particularités physiques plutôt handicapantes. Si Jaz pensait que £Man était américain, alors peut-être la transition portait-elle ses fruits, même si, à un moment donné, Zech devrait monter aux platines et se révéler au public.

« Comment va, depuis tout ce temps ? demanda-t-il à Josh.

— On fait aller.

— Tu bosses ?

— Je suis à la fac. Dernière année.

— Où ça ?

— South Bank. Design et développement de jeux vidéo.

— Sérieux ?

— Ouais.

— Et c'est vraiment bien ?

— C'est dément. J'ai un poste qui m'attend après le diplôme. »

Sans trop savoir pourquoi, Joseph s'était mis en tête qu'il allait entendre des histoires de chômage et de petits boulots au supermarché, et il s'était senti content de lui. Maintenant il se souvenait qu'il ne s'en sortait pas si bien que ça, et qu'une grande part de son estime de soi venait des vraies orientations que Lucy semblait lui donner. Parler avec Josh lui fit prendre conscience que Lucy n'était pas un boulot à proprement parler. Elle semblait lui offrir une porte de sortie. Ce n'était juste pas la bonne porte pour sortir de l'engrenage des petits boulots.

« Et toi, mec ? demanda Josh.

— Ouais. J'ai pas mal de taf.

— Bien.

— Ouais. » Il lui sembla qu'il devrait proposer une image plus complète de ses activités, sans toutefois entrer dans les détails. « Tu vois, je voulais m'y mettre sans perdre de temps.

— Ouais.

— Me faire un peu de thune.

— C'est pas moi qui te le reprocherais. Je vais me coltiner le remboursement de mes prêts étudiants pendant des années.

— C'est ça, tu vois ? Voilà un souci que je n'ai pas. »

Il n'avait jamais regardé les choses sous cet angle. Comparé à certains de ces types, il était riche, finalement, du seul fait que son compte en banque n'était pas dans le rouge. Il devait être à plus cinq cents, environ, là où Josh devait être dans les moins quarante ou cinquante mille.

« Et tu vis toujours chez ta mère ? demanda Josh.

— Pour l'instant, ouais. Mais je suis en train de chercher… »

Quelque chose le poussa à balayer la pièce du regard – à chercher littéralement quelque chose des yeux –, sans doute pour ne pas être reconnu coupable de mensonge devant un tribunal. Que cette conversation puisse tomber sous le coup de la loi était improbable, certes, mais elle l'attirait sur un terrain qui le mettait mal à l'aise, et toute occasion de se rapprocher de la vérité était bonne à prendre.

« Y a quelqu'un qui te plaît ? » demanda Josh.

Expliquer qu'il balayait la salle des yeux non pas pour trouver une fille, mais pour illustrer sa quête d'un nouveau domicile allait être compliqué, voire le faire passer pour fou.

« Il y a quelques très, très jolies filles, ici », répondit-il. Maintenant il lui fallait trouver d'urgence quelques exemples, juste au cas où Josh en demanderait.

« Si tu devais en ramener une à la maison, ce serait laquelle ?

— Celle-là, là-bas. » Il n'avait repéré personne en particulier. Il allait tendre le doigt dans une direction au hasard, et espérer qu'une fille correspondrait vaguement à l'idée que quelqu'un pouvait se faire d'un coup d'un soir, ou d'une potentielle épouse, selon ce que Josh entendait par « ramener à la maison ». Cela impliquait-il des mères et des pièce-montées ? Ou juste des lits et des préservatifs ?

« Hanna Johnson ? »

Probablement, songea Joseph. Elle ferait l'affaire aussi bien qu'une autre. « Ouais.

— Tu la connais ?

— Non, je ne crois pas.

— Viens, allons lui parler. »

Oh, merde. Pourquoi avoir dit qu'il cherchait à déménager ? À cause de ce mensonge pathétique, il allait se retrouver embringué pour une nuit voire – allez savoir ? – une vie entière avec une parfaite inconnue, qui de surcroît n'était pas son genre.

En vérité, Hanna était pile son genre – un genre auquel il ne savait même pas qu'il s'intéressait. Elle était mignonne, posée, intelligente, et cette intelligence ne venait pas seulement de ses lunettes. Ou plutôt, Joseph ne parvint pas à la conclusion qu'elle était intelligente uniquement parce qu'elle portait des lunettes. (Lunettes qui pouvaient cependant être une conséquence de son intelligence. Elle s'était peut-être usé la vue à force de lire.) Elle était à la fac elle aussi, elle étudiait la littérature anglaise au University College de Londres. Joseph n'avait jamais rencontré personne qui fréquentait cette université. Plus tard, il se demanderait si Lucy était à l'origine de cet intérêt – si c'était à cause d'elle qu'il s'intéressait subitement à des personnes qui possédaient une culture littéraire. Il posa des questions, écouta les réponses, ne mentionna ni la boucherie ni le centre de loisirs (ni Lucy), et, à sa grande surprise, il lui proposa un rencard. Les ennuis ne se firent pas attendre : Jaz, qui semblait avoir vu arriver le truc de loin, vint lui tenir des propos désobligeants sur Hanna et sur lui-même, avant d'aller déverser son fiel auprès d'Hanna.

Ah, et £Man cassa la baraque.

Le samedi matin, la queue devant la boucherie était différente – plus bruyante, plus animée. Les gens discutaient avec ceux qui patientaient devant ou derrière, et ces conversations se poursuivaient à l'intérieur du magasin. Elles ralentissaient tout : avant de passer commande, il fallait terminer une phrase, asséner un argument. Si Joseph avait été nouveau à son poste, il aurait présumé qu'un autocar venait de déposer un groupe de touristes – les habitants d'un petit village, disons, qui pour des raisons connues d'eux seuls avaient fait un convoi pour acheter de la viande. Depuis le samedi dernier, le pays avait voté pour le Brexit et le Premier ministre avait démissionné, et ces deux événements suffisaient à faire monter le volume dans la queue du samedi matin. Lucy faisait partie du convoi descendu de l'autocar. Il l'aperçut, à travers la devanture, qui s'adressait par-dessus son épaule à l'homme derrière elle, et quand elle pénétra dans le magasin, Joseph essaya de se concentrer sur ce qu'elle disait, par opposition à ce que tous les autres étaient en train de dire.

« Je ne comprends pas. En quoi une pétition peut aider alors que nous venons tout juste de voter ? »

Elle sourit à Joseph, qui lui rendit son sourire.

« Huit cent mille signatures rien que ce matin.

— Mais combien de personnes ont voté pour le Brexit ? Dix-sept millions ?

— Oui, dans ces eaux-là.

— Donc je signerai quand la pétition aura passé la barre des dix-sept millions.

— Si tout le monde raisonnait comme vous, nous n'irions nulle part.

— La plupart des gens raisonne comme moi. Raison pour laquelle vous n'avez que huit cent mille signatures.

— En vingt-quatre heures.

— Bonjour. Pourrais-je avoir quatre tranches de rumsteck, s'il vous plaît ? »

Lucy était en train de se faire servir par Cass. Joseph se demanda si la quatrième tranche de steak serait pour lui.

« Donc, vous n'allez rien faire, enragea le pétitionnaire.

— Oh, si. Je vais probablement me lamenter de tout mon saoul. »

— Bonjour. »

Joseph cherchait à servir le type ; ces temps-ci, il préférait. Il n'avait servi Lucy qu'une seule fois depuis qu'ils couchaient ensemble, et cela avait été bizarre, ils avaient été en permanence à deux doigts d'éclater de rire. Il avait eu l'impression d'arborer une casquette « J'ai couché avec Lucy ».

« Qu'est-ce que je vous sers ?

— Je vais prendre une douzaine de saucisses sans gluten.

— Ça fera vingt livres quarante, annonça Cass.

— Et également du sauté d'agneau, s'il vous

plaît. Les gens n'ont pas voté comme moi. Qu'y a-t-il d'autre à dire ? Sinon que je le déplore ?

— Reste qu'on court au désastre. C'est de la folie.

— Autre chose ?

— Oui, je vais prendre quelques brochettes de poulet mariné. Six ? Oui, six.

— Soirée barbecue ?

— Plutôt demain soir, je pense. Si le beau temps perdure. »

Joseph se demanda si le client allait lui demander de signer sa pétition. Il ne le pensait pas. La queue était uniformément constituée d'un seul type de personnes. Celles qui se trouvaient derrière le comptoir, mis à part Cass qui étudiait à l'université, appartenaient à un autre type.

« Avez-vous signé la pétition ? » demanda l'homme à Cass. Waouh, songea Joseph. Waouh.

Mais Joseph était bien content qu'on ne lui ait rien demandé. Qu'aurait répondu l'homme qui avait voté pour et contre ? Oui et non, probablement.

« Ouais, répondit Cass. Bien sûr. Mais je ne sais pas à quoi ça servira. »

D'où cela venait-il ? De son accent ? De ses sourcils ? Du discret tatouage sur sa main ? Joseph songea qu'il avait autant de choses en commun avec le type de la pétition que ce dernier en avait avec Cass. Il avait parlé foot avec lui, pendant la dernière coupe du monde, et cet homme avait un gamin qui jouait dans la ligue qu'entraînait Joseph. Mais quelque chose chez Cass avait encouragé M. Pétition à penser, qu'en ce domaine du moins, elle et lui étaient sur la même longueur d'onde. Et il avait raison. Joseph en était-il froissé ? Oui. Des gens qu'il n'appréciait pas beaucoup ne l'avaient pas invité à une fête à laquelle il n'avait pas envie d'aller. L'absence d'invitation, cependant, le piquait au vif.

Dans le Uber qui l'emmenait chez Fiona, Lucy sentit un pincement au cœur qui la décontenança. C'était comme feuilleter un album photo, ou savourer le dernier jour de merveilleuses vacances, ou vivre un de ces instants, dans la vie d'une mère, où l'enfant fait quelque chose qu'il ne refera jamais plus, pas comme ça, et qui donne envie d'arrêter le temps. Ou alors : c'était comme déménager, quitter une maison dans laquelle on a été heureux. Oui, c'était sa maison, et oui, elle y serait de retour d'ici deux ou trois heures, mais le Uber qui l'y reconduirait la ramènerait dans un nouveau lieu. Sa maison avait été un foyer heureux, puis affreusement malheureux, puis, tout récemment, avec Joseph, de nouveau heureux. Mais elle savait que les jours avec Joseph étaient comptés. Il serait là à son retour, parce qu'il gardait les garçons. Et il n'était même pas exclu qu'ils couchent ensemble. Mais tout ça était en train de refluer, doucement, tristement ; le film touchait à sa fin, et la tristesse était inévitable, elle était même de mise.

Ils n'avaient rien dit. Joseph était venu en sortant du travail et elle avait fait griller les steaks sur le barbecue, allumé une heure avant que Joseph ne quitte la boucherie afin qu'ils puissent dîner tous ensemble avant la fête, puis elle l'avait laissé en pleine partie de Fifa avec les garçons. Cela ne venait donc pas de la conversation, ni d'une décision. Uniquement du langage corporel, des signaux restés sans réponse, et d'une politesse un brin guindée, et inédite. D'où sortait-elle ? Une chose était sûre, elle avait un lien avec l'actualité de la semaine. La veille, Joseph avait voulu passer la soirée avec des gens qui n'en parleraient pas. Aujourd'hui, Lucy voulait passer la sienne avec des gens qui en parleraient. Selon elle, ils n'étaient pas divisés de la même façon que l'était le reste du pays. Mais ils l'étaient cependant.

Et lorsqu'elle arriva à la fête, elle s'aperçut que les sorties lui avaient tout bêtement manqué ; elle avait passé un temps fou entre ses quatre murs. Elle avait eu la sensation que la maison, les enfants et Joseph lui procuraient tous les nutriments nécessaires, mais ce n'était pas le cas. Ce régime n'avait rien de sain. Même si elle allait au cinéma seule, ce qui lui arrivait de temps à autre, elle y était entourée de gens qui aimaient les mêmes films qu'elle. On a besoin de ça, parfois.

La première personne qu'elle vit fut Michael Marwood.

« Bonsoir », lui dit-il en l'embrassant sur chaque joue, puis en lui donnant une brève accolade. Il était content de la voir, c'était flagrant, mais il semblait gêné. Lucy se demanda s'il se souvenait de tous les détails de la soirée qu'ils avaient passée ensemble, ou si certains d'entre eux s'étaient perdus dans le brouillard d'une incapacité mentale temporaire.

« Vous m'aviez assurée que personne ne votait jamais contre ses intérêts financiers, lui rappela-t-elle.

— Vous savez que c'est la première chose à laquelle j'ai pensé, au moment où le résultat est tombé ? À quel point j'étais sûr de moi lorsque nous avons dîné ensemble.

— Vous avez des explications ?

— Aucune. Et vous ?

— Quelques-unes. »

Elle lui parla des échafaudages et des maisons à une livre de Sam, à Stoke, et il l'écouta, avec intérêt. Un autre couple, des gens qui travaillaient dans l'édition, vinrent le saluer, et quand Michael leur parla à son tour des échafaudages et des maisons à une livre, eux aussi écoutèrent. Puis le couple fut entraîné ailleurs, mais d'autres amis vinrent prendre le relais, des amis de Lucy et des amis de Michael, qui tous ne parlaient que du référendum et de leur déprime. Lucy n'avait aucun mal à imaginer que Michael et elle formaient un couple, et à comprendre pourquoi il n'en allait pas de même avec Joseph. Elle n'aurait pas pu aller, la veille au soir, à cette soirée d'anniversaire et écouter le set de ce DJ, £Man. Elle aurait détonné, au milieu de tous ces jeunes de vingt ans. Et Joseph n'aurait pas pu l'accompagner ce soir. Il se serait ennuyé, il n'aurait pas été à l'aise.

Et puis Paul entra accompagné d'une femme. Lucy resta un instant bouche bée, elle eut mal au cœur, elle paniqua, puis reprit ses esprits.

« Salut.

— Oh, salut, fit Paul. Waouh. »

Waouh ? D'où sortait-il, ce waouh ? Il n'avait aucune raison d'être. Cette soirée était donnée par des amis de Lucy, et Paul n'avait jamais mis les pieds dans cette maison qu'avec elle. Il devait bien se douter qu'elle serait présente, même si ce doute ne l'avait effleuré qu'une fois devant la porte.

La cavalière de Paul avait quelques années de moins que lui (et que Lucy, par conséquent), mais rien de scandaleux. Lucy lui sourit poliment, mais Paul ne saisit pas la perche tendue.

« Je suis Lucy », dit-elle finalement, et les deux femmes échangèrent une poignée de main. Lucy ne pensait pas s'être présentée avec trop d'emphase, même si elle perçut immédiatement le poids de son nom. La jeune (ou plus jeune) femme écarquilla les yeux, avant de se ressaisir.

« Daisy.

— Bonsoir, Daisy.

— Bon...

— Eh bien...

— Comment se fait-il que vous soyez ici ?

— Moi ? demanda Daisy.

— Je suppose que ce n'est pas Paul qui vous a invitée. Lui-même ne pouvait pas l'être.

— Nous... nous sommes venus ensemble.

— Oui, ça, j'avais compris. J'essayais, maladroitement, de vous demander qui vous avait invitée. » Trop agressif. « Qui connaissez-vous, ici ?

— Je suis désolée, je n'aurais pas dû venir.

— Non, non... sincèrement, je m'en fiche. Vous êtes une amie de Pete ? Ou de Fiona ?

— Ah, fit Daisy. Je vois ce que vous voulez dire. »

Elle sourit d'un air absent, comme si elle ne voulait pas répondre à la question, ou la trouvait tout simplement trop ardue.

« Daisy est documentaliste en free-lance, intervint Paul. Pour des documentaires, essentiellement. »

Paul essayait de démontrer que Daisy, en dépit des apparences, n'était ni simplette ni folle.

« C'est formidable, répondit Lucy. Et vous travaillez sur un documentaire en ce moment ?

— Il m'arrive de travailler avec Pete, dit subitement Daisy. Le mari de Fiona.

— C'est lui qu'elle connaît, clarifia Paul. Pete.

— Oui, c'est ça », confirma Daisy.

L'un et l'autre buvaient de l'eau, remarqua Lucy. Étaient-ils tous les deux alcooliques ? Était-ce par ce biais qu'ils s'étaient trouvés ? Est-ce que Daisy ne buvait pas d'alcool par simple solidarité ? Ou parce qu'elle n'en buvait jamais ? Ou encore parce qu'elle n'avait pas envie d'en boire ce soir ? Lucy se posait trop de questions, clairement. Mais comment pouvait-on ne pas s'intéresser à la petite amie du mari dont on était séparée ? (Et Daisy était sa petite amie, sans l'ombre d'un doute. Sa panique et sa gêne étaient trop palpables pour qu'elle puisse être autre chose.)

« Joseph n'est pas là ? demanda Paul.

— Non, répondit Lucy, et elle s'en tint là.

— Qui est Joseph ? voulut savoir Daisy.

— Je t'ai parlé de lui, répondit Paul, et Lucy se hérissa.

— S'agit-il du Joseph que j'ai rencontré ? demanda Michael, qui était toujours planté là, sans avoir été présenté à qui que ce soit.

— Oh, pardon, dit Lucy. Je vous présente Michael. Michael, voici Paul, mon ex. Et Daisy.

— Techniquement, je ne suis pas encore son ex », corrigea Paul.

Daisy et Lucy le regardèrent.

« Techniquement, tu n'es pas encore mon ex-*mari*, riposta Lucy. Mais tu es mon ex. Techniquement, et à tous autres égards.

— Ce qui nous déculpabilise, Daisy et moi », plaisanta Michael.

Et il sourit tendrement à Lucy. Il venait de se mettre sur un pied d'égalité avec Daisy, qui, clairement, couchait avec Paul. Il n'existait aucun terrain de comparaison, mais Michael, pour des raisons inconnues, tenait à en faire une. Mon Dieu, songea Lucy, mais qu'ont-ils tous ?

« Pourquoi cela vous déculpabilise-t-il ? demanda Daisy.

— Et pourquoi vous sentiez-vous coupable, pour commencer ? ajouta Paul.

— Bien vu, j'imagine, concéda Michael.

— Qu'est-ce qui est bien vu ?

— Pour déculpabiliser, il faut au préalable s'être senti coupable.

— Certes, mais je ne comprends toujours pas en quoi cette notion est pertinente ici, insista Paul.

— Oh, peu importe, s'impatienta Lucy.

— Quoi qu'il en soit, tout ça se tient, reprit Michael. À propos de l'ex. Il semblerait qu'il y ait beaucoup de sous-texte, ici.

— Quand avez-vous rencontré Joseph ? lui demanda Paul.

— Il faisait du baby-sitting un soir où Lucy et moi sommes sortis dîner.

— Ah ! Joseph a donc retrouvé sa fonction originelle, railla Paul.

— Ah… fit Daisy. Ce Joseph-là. » Et puis : « J'ai entendu parler de Joseph. Mais pas beaucoup. Je ne connais que les grandes lignes. »

Lucy décocha à Paul un regard et un haussement de sourcil destinés à lui suggérer qu'elle désapprouvait ses commérages.

« Non, non, s'empressa de se rétracter Daisy. Je ne sais rien, rien… d'indiscret, selon moi. Paul l'a juste mentionné en passant. Et oui. Alec Guinness et David Lean. Pardon. Je réponds à chaque question avec un temps de retard, apparemment.

— Quelle était la question ?

— Est-ce que je travaille en ce moment sur un documentaire ?

— Je l'ai rencontré, une fois, dit Michael.

— Oui, vous l'avez déjà dit », le rembarra Paul.

Paul semblait maintenant acquis à l'hypothèse que Lucy et Michael étaient ensemble, et que ce dernier était sénile. Ce qui semblait à l'évidence le réjouir.

« Ah bon ? fit Michael.

— Oui, vous nous avez dit l'avoir rencontré lorsque Lucy et vous êtes sortis dîner.

— Oh, non, je parlais d'Alec Guinness, pas de Joseph. »

Ce serait probablement la seule et unique fois dans la vie de ce dernier où cette clarification serait nécessaire.

« Vous avez rencontré Alec Guinness ? demanda Daisy.

— Oui, au début des années quatre-vingt-dix. Un studio envisageait d'adapter un de mes romans et le lui avait envoyé pour lecture. Cela a donné lieu à une ou deux rencontres.

— Vous écrivez ? demanda Daisy. Est-ce que j'aurais pu lire vos livres ?

— Je ne sais pas grand-chose de vous, répondit Michael d'un ton plaisant. Tout dépend si vous lisez beaucoup, ou pas.

— Vous n'êtes pas Michael Marwood, n'est-ce pas ? »

Elle était déjà aux anges.

« Je vais faire un saut aux toilettes », annonça Lucy, puis elle alla parler à d'autres gens, dans une autre pièce.

Ces gens-là constituaient-ils sa tribu ? Outre les écrivains, les documentalistes audiovisuels, les graphistes et les amis d'Alec Guinness, étaient présents des éditeurs et des producteurs de films indépendants, des professeurs d'université et des membres de think tanks, des critiques de théâtre et des présentateurs radio. Un couple qui avait ouvert une fromagerie, un importateur de vin, un proviseur. Elle en connaissait quelques-uns et à tous elle parla du référendum, le sujet de conversation inévitable. Elle leur parla des maisons à une livre de Sam et du père de Joseph, et sa connaissance d'un autre monde lui procura une autorité temporaire pour décrypter les pensées des autres cinquante-deux pour cent. Cependant, dans l'ensemble, les invités préféraient le récit qui avait trait aux mensonges, aux peurs, à la bêtise, au racisme.

Ils avaient perdu une controverse, chose qui ne leur arrivait jamais. Ils étaient déroutés, et en colère.

En rentrant à la maison, Lucy reçut un texto de Michael : *Navré de ne pas vous avoir dit au revoir. M'offririez-vous une autre chance ?*

« Tout s'est bien passé ?

— Ouais, très bien », répondit Joseph. Il était devant la télé. Normalement, Lucy se serait assise, l'aurait embrassé sur la joue, se serait peut-être blottie contre lui, mais il semblait un peu distrait.

« Tu veux une tisane ?

— Je crois que je vais rentrer. J'ai eu une grosse semaine.

— Tu ne t'es pas encore remis de ta soirée ?

— Je ne sors pas très souvent, le vendredi soir.

— Tu ne sors pas beaucoup le soir tout court.

— C'est vrai. »

Lucy s'assit sur le fauteuil, à angle droit avec lui. Ils regardaient tous les deux la télé, maintenant.

« Ça t'avait manqué ? Ta bande ? »

Il se mit à rire. « Qu'est-ce que tu connais aux bandes ?

— Oh, j'en entends parler tous les jours, du matin au soir. Pas comme le chant, n'est-ce pas ?

— Le chant ?

— Tu sais bien, quand j'ai dit que tu devais connaître des gens qui savaient chanter.

— Ah. Non. Tout le monde a une bande. Mais tout le monde ne l'appelle pas comme ça. Et je n'en ai pas une, à proprement parler. Et toi ?

— J'étais plus ou moins avec la mienne, ce soir,

mais je me suis sentie un peu en décalage. Du coup, maintenant, je ne sais plus trop.

— J'ai rencontré quelqu'un, hier soir.

— Oh.

— Bon, rien d'important. Mais on va se revoir.

— Merci de me le dire. »

Il la regarda.

« Quoi ? demanda-t-elle.

— Je sais pas.

— Tu pensais que j'aurais davantage à dire ?

— J'imagine. Je ne savais pas si tu serais en colère.

— Comment pourrais-je être en colère ? On a passé des moments merveilleux, et je savais que cette conversation n'allait plus tarder. »

Elle était tentée d'éteindre la télé et de mettre un CD – une musique calme, belle, nostalgique, contemplative. Qu'est-ce que les jeunes écoutaient dans ces cas-là ? Ils n'avaient pas K.d. lang, Nina Simone ou Leonard Cohen. Ils écoutaient du *chill-out*. Ils *chillaient*. La nostalgie contemplative était peut-être passée de mode. Et peut-être s'en portaient-ils mieux. Elle n'éteignit pas la télé.

« Comment le savais-tu ?

— Je ne soupçonnais rien de précis. Je veux juste dire que c'était une parenthèse, pour nous deux. Une digression.

— Une digression.

— Pardon. Des tics de langage idiots de prof d'anglais.

— C'est pile le problème.

— Non, ne pense pas ça ! protesta Lucy. Ça n'a jamais été un problème. Ça ne l'est toujours pas. »

Cette mise au point, lui semblait-il maintenant, aurait dû intervenir le premier soir, pas le dernier. Bon, peut-être pas le tout premier soir, parce qu'elle n'avait assurément pas parlé comme une prof d'anglais, à ce moment-là. Mais il ne lui était pas venu à l'esprit que c'était ça, ce sentiment d'insécurité qu'éprouvait Joseph, qui, en plus de tout le reste, rendait leur relation si délicate, comme une plante verte, et la privait de toute capacité de survie dans le monde extérieur. Et maintenant qu'il était trop tard, elle en disait trop, comme si elle cherchait à démolir un par un tous les doutes que Joseph était susceptible de nourrir, toutes ses objections. Ce n'était pourtant pas le cas. L'heure était venue.

« Je voulais juste dire que, toi et moi, nous sommes comme quelque chose entre parenthèses.

— Ouais. Je suppose que c'est exact. Pour nous deux.

— Évidemment, pour nous deux ! Je m'incluais dans la relation.

— Non, je veux dire… toi aussi tu rencontreras quelqu'un.

— Oui. »

Ça finirait par arriver, elle le savait. Quelqu'un l'attendrait quelque part, un propriétaire de fromagerie ou un avocat spécialisé dans la défense des droits de l'homme. Joseph l'avait aidée à penser qu'elle ne resterait pas éternellement seule.

« J'ai deux questions, reprit-elle.

— OK.

— Est-ce que tu repenses parfois à la soirée où on a failli jouer au backgammon ? »

Joseph lui lança un regard perplexe.
« Non. Pourquoi ? Tu y repenses, toi ?
— Ça m'est arrivé une ou deux fois, ouais. Je me demandais si ça pouvait avoir un lien avec quelque chose.
— Pas que je sache. Tu crois que ça m'a agacé que tu n'aies pas les bons pions ?
Elle éclata de rire. « Non. Laisse tomber.
— OK.
— Et tu continueras à faire du baby-sitting pour nous ? Les garçons seraient malheureux si tu arrêtais.
— J'aime ces garçons, vraiment. Et leur maman.
— J'en suis ravie. Nous t'aimons aussi. Maintenant il me faut juste trouver des occasions de sorties. »
Personne n'avait dit textuellement « Je t'aime », remarqua Lucy, mais chacun s'était cependant débrouillé pour dire à l'autre qu'il était aimé. Cela semblait un bon endroit pour un terminus.

10

En août, Hanna suggéra qu'ils partent quelque part, juste pour deux ou trois jours, histoire de se donner le sentiment de ne pas passer à côté de l'été. L'un et l'autre travaillaient dur, Joseph jonglait comme d'habitude entre ses différents jobs, et Hanna bossait comme serveuse dans un steackhouse de la City. Cette semaine-là, il faisait très chaud ; allongés, nus, sur le lit de Joseph, ils écoutaient la musique des voisins par la fenêtre ouverte.

« Où veux-tu aller ? demanda Joseph.

— J'aimerais nager dans la mer, quelque part.

— En Grande-Bretagne ?

— En Angleterre, probablement. Genre Brighton, ou ailleurs. Le Sussex. Le Dorset.

— Le Dorset. Hum.

— Il y a un problème avec le Dorset ?

— Aucun. En fait, quelqu'un vient de m'inviter à aller là-bas.

— Sérieux ? Je rêve d'y aller. Le pays de Hardy.

— De qui ?

— Thomas Hardy ? L'écrivain ?

— Inconnu au bataillon. »

Même si cela la fit rire, Joseph savait qu'il se faisait du tort. Mais bon, qu'y pouvait-il ?

« Il a écrit *Jude l'obscur* et *Tess d'Urberville*. Et sur le Dorset. Bref. J'adorerais passer quelques jours là-bas. Je n'y suis jamais allée.

— Ouais, mais…

— Je ne suis pas invitée ?

— Si. Nommément, en bonne et due forme.

— Par qui ?

— Je t'ai déjà parlé de Lucy et ses garçons ? Pour qui je fais du baby-sitting parfois ? On leur a prêté une maison là-bas. »

Hanna était au courant de sa relation avec Lucy et les garçons, mais ne savait rien de ses rapports avec Lucy, et Joseph n'était nullement tenté de l'éclairer.

« Et elle t'a demandé si je voulais venir moi aussi ?

— Ouais.

— Alors où est le problème ?

— Tu as envie de passer quelques jours avec deux gamins ?

— J'aime bien les gamins.

— Et je ne sais pas si tu t'entendrais avec elle.

— C'est quoi, son problème ?

— Aucun problème. Elle est très sympa. »

Hanna lâcha un rire faussement outragé.

« Oh. Alors c'est quoi mon problème ?

— C'est pas parce que je pense que vous risquez de ne pas vous entendre que vous avez l'une ou l'autre un problème.

— Où est-ce que ça coince, alors ?

— Vous êtes différentes. Comme le jour et la nuit. L'eau et l'huile.

— Pourquoi t'entends-tu bien avec moi et avec elle ?

— Je suis dans l'entre-deux. »

Il racontait n'importe quoi. Et maintenant, si jamais Hanna rencontrait Lucy, elle allait le prendre pour un fou. Hanna était jeune, Lucy plus âgée. Lucy avait des gamins, et Hanna n'en avait pas. À part ça, elles étaient plus ou moins semblables : l'une et l'autre étaient posées, marrantes ; elles adoraient les livres et en avaient probablement lu plus au cours des quinze derniers jours que Joseph depuis qu'il avait quitté l'école. Elles étaient toutes les deux séduisantes et sociables, et, pour autant que Joseph puisse en juger, l'une comme l'autre évoluaient en lisière de son cercle social, un pied dedans, un pied dehors. Si Joseph emmenait Hanna dans le Dorset, Lucy et elle deviendraient probablement amies pour la vie.

« C'est une belle maison ?

— Elle lui est prêtée par un ami. C'est près de la côte, et il y a une piscine. Et une petite grange rénovée dans laquelle on pourra dormir.

— Elle a de chouettes amis.

— C'est ce type avec lequel elle… traîne de temps en temps. Un écrivain. Il a de la thune.

— Comment s'appelle-t-il ?

— Michael.

— Ça m'aide vraiment.

— Je ne connais aucun nom d'écrivain, d'accord ?

— Donc, il sera là ?

— Je ne pense pas. Il est en France avec ses gosses. Bref, elle a peur que les siens s'ennuient, là-bas, et elle voulait que je vienne, pour jouer au foot ou autre.

— Pendant que moi je bouquinerai au bord de la piscine. Franchement ? Même si cette femme est pire qu'Hitler, que dis-je ? Pire que Boris Johnson, je reste partante. Que va-t-elle faire ? Balancer mon livre dans l'eau ? Je n'ai jamais été dans une maison avec piscine. Et toi ?

— Moi non plus, mais... »

Il espérait que ce « mais » en dise long, sans voir cependant quelles objections il pourrait introduire. Il n'avait jamais été dans une maison avec piscine mais, mais... il devait bien y avoir un « mais », non ? Non. Rien ne se présentait. Joseph commençait à prendre conscience que, quoi qu'il finisse par faire de sa vie, il faudrait que la stratégie en soit exclue. Il était un stratège pitoyable. Toute idée lui semblait être une bonne idée jusqu'à ce que se présente la suivante, à l'opposé de la précédente. Après lui avoir exposé en quoi ce séjour dans le Dorset n'était pas une bonne idée (ce dont il était convaincu), il lui avait dépeint combien ce serait génial (ce dont il était également convaincu). Ils iraient dans le Dorset, il le voyait bien.

La décision stratégique qu'il prit ensuite était, il le savait, raisonnable, honnête et opportune. Avant leur départ, il parlerait à Hanna de son histoire avec Lucy. Et quand cela ne se fit pas, pour diverses raisons liées à son embarras, il vit qu'il n'avait pas d'autre choix que de lui en parler dans le train. Une fois dans le train, il devint évident que la meilleure option, et de loin, aurait consisté à lui en parler avant d'embarquer, vu que le train était bondé. En ce mois d'août très chaud, quantité de Londoniens avaient visiblement eu l'idée de s'échapper vers le bord de mer. Ils trouvèrent deux sièges libres en face à face, mais ils avaient des voisines – une mère et sa fille. L'adolescente avait des écouteurs dans les oreilles, mais la mère, qui remplissait une grille de mots croisés dans un magazine, pourrait entendre leur conversation si jamais ils décidaient d'en avoir une, et ils préférèrent s'abstenir. Joseph sortit son téléphone et consulta ses fils d'actus. Hanna se plongea dans un des livres de Michael Marwood. (Elle avait obligé Joseph à demander à Lucy, par texto, le nom de famille de Michael. Elle affirmait avoir entendu parler de lui, mais Joseph restait dubitatif. Comment pouvait-on avoir entendu parler de quelqu'un qui se pointait dans les cuisines de gens normaux ?)

« Tu n'as rien apporté à lire ? » lui demanda-t-elle après quelques minutes.

La mère lui décocha un regard.

« J'ai mon tél.

— Tu ne vas pas lire quand nous serons là-bas ?

— Chais pas. »

Il voulait mettre un point final à cette conversation. Leurs voisines de siège ne lisaient pas, elles non plus, et Joseph ne tenait pas à ce que Hanna les mette dans l'embarras. Il joua à Candy Crush pendant un moment, fit un petit tour sur

Instagram, puis lut deux articles de la rubrique football sur le site de la BBC. Il peinait à se concentrer. Lucy vendrait-elle la mèche ? Ce n'était pas son genre, mais bon, il ne l'avait jamais vue ivre. Hanna devinerait-elle toute seule ? Cela semblait plus probable. À cause du langage corporel, probablement, et de toutes sortes d'indices dont il n'avait pas pleinement conscience. Il passa en revue ses textos, effaça ceux de sa mère dans lesquels elle lui cassait les pieds à propos des dîners, et il répondit avec un temps de retard à deux messages relatifs aux entraînements. Le texto le plus récent émanait de Hanna, le matin même. Elle lui demandait quel serait leur point de rendez-vous à Waterloo. Il lui répondit, en lui donnant une information sans aucun lien avec la question, puis, avant d'y réfléchir à deux fois, cliqua sur « envoyer ».

Hanna ignora le ping pendant un petit moment. C'est dire si elle était forte. Quand Joseph recevait un texto, il devait le lire immédiatement. Il s'efforça de ne pas la scruter et se replongea dans son Instagram. Un footballeur islandais de ligue 1, qui avait liké une photo d'un autre joueur de ligue 1 que Joseph suivait, avait posté une série de paysages d'Islande. Joseph se laissa happer et en oublia sa nervosité. Puis il encaissa un coup de pied dans le tibia. Et comme sa réaction lui valut un regard de la mère, il se remit à textoter.

Tu m'as fait mal.

TU AS EU UNE HISTOIRE AVEC LUCY ?

Oui.

ET TU ME LE DIS MAINTENANT ?

Pardon.

Hanna évitait de le regarder. Elle pianotait avec ses pouces, les yeux rivés sur ses genoux.

C'était quand ?

Avant.

À les voir taper l'un et l'autre avec autant d'urgence, ça devait crever les yeux qu'ils étaient en pleine dispute. Joseph mit son téléphone sur silencieux.

Avant quoi ?

Toi. Et puis : *Mets peut-être ton tél sur silencieux ?*

Elle ignora la suggestion mais, au moins, il avait divisé par deux le nombre de pings.

On est ensemble, là. Je me doute que ce n'était pas après moi.

Exact. Et puis : *Cache ton écran. Elle essaie de lire.*

Comme si j'en avais qqch à foutre.

C'est terminé.

J'ESPÈRE BIEN.

Émotionnellement aussi. On est amis.

Cela semblait vrai. Joseph n'avait jamais réussi pareil exploit jusque-là, mais Lucy rendait les choses faciles. Ils avaient laissé passer deux ou trois semaines, puis elle l'avait invité à dîner avec eux, un dimanche. Il avait joué à la Xbox, et était rentré chez lui. La semaine suivante, il avait gardé les garçons pendant qu'elle sortait dîner avec Michael Marwood. Elle était rentrée seule. Elle lui avait préparé une tisane et ils avaient échangé les dernières nouvelles. Joseph avait brièvement effleuré le sujet Hanna, et Lucy ne s'était pas mise à dévaster son salon. Elle s'était juste fendue d'un hochement de tête encourageant. Et maintenant il était dans ce train qui l'emmenait lui rendre visite, accompagné de sa nouvelle petite amie – sauf si sa nouvelle petite amie descendait au prochain arrêt.

Tu lis un livre de son nouveau mec, si ça peut aider.

Il ne savait pas si cette description du statut de Michael était strictement exacte, mais il y avait une chance qu'elle le soit, et, à ce moment précis, il lui était utile de pouvoir partager cette information potentiellement exacte.

J'espère qu'il est plus marrant que son roman.

Joseph répondit avec un émoji qui pleurait de rire, même si Hanna, assise juste en face de lui, pouvait voir qu'il ne pleurait pas de rire, ni ne souriait. Il prit conscience que lorsqu'il recevait un émoji MDR, il imaginait fréquemment son interlocuteur en proie à une crise d'hilarité incontrôlable. Cette conversation venait de lui apprendre que c'était juste un truc qu'on faisait machinalement, avec un visage de marbre, pour saluer la tentative d'humour faiblarde de quelqu'un. Ne voyant aucune réponse arriver, il espéra que le sujet soit épuisé et classé. Il repartit en Islande admirer une incroyable chute d'eau du nom de Gullfoss. Il lança une recherche sur l'Islande et s'abonna à un compte consacré à la photographie islandaise. C'était dément. Il voulait y aller. Son téléphone émit un ping.

Qui assure le plus au lit ?

Il lui envoya l'émoji qui roulait des yeux.

Ça veut dire quoi, ça ?

Je roule des yeux.

C pas une réponse.

De nous deux ? Moi.

Ha ha ha. Alors ??

Toi bien sûr.

Pourquoi bien sûr ?

La réponse honnête aurait été : *Parce que ce serait suicidaire de répondre n'importe quoi d'autre*, mais elle n'aurait pas mis un terme à la conversation.

Parce que… tu sais bien.

Je sais quoi ?

Il entra le mot « gêne » dans la barre de recherche, dans l'espoir qu'il existe un émoji rouge écarlate. Il se vit proposer quelques visages bizarroïdes et il en choisit un au hasard.

C'est quoi, cette tête ?

Celle de qqn qui est gêné.

On dirait celle de qqn qui vient de baiser. Et puis : *À quoi bon utiliser des émojis s'il te faut tous les expliquer ?* Et encore : *Pourquoi tu es gêné ?*

Parce que je préférerais en discuter face à face. Dans notre grange.

Elle sourit, à ce moment-là. Avec son vrai visage.

OK, répondit-elle, et elle ajouta quelques cœurs.

Le train se vida presque entièrement à Bournemouth. La mère et la fille descendirent, et Joseph alla s'asseoir à côté de Hanna.

« Pardon, dit-il. De ne t'avoir rien dit avant.

— C'est pour ça que tu disais que je ne m'entendrais pas avec elle ?

— Ouais. C'était n'importe quoi.

— Bon, me voilà soulagée. C'est arrivé comment ?

— Je ne sais pas. C'est arrivé, point.

— Et c'était bizarre ?

— Bizarre dans quel sens ?

— Euh… à cause de la différence d'âge ?

— Non, pas vraiment. Mais ça donnait l'impression d'être un… entre-deux. Une parenthèse. Une digression.

— Oooh. Une digression. Calme-toi, mec.

— Tu comprends ce que je veux dire.

— Ouais, bien sûr. On a tous connu des entre-deux, des parenthèses et des digressions. »

Le problème, c'est que Hanna donnait l'impression d'être elle aussi une parenthèse. Leur relation avait commencé pendant l'été, alors que Hanna était en vacances et servait dans un steakhouse, ce qui n'était pas sa vraie vie. Elle ne lui avait rien dit concernant ses ex, mais Joseph avait le sentiment qu'elle avait rompu avec quelqu'un en fin d'année universitaire, et il ne doutait pas une seconde que ce quelqu'un serait remplacé à la rentrée. Lui faisait partie de son quotidien temporaire dans les quartiers nord de Londres, quand elle avait renoué avec de vieux amis un peu perdus de vue. Hanna ne passait pas sa vie à Tottenham. Joseph était nouveau, mais il était également un retour en arrière. Eux deux, ça n'allait pas durer. Il n'allait pas durer.

Quant à la question à laquelle il se refusait définitivement de répondre : le sexe était différent. Il aurait pourtant pu développer, il avait à ce sujet ses propres théories, et il avait remarqué, à quelques reprises, qu'elles cherchaient à se faire entendre. Mais ils ne voulaient pas les écouter. Ça ne menait nulle part.

Lucy et les garçons vinrent les chercher à la gare de Crewkerne, dans une vieille 2CV que Michael Marwood laissait sur place. Le fond de l'air était doux et la capote avait été roulée. Hanna tendit la main à Lucy, qui, elle, se pencha pour l'embrasser. Deux femmes attirantes qu'il aimait énormément se montrant gentilles l'une envers l'autre : ça ressemblait à du porno émotionnel.

Ils mirent leurs sacs dans le coffre, puis contemplèrent la voiture d'un air embarrassé.

« Monte devant, proposa Joseph à Hanna.

— Tu as de plus longues jambes.

— Oui, mais moi je connais bien ces deux petites canailles. Je n'aurai aucun scrupule à les écraser. »

Les garçons gloussèrent et Joseph s'installa entre eux.

« Je vous préviens, conduire dans le coin me rend un peu nerveuse, annonça Lucy. Ces routes sont trop étroites, il y a des animaux partout et ça m'oblige sans arrêt à rouler sur le bas-côté.

— Tu as le permis ? demanda Joseph à Hanna.

— Non. Et toi ?

— Non plus. À Londres, ça sert pas à grand chose.

— Attendez de devoir aller chercher des gamins sur des terrains de foot je ne sais où.

— Cette corvée-là sera pour toi », dit Hanna à Joseph.

Lucy éclata de rire. Joseph lâcha un genre d'aboiement. La remarque était tellement étrange. Hanna n'avait jamais donné la moindre indication qu'elle voudrait encore de lui la semaine suivante, et voilà qu'elle suggérerait qu'ils fondent une famille ensemble. Après ça, Lucy et Hanna commencèrent à bavarder. Joseph n'entendait pas vraiment ce qu'elles se disaient et, de toute façon, les garçons voulaient jouer à un jeu de leur invention, un hybride des Vingt Questions et du Pendu. La réponse était systématiquement le joueur de foot le plus obscur de la ligue européenne la plus obscure. Personne ne la trouvait jamais.

Le trajet dura une demi-heure. Comme promis, les routes se firent tortueuses et étroites, puis, à un moment donné, Lucy bifurqua sur une allée et quand elle s'arrêta devant une caricature de maison de campagne, avec lierre grimpant sur les murs et vaches sur le coteau à l'arrière-plan, Joseph se sentit bête d'avoir pu songer à refuser l'invitation. Il était déjà sorti de Londres, mais pas très souvent, et jamais pour aller dans un endroit tel que celui-là. Jamais non plus il n'avait séjourné dans une maison à ce point distante d'une autre. Apparemment, il n'y avait aucun voisin. Ce n'était probablement pas les réflexions qu'on était censé se faire – on était sans doute censé penser à la poésie des lieux, ou à Dieu – mais Joseph regretta de ne pas avoir avec lui un ampli, une table de mixage et une enceinte QSC K12.2. de 2000 watts. Voilà ce que signifiait la liberté associée à la campagne : la possibilité d'envoyer autant de décibels que le permettait le matos.

« Je vais vous montrer où vous dormirez », annonça Lucy.

La grange servait à la fois de bureau et de chambre d'amis. Le lit se trouvait sous la mansarde, sur une mezzanine accessible par une échelle. Au rez-de-chaussée, il y avait une table de travail, une petite cuisine, deux fauteuils et une grosse enceinte Bluetooth Bang & Olufsen. En règle générale, Joseph ne remarquait jamais les détails tels que les tapis, mais celui-ci était très beau, lumineux, avec de larges aplats de couleurs primaires. Il commença immédiatement à calculer comment réorganiser son calendrier professionnel et quels mensonges raconter à ses différents employeurs afin de prolonger son séjour de deux ou trois jours.

« La maison est aussi agréable que la grange ? demanda Hanna.

— Oui, mais c'est ici que je me sens le mieux, répondit Lucy. Les enfants ne voudront pas en entendre parler, cela dit. Et il n'y a pas de place pour trois.

— On peut échanger, si tu veux, proposa Hanna.

— C'est très gentil », répondit Lucy, puis personne ne dit plus rien.

Joseph était certain qu'il y aurait un « mais ». Où était passé le « mais » ? Allez, Lucy. « MAIS... » Joseph la regarda et elle se mit à rire.

« Mais regarde la tête de Joseph.

— Ouf, fit l'intéressé. J'ai bien cru que tu allais nous reprendre la grange. »

Hanna lui asséna un coup dans le bras. « Sale égoïste. »

Il haussa les épaules.

Lucy et les garçons repartirent chercher des *fish and chips* pour le dîner pendant que Joseph et Hanna profitaient de la piscine, à l'arrière de la maison. Hanna enchaînait tranquillement des longueurs et, dans un premier temps, Joseph fit de même. Ce qui l'aurait vraiment botté, c'était de voir quelle distance il pouvait couvrir en brasse coulée, ou combien de temps il pouvait tenir un équilibre. Mais il pensait que Hanna le jugerait puéril, et il s'abstint. Puis, se souvenant qu'elle ne serait pas là longtemps, il se fit plaisir. Quand se représenterait l'occasion d'avoir une piscine presque pour lui tout seul ? Jamais, peut-être. Mais ce n'était pas la bonne façon de penser à l'avenir. Il essaya du coup de se projeter à Ibiza, dans une maison avec une piscine plus grande que celle-là, payée avec les bénéfices d'une carrière de producteur et de DJ, ou d'inventeur d'un truc auquel il n'avait pas encore réfléchi, ou d'entrepreneur dans les nouvelles technologies. Et même pas le fruit d'une carrière entière, non, juste les premiers gros cachets.

« On dirait un gosse, observa Hanna, comme prévu, lorsqu'elle s'arrêta pour souffler un peu.

— Et toi, une des vieilles dames du centre de loisirs. Encore que, en général, elles ne portent pas des bikinis comme ça.

— C'est un compliment ? »

Ça l'était. Elle était supercanon, en bikini.

« Non. Juste un fait. Elles portent des maillots une pièce.

— Écoute. Ce que j'ai dit dans la voiture. À propos des gamins et des corvées de voiturage…

— Ah, ouais. Tu penses qu'on devrait faire ça à tour de rôle ? répondit-il du tac au tac, pour lui faire croire qu'elle l'avait encouragé à réfléchir à leur avenir ensemble, jusque dans les moindres micro-détails.

— Je ne veux pas…

— Plein de mamans viennent chercher les garçons après un match. Mais le plus souvent, ce sont celles qui se sont fait larguer.

— Je n'ai pas l'intention d'avoir des enfants avant des années.

— Compris. Pas de souci. Je ne suis pas pressé moi non plus.

— Tu comprends ce que je dis, là ?

— Ouais. Je te fais juste marcher.

— Je veux essayer de faire un doctorat, peut-être à l'étranger.

— Écoute, t'as pas besoin de te justifier. Moi non plus. »

Elle eut momentanément l'air offensé, comme s'il était normal qu'elle ne veuille pas d'enfant avec lui, mais pas l'inverse.

« Mais je peux t'expliquer pourquoi j'ai dit ça.

— Je t'écoute.

— Ben, elle est plutôt intimidante, non ?

— Lucy ? Tu trouves ?

— C'est juste que... je vois bien pourquoi tu as craqué sur elle.

— Du coup, tu t'es dit que tu ferais mieux de la prévenir tout de suite ?

— C'était bizarre, je le reconnais. Je suis brusquement passée en mode marquage de territoire. J'ai pissé sur mon petit ami. Par sentiment d'insécurité.

— Qui n'avait pas lieu d'être.

— Oui, je sais. Mais qui serait là s'il y avait lieu.

— Entre nous, c'est allé aussi loin que ça le pouvait. On ne va pas revenir en arrière.

— Pourquoi pas ? C'est comme ça que fonctionnent la plupart des trucs. Les voitures. Les trains. Les gens, aussi. Quand ils ne peuvent pas aller plus loin, ils reviennent en arrière.

— Oh, bordel de merde. Qu'est-ce que tu veux que je dise ? »

Il exécuta un autre équilibre, pour faire la double démonstration que la conversation était terminée, et qu'il n'était pas taillé pour être le partenaire d'une femme adulte, de quelque âge que ce soit.

Dans la grange, la nuit fut chaste. Joseph n'avait rien prévu de tel, et lorsque Hanna le rejoignit au lit, il l'embrassa d'une façon qui, précédemment, avait toujours mené à d'autres choses. Mais en sentant Hanna se crisper, Joseph arrêta tout, et éprouva un soulagement auquel il ne s'attendait pas.

« Ça me gêne.

— Pourquoi ? »

Il était bien content que l'aveu vienne d'elle, et non de lui. La situation ne le mettait pas non plus très l'aise, pour des raisons évidentes. Il était en vacances avec Lucy, avec qui il couchait autrefois, et il s'apprêtait à coucher avec une autre. Mais tout blocage de sa part l'aurait placé en mauvaise posture. Il n'aurait pas pu dire « Ça me gêne », car Hanna aurait répondu « Je le savais ! », et la discussion aurait été sans fin. D'un côté, Joseph aurait aimé que son corps se montre plus sensible à la complexité de certaines situations. Son empressement flagrant était un peu embarrassant, insouciant. D'un autre côté, cependant, il se félicitait que la vie suive son cours : cela prouvait bien que si quelqu'un était perturbé, c'était Hanna, pas lui – même si, au-dessus de la ceinture, l'histoire était un peu différente. Peut-être que, en vieillissant, le corps commençait à être plus à l'écoute du reste. Genre non, non, non, cette situation est trop bizarre. Je vais attendre sagement que tu aies démêlé tout ça dans ta tête.

« Je ne sais pas. Irrespectueux, quelque chose comme ça.

— Je suis sûr qu'elle a envisagé que ça se produise.

— Ouais, mais ça ne veut pas dire qu'on est obligé. Ça ne faisait pas partie du contrat. Du moins je l'espère.

— Tu vois ce que je veux dire. C'est une adulte.

— Contrairement à moi ?

— Quand ai-je dit ça ?

— Ça ne la dérange pas qu'on fasse l'amour, mais moi si.

— Oh, arrête, Han ! Je suis pour que tout le monde fasse l'amour. Entre adultes consentants, tout ça, tout ça. Mais certains peuvent ne pas en avoir envie. C'est ton corps, c'est toi qui vois. Putain. Oublions ça et faisons un câlin.

— Pas avec ce truc qui me rentre dans la jambe. Ce n'est pas très câlin.

— Accorde-moi une minute. »

Elle se blottit contre sa poitrine, et s'endormit. Joseph, lui, mit un peu plus de temps à trouver le sommeil.

Au cours du dîner *fish and chips*, Lucy avait découvert que Hanna adorait Hardy, et il fut immédiatement décidé d'aller visiter Max Gate, la maison que Hardy avait construite.

« Et je n'emmène pas les garçons, prévint Lucy.

— Pourquoi ? voulut savoir Al.

— Parce que vous allez nous gâcher la visite.

— Faux.

— Moi, je viens, asséna Dylan.

— Moi aussi. C'est quoi, cette visite ?

— Vous n'écoutiez pas ce qu'on disait ?

— Si, vous parliez de la maison d'un écrivain.

— C'est là que nous allons demain.

— Hou là, sans moi, se rétracta Dylan. Pas question.

— Pareil pour moi. »

Le lendemain, Joseph ayant annoncé qu'il ferait l'impasse lui aussi, les garçons restèrent à la maison et les passionnées de littérature montèrent en voiture. Dans l'expérience de Lucy, l'humanité se départageait entre ces deux seuls genres – les garçons et les gens qui lisaient. Elle aurait bien aimé qu'il y ait autant de fluidité entre les genres que certains semblaient le penser.

Aucune des deux ne parla pendant un petit moment. Hanna regardait par la vitre défiler les champs et un rare portail ; Lucy se concentrait sur la route. Puis toutes deux ouvrirent la bouche pile au même moment.

« Alors, qu'est-ce qui t'a poussée à t'intéresser à Hardy ?

— Joseph m'a parlé de votre histoire. »

Les deux éclatèrent de rire.

« Deux sujets différents, pointa Lucy.

— Très.

— Je crois que c'est le tien qui l'emporte. Je vois mal Thomas Hardy endosser le rôle de l'éléphant dans la pièce.

— Ça pourrait faire un bon sujet d'exercice d'écriture, observa Hanna. Écrivez une nouvelle dans laquelle un des personnages doit dire, à moment donné : « Il y a un éléphant dans la pièce, et c'est Thomas Hardy. »

— Je pourrais essayer avec mes élèves. Il me faudrait leur expliquer l'expression, puis expliquer qui était Thomas Hardy. Ça me vaudrait une tonne d'histoires sur des rixes entre gangs, ou de cruelles revanches envers des petits copains déloyaux, et, à un moment donné, comme un cheveu sur la soupe, quelqu'un dirait : « Il y a un éléphant dans la pièce, et c'est Thomas Hardy. »

Le silence retomba.

« Pour répondre à ta question, reprit Hanna, j'ai eu une prof d'anglais extraordinaire.

— Hourrah.

— Elle me prenait à part, après les cours, pour me donner des livres. Elle m'a fait lire *Black Boy*, de Richard Wright. Et aussi *La Couleur pourpre*. J'avais genre quatorze ans. Elle m'a fait lire *Tout s'effondre*, *La Conversion* et *Une femme noire*. Ensuite, elle m'a prêté *Jude l'Obscur*, en me disant que c'était son roman préféré.

— Waouh.

— Et le plus étrange, c'est que j'ai trouvé ça parfaitement logique. Dans le contexte des autres romans. Parce que *Jude l'Obscur* parlait des exclus, de la pauvreté, du fossé entre les classes, tout ça.

— Cette prof devait être excellente. Où étais-tu, à l'école ?

— À Edmonton. Saint Thomas-à-Becket.

— Quiconque convainc des gamins d'Edmonton de lire Hardy devrait être ministre de l'Éducation.

— Ouais. Mais je ne suis pas certaine que ça concernait beaucoup de gamins. J'étais un peu à part. »

Elle recommença à regarder le paysage défiler.

« Le problème, c'est que je ne t'ai pas vraiment posé une question. À propos de Joseph. Tu m'en as posé une à propos de Hardy, et j'y ai répondu.

— Tu as raison. Y a-t-il une chose en particulier que tu veuilles savoir ?

— Je ne sais pas. Non. Raconte-moi ce que tu veux.

— Mmm. On a passé de bons moments ensemble, et l'histoire s'est terminée d'elle-même, pour toutes les raisons qui tombent sous le sens. Et je suis très contente qu'il ait une copine bien plus appropriée.

— Le problème c'est que je ne suis pas la copine appropriée moi non plus. Ou il n'est pas le copain approprié pour moi.

— Ouais. Je vois ça.

— Pauvre Joseph. Inapproprié pour chacune de nous. »

Lucy éclata de rire. Elle voulait dire à Hanna que ce n'était pas vrai.

« Joseph et moi... on manque de vécu, reprit Hanna. Mais on a passé un chouette été, cela dit. »

Et comme elle ne semblait pas vouloir s'étendre davantage, Lucy changea de sujet.

« Tu aimes d'autres auteurs victoriens ? À part Hardy ? Oh, tu veux que je te raconte mon anecdote préférée à son sujet ? Bon, en fait, il y en a deux. La première : il a une double sépulture. Ils ont extrait son cœur, qui se trouve quelque part dans le coin, et le reste de sa dépouille est à l'abbaye de Westminster.

— Waouh.

— Incroyable, non, qu'on fasse encore des trucs pareils au XXe siècle ? Et l'autre anecdote : il est allé au cinéma, au volant de sa voiture, pour voir l'adaptation cinématographique d'un de ses romans.

— Non !

— Véridique. »

Et le reste du trajet fut consacré à évoquer pêle-mêle des intrigues, des personnages et des scènes.

Elles visitèrent la maison en prenant leur temps, même si aucune magie ne se dégageait de ces meubles en bois vernis. Elles achetèrent des cartes postales à la petite boutique de souvenirs et se rendirent sur la tombe du chien Wessex. Au moment où elles repartaient, une dame âgée arborant un anorak et un badge avec le logo de l'Union européenne jeta un regard éteint à Hanna et s'arrêta net.

« Excusez-moi.

— Bonjour. J'aime bien votre badge, répondit Hanna.

— Oh, merci. Quelle bande de crétins. Bref. Puis-je juste vous dire que c'est merveilleux de vous voir ici ?

— Pardon ?

— Oui, c'est fantastique.

— Ah, merci. »

La dame reporta son attention sur Lucy.

« Bien joué. »

Et, sur un hochement de tête, elle s'éloigna. Lucy la fixa un instant.

« C'est quoi ce délire ? »

Hanna haussa les épaules.

« À une époque, elle m'aurait peut-être arrêtée pour me dire qu'elle ne voulait pas de gens comme moi ici. Alors tu sais… »

Sur le chemin du retour, Hanna posa des questions à Lucy sur son mariage, et eut droit au récit de la triste histoire de Paul.

« Mais s'il reste sobre… ?

— Dans vingt ans, peut-être, à la rigueur. Ou dans ces eaux-là.

— Vous pourriez revenir ensemble dans vingt ans ?

— C'est le délai dont j'aurais besoin pour croire que c'est possible. Mais qu'importe, il ne reste plus rien entre nous. Il a tout tué.

— Il n'était pas lui-même.

— Je sais. Mais il n'était pas non plus quelqu'un d'autre, donc ça n'aide pas. L'homme que j'ai épousé est aussi celui qui est devenu alcoolique et accro à la coke. Maintenant, je ne sens rien quand je le vois, et il a de la chance que ce soit juste ça... rien.

— Et avec Michael ?

— Oh. C'est... »

Avec Michael, c'était un lien d'amitié, rien de plus, mais lui ne semblait pas le voir. Peut-être Lucy se montrait-elle injuste ; peut-être que, tout simplement, vu de l'endroit où il se tenait, ça ne ressemblait pas à de l'amitié, mais, de ce fait, ça rendait celle-ci difficile. Lucy n'avait aucun autre ami qui attendait que leur relation opère un virage et aboutisse dans un lit. Elle en avait eu, autrefois, mais tout avait fini par rentrer dans l'ordre. Sa relation avec Michael était si polie, si pleine de délicatesse, qu'il lui était impossible d'imaginer le genre d'éruption, ou de disruption, que nécessitait le sexe.

« Compliqué ? hasarda Hanna.

— Non. Pas vraiment. Il est gentil et je l'aime bien.

— Ça ne pourrait pas suffire ?

— Si. Bien sûr.

— Donc...

— Il n'y a pas de « donc ». D'où sors-tu un « donc » ?

— Tu pourrais tomber beaucoup plus mal.

— C'est sûr. Et c'est déjà fait. Mais tu auras quarante ans plus tôt que tu ne l'imagines, jeune fille. Et toi aussi tu rechigneras à te résoudre à l'option la moins mauvaise. »

Elles s'engagèrent dans l'allée puis contournèrent à pied la maison, pour retrouver Joseph et les enfants qui disputaient une partie de water-polo, acharnée et apparemment hilarante, avec un ballon de foot. Lucy se demanda combien de versions d'une belle vie elle était en droit d'attendre.

Joseph sortit de la piscine pour s'asseoir avec elles, et ils regardèrent ensemble les garçons qui continuaient à jouer.

« Je n'en reviens pas que ce soit aussi chouette, ici, dit Hanna.

— Je n'en reviens pas que cette maison soit sortie de la tête d'un mec, dit Joseph.

— Que veux-tu dire ? demanda Lucy.

— Ce type, il pense à des trucs, et après il s'achète une maison avec piscine.

— En plus de sa maison à Londres, renchérit Hanna.

— Et ça vous énerve ? leur demanda Lucy.

— Non.

— Moi non plus, dit Joseph. Pourquoi ça devrait m'énerver ? Ça t'énerve, toi ?

— Non. Ce n'est pas comme s'il avait mal agi pour l'obtenir. Mais... »

Elle s'enfonçait en eau profonde, une fois de plus.

« Toi, tu m'énerves plus que lui », reprit Hanna. Et elle rigolait en disant ça.

« Moi ? s'étonna Lucy.

— Ouais. Comment se fait-il que tu connaisses des gens comme ça ?

— C'est vrai, renchérit Joseph. Nous, on n'a pas d'amis qui nous invitent dans leur résidence secondaire.

— Avec piscine, compléta Hanna.

— Je n'en avais pas non plus à votre âge », répondit Lucy, en prenant conscience, au moment même où elle le disait, que ce n'était pas vrai. Son amie de fac, Johanna, passait tous ses étés en France dans une maison que ses parents louaient à Nice. Lucy y était allée, une année.

« Tu as raison, c'est un truc lié à l'âge, dit Joseph. Ma mère et mon père sont tout le temps invités dans ce genre d'endroits. »

Hanna éclata de rire.

« Les miens aussi. Ça finit par les saouler, d'ailleurs. »

Lucy n'avait pas pensé à ça. Elle était prof – directrice de département, certes, mais gagnait moins d'argent que bien des gens qu'elle connaissait. Et pourtant ce n'était pas la première fois qu'elle avait accès à une piscine privée. Elle, Paul et les enfants avaient été invités à quelques reprises à séjourner dans des villas à l'étranger, en Italie, en France et en Espagne. Elle avait de la chance de connaître Michael, bien sûr, mais cela n'avait rien d'un miracle. Elle connaissait d'autres gens comme lui, des gens qui avaient le même niveau de revenus, menaient le même genre de vie. Avoir des amis financièrement aisés, s'apercevait-elle, ne lui inspirait aucun ressentiment ; au contraire, cela lui offrait une échappatoire occasionnelle, une chambre en plus dans sa tête, qui l'empêchait de se sentir enfermée – un détail auquel elle n'avait jamais pris garde avant cet instant.

« Pardon, dit-elle. C'était une réflexion idiote. »

Le dimanche, ils allèrent à la plage. Ils nagèrent dans une mer incroyablement froide, cherchèrent des fossiles, déjeunèrent dans un café sur la plage – encore des *fish and chips* pour les garçons, et du crabe pour Hanna et Lucy.

« Alors, tu es la copine de Joseph ou quoi ? demanda Al à Hanna.

— Quoi, répondit Hanna.

— Qu'est-ce que ça veut dire ?

— Tu m'as proposé deux réponses au choix.

— Non.

— Si, intervint Dylan. Copine ou quoi ? Premier choix, copine. Deuxième choix, quoi.

— Ah, j'ai compris, dit Al en souriant jaune.

— C'était pas malin, tacla Dylan.

— D'accord, mais pourquoi c'est quoi ?

— Pourquoi quoi est quoi ? l'asticota Dylan.

— Je parle à Hanna. Je ne comprends pas pourquoi elle est seulement quoi, et pas une copine.

— Hanna n'a pas peut-être pas envie de parler de ça », intervint Lucy.

Le restaurant était bondé. Des clients en quête d'une table déambulaient avec des boissons qui ne demandaient qu'à glisser du plateau, et, par conséquent, il se trouvait toujours quelqu'un au coude à coude avec eux. Les serveuses harassées de chaleur passaient entre les tables avec des assiettes, en annonçant à tue-tête des numéros à des clients trop absorbés dans leur conversation pour les entendre, ou qui avaient égaré leur ticket, ou s'étaient éloignés pour contempler la mer. Ce n'était pas l'environnement idéal pour discuter d'affaires de cœur.

« Disons que copain-copine... C'est une sorte de relation permanente, non ?

— Ah bon ? réagit Dylan. Je ne savais pas.

— Bon, d'accord, pas permanente. Ce n'était pas le bon terme. Officielle, si tu préfères.

— Officielle ? répéta Al. Officielle comment ?

— Pas officielle comme un mariage.

— Qui, d'ailleurs, n'a rien de permanent, fit remarquer Dylan. Comme nous le savons.

— Donc, ce n'est ni permanent ni officiel », résuma Al.

Joseph commença à rire.

« Pourquoi tu te marres ? lui demanda Hanna.

— Tu n'aurais pas dû te lancer là-dedans.

— Si c'est pas permanent, et si c'est pas officiel, pourquoi Joseph n'est pas ton copain ? insista Al.

— Vous couchez ensemble, renchérit Dylan.

— 72 ! » cria, à côté d'eux, une jeune serveuse encombrée d'un homard. Elle semblait au bord des larmes.

« Je t'expliquerai peut-être un peu plus tard, dit Hanna.

— Tu dirais qu'elle est ta copine, toi ? demanda Dylan à Joseph.

— Ben, plus maintenant, répondit celui-ci. Puisque ce n'est pas réciproque.

— Ça veut dire quoi ? demanda Dylan.

— Si elle n'est pas ma copine, je ne suis pas son copain.

— Pourquoi maman et toi vous avez cassé ? » demanda Al.

Et les deux garçons commencèrent à pouffer de façon incontrôlable.

« T'es vraiment trop grave, Al, gronda Dylan.

— Hé ! Toi aussi tu voulais savoir !

— Mais de quoi parlez-vous ? protesta Lucy.

— On n'est pas débiles, expliqua Dylan.

— Pourquoi diable pensez-vous que nous avons cassé ?

— Parce que vous étiez ensemble et que vous l'êtes plus. »

Joseph scruta attentivement la réaction de Lucy, en quête d'indications sur la conduite à tenir. Hanna aussi l'observait, mais par simple curiosité, se dit Lucy. Elle aussi aurait été curieuse, à la place d'Hanna.

« Nous n'étions pas ensemble. On se tenait juste compagnie mutuellement.

— Alors pourquoi avez-vous arrêté de vous tenir compagnie ?

— Parce que Joseph a une copine.

— Sauf que c'est pas sa copine », trancha Dylan d'un ton triomphal.

Lucy eut une sensation de froid, subitement, et se sentit aussi un peu barbouillée. Évidemment qu'ils avaient remarqué certaines choses ! Comme Dylan l'avait souligné, ils n'étaient pas débiles. Il ne restait plus qu'à espérer qu'ils aient seulement remarqué de petits indices, plutôt que quelque chose de plus explicite. Ils avaient couché ensemble sur le canapé, la première fois. Et si un des garçons était descendu à ce moment-là, et avait pris les jambes à son cou, traumatisé ?

— 68 !

— Je serais énervé, si j'étais le 68, observa Joseph.

— Parce qu'ils ont appelé le 72 avant le 68 ? demanda Lucy.

— On va pas changer de sujet et parler nombres, prévint Al. Mais c'était bien tenté.

— On t'aime bien, au fait, dit Dylan à Hanna. On n'est pas en train de protester, ni quoi que ce soit, et de toute façon, maman peut pas sortir avec Joseph.

— Pourquoi pas ? demanda Hanna.

— Ils sont pas d'accord sur plein de trucs. »

Lucy se trouva presque entraînée dans une controverse, mais elle parvint à résister. Si les garçons pensaient qu'il existait des motifs de désaccord, alors tout allait pour le mieux. Et, de fait, ils avaient raison.

« À quelle heure est le train ? demanda Hanna.

— Il y en a un à 17 h 10. Ça nous laisse du temps. On vous conduira à la gare.

— Nous, on sera en train de jouer dans la piscine, prévint Dylan. Alors on viendra pas à la gare.

— Je ne peux pas vous laisser seuls dans une piscine, protesta Lucy.

— Joseph reste, annonça Dylan.

— Ah bon ?

— Ah, ouais, fit Joseph. Si tu es d'accord.

— Oui, pas de problème. »

Lucy regarda Hanna.

« Je lui ai dit de rester, expliqua Hanna. Il s'éclate trop, ici. »

Pour finir, Hanna prit un taxi. Ni elle ni Lucy n'étaient tentées par une nouvelle conversation dans la voiture, même si, bien sûr, elles étaient prêtes à bavarder aimablement jusqu'à Crewkerne et à éviter au besoin certains sujets. Lorsque Hanna lui fit remarquer qu'elle allait passer la partie la plus agréable de l'après-midi sur la route, Lucy lui demanda si elle lui en voudrait affreusement de se défiler, et Hanna lui répondit « non, bien sûr ». Lucy dit alors qu'elle avait téléchargé l'appli d'une compagnie locale de taxi, ils étaient bon marché, et il était hors de question que Hanna mette la main à la poche. Quand le taxi se présenta devant la maison, Hanna et Lucy échangèrent une accolade, puis Lucy fit entrer les garçons dans la maison pour qu'ils aillent enfiler leurs maillots de bain.

11

« Elle est adorable, dit Lucy une fois les garçons couchés.

— Ouais. »

Ils buvaient un verre au bord de la piscine, assis côte à côte. Joseph semblait trouver plus facile de regarder l'eau ou le noir du ciel que Lucy.

« Tu devrais essayer de la garder, celle-là.

— Elle vient de partir.

— Tu vas la revoir mardi.

— Pas sûr.

— Tu n'es pas sûr de quoi ?

— Qu'elle soit partie jusqu'à mardi ou définitivement.

— Vous auriez pu rompre pendant qu'elle montait dans le taxi ? Merde.

— Non, non.

— Alors que s'est-il passé ? C'était tellement agréable, ces quelques jours avec vous.

— Ouais, mais c'était un peu plus bizarre que je l'avais imaginé.

— Bizarre comment ?

— Chais pas. Enfin, si.

— Bizarre à cause de moi ?

— Ouais, plus ou moins. Elle a adoré te rencontrer, mais elle était bizarre à ton sujet. En privé, si tu vois ce que je veux dire. Elle ne se sentait pas à l'aise… Bref.

— Je suis désolée.

— Je ne l'étais pas, franchement. J'étais probablement moi aussi un peu bizarre à ton sujet. Genre je me tortillais un peu.

— Peut-être que tout ça était un peu trop ambitieux, convint Lucy.

— Tu ne t'es pas sentie bizarre, toi ?

— Non.

— Oh.

— C'était un non trop catégorique ?

— Non. Enfin, si, il était catégorique, mais pas trop.

— Ça semblait dans l'ordre des choses.

— Quoi donc ?

— Elle et toi. Un jeune couple très beau et charmant.

— On pourrait parler d'autre chose ?

— Bien sûr. Tu as un sujet en tête ?

— Non. Je ne veux juste pas t'entendre me rabâcher toute la soirée pourquoi je devrais être avec Hanna. Comme je suis en sursis, tu gaspilles ta salive.

— C'était super bizarre, dit Lucy.

— Quoi donc ?

— Toi ici avec elle.

— C'est exactement la question que je t'ai posée ! Et tu as répondu non !

— Je sais. Ça me semblait plus simple de ne pas dire la vérité.

— Bon, *moi*, j'ai passé un super moment, avoua Joseph d'un air contrit.

— Tu penses qu'on ne devrait plus du tout se voir ?

— Non, je pense juste que c'est encore un peu tôt pour les dîners à quatre. »

Lucy se mit à rire.

« J'ai du mal à vous imaginer, Michael et toi, en train de bavarder à dîner.

— Moi aussi.

— C'est une vacherie, ça ?

— Et toi ? C'en était une ? Et puis, tu es officiellement avec Michael, donc ?

— Rien n'est officiel avant mercredi. On fait paraître un faire-part dans le *Telegraph*.

— Je me demandais comment vous procédiez pour ce genre de choses, vous autres.

— "Vous autres" ? Depuis quand je suis devenue "vous autres" ? Pourquoi n'en fais-tu pas partie, de ce "vous autres" ?

— Parce que je ne peux pas, n'est-ce pas ?

— Et pourquoi pas ?

— Si je dis "vous autres", c'est forcément que je ne m'inclus pas dedans.

— Tu aurais pu dire "nous autres".

— Quand est-ce que, toi et moi, on a été un "nous" ? C'était tout le problème. On n'était ensemble qu'au lit ou devant la télé. »

Il ne savait pas pourquoi ça le mettait dans un tel état, mais il avait monté le volume et il sentait le rouge lui venir aux joues.

« Tu voulais plus que ça ?

— Et toi ?

— J'ai posé la question la première.

— Je n'y pensais même pas. Je savais que c'était impossible. Mais j'y ai repensé, plus que je n'y pensais sur le moment.

— Et pourquoi, à ton avis ? »

Pourquoi ? Parce qu'il venait de passer les quelques derniers mois à cogiter et dériver à reculons, incapable d'aimer la femme avec qui il était, et peut-être même celle qui l'avait précédée, encore qu'il s'agissait là d'incapacités de natures différentes. Lucy était plus âgée que lui et avait deux enfants, c'était une chose ; Hanna, elle, était à la fac et se frayait un chemin vers un endroit où, devinait-il, il ne serait pas capable de la suivre, et c'était une autre chose. Le problème venait-il juste du fait qu'il n'avait pas été à l'université ? Ce n'était pas tout à fait vrai, il y avait été – pendant quelques semaines. Il s'était inscrit en Sciences du sport, mais le montant du prêt dont il allait avoir besoin pour couvrir ses trois années d'études semblait absurde, vu qu'il ne savait même pas ce qu'il ferait de son diplôme. Et même si sa mère l'avait encouragé à persévérer, elle avait été soulagée, lorsqu'il avait jeté l'éponge. Bref. Maintenant il craignait de ne plus être attiré que par des femmes faisant, ou ayant déjà fait, des études hors de sa portée.

Il y avait autre chose, cependant, et là, c'était grave, dans tous les sens du terme. Jamais il n'avait dit à une fille qu'il l'aimait. Ça ne s'était pas fait, point. Si on disait à quelqu'un qu'on l'aimait, cette personne pouvait se méprendre, dans un sens ou dans l'autre – même si de l'amour il y en avait, indiscutablement. Ces mots n'avaient aucune valeur juridique, du moins à sa connaissance, mais on pouvait tout de même y entendre un genre d'engagement qui les alourdissait et semblait les rendre inutilisables. Il savait maintenant qu'il aimait Lucy, et il voyait bien qu'il l'avait aimée même lorsqu'il avait commencé à voir Hanna ; il avait juste présumé qu'il lui faudrait l'aimer d'une façon qui n'impliquait pas la monogamie, le sexe, ni grand-chose. Bref. C'était là la vraie réponse à la question de Lucy.

« Je sais pas, franchement. »

Cela restait la meilleure réponse.

« Ah. Ça ne m'encourage pas vraiment à expliquer pourquoi je pense à ça.

— Rien ne t'y oblige.

— Je sais.

— Tu as déjà pris un bain de minuit, ici ?

— Je ne suis pas certaine que ce soit la meilleure façon de changer de sujet.

— Ah. Je vois ce que tu veux dire. Très bien. Est-ce qu'il y a un jeu de backgammon, ici ? »

Elle éclata de rire.

« Je ne vais pas jouer au backgammon. Soit je parle avec toi, soit je vais au lit. Nous n'avons pas besoin de meubler le temps.

— Tu as raison. »

Il y eut un long silence. Joseph se leva et délogea de la pointe du pied le ballon qui s'était coincé dans un angle de la piscine. Il jongla à quelques reprises, puis l'écarta en douceur sur la pelouse.

« Je vais te dire ce à quoi j'ai réfléchi, reprit

Lucy. Et si tu veux rentrer à Londres demain par le premier train, tu le pourras.

— Ouais, non, je ne vais pas faire ça.

— Merci.

— Rien de ce que tu peux dire ne me fera partir d'ici plus tôt, clarifia Joseph. Si ce que j'entends ne me plaît pas, demain, je déplacerai mon fauteuil à l'autre bout de la piscine. C'est trop chouette ici.

— OK. Bon, ça reste rassurant, d'une façon un peu étrange. »

Il était nerveux. Il devinait confusément que ce qu'elle s'apprêtait à dire, quoi que ce fût, ne pouvait être passé sous silence, comme la plupart des conneries qui tenaient lieu de conversation.

« Je n'arrive pas à m'imaginer avec Michael.

— Ah.

— Tout ce qui est d'ordre superficiel est agréable et se passe bien. Je suis ravie de dîner avec lui dans de bons restaurants, d'aller au cinéma.

— De discuter de livres.

— Probablement. Il me parle de romans traduits qui pourraient me plaire, selon lui, et je suis sûre qu'il a raison. Mais je ne me vois pas les lire. L'un d'entre eux est un roman français, et il ne contient pas une seule fois la lettre *e*.

— Sérieux ?

— Apparemment.

— Mais c'est… délibéré ?

— Je doute que ce soit un accident. L'auteur n'a pas oublié d'utiliser des mots comme "elle" ou "le" sur quelques centaines de pages. De toute façon, si je le lis, ce sera en anglais.

— Ils ont aussi supprimé les *e* dans la version anglaise ?

— Oui, je pense. »

Joseph dégaina son téléphone.

« Comment s'appelle-t-il, ce fou furieux ? Je veux en savoir plus sur lui.

— Pouvons-nous reparler de ça plus tard ?

— Oh, ouais. Pardon. »

Il savait que la discussion qui se profilait serait épineuse, ou dangereuse, ou autre. Mais il parlait rarement de livres avec Lucy, surtout de livres français. C'était peut-être l'occasion de lui montrer qu'il était capable de tenir une conversation, au moins ça, même s'il n'avait aucune intention de galérer à lire ce livre.

« Tu n'arrives pas à t'imaginer avec Michael. »

Lucy le regarda d'un air surpris.

« C'est exactement ça.

— Je dis pas ça, protesta Joseph.

— Que dis-tu, alors ?

— Moi, rien. C'est toi qui l'as dit. Avant qu'on commence à parler du roman français.

— Ah. Oui, c'est vrai. »

Elle semblait déçue. Peut-être avait-elle cru qu'il allait sauter sur l'occasion pour lui dire que Michael n'était pas du tout celui qu'il lui fallait.

« Donc, reprit-elle, il y a ce, cette... je ne sais pas comment on pourrait l'appeler. Cette atmosphère. J'ai la sensation que je serais en permanence obligée de très bien me tenir. C'est beaucoup trop adulte pour moi.

— Tu es une adulte.

— Mais pas ce genre d'adulte, n'est-ce pas ? Je

ne vois pas comment on peut l'être, quand on a des gosses. Ils t'entraînent de gré ou de force dans un univers de blagues idiotes, de pets, de disputes. La vie est assez dure sans lire des livres où manquent toutes les lettres *e*. »

Maintenant, il ne savait pas s'il devait en revenir, ou pas, à l'écrivain français. Il décida de s'abstenir.

« Bref. En ce qui concerne le monde intérieur, je ne pense pas qu'on puisse faire grand-chose. C'est la part non négligeable, aussi.

— Mais toute petite. Le monde extérieur est bien plus vaste.

— Je ne m'exprime peut-être pas très bien.

— Non, non, je comprends ce que tu me dis.

— Vraiment ?

— Ouais. Tu as besoin de quelqu'un d'un peu plus marrant que Michael.

— Oui. »

Et puis : « C'est toi.

— Moi ?

— Je croyais que tu comprenais ce que je dis.

— J'ai compris ce qui concerne Michael. Pas ce qui me concerne moi. Ou alors, je l'ai compris, mais je me suis dit : "elle ne peut pas vouloir dire ça".

— Eh bien, si.

— Ce n'est pas un choix entre moi et lui, mais entre moi, lui, et tous les autres hommes célibataires du Royaume-Uni. Ou d'Europe, même. Si tu fais entrer dans l'équation Skype et les vols low cost.

— Je n'apprécie pas n'importe quel autre homme célibataire en Europe.

— Comment peux-tu dire ça ? Sans les avoir renc...

— Je t'arrête tout de suite. C'est la base de tout, la seule.

— Quoi donc ?

— Tu rencontres quelqu'un, tu tombes amoureuse, tu ne veux même plus connaître qui que ce soit d'autre. Nul besoin de rencontrer tous les célibataires d'Europe pour comparer. Plus personne ne coucherait avec personne. »

Joseph eu l'impression que le volet « amour » venait de s'inviter inopinément au mauvais moment de la conversation et cela le mettait dans une situation inconfortable. Il décida de l'ignorer pour l'instant. Il n'était pas encore entièrement exclu que la discussion se place sur un plan théorique.

« Sauf à coucher avec tous les hommes européens juste pour t'aider à y voir plus clair dans ta tête.

— Joseph ! Merde, à la fin ! »

Il avait probablement tort de jouer à l'autruche. Lucy était agacée, et même un peu fâchée contre lui.

« Pourquoi t'obstines-tu à me dire d'être avec tout le monde sauf toi ?

— Je ne suis toujours pas certain de comprendre ce que tu me dis.

— Je veux être avec toi. À l'intérieur et à l'extérieur.

— Oh. »

Elle lui accorda quelques secondes, puis elle se leva.

« Voilà. C'est dit. Je vais me coucher.

— Attends, attends. »

Elle se rassit.

« Tu as bien réfléchi à tout ça ?

— Pouvons-nous tout d'abord établir que ça t'intéresse un tant soit peu ? »

Un simple « oui » ne suffirait pas, devinait-il. La situation exigeait un genre de discours, ou au moins l'expression sincère d'un ressenti. La relation intérieur/extérieur semblait un but largement plus atteignable que les mots qu'il lui fallait trouver, mais son incapacité à les trouver était en train de l'affoler et de la plonger dans l'embarras.

« Tout d'abord et en un mot : oui.

— OK. C'est vrai ? OK.

— Et... Bon, il y a d'autres aspects, au-delà du oui. Qui ne changent rien à la réponse, ça reste oui. Disons qu'ils s'y ajoutent. Mais c'est... ce n'est pas facile, tu vois. Tu voudrais bien te relever et répéter ce que tu as dit ?

Elle le fixa un instant d'un regard vide.

« Oh. »

Elle se leva. « Je vais me coucher.

— Voudras-tu faire un petit crochet par la grange ?

— Non !

— Quoi ?

— Tu y dormais avec ta copine jusqu'à ce matin.

— Génial.

— Ce n'est pas vrai ?

— Si. Mais elle a refusé qu'on couche ensemble

à cause de toi. Et toi tu ne veux pas coucher avec moi à cause d'elle.

— Vous n'avez pas couché ensemble ?

— Non. Je viens de te le dire.

— Tu as dit qu'elle ne se sentait pas à l'aise. Je ne savais pas si c'était avant, pendant ou après.

— Avant.

— Je vois. Mais tu aurais pu te débrouiller.

— La mécanique des mecs est une aberration.

— Je vais me coucher.

— Bonne nuit. »

Elle ne répondit pas « bonne nuit ». Elle disparut simplement dans la maison. Après un petit moment, Joseph la suivit à l'intérieur, au cas où cela aurait été ce qu'elle attendait. Ça l'était. Et, après, il trouva facile de parler.

DEUXIÈME PARTIE

Automne 2016

12

L'intérieur prit le pas sur l'extérieur pendant les deux ou trois premières semaines. Ils ne firent aucune annonce aux garçons, même si Joseph commença à passer la nuit et à prendre le petit-déjeuner avec eux, et ils ne semblaient pas avoir besoin de clarification ou d'explication. Joseph faisait partie de la famille – pourquoi n'aurait-il pas pris le petit-déjeuner avec eux ? Lucy et Joseph regardèrent quantité d'épisodes des *Soprano* (aucun des deux n'avait eu le cœur de poursuivre la série pendant l'hiatus) et firent beaucoup l'amour. Ils seraient volontiers sortis dîner, mais Lucy était encore en quête d'un ou d'une baby-sitter de confiance.

Quand une voisine proposa les services de sa fille, une grande ado de dix-sept ans que les garçons connaissaient et aimaient bien, Lucy emmena Joseph à la soirée quiz qu'organisait l'école des garçons en vue d'une levée de fonds. Ils n'arrivèrent pas main dans la main, n'eurent pas de contacts physiques pendant la soirée ; en d'autres termes, ils ne firent rien pour se démarquer de n'importe lequel des autres couples présents. De toute façon, beaucoup de parents d'élèves connaissaient Joseph de la boucherie et supposèrent que Lucy l'avait invité parce qu'il était bon aux quiz.

Il y avait dix tables de huit, un couple d'Indiens à l'autre bout de la pièce et une dame coréenne à la table voisine, mais à part ça tous les participants étaient blancs.

« Avez-vous une spécialité ? Un sujet de prédilection ? » demanda à Joseph à la femme assise à sa droite. Elle avait l'air sympathique. Blonde, souriante, très ronde. « Je m'appelle Ellen, au fait.

— Joseph. Le sport, je suppose.

— Ah. Le sport. Évidemment. Il y a donc de la méthode dans la folie de Lucy. »

La femme donna l'impression d'observer les mots qui sortaient de sa bouche, et de les juger alarmants.

« Il n'y a pas de folie, se reprit-elle. Je ne sais pas pourquoi je l'ai formulé comme ça. En quoi ce serait de la folie ? »

Joseph sourit.

« Mais, en général, quand quelqu'un vient accompagné, c'est parce que cette personne est spécialiste d'un sujet.

— Eh bien, disons que le mien c'est le sport.

— OK. On s'en remettra à vous pour toute question sur le sport. Hé, tout le monde, Joseph est incollable sur le sport.

— Il y aura une série entièrement consacrée au sujet, annonça le mari d'Ellen, bien en chair lui aussi. Au cinquième tour. »

Joseph cilla. Pour alléger la pression qui pèserait sur lui au cinquième tour, il lui suffirait d'annoncer au terme du quatrième que Lucy et lui couchaient ensemble.

Ils élurent un capitaine d'équipe (Lucy), burent du vin dans des gobelets en carton et étudièrent attentivement la série de photos du premier tour. Le temps que la feuille parvienne à Joseph, un nom avait déjà été accolé à huit des dix portraits de célébrités.

« Il ne nous en manque plus que deux, dit Karen, l'autre voisine de Lucy.

— On pense que la fille avec la tête pleine de cheveux pourrait être la sœur de Beyoncé, mais son nom nous échappe. »

Joseph regarda les photos et reconnut les deux personnes concernées.

« C'est Solange Knowles.

— Solange ! C'est ça !

— Et l'autre, c'est Alex Iwobi, d'Arsenal. »

Il y eut un silence. Joseph eut l'impression que tout le monde, autour de la table, essayait de trouver une explication au fait que la seule personne noire de l'équipe avait reconnu les deux seuls Noirs du premier tour du quiz.

« Le foot et la pop d'aujourd'hui. Deux sujets auxquels je ne connais rien. Elle chante de la pop ? Même ça, je ne le sais pas. »

Ce double aveu d'ignorance fut accueilli avec reconnaissance.

« Moi non plus.

— Je connais David Beckham, et ça s'arrête là.

— Et Adele.

— Et Dido ? Elle chante toujours.

— Dido ! Ça ne nous rajeunit pas.

— Et Drake, s'empressa de renchérir Nick, le mari de Karen, conscient qu'ils étaient en train de creuser un nouveau trou dans lequel s'enferrer.

— Drake ? Je ne vois même pas à quoi il ressemble », ajouta Ellen, qui, apparemment, adorait creuser, qui était même prête à creuser jusqu'en Australie si personne ne l'arrêtait.

Tout en tendant la feuille à Lucy, Joseph remarqua que quelqu'un avait écrit « Ryan Gosling ?? » à côté d'un portait du youtubeur Roman Atwood.

« Lui, c'est Roman Atwood, dit-il.

— Qui est Roman Atwood ?

— Un youtuber. Il fait des farces.

— Allons bon, voilà encore autre chose, dit Nick. Les youtubeurs.

— Exactement », s'exclama Ellen, et tous partirent d'un rire vibrant de soulagement. Roman Atwood était blanc ! Hourrah ! Ils étaient des cancres respectueux de l'égalité des chances !

« Ces gens ne sont pas mes amis, glissa Lucy à mi-voix pendant qu'ils faisaient la queue devant le buffet mexicain.

— Je sais.

— Tu ne dois donc pas penser que toutes les soirées ressembleraient à ça.

— Je ne le pense pas.

— Tu penses qu'elles ressembleraient à quoi ? »

Il éclata de rire.

« Je suis sérieuse.

— On parle de combien de soirées, au juste ?

Parce que laisse-moi te dire un truc : je ne me suis pas enrichi en faisant du baby-sitting pour toi.

— J'ai arrêté de sortir quand on a commencé à...

— Rester à la maison.

— Peut-être n'aurions-nous pas dû venir, ce soir.

— Pourquoi pas ?

— Ils sont tellement nerveux. On dirait que tu es une munition non explosée. Du guacamole, s'il vous plaît. Sans sauce.

— Les Blancs réfléchissent quand même bizarrement.

— Dis plutôt qu'ils évitent de réfléchir.

— Un peu de tout pour moi, s'il vous plaît », annonça Joseph.

Il trouva neuf des dix réponses de la série sport, et de toute façon la course hippique n'était pas un sport. Ils étaient tous satisfaits de lui. Mais à la fin de la soirée, il perdit son sang-froid : il prit poliment congé du groupe, les remercia de leur compagnie, et s'en alla, seul. Il s'installa au McDonald's avec un milk-shake à la vanille jusqu'à ce que Lucy lui envoie un texto pour lui demander où il était.

Ils avaient des conversations sur l'oreiller qui allaient rarement quelque part. Au début, Joseph riait de leur circularité et de leur absurdité, mais Lucy prenait ce sujet au sérieux : elle voulait que Joseph admette que tout était absurde et voué à l'échec.

« Tu voudras des enfants.

— Peut-être.

— Tu ne peux pas en avoir avec moi.
— Pourquoi pas ? Quel âge as-tu vraiment ?
— Ta gueule. Tu sais très bien ce que je veux dire. Tu ne voudras pas d'enfants avant cinq ou dix ans.
— Sûrement.
— Donc, ce ne sera pas avec moi.
— Non.
— Donc…
— Tu as raison. On devrait laisser tomber tout de suite.
— C'est ce que je pense.
— Je sais. C'est pour ça qu'on devrait laisser tomber.
— Je ne plaisante pas.
— Moi non plus.
— Tu veux bien arrêter et discuter un peu sérieusement ?
— Tu penses qu'on devrait laisser tomber.
— Oui.
— Je suis d'accord avec toi.
— Non, tu ne l'es pas. Pas vraiment.
— Que veux-tu, alors ?
— Je veux que tu ne sois pas d'accord.
— Pourquoi ?
— Parce que je veux savoir que je ne suis pas en train de gâcher ta vie.
— J'ai l'air de quelqu'un à qui on gâche la vie ? »

Elle leva les yeux vers lui. Elle avait la tête posée sur sa poitrine, et il la contemplait, content de lui, content du monde.

— Pas encore. Mais attend de voir.

— Tu as dit la même chose du Brexit, et il ne s'est rien passé.

— Le Brexit n'a pas encore eu lieu, voilà pourquoi. Il n'aura pas lieu avant trois ans.

— Exactement.

— Comment ça ?

— C'est pareil. Je ne vais pas arrêter de faire ceci ou cela à cause du futur épouvantable qui nous attend. Quand nous serons tous au chômage et que ça me démangera d'avoir des enfants avec une femme plus jeune. Je suis censé faire quoi, entre ce moment et maintenant ?

— Chercher une femme plus jeune.

— J'ai vingt-deux ans. N'importe quelle femme plus jeune que je trouve aujourd'hui ne sera pas celle avec qui j'aurai des enfants dans dix ans.

— Donc je suis un bouche-trou.

— Putain, Lucy. »

Cette obsession des projections devait être liée au fait d'être plus âgée, se disait-il. Lui n'était pas capable de se projeter et, d'ailleurs, selon lui, il ne connaissait personne de son âge qui l'était, ou le faisait, ou le souhaitait.

« Supposons que je rencontre quelqu'un demain, reprit-il.

— Où vas-tu demain ?

— Nulle part. Je prends juste un exemple.

— D'accord, mais pourquoi demain ?

— La semaine prochaine, si tu préfères. Le mois prochain. L'année prochaine.

— L'année prochaine.

— Supposons que je rencontre quelqu'un l'année prochaine. Tu penses que je devrais lui demander de faire un test de fertilité ? Comme ça, d'emblée ?

— Qu'est-ce que tu racontes ?

— C'est comme ça que tu me demandes de penser. “Tiens, je pourrais avoir des enfants avec elle, mais si elle ne peut pas tomber enceinte, mieux vaut que je le sache dès maintenant.”

— Tu n'as pas besoin d'en arriver là. Tu as du temps devant toi.

— Du temps pour quoi ? Pour en rencontrer une autre ? Celle-là me plaît bien. Je veux être avec elle.

— C'est un exemple ?

— Oui, c'est un exemple.

— Vous pouvez décider ensemble.

— Écoute, je ne suis pas calé sur grand-chose. Mais nous, les jeunes – on est nuls pour penser au lendemain. Le tabac. La retraite. La malbouffe. Tout ça. Tu veux être avec quelqu'un de plus jeune que toi ? Tu dois faire avec. »

Le conseil semblait sage, pour le temps présent. Lucy allait essayer de s'en souvenir.

Autre conversation, au beau milieu de quelque chose :

« Attends, attends. »

Prenant ça pour une instruction, il modéra ses ardeurs.

« Non. Non. Continue. »

Il les libéra.

« Tu me le diras, quand tu seras trop dégoûté pour continuer, n'est-ce pas ?

— Pardon ?

— Quand ça pendra de partout et que tu ne pourras plus le supporter. Là où sont tes mains, par exemple. Je ne peux pas voir. Je n'ai aucune idée de ce à quoi ressemble mon cul.

— Dans cette position, je ne peux pas le voir moi non plus. »

Elle avait réfléchi à certaines de ces questions, du temps de leur liaison. Elle s'était sentie gênée de se déshabiller, puis lorsque Joseph avait semblé s'accommoder de ce qu'il voyait, elle avait oublié sa gêne. Aujourd'hui, c'était différent : elle ne s'inquiétait plus de ce qu'il était susceptible de penser sur l'instant, mais de ce qu'il serait susceptible de penser à une date indéterminée du futur. Maintenant qu'il n'y avait plus de date d'expiration, celle-ci était présente à son esprit. Ce n'était sans doute qu'une variante de la conversation sur les bébés. Les minutes s'écoulaient sans qu'on y prenne garde, puis les années, qui l'une après l'autre ajoutaient insidieusement des rides à l'affaissement et de l'affaissement aux rides, et le processus restait indécelable pour qui l'avait quotidiennement sous les yeux, jusqu'à ce que l'horreur soit telle qu'il ne puisse plus l'ignorer.

Elle s'allongea sur le lit à côté de lui.

« Ce sera inutile que je te le dise, non ?

— Je te demande de le faire.

— Je serai trop dégoûté pour continuer. Donc tu t'en apercevras seule.

— Je ne vais pas aller au pilates sept jours sur sept juste pour ton petit confort. » Elle s'étonna d'entendre de la colère dans sa voix. Il y avait une petite note « putains de mecs » là-dedans, comme si Joseph venait d'insister pour qu'elle fasse du pilates sept jours sur sept.

« OK...

— Enfin, si, j'irais... mais pour mon bien. Pas le tien.

— OK.

— Et pas tous les jours.

— Ça me va.

— C'est tout ce que tu as à répondre ?

— On a tout arrêté, là ? Parce que dans ce cas, je vais essayer de penser à autre chose. Mais si jamais on n'a...

— Je ne sais pas si on a arrêté ou pas.

— Quand le sauras-tu ?

— Quand tu arrêteras de répondre OK.

— Tu veux dire que si je trouve une bonne réponse à cette question, on reprend ? Vu que je pense n'en trouver aucune qui te satisfasse, autant arrêter... point. »

Il se leva et renfila son tee-shirt et son caleçon.

« Tu ne devais pas être très motivé si tu peux arrêter comme ça, observa-t-elle.

— C'est toi qui as arrêté, pas moi. Tu ne devais pas être à fond dedans non plus si tu te prends la tête pour savoir à quoi ressembleront tes fesses dans dix ans. Tu veux une tisane ? »

Ils s'assirent dans la cuisine, Lucy en robe de chambre, Joseph en tee-shirt et pantalon. Lucy détestait cette robe de chambre, subitement. Elle se sentait mal fagotée. Elle voulait demander à Joseph ce qu'il en pensait, mais, à sa place, elle aurait souligné qu'elle semblait aussi malheureuse et vulnérable en couvrant son corps qu'en l'exposant.

« Comment tu fais, avec les gens de ton âge ?

— Je n'ai connu personne de mon âge. À part Paul. Et avant de le rencontrer, j'étais dans la vingtaine. Comme toi. Ça ne me traversait pas l'esprit une seule seconde.

— Comme moi. Et avec Paul, tu n'y pensais jamais ?

— On vieillissait en même temps. C'est toujours le cas, je suppose.

— Ouais. Mais le seul fait qu'il vieillisse lui aussi ne signifie pas qu'il aurait été sensible à toutes ces menaces que tu brandis. Une vieille paire de fesses ridées et des nichons qui pendent.

— Il lui aurait fallu faire avec.

— Pourquoi lui et pas moi ?

— Parce que… c'est comme ça que ça marche. C'est le contrat. Toi aussi, il te faudrait faire avec dans trente ans, si tu étais avec quelqu'un de ton âge. Mais tu pourrais vouloir ne pas faire avec avant d'y être obligé.

— Facile. Va au pilates sept jours sur sept.

— Quand tu auras cinquante ans, j'en aurai soixante-dix.

— Affirmatif. Qu'on soit ensemble ou pas.

— Si nous étions ensemble, il te faudrait avoir quelqu'un d'autre.

— Marché conclu. Mais pour que les choses soient bien claires : tu ne veux pas coucher avec moi maintenant parce que je pourrais ne plus vouloir coucher avec toi en… 2044 ?

— Tu as envie, là ?

— Plus vraiment. Il est minuit passé et je dois me lever tôt demain matin. »

Et Lucy, s'interrogeant de plus belle à propos de la robe de chambre, se jura de se mettre en quête pendant le week-end d'un vêtement moins fonctionnel, et ce projet, comme le pilates, raviva sa colère. Si Joseph n'aimait pas sa robe de chambre, il pouvait faire avec, ou trouver quelqu'un qui n'avait rien d'autre à faire que penser à sa lingerie. Et puis elle commença à se demander si coucher avec un homme plus jeune pouvait rendre folle.

Pour ne rien arranger, quinze jours plus tard, elle eut un an de plus. Joseph l'ignora jusqu'à la veille du jour J. Il jouait à Fifa avec Al. Dylan les regardait. Lucy était sortie.

« Au fait, dit Dylan. En général, papa nous emmène faire les magasins. Mais il a oublié, cette année.

— Il a peut-être décidé d'arrêter. Parce que ça ne le concerne plus, répondit Al.

— Bien sûr que ça le concerne. Elle est toujours notre maman. Et lui toujours notre papa.

— Ça devrait probablement être à nous de nous en occuper.

— Oui, sauf qu'on est juste des enfants.

— De quoi parlez-vous ? demanda Joseph.

— De l'anniversaire de maman, répondit Al.

— C'est quand ?

— Demain.

— Demain ? Merde ! Et vous n'avez rien ?

— Rien du tout.

— C'est la faute de papa.
— Même pas des cartes ?
— Même pas.
— Je vois. »
Joseph interrompit la partie.
« Chambres. Papier. Crayons. Tout de suite.
— On peut acheter des cartes au magasin à côté.
— Vous ne voulez pas d'une carte qui dit "Bon anniversaire vieille branche". Ou décorée de guirlande de roses.
— Moi, je prendrais celle avec la vieille branche, dit Al.
— Allez, chacun lui en fait une. Et moi, qu'est-ce que je vais bien pouvoir trouver ? Je travaille toute la journée demain. »

Pourquoi n'était-il pas au courant ? Le sujet n'avait jamais été abordé. Jusque-là, il avait toujours su la date d'anniversaire de ses copines. Dès la première conversation digne de ce nom, elles avaient voulu connaître la date du sien. Ah, une Balance, ma sœur est Balance, disaient-elles alors, et cette remarque, ou quelque autre du même acabit, était une invitation transparente à s'enquérir de leur propre signe astrologique, même s'il s'en fichait royalement, et la fille répondait « Gémeaux, du 25 mai ». Et une ou deux fois, pas plus, il sortait encore avec la fille en question à l'approche du 25 mai, et elle avait enclenché un compte à rebours, attendant de lui qu'il marque le coup avec une carte, ou avec une carte et un cadeau, ou même, plus récemment, avec une carte, un cadeau, et un dîner au restaurant. Lucy ne lui avait jamais demandé son signe astrologique, il ne lui avait jamais demandé le sien, et maintenant il se retrouvait le bec dans l'eau, même si Lucy comptait bien plus que toutes celles qui l'avaient précédée.

Il avoua son raté après *Les Soprano*.

« Tu n'en savais rien parce que je ne te l'ai jamais dit.

— D'accord, mais...

— On peut faire quelque chose. Avec les garçons.

— Tu ne veux pas voir tes amis ?

— Ça ne marche pas comme ça, à notre âge.

— Pourquoi pas ?

— Les amis ont besoin d'être prévenus à l'avance. Et les garçons, je le sais, s'attendent à dîner au restaurant.

— Où aiment-ils aller ?

— Il n'y a que deux restaurants dans tout le nord de Londres : le chinois de Kentish Town Road ou le resto à hamburgers haut de gamme à Chalk Farm.

— Dans ce cas, je vous invite.

— C'est vrai ?

— Bien sûr. »

Il voulait lui demander à quelle hauteur de gamme se situait le resto à hamburgers, mais il s'autocensura.

« Qu'avez-vous fait, l'an dernier ?

— Oh, l'an dernier, c'était complètement raté. Paul voulait sortir dîner en famille, mais... Bref, ça ne s'est pas fait. On a commandé des plats à emporter.

— Mais ils n'avaient pas oublié les cartes et les cadeaux.

— Non, leur père y avait veillé.
— Je suis désolé.
— Tu n'es pas leur père.
— Je sais. Mais bon…
— Il n'y a pas de mais qui tienne. Tu ne l'es pas.
— Je suis quoi alors ?
— Tu n'es pas leur beau-père non plus. Tu es quelque part entre un demi-frère par alliance et un oncle par alliance. Dans un cas comme dans l'autre, tu n'as pas de lien familial. »

Peut-être pas, mais il se sentait de plus en plus lié à cette famille chaque jour qui passait.

Au début de sa pause déjeuner, il demanda à Cassie ce qui lui ferait plaisir pour son anniversaire, si elle pouvait choisir n'importe quoi dans un rayon de cinq minutes à pied de la boucherie. Adossée au mur de la petite salle communautaire à deux portes de la boucherie, Cassie faisait une pause cigarette ; elle ne pourrait pas déjeuner avant 14 heures.

« On est d'accord que ce n'est pas pour moi ?
— Sauf si c'est ton anniversaire aujourd'hui. Et que tu attends un cadeau de ma part.
— Et il n'y a pas de limite de prix ?
— Non. Pas dans le coin.
— Je ne comprends pas très bien. Je suppose que cette personne a une place à part dans ta vie…
— C'est ça.
— Mais tu dois impérativement lui trouver un cadeau là, tout de suite.
— C'est son anniversaire aujourd'hui.

— Oh, Joseph. C'est trop nul.
— J'ai des circonstances machin-chose.
— Atténuantes.
— Exactement.
— Genre ? »

Joseph souffla.

« À part me dire que tu t'y serais prise autrement, tu ne m'aides pas, là.
— Tu la vois quand ?
— En sortant du boulot.
— Où ?
— Chez elle. Et il n'y a rien entre ici et là-bas. Mis à part ces magasins-là.
— Tu en es sûr ?
— Certain.
— Dis-moi où elle habite et je te dirai où aller.
— Peu importe son adresse. »

Il regrettait d'avoir lancé cette conversation. Il aurait dû simplement lui demander une idée, sans entrer dans le détail des restrictions géographiques. Il se sentait entraîné là où il n'allait plus avoir pied.

« Évidemment que ça importe. Et quelles sont ces circonstances atténuantes ?
— Je ne savais pas que c'était son anniversaire.
— Aah. C'est donc assez récent, entre vous. Je devine qu'elle doit vivre près d'ici. Raison pour laquelle tu ne disposes que des magasins du quartier. Où l'as-tu rencontrée ?
— Laisse tomber. Merci. Je vais aller prospecter.
— Sauf à lui offrir une bouilloire de pacotille

ou un billet de PMU pour la course de 15 h 30 à Cheltenham, je ne sais pas ce que tu vas trouver. »

Les abords immédiats de la boucherie étaient en train de monter en gamme. On y trouvait des comptoirs à café où des hipsters barbus buvaient des *flat whites*, ainsi qu'un bar spécialisé dans des bières artisanales issues de micro-brasseries. Ces établissements, cependant, avaient remplacé les kebabs et les pubs pouilleux. Les commerces historiques, eux – les bazars, les bureaux de paris et marchands de presse, les magasins de vins et spiritueux, les pompes funèbres et les supérettes –, étaient toujours là et ne paraissaient pas perturbés, ni certainement pas menacés, par l'arrivée du café torréfié dans les règles de l'art.

« Un parfum ? De la parapharmacie ?

— Oui, Oui. Super idée. Lequel, à ton avis ? Lequel tu achèterais, toi ?

— Elle me ressemble, cette fille ? »

Non, bien sûr, et Joseph ne savait jamais quoi penser des femmes blanches diplômées. Qui savait ce qu'elles aimaient ? En plus, tout bien pensé, il n'était pas certain que Lucy se parfume, pas quand il était là en tous les cas. Elle sentait bon, mais cela venait selon lui des laits pour le corps et des crèmes pour le visage.

« Par certains aspects, répondit-il.

— Ce qui veut dire qu'elle est blanche.

— Ce n'est qu'un aspect parmi d'autres.

— Elle fait des études.

— Plus m… »

Il s'interrompit.

— Plus maintenant ? Elle a terminé ses études ? Oh, mon Dieu.

— Quoi ?

— Je sais qui c'est.

— Sûrement pas.

— Si. C'est cette jolie brune pétillante qui fait ses courses ici. Je ne comprenais jamais le sens de tous ces regards et ces sourires. J'ai vu des femmes flirter avec toi, ici. Et parfois, tu te prêtes au jeu, pour rigoler. Mais avec elle, tu te retiens, et elle aussi fait gaffe. Ah la vache, c'est trop drôle.

— Ce n'est pas elle, insista Joseph, mais tous les deux savaient qu'il niait par entêtement. Et en quoi c'est si drôle ?

— Je ne sais pas. C'est juste que… Qui l'eût cru ?

— Et pourquoi tu ne l'aurais pas cru ? » riposta-t-il avec agressivité.

Ce n'était pas difficile de se débarrasser de Cassie.

« Pour tout un tas de raisons, marmonna-t-elle. Pas juste une. »

Et puis, pour se rattraper : « Pourquoi pas des billets ?

— Des billets ? Des billets de quoi ?

— Elle est prof d'anglais, pas vrai ? Des billets pour une pièce de théâtre.

— Une pièce de théâtre ? Qu'est-ce que j'y connais, aux pièces de théâtre ?

— File-moi ton téléphone et ta carte.

— Et puis quoi encore ?

— Le temps que tu t'achètes un sandwich, j'aurai deux places pour toi.

— Je ne peux pas acheter de sandwich sans ma carte.

— C'est ta façon de dire merci ? »

Elle sortit un billet de cinq de sa poche et le lui tendit.

« Merci. Je te rembourserai.

— Ouais, j'y comptais bien.

— Et merci de t'occuper de ça, aussi.

— De rien. »

Il alla acheter une carte d'anniversaire et son sandwich, et, à son retour, Cass lui avait réservé deux places pour une pièce de Shakespeare. Joseph essaya de se souvenir s'il avait déjà dépensé autant d'argent pour un truc qui ne le branchait vraiment pas. Peut-être en serait-il dispensé, mais il doutait que ce soit une option.

Avant de partir au restaurant, il demanda à Lucy la permission d'utiliser son imprimante, puis il plia les deux feuilles de papier et les glissa dans une enveloppe avec la carte qu'il avait achetée. Il avait passé un temps fou à la choisir (au bout du compte, elle disait « Bon anniversaire » et rien d'autre), et un temps fou aussi à réfléchir au message (qui, au bout du compte, disait « Baisers, Joseph » et rien d'autre.)

Il lui tendit la carte au restaurant.

« J'espère… », dit-il. Puis il ajouta : « Je ne sais pas. » Et encore : « Bref. »

Elle fit la mimique que les gens font quand ils ouvrent un cadeau – « Oh, je n'ai pas la moindre idée de ce que ça peut être ! » Et à la seconde où elle découvrit les deux billets, il vit que Cassie et lui avaient mis dans le mille. Elle était ravie, enthousiaste, et peut-être même laissa-t-elle échapper quelques larmes.

« Comment tu as su ?

— Su quoi ?

— Tout ça. »

C'était ça qui l'avait émue.

« Tu l'as vue ? demanda-t-il.

— Tu veux dire est-ce que je l'ai déjà vue ?

— Ouais.

— *Comme il vous plaira* ? Oui, bien sûr. »

Le visage de Joseph se décomposa, et Lucy comprit que ce n'était pas la bonne réponse, du moins en ce qui concernait Joseph.

« Mais je n'ai jamais vu cette production. Les gens qui adorent Shakespeare voient et revoient ses pièces.

— Ah bon ?

— Oui. J'ai vu *Le Roi Lear* au moins quatre fois. Il n'y en a quasiment aucune que je n'ai vue qu'une seule fois. Pour ce qui est des pièces majeures, en tout cas.

— Et celle-là, c'est une pièce majeure ?

— Tu en avais entendu parler ?

— Oui, je crois.

— Tu as ta réponse.

— Je n'en ai vu aucune.

— Pas même avec l'école ?

— Non. »

Une excursion scolaire avait été programmée pour aller voir du Shakespeare, mais Joseph avait dissimulé l'autorisation de sortie à sa mère, et, à l'école, il leur avait raconté qu'elle désapprouvait les divertissements profanes. Avec le recul, s'apercevait-il, ils gobaient n'importe quelle excuse minable par peur de se mettre dans une posture délicate. Il aurait dû leur dire que sa mère n'approuvait pas non plus le français ou la géographie.

« Et tu n'es pas obligée de m'emmener avec toi, soit dit en passant. Tu devrais peut-être y aller avec quelqu'un qui le mérite davantage.

— Non, nous irons ensemble. »

Le spectacle était dans un mois. Joseph était presque certain de l'y accompagner. Jamais il n'avait été dans une relation amoureuse comme celle-là, où on présumait que rien n'aurait changé d'ici quatre semaines, ni même peut-être à horizon des quatre suivantes.

Au restaurant, les garçons s'emballèrent subitement, et pour des raisons que Joseph peinait à cerner, à la perspective de partir en train avec lui chez leurs grands-parents.

« Ça a l'air génial, convint Joseph lorsqu'il entendit parler de la halte au W.H. Smiths de la gare, où ils avaient l'autorisation d'acheter autant de bonbons qu'ils voulaient.

— Et en plus ils ont un chien, ajouta Dylan.

— Sympa. »

Lucy sentit qu'il était temps de fournir une explication et de mettre un frein à cette excitation galopante.

« Nous allons les voir demain, expliqua-t-elle. On va toujours déjeuner chez eux le week-end de mon anniversaire. Autrefois, c'est eux qui venaient mais...

— Mais un jour, papa a traité mamie de… un mot qui commence par *c*, expliqua Al.

— Ah, ça a dû les refroidir, commenta Joseph.

— Ils n'aiment plus trop venir à Londres, de toute façon.

— Où habitent-ils ?

— À Brexit Central, répondit Dylan.

— C'est comme ça que l'appelle maman, expliqua Al.

— Elle ne l'appelait pas comme ça avant, reprit Dylan. Juste depuis qu'ils ont voté pour le Brexit.

— Ouais ! exulta Al. Bre-xit-Bre-xit !

— Je croyais que tu avais changé d'avis, observa Lucy.

— J'ai changé d'avis. Mais comme j'étais pour, le jour du vote, je continue à revendiquer la victoire.

— Bref. Ils habitent dans le Kent, précisa Lucy. Ils ont pris leur retraite là-bas.

— Où as-tu grandi ?

— Dans l'Essex. Bonnet blanc et blanc bonnet. Je ne sais pas pourquoi ils se sont embêtés à déménager.

— Donc, tu ne viens pas ? demanda Dylan à Joseph.

— Non, répondit Lucy. Il a mieux à faire.

— Pas du tout », répondit Joseph.

C'était vrai. Il pouvait faire un peu de musique, mais Jaz et lui essayaient encore de trouver une date où elle, lui et le studio d'enregistrement seraient tous les trois disponibles au même moment, et ils ne s'étaient même pas donné la peine d'essayer durant l'été. Qu'y avait-il d'autre à faire ? Aller à la messe, regarder du foot à la télé, peut-être traîner à Wood Green avec quelqu'un qui n'aurait rien à faire lui non plus.

« Impec », conclut Dylan.

Lucy sourit. Ce n'était pas un sourire radieux, cependant. Il était mince et embarrassé. Cette conversation était appelée à se poursuivre, plus tard.

« Tu n'as pas vraiment envie de nous accompagner, n'est-ce pas ? » lança Lucy pendant qu'ils branchaient et débranchaient des appareils électriques, le dernier rituel de la soirée.

Joseph se mit à rire.

« J'ai comme l'impression que tu me dictes la bonne réponse.

— Quel serait ton statut ? C'est ça ma question.

— C'est important ? Est-ce que quelqu'un va poser la question ?

— Ils présumeraient sans doute que tu es un genre de domestique.

— Même si on commençait à se peloter devant eux ?

— Je sens déjà arriver une attaque de panique.

— Dans ce cas, c'est pas la peine », dit Joseph. Il aurait bien besoin d'un nouveau jean.

« Est-ce qu'on est obligés de se peloter ?

— C'était une blague.

— Je sais, mais...

— *Mais* ? D'où sors-tu un *mais* ?

— Eh bien, on se pelote.

— Oui, mais pas en permanence. On n'a pas

besoin de le faire dix heures par jour. On peut se mettre en pause quand on rend visite à tes parents.

— Je pense qu'il me faudrait le leur dire. Les prévenir par avance.

— Et pas par texto, j'imagine.

— Les textos, ils ne connaissent pas vraiment. Oh, merde. C'est *Devine qui vient dîner* !

— Tu m'as perdu, là.

— C'est un vieux film. Avec Spencer Tracy et Katharine Hepburn. Leur fille va épouser Sidney Poitier.

— Et je devine qu'il y a un Noir, dans le film. Ou un Blanc.

— Sidney Poitier ?

— Inconnu au bataillon.

— Il a été un temps l'acteur noir le plus célèbre.

— Donc cette charmante jeune fille blanche va épouser Sidney machin-chose.

— Oui.

— Qu'est-ce que ça à voir avec nous ?

— Eh bien...

— Ça aussi, c'est une blague.

— Ah. Donc il va épouser cette fille blanche, et, les parents ont beau être des libéraux, le père s'oppose au mariage en raison de tous les préjugés en cours dans le monde. Mais ce film date de 1967. C'est fou d'aller chercher cette référence en 2016 !

— Ne le fais pas.

— Pourquoi pas ? Je ne suis même pas certaine que mes parents soient des libéraux.

— D'abord, je ne sais rien de tes parents, ni du Kent, mais à Londres tout le monde s'en fiche.

— Ouais. Ce sont mes parents dans le Kent qui m'inquiètent.

— Et en plus, on ne va pas se marier.

— Qu'est-ce que ça change ?

— Ça leur fera un motif d'énervement en moins.

— Ça ne les empêchera pas de s'inquiéter.

— S'inquiéter ? Mais de quoi ?

— Ils sont vieux. Ils s'inquiètent.

— D'accord. J'irai m'acheter un jean, puis je regarderai Arsenal à la télé. »

Lucy ne répondit rien. Elle voulait dire « Tu es sûr ? », mais le timing devait être réglé au millimètre près. Trop d'empressement, et Joseph saurait que le problème, c'était elle, pas ses parents.

« Tu es sûr ? » demanda-t-elle finalement.

Et Joseph comprit que le problème venait d'elle, pas de ses parents. Il rentra dormir chez lui.

Il n'y avait rien de bien beau à contempler, le long du trajet en bus : des fast-foods déserts et écrasés de lumière au néon ; des grappes de livreurs Deliveroo qui bavardaient et fumaient, assis sur leurs scooters et leurs motos ; une bande d'adolescents qui arpentaient la rue en courant et en poussant des cris aigus ; un homme en train de se soulager à travers les rambardes ; trois ou quatre de ces petites églises installées dans d'anciens commerces et que sa mère traitait de haut. Ce coin de la ville n'était pas facile à aimer, sans doute. Ce n'est pas là qu'on amènerait un touriste, en tout cas. Mais lui, il l'adorait. Il s'y sentait chez lui. Et non seulement il se sentait chez lui n'importe où sur le trajet du 134, mais aussi à Whitechapel,

Brixton, Notting Hill. Il aimait d'autant plus ces quartiers qu'il savait que s'il allait dans le Kent, ou en Italie, ou en Pologne, il trouverait là des gens qui aimeraient bien qu'il ne soit nulle part chez lui – sinon dans des pays et des villes dont il ne connaissait rien et qu'il ne visiterait probablement jamais. Lucy ne pouvait rien contre ça. Être avec elle dans quelque endroit que ce soit non desservi par le métro londonien ne ferait probablement qu'empirer la situation pour elle comme pour lui. Il se sentit vraiment idiot d'avoir ne serait-ce qu'envisagé une excursion en famille.

À la troisième ou quatrième fois que les garçons mentionnèrent Joseph – « Joseph a dit que... », « Joseph peut faire... », « Joseph nous fait faire... », « Joseph aimerait... » –, la mère de Lucy se décida à poser la question.

« Qui est Joseph ? répéta Al, incrédule.

— Eh bien, comment suis-je censée le savoir ? » répliqua la mère de Lucy.

Margaret Lawrence n'était pas une femme facile-facile. On aurait peut-être pu le deviner en jetant un œil à son salon (et il était bien plus le sien que celui de son mari) ; à chacune de ses visites, Lucy était frappée par ce décor guindé, étriqué – les couleurs sourdes, les œuvres insipides exposées sur les murs, les sous-verre impeccables sur les tables d'appoint en acajou. Le moment venu, Lucy devrait vendre le contenu intégral de la maison. Il n'y avait absolument rien, des livres ou de la vaisselle, qu'elle aurait envie de conserver. Lorsqu'elle se désespérait du désordre qui régnait dans sa propre maison, elle se surprenait parfois à penser « Oui ! Et c'est bien ! Ce n'est pas comme à Cordwallis Road, où absolument tout est à sa place ! ». Même le chien, que les garçons, inexplicablement, adoraient, était sans caractère, toujours sagement couché dans son panier, parfaitement assorti à la pièce.

« Je pensais que tu savais, c'est tout, se défendit Al.

— Alors, c'est qui ?

— Dis-leur, toi, maman, intervint Dylan.

— Ça ne les intéresse pas de savoir qui est Joseph, éluda Lucy.

— Pourquoi ça ne t'intéresse pas ? demanda Al en regardant sa grand-mère.

— Mais ça nous intéresse », protesta Margaret.

Son mari sourit avec bienveillance. Lucy se demanda si Ken était entièrement avec eux, mais elle se posait cette question depuis que son père s'était installé dans la cinquantaine, époque à laquelle il avait décroché. Mais pas du fait d'une maladie ou d'un accident : il avait semblé décider, tout bêtement, qu'il en avait marre d'interagir avec le monde qui l'entourait ou avec celles et ceux qui l'habitaient. Peut-être aussi était-il simplement parvenu à la conclusion que celles et ceux qu'il connaissait le mieux avaient dit tout ce qu'ils avaient à dire, mais le redisait néanmoins, et qu'il n'était pas, lui, disposé à leur accorder son attention une troisième ou une quatrième fois. Il écoutait de la musique chorale et, maintenant qu'il était à la retraite, il entreprenait de longs périples à vélo pour s'adonner à l'art de l'estampage. Il parlait volontiers de ce hobby, si on l'interrogeait à ce sujet, mais cette curiosité s'avérait toujours une erreur. Parfois, si quelque chose titillait suffisamment son intérêt, ou s'il décelait le germe d'une expérience inédite dans son premier cercle, il refaisait acte de présence et lâchait un commentaire perspicace, ou à tout le moins pertinent. Ce qui, quelque part, était encore plus agaçant et déprimant. Lucy avait l'impression qu'elle l'avait ennuyé à mourir tout le reste du temps.

« Tu vois ? Ça les intéresse, dit Al. Dis-leur.

— Joseph s'occupe des garçons de temps à autre.

— Et du reste, ricana Dylan.

— En plus, il ne s'occupe pas tant que ça de nous, parce que lui et maman sont presque tout le temps à la maison.

— Ça nous arrive de sortir ! »

Lucy se demanda ce qu'elle cherchait à prouver par cet argument. Elle ne donnait certainement pas l'impression de nier l'existence d'un lien dépassant le cadre du baby-sitting.

« En gros, ils sortent ensemble, résuma Al. Mais ils ne nous ont rien dit.

— Si je comprends bien, un inconnu regarde tous les soirs la télé chez vous, et personne ne dit rien.

— Non, c'est Joseph. Ce n'est pas un inconnu », corrigea Dylan.

Lucy voyait bien que continuer à contempler, bouche bée, les restes d'agneau, la dispenserait de dire quoi que ce soit. Les garçons se chargeraient de tout le boulot pour elle – avec une maladresse qu'on pouvait certes déplorer, mais qui avait la vertu de ne rien lui demander. Elle n'était pas certaine que les garçons comprennent qu'elle était beaucoup plus âgée que Joseph, et en quoi ce détail était important, mais s'ils avaient la bonne idée de préciser, en passant, l'âge de Joseph, ils auraient fait tout le travail à sa place.

Sa mère la dévisagea, perplexe.

« Que sont-ils en train de dire ?

— Ils sont en train de dire, je pense, que Lucy a un petit ami, intervint Ken.

— Oh. Et c'est sérieux ?

— Il a vingt-deux ans. »

Lucy se sentit déloyale, comme si mentionner la jeunesse de Joseph équivalait à une réponse négative, mais il lui fallait balancer le plus d'informations possible par la fenêtre tant que celle-ci restait ouverte. « Et il est noir. » Cette information-là, elle ne la dit pas à voix haute. L'âge de Joseph venait déjà d'exploser à la figure de Margaret, provoquant un choc traumatique et un mutisme passager. Lucy ne tenait pas à entendre l'opinion maternelle sur cet autre élément d'information.

« Ouais, dit Al. Du coup, il joue à Fifa avec nous, et il n'a pas encore tout oublié de ses cours de maths.

— Moi non plus, s'indigna Lucy.

— Toi, tu te souviens des chiffres, corrigea Dylan. C'est pas pareil.

— Bien, bien, commenta Ken. Toute la famille s'amuse bien.

— Totalement, renchérit Al avec grand enthousiasme.

— Comment l'as-tu rencontré ? demanda Margaret.

— Chez le boucher. Il y travaille le samedi.

— Et comment es-tu passée de ça au reste ?

— Il a été notre baby-sitter deux ou trois fois, et après… BOUM ! » expliqua Dylan.

Al partit d'un fou rire. Même les parents de Lucy sourirent.

« D'autres questions ? demanda Lucy.

— Tu es heureuse ? demanda son père.

— Elle est mille fois mieux qu'avant, répondit Al. Papi, je peux te demander un truc ? »

Quelque chose, dans l'expression de son fils, fit tiquer Lucy. Qu'il demande la permission de poser une question n'était pas non plus de bon augure. Elle devina que la question aurait trait ou conduirait au Brexit et/ou à quelque sujet bien pire.

« Ce n'est pas le bon moment, intervint-elle.

— Tu ne sais même pas ce que je vais demander !

— Peu importe.

— Comment ça, peu importe ? »

Toutes les questions menaient à des difficultés, aussi sûrement que tous les chemins menaient à Rome.

« Mamie veut savoir comment ça se passe à l'école.

— Faux, dit Dylan. Regarde sa tête.

— Ne sois pas impoli, le gronda Lucy.

— Je parlais pas de sa vraie tête. Je dis juste qu'elle s'en fiche, de l'école.

— Racontez-moi comment ça se passe à l'école », lança alors Margaret, avec un enjouement subit.

13

La pièce commença avant même qu'il se passe quelque chose sur scène. Des comédiens s'étaient mêlés au public, ils s'apostrophaient d'une travée à l'autre, se soufflaient des baisers, riaient, cavalaient dans tous les sens. Lucy n'avait jamais trop apprécié ce type d'immersion ; on avait besoin d'un temps pour soi, trouvait-elle, entre le moment où l'on descendait d'un bus et celui où l'on s'installait dans la soirée. On faisait la queue aux toilettes, puis la queue pour acheter des glaces et des chocolats, et ensuite, en général, il fallait s'excuser poliment auprès d'un couple âgé, qui soupirait ostensiblement, qui vous reprochait du regard de ne pas être arrivé avant eux, commençait à rassembler ses manteaux, et, enfin, se levait lentement pour vous ménager un passage. En outre, elle avait toujours peur qu'un comédien installé dans un fauteuil d'orchestre la traite de petite friponne, lui décoche une œillade, ou encore lui propose d'acheter une orange douce et bien juteuse. Elle ne savait jamais comment elle était censée réagir, dans ces cas-là. Et toutes les lumières étaient allumées ! La magie du spectacle n'avait pas encore opéré, mais vous étiez sommé de faire comme si.

Joseph, de son côté, sentait ses pires craintes devenir réalité. Si Dieu avait voulu que les gens continuent d'aller au théâtre, il n'aurait pas inventé la télévision. Quand on regardait la télé, personne ne sortait de l'écran pour débarquer dans votre salon et vous mettre la honte. Et c'était là, il en prenait maintenant conscience, le premier avantage de la télé. Elle dressait une barrière physique entre le spectateur et les personnages. Peut-être même l'avait-on inventée expressément dans ce but. « Le théâtre, c'est formidable, mais n'existe-t-il pas un moyen d'empêcher ces gens de s'adresser directement à nous ? C'est épouvantable quand ils font ça. » Alors qu'il se croyait tiré d'affaire, pile au moment où il allait se faufiler dans une rangée à la suite de Lucy, un homme arborant une collerette l'aborda et lui demanda s'il lui plairait de goûter à la tourte aux rognons de chevreuil. Et ce en lui présentant littéralement, sur un plateau, une tourte découpée en petites bouchées qui empestaient. Joseph lui décocha un regard qui aurait marché à Tottenham, et marcha a fortiori ici ; le type décida de tenter sa chance auprès de quelqu'un qui n'aurait pas envie de lui en coller une. Une fois assis, Joseph regarda autour de lui, pour voir s'il y avait d'autres personnes noires dans le public. Il y en avait deux, deux filles.

Il avait essayé de se préparer. On pouvait télécharger gratuitement les pièces de Shakespeare sur l'iPad, il l'avait fait et avait commencé à lire, mais il n'arrivait pas à se concentrer. La pièce s'ouvrait par un laïus interminable et totalement incompréhensible. Joseph commença à paniquer dès la première phrase : « Je me rappelle bien, Adam ; tel a été mon legs, une misérable somme de mille couronnes dans son testament. » Ça représentait quoi, mille couronnes ? Beaucoup d'argent ? Pas beaucoup ? Pas des masses, à en croire ce « misérable ». Il avait lancé une recherche sur Google – « Combien faisaient mille couronnes à l'époque de Shakespeare ? » – et déniché un site qui expliquait tout, mais l'embrouilla encore plus. Trois mille couronnes, y lisait-on, représentaient une très belle somme, mais mille couronnes n'équivalaient qu'à deux cent cinquante livres, soit vingt-cinq mille livres sterling aujourd'hui. Vingt-cinq mille livres, ce n'était pas beaucoup d'argent ? Allons bon. On ne pouvait pas en vivre éternellement, certes, mais ça pouvait dépanner le temps de trouver un job. Dans la suite du laïus, il était question de bœufs, de fumier, de distinction naturelle. S'il y consacrait quelques heures, Joseph finirait probablement par y comprendre quelque chose, mais c'était la première page. Combien de temps lui faudrait-il pour comprendre toute la pièce ? Il décida que la lire en entier était trop ambitieux, et chercha un résumé sur Wikipédia : *Rosalinde, déguisée en Ganymède (le page de Jupiter) et Célie, déguisée en Aliéna (en latin : « étrangère ») arrivent en forêt d'Arden, où le duc vit désormais en exil avec quelques partisans, dont le mélancolique Jacques, personnage d'insatisfait dont il est dit, en guise de présentation, qu'il est occupé à pleurer le massacre d'un cerf.* C'était quoi ce délire ? S'ensuivaient plusieurs paragraphes du même acabit, d'un ennui si mortel que Joseph avait failli retenter de lire la pièce. D'après quelqu'un, *Comme il vous plaira* n'était pas une pièce sérieuse mais un divertissement fait pour plaire aux foules. Si Joseph n'avait pas lu le résumé, cela lui aurait redonné quelque espoir. Mais il avait du mal à imaginer qu'une foule puisse prendre du plaisir à des histoires de cerfs massacrés, de forêts d'Arden et de page de Jupiter.

Il aurait volontiers pris son mal en patience en observant le public, en pensant à autre chose. Il pouvait supporter l'ennui. C'était le trajet de retour à la maison qu'il redoutait. Qu'était-il supposé dire ? Était-il tenu d'avoir un avis ? Et sur quoi ? L'interprétation ? La mise en scène ? Il ne disposait d'aucun élément de comparaison. Il s'en remit une fois de plus à Google et tomba sur des fiches de lecture dirigée : *La vie pastorale qu'incarne Phoebe dans* Comme il vous plaira *veut-elle faire figure d'idéal ? Vous illustrerez votre réponse par des citations extraites du texte.* Il ferait peut-être l'impasse sur ce dernier point. Cette soirée était supposée être un loisir.

Une fois le spectacle commencé, ce n'était pas si mal. Connaître la valeur d'une couronne n'était franchement pas indispensable et, en plus, une des comédiennes jouait aussi dans *Sherlock*. Joseph ne savait pas pourquoi cela comptait à ses yeux.

Peut-être parce qu'il ne s'attendait pas à voir quelqu'un de presque célèbre. Mais il avait oublié qu'il y aurait des entractes, et la conversation qu'il redoutait s'en trouverait donc avancée.

« Alors, qu'en penses-tu ? » demanda Lucy.

C'était une question assez innocente, il le savait, mais elle lui fit l'effet d'une dague en plein cœur.

« Je ne m'attendais pas à voir la nana qui joue dans *Sherlock*.

— C'est laquelle ?

— La... » Il hésita.

C'était une des femmes qui avait changé de prénom en cours de route, mais il ne se souvenait ni du premier ni du second. Et c'était son seul commentaire, jusque-là.

« Mais est-ce que tu t'ennuies ?

— Non.

— Sûr ? »

S'il repensait à l'heure qui venait de passer, elle avait filé assez vite. Il avait ri à deux ou trois reprises, histoire de montrer sa bonne volonté, et de prodiguer des encouragements à la troupe.

« Sûr. Et toi ?

— C'est bien. J'aimerais en dire plus, mais je dois aller d'urgence aux toilettes », répondit-elle en se levant, et Joseph remercia en son for intérieur la vessie de Lucy.

Lucy se força un passage devant le couple grincheux, qui se montra encore plus grincheux cette deuxième fois, et ne le serait probablement pas moins à la troisième. Joseph observa les spectateurs, alentour, qui étaient restés à leur place. Ils lisaient leur programme ou discutaient à mi-voix. Jamais il ne s'était trouvé au milieu d'un tel public.

Le type qui était assis devant lui, la quarantaine, en costume, se retourna et s'adressa à lui.

« Pardon ? fit Joseph.

– Mes lunettes. Je crois que je me suis débrouillé pour les laisser tomber à vos pieds. »

Joseph baissa les yeux et repéra les lunettes. Il les ramassa et les rendit à leur propriétaire.

« Merci », dit l'homme. Et puis : « C'est longuet, n'est-ce pas ? Je ne comprends qu'un mot sur trois, comme d'habitude.

– C'est pour ça que vous continuez à venir ?

– *Elle* continue à venir. »

D'un mouvement du menton, il désigna le bar, ou les toilettes, ou l'endroit quel qu'il soit où *elle* se trouvait.

Joseph sourit. Il était tenté de demander à cet homme son numéro de téléphone pour qu'ils puissent rester en contact.

Devant les toilettes, Lucy regardait les femmes qui la précédaient dans la queue. N'avait-elle pas laissé entendre à Joseph, même si c'était lui qui avait acheté les billets, que ces gens-là constituaient son environnement social ? Maintenant elle commençait à douter d'avoir la moindre chose en commun avec eux. Il y avait Shakespeare, sans doute – mais combien parmi eux étaient des passionnés de Shakespeare ? Ou même de théâtre ? Combien d'entre eux étaient là parce qu'ils pensaient qu'ils se devaient d'y être, ou parce que quelqu'un les y avait traînés ? Il n'y avait pas de jeunes femmes dans la queue, peut-être parce qu'elles n'avaient pas besoin de faire pipi, et il n'y avait pas non plus de Noirs, nulle part. Lucy scrutait les visages en cherchant à deviner si certains, parmi ces gens, avaient pu voter en faveur du Brexit. Elle conclut qu'il était difficile de se prononcer. Plus de la moitié du pays ayant voté pour, il se trouvait forcément des Brexiters dans ce public. Comment Shakespeare aurait-il voté ? Tout dépendait, probablement, de l'âge qu'il aurait eu à la date du référendum. À celui qui aurait été le sien aujourd'hui, quatre cent cinquante ans et des poussières, il aurait probablement voté pour. Plus on vieillit, moins on est tolérant, il aurait donc été très intolérant, sans aucun doute. L'homme qui écrivit *Roméo et Juliette* et *Les Deux Gentilshommes de Vérone*, en revanche, aurait peut-être réfléchi à deux fois au sort des étrangers. Mais qu'aurait-il pensé de tous ces gens qui invoquaient son nom à tort et à travers ? Pour certains Anglais, Shakespeare justifiait toujours de prendre de haut le reste du monde. Il confirmait la supériorité de la nation. Peut-être l'intéressé n'aurait-il guère apprécié un bon nombre de ses zélateurs. Cela dit, il était probablement difficile de résister à ce genre de déification. Jamais Lucy ne se serait lancée dans toutes ces réflexions si elle était venue avec Paul. (Pure hypothèse. Elle ne se souvenait pas être allée une seule fois au théâtre avec lui.) Elle aurait pensé : « Je suis moi et je n'ai rien à voir avec ces gens-là. » Ou, plutôt, elle n'aurait rien pensé du tout, sauf : « Qu'est-ce que fabrique cette bonne femme là-dedans ? Qui se lance dans la grosse commission pendant un entracte ? »

« Ce sera peut-être la dernière fois, hasarda le voisin grincheux en soulevant son manteau et en se dressant sur ses pieds d'un air las.

— Je l'espère », répondit Lucy en le remerciant d'un grand sourire reconnaissant. Lorsqu'elle se rassit, Joseph était lancé dans une discussion avec l'homme assis devant lui : Arsène Wenger, le sélectionneur d'Arsenal, devait-il ou non céder sa place ? Tous les deux étaient bien d'accord : le bonhomme avait fait son temps.

À la sortie du théâtre, il fut question d'aller ou non boire un verre quelque part (ils préféraient rentrer) et de localiser l'arrêt de bus le plus proche (au bout de la rue). Maintenant qu'ils étaient dans le bus, la conversation était inévitable.

« Alors, tu as trouvé ça bien ? » lui demanda-t-il.

Elle se mit à rire.

« Et toi ? Dis-moi.

— Non, répondit-il, trop précipitamment.

— Tu as le droit d'avoir un avis.

— Je sais, mais pour autant ça ne veut pas dire qu'il vaut la peine d'être écouté.

— C'était un bon spectacle. À mon avis. Intelligent, plein de vivacité. Et Julianne Lawrence était fantastique.

— C'était laquelle ?

— Rosalinde. »

Il se retint juste à temps de reposer la question. Rosalinde devait être le principal personnage féminin.

« Ah, ouais, elle était géniale.

— Je me suis demandé si Orlando n'était pas un peu trop austère, mais j'ai fini par apprécier son interprétation. Le personnage se construisait lentement, mais sûrement.

— D'accord. »

Il aimait bien l'entendre exprimer ses points de vue. Il trouvait ça sexy, inexplicablement. Peut-être parce qu'il ne connaissait personne d'autre qui aurait dit d'un acteur qu'il était « un peu trop austère ». Cela lui rappela combien tout ça était nouveau, et différent. Assise à côté de lui, Lucy avait réfléchi, jugé, et avoir accès à ces réflexions, à ces jugements lui rappelait qu'elle était à la fois distincte de lui et une part de lui. Il voulait rentrer chez elle.

« Tu serais d'accord pour en voir une autre ?

— De Shakespeare ? Ou une pièce en général ? J'aime bien faire des trucs avec toi, donc oui. »

Elle eut envie de l'embrasser, là, dans le bus, un vrai baiser, mais elle résista.

« Ce type avec lequel tu parlais football…

— Ah là là, il souffrait grave. C'est sa femme qui avait pris les billets.

— Tu crois qu'il s'est posé des questions, à notre sujet ? Quand je suis revenue ?

— Non.

— Non c'est tout ?

— Oui c'est tout. Je pense que la seule personne à s'être posé des questions, c'est toi. »

Peut-être que c'était ça, son problème, songea Lucy. S'interroger sur d'hypothétiques interrogations – ce qui devait être une définition aussi valable que n'importe quelle autre des inhibitions.

14

« Ouais, je vais pas chanter ça », trancha Jaz.

Joseph soupira intérieurement, et peut-être extérieurement aussi. Il lui avait adressé par mail les paroles, le morceau, et aussi une piste guide vocale afin qu'elle sache quoi faire en entrant dans le studio ; à aucun moment elle n'avait manifesté de mécontentement.

« Quoi ? » se rebiffa Jaz, mais cette réaction découlait peut-être moins d'un soupir audible que de l'expression de son visage. Ce n'était pas comme si tout avait été facile jusque-là ; c'était même l'inverse. En arrivant au studio, Jaz avait décrété qu'il faisait trop froid et il avait fallu attendre que le chauffage remédie au problème avant qu'elle se décide à chanter. Ensuite, elle avait la gorge sèche, et comme il s'avéra qu'elle ne buvait jamais ni eau, ni thé, ni café (les seules trois options disponibles au studio), elle dut ressortir acheter du Coca Zéro (avec un billet de cinq fourni par Joseph, parce que, bon, ça lui aurait fait mal si elle devait au final débourser un seul centime pour l'ensemble de cette entreprise). Elle réapparut avec le Coca et une tonne de sucreries, dont elle mangea sans attendre une partie pour recharger son énergie, et dont une partie resta collée à ses dents et dut être délogée d'un ongle. Plutôt que d'assister au curetage, l'ingénieur du son, un vieux hippie prénommé Colin, se réfugia dans la kitchenette pour lire le journal.

Et maintenant les paroles n'étaient pas bonnes. Elles n'étaient même pas censées l'être. Il n'essayait pas d'écrire *What's Going On*, ni de rivaliser avec le flow de Kendrick. Il voulait juste le son d'une voix humaine sur son morceau, donc il n'avait pas lésiné sur les *baby* et les *yeah*. Et dès qu'il avait su que ces mots seraient chantés par Jaz, il avait essayé de faire du sur-mesure pour elle, en parlant plus ou moins de l'indépendance des femmes au travers de la métaphore d'une voiture : « Je vais conduire / prendre le volant / je vais conduire / je veux vérifier que la vie est réelle. » Il était satisfait d'avoir évité le verbe « sentir ». Il y avait deux autres strophes, qui n'introduisaient que de très mineures variations du même thème.

« Qu'est-ce que tu leur reproches ? »

Il regretta sa question, sachant qu'on pouvait y répondre de bien des façons, désobligeantes pour la plupart, mais les objections de Jaz se situaient sur un plan littéral.

« J'ai pas le permis.

— D'accord. Et tu ne peux pas faire semblant de savoir conduire ?

— Je pourrais, si j'avais pris quelques leçons.

— Donc je dois te payer des leçons d'auto-école avant que tu chantes ?

— Je dis pas ça. Je dis juste que t'obtiendras pas le meilleur de moi si je dois chanter à propos d'un truc que je connais pas.

— Le propos, ce n'est pas la conduite.

— C'est quoi, alors ?

— C'est que tu es une femme puissante.

— Qui conduit.

— Métaphoriquement.

— Je pourrais pas faire métaphoriquement autre chose ?

— Quel sujet t'inspirerait davantage ?

— Tout dépend vers où tu veux aller. Je pensais soit Brexit, soit sexe oral. Je parle de cunni, bien sûr, pas de fellations.

— C'est assez radicalement différent.

— D'après les mecs, oui. Les uns sont dégoûtants, les autres relèvent d'un droit humain.

— Je parlais des sujets.

— Ah. Ouais. L'un est plus… politique, disons. D'actualité. L'autre plus sexuel. Tout dépend de ce que tu kiffes.

— Je vois. »

Joseph s'était imaginé que pénétrer dans un studio d'enregistrement, même aussi basique que celui-ci, lui donnerait la sensation d'effleurer du doigt une carrière musicale, mais Jaz était comme un vent contraire qui le refoulait jusqu'aux confins de cet univers. Il pouvait presque toucher sa mère, de l'endroit où il se trouvait maintenant – et celle-ci n'ambitionnait pas de faire carrière dans la musique.

« Là tout de suite, je n'ai pas de paroles sur l'un ou l'autre de ces sujets. Et on enregistre là, maintenant.

— Du coup, on est un peu coincés.

— Que dirais-tu de remplacer "conduite" par "voler" ?

— Ouais, mais dans ce cas, le "volant", ça marche plus.

— On pourrait trouver autre chose.

— Que dirais-tu de ça : Je te veux là / Où je peux sentir / Je veux que tu goûtes / Mon amour est réel.

« Je suis chrétien », dit Joseph. L'argument avait marché, pour l'excursion scolaire au théâtre.

« Moi aussi.

— Alors conduis-toi comme telle. »

Colin l'ingénieur passa la tête dans le studio.

« On progresse ?

— Je devrais chanter sur quoi, d'après toi ? lui demanda Jaz. Les voitures, le Brexit ou le sexe oral ?

— Les voitures.

— T'es sûr ?

— Il y a plein de bonnes chansons sur les voitures, répondit Colin. Sur le Brexit, j'en connais pas. Et sur le sexe oral, ça existe sans doute, mais elles ne passent pas à la radio. Sauf à chanter que tu aimes les sucettes, etc.

— L'idée, c'était de prendre le truc à l'envers.

— Ah, fit Colin. Dans ce cas. »

Il n'avait rien d'autre à proposer.

« J'avais pas pensé à la radio, dit Jaz. Pourquoi ne pas faire une chanson sur la voiture, alors ? »

À l'entendre, l'idée venait d'elle.

« Une dernière chose, ajouta-t-elle. Tu devrais peut-être voir comment lui donner un tempo un peu plus *afrohouse*.

— J'y réfléchirai », répondit Joseph.

Il lui faudrait demander à £Man de quoi elle pourrait bien parler. Il ne sortait pas assez en club.

« Tu es prête ? On commence ? »

L'ingénieur du son procéda à quelques réglages de niveaux.

« Houlà ! fit-il lorsque Jaz se mit à chanter, trop fort, et trop près du micro, affolant la balance.

— J'ai une voix très puissante, dit Jaz. J'y peux rien. »

Mais elle était excellente. Elle trouva la mélodie, puis une variation pour la strophe suivante, et toutes sortes de trucs sympas pour le fading, en se décalant imperceptiblement du tempo comme une chanteuse bien plus expérimentée. Lorsqu'ils écoutèrent la prise, Joseph sentit un petit frisson d'excitation, et il vit que Jaz le ressentait elle aussi.

« Très sympa », commenta Colin, comme si ce n'était pour lui qu'une session d'enregistrement comme une autre.

Ils marchèrent ensemble jusqu'au métro.

« Tu donnes dans le gris, maintenant ? lança Jaz. C'est ce que j'ai entendu dire. »

Elle parlait de Lucy, et Joseph se demanda un instant si elle faisait allusion à son âge, tout en sachant que « gris » était aussi une pique contre sa couleur de peau. Bon, songea-t-il, maintenant, au moins, je sais ce qui me rend le plus parano.

Jamais il ne lui était venu à l'esprit que Jaz saurait quoi que ce soit concernant Lucy.

« Je ne donne dans rien.

— J'ai mal entendu, alors.

— Qui gaspillerait sa salive pour parler de moi ?

— Quand un Noir se tape une prof blanche de quarante piges, les gens parlent.

— Même avec tout ce qui se passe dans le monde ? »

La parade était pathétique, du même niveau que celui de sa mère lui ordonnant de finir son assiette à cause des enfants qui meurent de faim.

« Surtout à cause de tout ce qui se passe dans le monde, lui rétorqua Jaz. Mais on va pas parler de ça. Bref. Pourquoi ça ne marche pas, nous deux ? Parce que tu sais que c'est pas faute d'avoir essayé.

— J'étais avec une fille noire tout l'été.

— Ouais, j'étais là quand tu l'as rencontrée. Elle n'était pas assez bien, elle non plus ?

— C'est pas la question.

— C'est quoi la question, alors ?

— Les personnes.

— Qu'est-ce que ça veut dire ? »

Ça voulait dire, bien sûr, qu'il avait envie de coucher avec certaines femmes, et pas avec d'autres. Point barre. Mais comme Jaz appartenait à la seconde catégorie, le moment était probablement mal choisi pour ce type de clarification.

« Il y a des personnes que je rencontre au bon moment, et d'autres que je rencontre au mauvais moment.

— Donc c'est une question de timing plus que de personnes.

— Ouais, ce serait mieux de le présenter comme ça. Une question de timing.

— Et c'est comme un train ? Une fois que tu l'as loupé, c'est mort ? Ou bien tu peux prendre le suivant ? »

La comparaison ne tenait pas la route. Cette alternative était le propre des trains, et difficilement transposable, lui semblait-il.

« Je sais pas.

— Bon, l'avenir le dira, pas vrai ? »

Il lui sourit, et bien qu'il ne puisse pas voir sa tête en cet instant, il sentait dans ses muscles combien ce sourire était forcé, crispé. Il annonça à Jaz qu'il était plus logique pour lui de prendre le bus, puis il tourna les talons et rebroussa chemin. « Tu donnes dans le gris. » Bordel de merde.

Lucy demanda si elle pourrait l'écouter.

« Oh, tu n'as pas envie de tout réécouter une fois de plus.

— Ce n'est pas comme si tu avais écrit un pavé de mille pages. Ça dure quoi... cinq minutes ?

— Moins.

— Eh bien, tu vois.

— Tu sais, la dernière fois... »

Allait-il vraiment mettre cet épisode sur le tapis ? Lucy qui dansait, son enthousiasme appliqué. Était-ce vraiment si mauvais ?

« Que s'est-il passé la dernière fois ? De quelle dernière fois parles-tu ?

— Le jour où je t'ai fait écouter le morceau.

— J'ai dit une bêtise ?

— Non. »

Il ne voulait pas la blesser. Mais il avait aussi une mission : l'empêcher de se métamorphoser en une femme avec laquelle il ne pouvait pas coucher. Il ne pouvait pas coucher avec sa mère, ni sa belle-mère, et pas davantage avec celle ou ce qu'elle était devenue la dernière fois. Leur relation était saine en ce moment. En cas de pas de danse ou de hochements de tête, elle deviendrait malsaine. Et ça, ils n'en voulaient ni l'un ni l'autre.

« Tu peux rester tranquille ?

— Pardon ?

— Pendant que tu écoutes. Ne remue pas.

— Tu te fiches de moi ?

— Non.

— Si je remue, il se passe quoi ?

— Rien. Enfin, non, pas vraiment.

— C'est de la musique pour danser, n'est-ce pas ?

— Oui, mais… »

Ça n'allait pas être facile ; il ne voyait pas comment faire passer le message gentiment. Soit il lui faisait écouter le morceau et il la laissait faire ce que bon lui semblait, soit il lui disait que, quand elle cherchait à extérioriser son ressenti, lui sentait chaque seconde des vingt années qui les séparaient.

« Tu sais quoi ? Je vais aller en haut.

— Pourquoi te sentir gêné ? Le morceau était bon avant, sans la voix. Il sera meilleur maintenant.

— Je ne suis pas encore très à l'aise avec cet exercice, c'est tout.

— Je comprends. »

Il monta dans la chambre et s'allongea sur le lit. La musique traversait le plancher. Lorsqu'elle se tut, il redescendit. Lucy avait le rouge aux joues et était un peu échevelée.

« C'est génial. Jaz a une voix fantastique, non ? J'ai carrément guinché. Je n'ai pas pu m'en empêcher. Heureusement que tu n'étais pas là.

— Ouais. » Ce mot, « guincher », lui mettait les nerfs à vif. « Mais merci de l'avoir écouté.

— J'aurais toujours envie d'écouter ce que tu fais. »

Une fois, Joseph avait rompu avec une fille parce qu'elle s'était acheté un manteau affreux. Cela, il ne l'avait compris que bien plus tard, quand il avait commencé à se demander pourquoi, lorsqu'il repensait à elle, il se la représentait toujours dans ce manteau. Il l'avait vue sans rien sur le dos, ou en sous-vêtements, ou en jean et pull moulant, mais rien à faire : ce manteau le hantait. Il était en fausse fourrure (Dieu seul sait quel animal elle prétendait imiter) et attirait l'attention sur lui, sur celle qui le portait, et sur Joseph ; c'était impardonnable. À tous autres égards, la fille était chouette, et super sexy. Joseph ne voulait pas que les petites danses de Lucy deviennent comme le manteau ; Lucy était merveilleuse. Sa dernière remarque n'était que gentillesse, encouragements, loyauté, alors peut-être prenait-il les choses par le mauvais bout. Oui, elle n'était plus toute jeune, mais lui l'était encore un peu trop, et c'était là le cœur du problème : il s'arc-boutait sur des trucs sans importance. Mais comment s'y prenait-on pour apprendre à lâcher prise ?

Tout commença un lundi matin avec un « Te fous pas de ma gueule » et un vigoureux signe de tête, et Lucy remonta le fil à partir de là. Bien entendu, il était possible qu'elle fît fausse route. Sachant que les élèves de première communiquaient par signes de tête et invectives toutes les vingt secondes, Lucy n'avait aucune raison de supposer que Shenika Johnson et Marlon Harris discutaient de sa vie amoureuse. Mais elle pouvait sans difficulté sous-titrer la scène :

Shenika : Tu savais que Ms Fairfax se tape un Noir de vingt-deux balais ?

Marlon : Te fous pas de ma gueule.

Shenika hoche vigoureusement la tête.

Et la conversation s'était interrompue à la seconde où Lucy avait pénétré dans la salle, ce qui normalement n'arrivait jamais. (Ces gamins n'étaient pas dissipés, et elle-même ne se laissait pas marcher sur les pieds, mais il fallait en général deux ou trois minutes pour mettre le cours sur les rails.)

Mais que ce fut là le point de départ n'avait aucune importance, de toute façon. Arrivé le vendredi après-midi, Ben Davis, le directeur adjoint, lui demanda si elle savait qu'elle était au centre de toutes les conversations. Ils se trouvaient dans un couloir, et des élèves défilaient devant eux ; Lucy jugea le moment mal choisi pour parler du sujet et ne se priva pas de le dire.

« Voulez-vous que nous en discutions en fin de journée, dans ce cas ?

— Non, pas particulièrement. Pourquoi voudrais-je en discuter ?

— Ce n'est pas très bon, quand tout un établissement commente ouvertement la vie privée d'un enseignant.

— Je ne fais rien de mal.

— Je n'ai pas dit le contraire. »

Des élèves s'étaient arrêtés et tendaient l'oreille. « Plus fort ! » lança l'un d'eux à l'arrière d'un petit groupe. Il y eut des rires.

« Je vous verrai après les cours », concéda Lucy, uniquement pour mettre un terme au débat public.

Ben était dans son bureau, aux prises avec un quatrième qui avait contrefait un passe W.-C. lui permettant de s'échapper d'un cours à volonté, pour motif médical. Lucy s'adossa au mur et écouta.

« Ça t'est égal que les gens sachent que tu es en permanence sur le point de faire dans ta culotte ? » disait Ben. Ben était un enseignant de la vieille école, au sens où ses principaux outils étaient le sarcasme et le ridicule. Et les élèves semblaient trouver ça drôle, au grand dam de Lucy.

« Oui, monsieur, répondit le garçon.

— Ah bon ? Pourquoi ?

— Euh... parce que c'est pas vrai ? C'est un faux passe.

— Mais tes camarades pensent que tu as un problème.

— Non, monsieur, ils sont tous au courant.

— Tes professeurs, alors.

— Eux, je m'en fiche un peu.

— Quoi qu'il en soit, je vais tous les prévenir que tu es désormais interdit de toilettes pendant les cours, donc...

— C'est pas juste, monsieur. Et si j'ai vraiment besoin d'y aller ?

— Tu as crié au loup. Tu devras en supporter les conséquences.

— Tout le monde devra les supporter, riposta l'élève.

— Nous verrons ça en temps voulu. Tu dissiperais les doutes, c'est certain. Et maintenant, ouste ! »

Le garçon s'en alla et Lucy prit sa place.

« Engueulade suivante, s'il vous plaît, plaisanta-t-elle.

— Non, non. Ce n'est pas du tout ça. Je me demandais juste comment vous alliez.

— Je vais bien, répondit-elle, mais elle était maintenant sur ses gardes.

— Avant d'aller plus loin... Est-ce que c'est vrai ?

— Quoi donc ?

— Avez-vous un petit copain de dix-sept ans ?

— Mon Dieu, non. Bien sûr que non ! C'est ce qui se raconte ?

— L'âge a baissé dans le courant de la semaine. Au début, il avait la vingtaine.

— Il a vingt-deux ans. Ben, jamais je ne... C'est n'importe quoi. Dix-sept ans ? Il pourrait être en terminale. Non. Jamais de la vie.

— C'est ce que je pensais.

— Je vais devoir démissionner. Je suis mortifiée.

— Le temps d'effectuer votre préavis, il aura quatorze ans.

— Je fais quoi, alors ?

— Vous ne pouvez pas faire grand-chose, je pense. À part commencer à sortir avec un quinquagénaire et l'amener à la prochaine kermesse.

— Qui n'aura pas lieu avant l'été prochain.

— Je n'étais pas complètement sérieux…

— Oh. Oui. Je vois.

— Et je ne pense pas non plus pouvoir faire une annonce officielle en assemblée générale.

— S'il vous plaît, ne faites pas ça.

— “Contrairement à ce que vous avez entendu dire, il a vingt-deux ans, et non dix-sept.” »

Il lui sembla que Ben voulait démontrer par là que ce n'était guère mieux, mais peut-être cédait-elle à la paranoïa.

« Si jamais quelqu'un m'en parle, je remettrai les pendules à l'heure, l'assura Ben.

— En disant quoi ?

— En disant, je ne sais pas… “Bande d'imbéciles, on vous ferait gober absolument n'importe bobard, n'est-ce pas ? Si je vous disais que Mrs Mark sort avec Justin Bieber, vous feriez probablement circuler ce bruit-là aussi.” »

Mrs Marks travaillait à mi-temps au département d'arts plastiques depuis des décennies ; tout improbable que fût une romance entre Justin Bieber et quelque membre que ce soit du personnel de l'école, la plaisanterie n'était par conséquent pas très aimable. Mais Lucy fut sensible à la note de mépris et d'incrédulité.

« Merci.

— Et je dirai la même chose à vos collègues.

— Ils sont tous au courant, n'est-ce pas ?

— Oh oui. Ils sont excités comme des puces. Plus encore que les élèves, même. »

Lucy aimait bien songer qu'elle avait de temps à autre suscité pareil enthousiasme, mais uniquement auprès d'un groupe de personnes triées sur le volet, et exclusivement composé d'amants et d'enfants (les siens, de préférence à ceux qu'elle avait eus en classe). Ce qui se passait là, en revanche, était inédit : une succession d'étapes, franchies pour la plupart dans le bon ordre et après mûre réflexion, avait conduit à une très modeste célébrité – qu'elle n'appréciait guère. Il lui semblait qu'elle faisait le buzz après avoir été filmée en train de marcher dans une bouche d'égout parce qu'elle regardait son téléphone.

En sortant, elle tomba sur Ahmad, un des camarades de classe de Shenika.

« Bonsoir, Ms Fairfax.

— Bonsoir Ahmad. Tu es collé ?

— Pas pour longtemps. Bref. Juste pour que vous sachiez... je ne suis pas intéressé. »

Le temps d'arriver chez elle, Lucy avait trouvé trois ou quatre réponses différentes qui l'auraient laissé KO.

« Dix-sept ? répéta Joseph. D'où ils ont sorti ça ? »

Il trouva la télécommande et éteignit à nouveau la télé. Ils s'apprêtaient à regarder un autre épisode.

« Les gamins sont comme ça, ils inventent des conneries.

— Tu es gênée ?

— Oui.

— J'aurais pu avoir dix-sept ans.

— Tu les as eus, un jour, c'est sûr.

— Non, je veux dire, j'aurais pu avoir dix-sept ans quand on s'est rencontrés.

— Et j'aurais gardé mes distances.

— Tu serais venue à la boucherie. Et tu m'aurais peut-être demandé de faire du baby-sitting.

— Bon, ça, oui.

— Mais tu ne m'aurais pas sauté dessus.

— *Sauté dessus* ? Arrête. Ce n'est pas ce qui s'est passé. Et bien sûr que je ne l'aurais pas fait.

— Un écart de vingt et un ans ou de vingt-six, ça change quoi ? J'aurais eu l'âge de la majorité sexuelle, de toute façon.

— Pouvons-nous changer de sujet ? Cette conversation me met mal à l'aise.

— Bon. Pardon d'avoir l'âge que j'ai.

— C'est l'âge qu'ils te prêtent qui m'inquiète.

— Je suis désolé.

— Tu as déjà eu des problèmes à cause de moi ?

— Non, pas vraiment.

— *Pas vraiment* ? Mais encore ?

— Jaz m'a demandé si je donnais dans le gris, maintenant.

— Ce qui veut dire ?

— Gris, c'est blanc. Pas gris.

— J'aurais cru qu'on était rose.

— Non.

— Je suis une couleur, donc.

— Non, pas pour moi. Tu es une personne. »

Le ton était un brin provocateur, genre je sais parler aux femmes modernes, moi. Lucy éclata de rire.

« Merci. Et tu es sûr que ça n'a rien à voir avec l'âge ?

— Rien. Juste avec la couleur de peau.

— Parce que je ne grisonne pas… nulle part.

— Je sais.

— Et ça t'a fait quoi quand elle t'a demandé ça ?

— À ton avis ? Je me suis dit "Waouh ! Elle a raison. Je ferais mieux de tout arrêter" ? Non, sérieux… à ton avis ?

— Je ne sais pas. D'où ma question.

— J'ai trouvé sa réflexion débile.

— J'ai commandé un bouquin aux États-Unis intitulé *Why Black Men Shouldn't Date White Women*[1].

— Tout est dit dans le titre, apparemment.

— Non, je veux savoir pour quelles raisons je ne devrais pas sortir avec toi.

— Tu auras tout ton temps pour les découvrir. Une fois que tu auras rompu avec moi.

— Rompu ? Pourquoi rompu ?

— Parce que tu ne devrais pas sortir avec moi.

— D'après le livre, c'est *toi* qui ne devrais pas sortir avec *moi*.

— Écoute, je n'ai pas un faible pour les Blanches. C'est ça, leur dada à tous. Et tu n'en as pas pour les Noirs, que je sache.

1. « Pourquoi les Noirs ne devraient pas sortir avec des Blanches ».

— Non.
— Raciste.
— Non, je voulais dire…
— Je plaisantais. Putain. Mais c'est ça qui énerve ces gens. Que certains fassent une fixette. Parce que là, tu ne regardes plus vraiment la personne, n'est-ce pas ? Je n'aurais probablement jamais d'autre copine blanche de quarante ans. Pas d'ici un bon moment, en tous les cas. Pas avant d'avoir soixante ans.
— Ha ha. »

Elle aurait quatre-vingts ans quand lui en aurait soixante, et probablement serait-elle délivrée à ce moment-là des tourments de la gêne, des doutes et du désir. Elle allait s'efforcer de les apprécier pour le temps qu'ils dureraient.

15

Elle invita d'abord Pete et Fiona, parce qu'elle leur devait un dîner. Ensuite, après mûre réflexion, elle décida d'appeler Nina, afin de l'inviter avec son copain, Rav. Lucy avait travaillé avec Nina, avant que celle-ci ne laisse tomber l'enseignement ; elle l'aimait beaucoup et ne la voyait que trop rarement.

« Avec grand plaisir, répondit Nina.

— Ce sera un petit comité : Pete et Fiona, Rav et toi, et… Bon, je vois quelqu'un en ce moment – Joseph.

— Avant d'en venir à Joseph… C'est terminé avec Rav.

— Oh non !

— Oui. Triste. C'est comme ça.

— Que s'est-il passé ?

— *Ach…*

— OK.

— Mais est-ce que je peux venir avec Andy ?

— Naturellement.

— Super. »

Lucy aurait bien demandé si Andy était blanc, mais elle se retint. Elle ne pouvait pas le désinviter, si tel était le cas.

« Donc, Joseph…, reprit Nina. Ou l'as-tu rencontré ?

— Il travaille dans le coin.

— Le coin où tu habites ?

— Oui.

— D'accord. » Et puis : « Comment ça marche ?

— Pardon ?

— Comment s'y prend-on pour rencontrer quelqu'un qui bosse dans ton quartier. Tu es au travail, lui aussi…

— Oh, je vois ce que tu veux dire. »

Lucy espéra que cette réponse suffirait à dissiper la confusion de Nina, mais non, celle-ci attendait un surcroît d'éclaircissements.

« Il travaille le samedi.

— D'accord. Logique. Il est fleuriste ? »

La question impliquait-elle qu'un fleuriste serait pour elle un partenaire plus approprié qu'un boucher ? La fleuristerie était-elle un domaine plus artistique que la boucherie ? Elle venait de répondre à sa propre question. Boucherie, ça ne sonnait pas très bien.

« C'est une longue histoire.

— Fantastique. Il me tarde d'être à samedi prochain pour l'entendre, et rencontrer Joseph. »

Pour Joseph, ce genre de dîner était une première. Il connaissait les repas en famille, parfois avec la famille élargie, où chacun faisait un effort, pour la conversation et tout le reste. Mais jamais il n'avait passé une soirée à table, dans une maison, avec un groupe d'amis, pour déguster des plats que l'un d'eux avait préparés sans la présence d'un parent. Était-ce là la définition d'un dîner ? Il n'avait rien contre le principe, à l'inverse de certains. Jaz, par exemple, en aurait fait des gorges chaudes, de le savoir invité à un dîner avec sa petite amie blanche. « Tu vas boire du vin blanc et parler du Brexit ? C'est quoi, ces conneries ? » Sans compter qu'il n'était même pas invité à ce dîner – il l'organisait. Il en était l'hôte.

Il vivait plus ou moins avec Lucy et les garçons, maintenant. Dans les premiers temps, il passait quatre à cinq nuits par semaine chez eux, mais cela faisait un bon moment qu'il n'était plus rentré dormir chez lui, et sa mère s'était faite à l'idée qu'il était parti et qu'elle vivait désormais seule. Elle n'avait toujours pas rencontré Lucy, cependant, et plus elle s'en plaignait, moins Joseph avait envie de revenir la voir. Au fil des mois, il avait découvert qu'il ne possédait pas grand-chose. Ce qu'il avait considéré comme ses affaires se résumait finalement à des vêtements qu'il ne mettait plus, des jeux auxquels il ne jouait plus, des livres d'enfant qu'il ne relierait jamais. Pièce après pièce, la majeure partie de sa garde-robe s'était retrouvée chez Lucy. Dès lors qu'il partageait sa vie, il allait consacrer du temps à faire ce qu'elle faisait, et cela incluait de manger avec des gens qu'il ne connaissait pas.

Ce qui l'effrayait, ce n'était pas tant le fait de manger que le contexte lui-même. Il savait déjà qu'il n'appréciait pas trop le vin, et que s'il pouvait boire une ou deux bières il s'en tiendrait là afin de garder l'esprit alerte. Mais même ça ne serait pas d'une grande aide pour la conversation.

« De quoi allez-vous parler ? » demanda-t-il à Lucy pendant qu'il mettait le couvert. Les garçons se trouvaient avec Paul et Daisy, et ils lui manquaient. Les garder à l'œil pendant que tout le monde bavardait ne lui aurait pas déplu. Ça lui aurait permis de se lever de table pour une petite partie de Fifa ou pour les pourchasser à l'étage, d'avoir un pied dans le dîner, un pied au dehors, mi-compagnon, mi-baby-sitter. Mais Lucy, ce soir-là, ne voulait rien à moitié. C'était tout ou rien – encore que rien aurait été gênant.

« Ce n'est pas décidé à l'avance, lui répondit Lucy.

— D'accord. Mais de quoi avez-vous parlé la dernière fois que tu les as vus ? De livres ?

— C'est ça qui te fait peur ?

— Un peu. Et les films. Enfin, le genre de films que tu regardes.

— Nous n'avons pas encore vu un seul film ensemble. Je n'ai rien à dire sur ce sujet.

— Tu lis beaucoup.

— Il se peut que je recommande un livre.

— Et pendant ce temps, je fais quoi, moi ?

— Je dirais que tu peux toi aussi en recommander un, ou parler à quelqu'un d'autre. Ou bien te taire et écouter, ça ne sera pas long.

— Et sur la politique ? Je n'ai rien à dire.

— Au moment du référendum, tu m'as fait réfléchir plus que toute autre personne que je connais. Ça pourrait les intéresser.

— Je ne suis pas un porte-parole de qui que ce soit.

— Personne ne te le demandera.

— Merde.

— Traduction ?

— Euh... panique à bord.

— De quoi parles-tu avec tes amis ?

— Je ne sais pas. J'ai oublié. Des trucs viennent sur le tapis. Sur Instagram. Et tu le montres à quelqu'un.

— Eh bien, des trucs arriveront aussi sur le tapis, ce soir.

— Merde.

— Tu es un mec intelligent et intéressant. Je ne me suis jamais ennuyée en discutant avec toi. Et ils ne s'ennuieront pas non plus. »

C'était plus facile quand on couchait avec quelqu'un, songea Joseph. Il fallait trouver quelque chose à dire, avant et après, sinon ça ne fonctionnerait jamais. Le sexe créait par la force un flux de conversation. Alors qu'un dîner n'avait d'autre objet que la conversation, et lorsqu'elle s'achevait, chacun rentrait chez soi. Pas de sexe, pas de téléphone – rien d'autre que le contenu de sa tête.

« Ils savent tous que tu t'appelles Joseph, reprit Lucy. Donc tu pourrais leur ouvrir la porte et te présenter ? Ça leur permettra de s'en remettre tout de suite. »

Cependant, il oublia. Ou plutôt, il ouvrit la porte et dit « Bonsoir, entrez ». Il comptait ajouter, une fois qu'ils seraient à l'intérieur, « Au fait, je m'appelle Joseph », mais il se fit couper l'herbe sous le pied. « Je devine que vous n'êtes pas Joseph », lança Fiona, puis elle éclata de rire, et quand Joseph indiqua que, si, il était bien Joseph, Fiona, en panique, répondit « Naturellement », puis elle le dévisagea tout en lui serrant la main. Pete feignit de se tirer une balle dans la tête avec deux doigts, leva les yeux au ciel et dit « Salut mec ». Pour l'arrivée de Nina et Andy, Joseph avait retenu la leçon. Nina écrivait pour des magazines et était plutôt glamour, et lorsqu'il dit « Bonsoir, je suis Joseph », Nina lâcha un « Ah WAOUH », suivi d'une sorte de glapissement électrisé, puis elle dit « Bravo Lucy », avant d'ajouter « Et bravo à toi aussi, bien sûr ». Son copain avait l'air gêné. Joseph espérait à moitié qu'il fasse mine lui aussi de se tirer une balle dans la tête ; ça en aurait fait deux de moins d'entrée de jeu.

Une bouteille de prosecco débouchée les attendait dans le salon, et tout le monde s'installa en cercle, sur le canapé, les fauteuils et les deux chaises apportées de la cuisine. Il y avait également une bière, sur la table, pour Joseph, mais Pete s'en empara et but une rasade au goulot. Joseph était soulagé. Il s'était dit que tous opteraient pour un verre de vin, l'obligeant d'emblée à se démarquer. Il partit chercher une autre bière dans le frigidaire.

« Tu vas te chercher une bière ? demanda Andy.

— Tu en veux une ?

— Oui, s'il te plaît.

— Tu as peur d'être exclu de l'équipe des mecs ? plaisanta Nina.

— C'est un critère qui en vaut un autre, pour choisir une boisson. »

Quand tous furent réinstallés, ils trinquèrent, puis un ange passa. Joseph se demanda si, lui absent, la conversation aurait déjà été bon train. Il grillait d'envie de sortir son portable de sa poche. Il ne s'était jamais vu comme un accro au smartphone, mais il se souvenait de comment son père décrivait autrefois son addiction à la cigarette : « Je regarde ma main, je vois une clope entre mes doigts, et je ne sais même pas comment elle est arrivée là. » Le téléphone lui aussi était un réflexe, ça l'était pour tout le monde lorsqu'on ne se sentait pas à l'aise. Peut-être devrait-il se mettre à fumer. Il aurait une excuse pour se lever et s'éclipser dans le jardin. Autre option : se dégoter un boulot où le patron vous appelle un samedi soir parce qu'il y a un souci avec la filiale d'Istanbul. Cela s'était produit à la boucherie, une fois. Le téléphone d'un client s'était mis à sonner et l'homme avait répondu : « Salut, Steve, pardon, mais je vais devoir vous rappeler, je suis chez le boucher et c'est mon tour. » Puis il avait dit : « Istanbul ? Mais c'est arrivé quand ? » Joseph avait revu ce client, depuis, et il avait toujours voulu lui demander ce qui s'était passé à Istanbul.

« Alors, comment vous êtes-vous rencontrés ? » demanda Lucy à Nina. Ce n'était pas une question raisonnable, ni mûrement réfléchie, car il y aurait probablement un retour à l'envoyeur. Et Lucy devrait parler de la boucherie à tous ces gens qui avaient à coup sûr un métier bien payé et intéressant.

« Andy est photographe. Il est venu prendre une photo d'une cuisine sur laquelle je devais écrire. »

Ça n'avait pas l'air intéressant, mais Joseph supposa que c'était bien payé.

« Je sais, je sais, reprit Nina. Il n'y a quasiment pas de boulot pour les free-lances en ce moment. Et je gagne autant qu'à mes débuts, à la fin des années quatre-vingt-dix, au moment où j'ai abandonné l'enseignement. Il se peut que j'aie besoin d'y retourner.

— Ah, la vache. Ça va si mal que ça ?

— Moi, je ne peux même pas enseigner, intervint Andy. Je n'ai pas les diplômes.

— Ça va mal aussi pour les photographes ? » demanda Joseph. Il était surpris d'entendre le son de sa voix, mais ce qui était dit était dit, et la question devait être pertinente puisqu'Andy la gratifia d'une réponse exhaustive. Joseph en posa une deuxième, apparemment tout aussi pertinente aux yeux de l'intéressé comme à ceux de toutes les autres personnes présentes et, d'un coup d'un seul, la première partie de la soirée était lancée. Quand les circonstances de la rencontre entre Lucy et Joseph arrivèrent sur le tapis, tout semblait parfaitement gérable.

Il commençait à voir comment les choses fonctionnaient : la conversation n'était pas un truc imposé d'en haut, comme un examen. C'était plutôt comme un canapé qui cernait la forme de vos fesses et ajustait la sienne en conséquence, à cette différence près que le dîner cernait la forme de votre tête. Une conversation roula sur les livres, brièvement, dans un aparté entre Fiona et Lucy, et vu qu'elle portait en partie sur Michael, l'écrivain chez qui ils avaient séjourné durant l'été, il s'agissait plus de ragots que de culture. Pendant ce temps, Pete parlait de ses enfants avec Nina, et Joseph ayant découvert qu'Andy était abonné à l'Orient Football Club, il lui demanda s'il connaissait un jeune qui venait d'intégrer la première équipe – c'était le petit frère d'un ancien camarade d'école.

La conversation en vint à un moment donné au Brexit. Joseph imaginait qu'il en serait inévitablement ainsi tant que tout ne serait pas réglé. Tout le monde s'accorda à dire que c'était un bazar sans nom, et un désastre, et que le pays allait payer son erreur pendant des années ; Joseph avait déjà entendu tout ça. Mais, ensuite, Fiona demanda à Joseph ce qu'il avait voté.

« Waouh, s'exclama Pete. Tu ne peux pas demander ça.

— Il sait ce que nous avons tous voté, protesta Fiona. Et de toute façon, s'il répond qu'il préfère ne pas le dire, ça clôt le débat.

— Et nous aurons la réponse », ajouta Nina.

Pour la première fois de la soirée, il se sentit différent d'eux. Il y avait eux cinq d'un côté, et lui de l'autre, et le simple soupçon qu'il puisse ne pas être un des leurs, qu'il ait pu ne pas voter dans le même sens qu'eux, suffisait à l'isoler.

Joseph regarda Lucy et son expression lui arracha un sourire. Elle tentait de déterminer s'il y avait matière à offense.

« Tout va bien, la rassura Joseph.

— Tu es sûr ?

— Oui. Pour vous répondre, j'avais un problème. Mon père a voté pour le Brexit. Il a même fait campagne.

— Pourquoi ?

— Parce qu'il pense qu'il s'en portera mieux.

— Que fait-il ?

— Il monte des échafaudages.

— OK.

— Et ma mère… elle a voté aussi pour parce qu'elle travaille pour le NHS, et elle a cru ce que disait Boris Johnson, le bus, tout ça. »

Il y eut des soupirs las autour de la table.

« Mais Lucy est passionnément contre, poursuivit Joseph.

— Tu trouves que je suis passionnée ? » demanda l'intéressée.

La question provoqua des rires.

« Oui, dis-nous, Joseph. Est-elle passionnée ?

— Je parlais du Brexit », clarifia Lucy.

La précision appela d'autres rires.

« Donc, reprit Joseph, j'en suis arrivé à une décision logique.

— À savoir ? »

Il haussa les épaules. « J'ai voté pour les deux.

— Comment ça ? demanda Lucy.

— Je n'ai pas triché. J'ai juste coché les deux cases. »

Nina et Andy éclatèrent de rire et applaudirent. Fiona, Pete et Lucy firent de leur mieux pour ne pas montrer qu'ils étaient scandalisés.

« Je ne savais pas que tu avais fait ça, observa Lucy.

— Je ne te l'ai pas dit.

— C'est complètement idiot de faire un truc pareil », asséna Fiona.

Joseph se sentit un peu piqué au vif. Il remarqua que Lucy l'était tout autant, ou que, du moins, elle avait conscience du danger.

« Il aurait pu s'abstenir, fit-elle valoir. Quelle différence ? »

Pete haussa les épaules. « Aucune.

— Effectivement, dit Fiona, si le choix se limite à ça, il n'y en a aucune. L'apathie d'un côté, et de l'autre… comment pourrait-on appeler ça ? Une rébellion puérile et totalement stérile.

— Tu as raison, réagit Joseph. J'aurais dû voter pour, point barre. J'étais genre à 51 pour cent pour le Brexit, et à 49 pour cent contre.

— Dans ce cas, c'est encore pire, trancha Fiona.

— Son seul choix était de voter contre, donc ? intervint Lucy.

— D'après moi, oui », répondit Fiona.

Elle n'avait pas l'air de plaisanter.

« Le seul souci, c'est que c'était mon bulletin, fit remarquer Joseph.

— Et que tu l'as gâché, riposta Fiona.

— Est-ce que tu as des regrets, aujourd'hui ? demanda Pete.

— Bon, l'affaire est pliée, non ? Il ne nous reste qu'à faire avec. »

Cette remarque semblait de nature à clore la conversation et Joseph crut détecter un soulagement collectif.

« Cela étant, à ta place je ferais gaffe », ajouta Nina.

Elle s'adressait à Fiona.

« Pourquoi ?

— Tu lui poses une question, puis tu lui dis que sa réponse ne t'intéresse pas.

— Quand ai-je réagi comme ça ?

— Tu viens de lui dire qu'il avait fait le mauvais choix. Puis tu lui as dit que son second choix aurait été tout aussi mauvais.

— Je suis censée dire quoi ? Je pense qu'il a faux sur toute la ligne.

— UNE BOBO LONDONIENNE ÉCOUTE LE PEUPLE ET DÉCIDE QU'IL A TORT SUR TOUTE LA LIGNE. C'est la voie à suivre.

— Comme si tu n'étais pas une bobo, toi aussi.

— Raison pour laquelle je ne songerais pas une seule minute à dire à Joseph qu'il a fait le mauvais choix.

— Et s'il avait voté en faveur de la pendaison ?

— Ce n'est pas le cas, protesta Joseph. Je ne ferais jamais ça. Ce sont deux choses différentes. »

Il récolta des rires et, cette fois, tous virent dans ce changement d'humeur l'occasion de passer à un autre sujet – la nourriture, les écoles, le foot, encore.

« À quel point as-tu détesté la soirée ? » Les invités étaient partis et ils étaient en train de remplir le lave-vaisselle.

« Dans l'ensemble, elle était plutôt amusante, répondit Joseph. Et le petit moment de friction n'était pas inintéressant.

— Vraiment ? Tu l'as trouvé intéressant ? Pas insultant et franchement énervant ?

— Non, ça m'était égal. Ça t'a plus affectée que moi. Je suis beaucoup plus jeune que vous tous. Qu'est-ce que j'y connais, à toutes ces conneries ? Bien sûr que les gens vont me prendre de haut.

— Tu crois que nous nous y connaissons davantage ?

— Écoute. Je ne me suis jamais, absolument jamais pris le bec avec des amis au sujet de la politique. C'est un truc que je ne peux même pas imaginer.

— Vraiment ?

— Ouais. Les travaillistes, les conservateurs, le Brexit... je ne connais personne qui s'en préoccupe. Pour ce que ça change, apparemment...

— Ton père s'en préoccupe.

— Oh. Lui. Ce n'est pas un ami. Il est de ta génération. Et il peut bien dire ce qu'il veut, je ne débattrai pas avec lui. Je n'en vois pas l'intérêt.

— Tu ne vois pas l'intérêt de te préoccuper de l'avenir de ton pays ?

— Pas trop. On est tous foutus, de toute façon... non ?

— Pourquoi ?

— Le niveau des océans va monter de trente centimètres et nous serons tous sous l'eau. Ça, ça me préoccupe.

— Tu devrais peut-être voter pour quelqu'un qui agira.

— Qui ? Les Verts ? N'est-ce pas trop tard pour ça ?

— Tu es habile. Tu réponds par des questions au lieu de donner ton avis.

— Faute de certitudes. Ce n'est pas de l'habileté. Je veux que quelqu'un me donne les réponses. C'est clair que cette Fiona est antipathique. Mais elle donne l'impression de savoir, elle. Elle est archi sûre d'elle.

— Ouais. C'est ce que t'apportent des études universitaires.

— Tu veux dire que les études t'apprennent tout sur tout ?

— Non. Elles te donnent juste des certitudes.

— Pourquoi toi tu n'en as pas, alors ?

— Je ne sais pas. Plus je vieillis, plus je m'aperçois que je ne sais pas grand-chose. »

Quand ils se couchèrent, Joseph trouva rapidement le sommeil. Lucy, elle, demeura éveillée dans le noir ; elle en voulait encore à Fiona, et se demandait combien de ses amis étaient de vrais amis, et combien il lui en resteraient, une fois que le Brexit et Joseph appartiendraient au passé.

L'anniversaire de Joseph tombant un dimanche, sa mère s'attendrait à ce qu'il dîne chez elle, avec sa sœur. Ni l'une ni l'autre n'avaient encore rencontré Lucy et les garçons. Des demandes avaient été formulées de part et d'autre, mais Joseph n'y avait jamais donné suite ; les excuses et les obstacles qu'il inventait, et que même lui avait toujours trouvés faibles, se heurtaient désormais à des taquineries sans malice (de la part de Lucy) et à une hostilité déclarée (de la part de sa mère).

« Tu as honte de nous ? » feignait de s'inquiéter

Lucy, qui ne doutait ni de sa fierté ni de son amour.

« Tu as honte de nous ? » lui demandait sa mère qui, depuis la disparition de son fils, vivait dans la crainte perpétuelle qu'il ait honte d'elle, ou de la maison, du quartier, ou d'autres choses qui n'étaient pas de son ressort. « Oui », répondait-il à Lucy. « Bien sûr que non », disait-il à sa mère.

« Nous sortirons dîner avec les garçons samedi soir, décida Lucy. Comme ça, tu pourras aller chez ta maman le jour J.

— Elle voudra savoir pourquoi tu n'es pas là.

— Parce que j'ai des enfants.

— Elle voudra savoir pourquoi ils ne sont pas là.

— Parce qu'ils ont école le lendemain matin.

— Elle voudra dîner à 18 heures.

— Dans ce cas, nous viendrons.

— Non, surtout pas.

— Pourquoi non ? »

Pourquoi non ? L'un comme l'autre pouvaient faire valoir un tas de raisons. Lucy voulait s'épargner la désapprobation d'une femme de son âge, et redoutait aussi, confusément, que ses enfants ne soient eux aussi jugés. Ils étaient sans doute trop gâtés sur un plan matériel, ils parlaient trop, et ils usaient d'un langage susceptible d'épouvanter la mère de Joseph, une femme qui allait à l'église tous les dimanches. (Lucy se demandait en quoi l'église faisait une différence, et si le fait de la fréquenter rendait plus enclin à la critique. C'était en théorie une question ouverte, mais au vu des pratiquants qu'elle avait connus, pour l'essentiel des amis de ses parents, force était de conclure que leur foi ne leur avait pas élargi l'esprit.) Joseph redoutait que, face à Lucy, sa mère ne se sente intimidée – par son assurance, ses vêtements, sa silhouette, sa curiosité. (Joseph se demandait si Lucy était curieuse parce qu'elle était sûre d'elle. Tout l'intéressait, et aucune question ne lui faisait peur. Il espérait que sa mère se comportait différemment, dans son travail. Qu'elle se sentait légitime, et que sa compétence lui permettait de faire le même usage que Lucy de ses yeux, ses oreilles et sa voix.)

« Donc quand est-ce que je vais rencontrer ta mère ?

— Je sais pas.

— Est-ce que je la rencontrerai un jour ?

— Je suppose.

— Mais pas à l'occasion d'une réunion familiale.

— Si ma sœur se marie. Tu rencontreras tout le monde à ce moment-là.

— Il y a du mariage dans l'air ?

— Non.

— Et si je lui donnais rendez-vous quelque part pour prendre le thé ?

— Quoi ? »

Il était sincèrement perplexe, et cela fit rire Lucy.

« Une tasse de thé. Ta mère et moi.

— Eh bien… pour quoi faire ? Que vas-tu lui dire ?

— Je ne vais rien lui *dire*. Ce serait pour papoter.

— Quel genre de papotage ?

— Le genre où, en se séparant, tu connais un peu mieux la personne qu'avant de la rencontrer.

— Tu veux dire… sans que je sois là ?

— Oui. Cependant, si tu souhaitais y être, tu serais le bienvenu.

— Et si je lui passais simplement un message ?

— Je n'ai pas de message à lui faire passer. Je veux juste mieux te comprendre.

— Non, trancha Joseph. Désolé.

— Tu es sérieux, là ?

— Oui. Je préférerais qu'on en reste là.

— Le hic, c'est qu'elle veut me rencontrer, n'est-ce pas ?

— Oui.

— Et que je veux la rencontrer moi aussi.

— C'est ce que tu dis.

— Et que tu m'as donné ton numéro de téléphone fixe, il y a une éternité, quand tu faisais du baby-sitting.

— Ça ne marche pas. Tu n'y es pour rien, le problème vient de moi. J'aimerais qu'on reste amis. J'ai rencontré quelqu'un d'autre.

— Quel problème ? Sérieusement ? De quoi as-tu peur ?

— Ma réaction est normale. Les gens ne veulent pas qu'on rencontre leur mère.

— N'importe quoi.

— Pardon ? Tu m'as dit quasiment texto que je ne pouvais pas aller chez tes parents.

— Pour te protéger.

— Eh bien, là aussi, je te protège.

— De quoi ? »

Il protégeait tout le monde – Lucy, sa mère,

lui-même. Il n'aurait pas su articuler ce qui le mettait à ce point mal à l'aise, mais il savait une chose : Dieu n'avait pas placé tous ces arrêts de bus entre son ancienne et sa nouvelle maison pour rien. Mais ce qu'il ressentait n'avait aucune importance, puisque Lucy appela sa mère de toute façon.

16

« Pourrais-je parler à Mrs Campbell ?

— C'est elle-même.

— Lucy Fairfax. Je suis l… »

Pourquoi n'avait-elle pas réfléchi au terme approprié avant d'appeler ? Elle avait passé un temps fou à réfléchir à des lieux, des motifs, des horaires et des dates, mais bizarrement elle avait occulté la part la plus ardue de la conversation.

« Je sais qui vous êtes », dit Mrs Campbell.

Le ton était neutre, sans chaleur ni froideur, mais Lucy n'entendit que l'absence de chaleur, qui évolua rapidement en froid polaire.

« Je me demandais… disons que puisque c'est bientôt l'anniversaire de Joseph, et que Noël arrive, etc., etc.

— Oui. »

Ce n'était pas un « oui » qui encourageait à emprunter un raccourci. Mrs Campbell invitait tout bonnement Lucy à s'enferrer dans sa panique et ses bafouillages.

« Voilà : je me demandais si vous voudriez qu'on se rencontre.

— Oh, je vois.

— Sans Joseph.

— Il ne manquerait plus qu'il soit présent, à contrôler ce que je peux dire ou ne pas dire.

— Mais si vous ne voulez pas que...

— Non, non. C'est une proposition sensée. Il est parti d'ici sans rien dire. Je suppose qu'il vit avec vous.

— Il ne louperait pour rien au monde son dîner hebdomadaire chez vous.

— Il l'a loupé la semaine dernière.

— La semaine dernière, oui. Mais...

— Où voudriez-vous qu'on se rencontre ? Vous voulez venir par ici ?

— On pourrait aussi se retrouver à mi-chemin ? Dans un café, par exemple ?

— Ah.

— Cela dit, je serais ravie de venir chez vous, si c'est OK pour vous.

— Bien sûr. »

Elles convinrent d'une date et d'une heure, et lorsque Lucy raccrocha, elle transpirait légèrement. Elle avait rencontré un nombre incalculable de parents au fil des années, mais aucun ne l'avait jamais décontenancée à ce point. Être jugée en tant que professeur ne la dérangeait pas, ou plus, du moins, depuis qu'elle avait fait ses preuves. Mais là, c'était la femme et la compagne qui serait jugée, par quelqu'un de sa génération, et il n'y avait rien pour la protéger.

Mrs Campbell habitait dans une maison mitoyenne, un ex-logement social, probablement construit dans les années soixante. Lorsque Paul avait enfin compris qu'il ne réintégrerait pas son ancien foyer conjugal, et s'était rangé à l'idée d'acheter, quelque part dans Londres, une maison avec trois chambres et un jardinet à l'arrière, il avait envoyé à Lucy le lien vers une maison comme celle-ci, pas très loin d'ici. Elle était à 400 000 livres. À proximité de leur ancienne adresse, on ne trouvait rien à moins de 1,5 million. Oui, la nouvelle maison de Lucy possédait un étage de plus, mais ça ne suffisait pas à justifier cet écart d'un million. La différence se situait partout ailleurs – transports, écoles, proximité des grands ensembles résidentiels qui avaient vu leur cote monter dans les années quatre-vingt.

Elle flâna dans la rue afin de sonner à la porte quarante-cinq secondes après l'heure convenue. Elle chercha à se souvenir quand, pour la dernière fois, elle avait été aussi nerveuse à la perspective d'une interaction sociale. Probablement y avait-il eu dans le tableau un petit ami adolescent, mais qui devait se trouver de l'autre côté de la porte et non dans un centre de loisirs à trois kilomètres de là. Qui sait ? Cette rencontre se passerait peut-être si bien que Lucy pourrait risquer une plaisanterie alambiquée à propos de petits amis adolescents et de Joseph, se moquer de n'avoir jamais réellement tourné la page, et la mère de Joseph partirait d'un petit rire scandalisé.

Mrs Campbell la fixa posément avant de dire quoi que ce soit. Il n'y aurait pas de petit rire scandalisé. Elle toisait Lucy. Et Lucy décida qu'elle ne pouvait pas faire grand-chose pour se soustraire à cet examen. Elle soutint ce regard et sourit. Elle souriait à une femme corpulente, au visage fermé, qui, devina-t-elle, ne lui manifesterait aucune chaleur avant longtemps. Lucy avait vécu quelques expériences effroyablement adultes au cours des dernières années, certaines concernant Paul, d'autres, l'école. Elle avait été mêlée à une enquête criminelle, elle avait changé les pantalons souillés de son mari, elle avait eu plusieurs fois affaire à la police. Rien de tout ça, cependant, n'avait été de sa faute. Contrairement à l'aversion flagrante qu'elle inspirait à Mrs Campbell.

« Entrez », dit celle-ci en se dirigeant vers le salon. Le thé était prêt, et une tasse vide l'attendait sur la table basse, à côté du fauteuil qu'on lui indiquait. La théière fumante, sur le plateau, semblait suggérer que la mère de Joseph était elle aussi nerveuse, qu'elle avait cherché à meubler les ultimes minutes.

« Vous avez une maison très agréable, dit Lucy, et elle était sincère.

— Elle appartenait à mes parents, indiqua Mrs Campbell. À leur arrivée, ils habitaient à Ladbroke Grove, avec tous les autres, mais quand ils ont fait une demande de logement social, ils se sont retrouvés ici. Ensuite, Mrs Thatcher leur a permis d'acheter leur maison, bon marché. Je n'étais pas d'accord avec tout ce qu'elle faisait, mais ça c'était merveilleux. »

Lucy avait une opinion bien arrêtée sur la privatisation du parc de logements sociaux, et elle l'avait exprimée maintes fois. Mais jamais devant des bénéficiaires des largesses de Mrs Thatcher, et elle s'apercevait maintenant qu'elle ne le ferait jamais. Elle réserverait ses objections amères aux oreilles de personnes qui avaient contracté des emprunts immobiliers à six ou sept chiffres.

La pièce était impeccablement propre et en ordre. Il y avait un canapé gris et deux fauteuils assortis, et des photos des enfants absolument partout, sur les étagères, la cheminée, aux murs. S'il n'avait tenu qu'à elle, Lucy aurait inspecté la pièce et scruté la moindre trace de Joseph ; de là où elle était assise, elle apercevait, sur le manteau de la cheminée, un portrait de lui totalement craquant, en uniforme scolaire. Il semblait avoir quatorze ou quinze ans.

Lucy désigna la photo d'un signe de tête et sourit. « Qu'il est mignon ! De quand date-t-elle ?

— Il était en troisième, répondit Mrs Campbell. Donc ce devait être... en 2008 ? Que faisiez-vous, en 2008 ?

— La même chose qu'aujourd'hui. Ah, et j'étais enceinte. »

Cette question, songea Lucy, cherchait à provoquer un électrochoc et lui faire comprendre combien Joseph était jeune, et elle, vieille. La vérité, c'est que 2008 et les bébés lui semblaient remonter à des lustres.

« Vous étiez donc un peu plus mariée que vous ne l'êtes maintenant.

— Je l'étais beaucoup plus », abonda Lucy. Était-ce la bonne ou la mauvaise réponse ? La mauvaise, probablement.

« Et aujourd'hui ? insista Mrs Campbell.
— Si vous voulez un pourcentage…
— Non. » Sans l'ombre d'un sourire.

« Je ne suis plus mariée, mais je ne suis pas divorcée. Mon ex-mari a une nouvelle compagne. Nous avons engagé la procédure de divorce.
— Et après ? »

Ce n'était pas des petits amis adolescents qui avaient infligé ce genre de supplice à ses nerfs, mais les entretiens d'embauche. Cette conversation était un entretien d'embauche, qui exigeait de museler sa spontanéité, de s'autocensurer, afin de soupeser quelle pourrait être la meilleure réponse. Le problème, c'est que Lucy n'avait pas vraiment compris la question.

« Eh bien, rien. Disons que… je ne serai plus mariée.
— Ce qui signifie que vous auriez la liberté d'épouser Joseph ? »

Bordel de merde. Quelle était la bonne réponse, ici ? Mrs Campbell s'attendait-elle à ce qu'elle épouse Joseph ? Ou bien la suspectait-elle au contraire d'ourdir un piège matrimonial ? Le moment se prêtait mal aux devinettes. La réponse devait être une approximation de la vérité.

« Je n'ai aucune intention d'épouser Joseph, répondit-elle. Il est trop jeune, et il voudra des enfants, un jour. Ce ne sera pas avec moi.
— Pourquoi le ralentir, dans ce cas ?
— C'est ainsi que vous voyez les choses ?
— Je ne pense pas qu'il y ait d'autres façons de les voir.
— Mrs Campbell… »

Lucy marqua une pause, afin que Mrs Campbell puisse dire "je vous en prie, appelez-moi donc…", quel que soit son prénom. Il en allait toujours ainsi, du moins à la télévision. Mais passé quelques secondes, et ne voyant rien venir, Lucy comprit que le silence était parti pour s'éterniser.

« Il doit d'abord trouver sa voie, reprit-elle. Il ne devrait pas songer à fonder une famille avant ses trente ans. Et si nous sommes toujours ensemble, je m'écarterai deux ou trois ans avant cette échéance. Pour lui laisser le temps de… de se roder.

– Ce sera tout sauf facile. Vous aurez quoi, à ce moment-là ? Pas loin de cinquante ans ? »

Lucy hocha la tête et fit le genre de grimace que les gens font lorsqu'ils pensent à leur âge – AU SECOURS. Elle plaisantait, bien sûr.

« Donc vous contemplerez la perspective de passer le restant de votre vie seule, reprit Mrs Campbell. C'est dur de renoncer à la chaleur d'un corps dans son lit quand on arrive à ce stade de sa vie. »

Lucy pinça résolument les lèvres et hocha la tête, pour convenir du sort tragique qui la guettait, mais elle n'y croyait pas une seule seconde. D'où lui venait tant d'assurance et d'optimisme ? Elle savait qu'à cinquante ans sa vie ne serait pas terminée. Qu'elle n'aurait rien abdiqué de son ambition, tant dans le domaine personnel que professionnel. Elle serait peut-être célibataire, mais elle n'aurait pas renoncé à l'idée que quelqu'un puisse la trouver séduisante, physiquement ou sur un autre plan. L'hypothèse pourrait s'avérer complètement infondée, mais elle serait là.

« Je serais probablement prête, à ce moment-là, répondit-elle.

— Rien ne vous prépare à la solitude.

— Qu'importe, lança soudain Lucy avec enjouement. Avez-vous des idées pour l'anniversaire de Joseph ? Voudriez-vous, votre fille et vous, venir dîner à la maison ?

— Eh bien… »

Mrs Campbell donna l'impression d'examiner l'invitation sous toutes ses coutures, de chercher des chausse-trappes, des piques, des fils piégés, des traces d'anthrax. Et puis, ne trouvant rien de tout ça, elle l'accepta. Elles pouvaient maintenant passer aux photos.

Le samedi soir, des amis du centre de loisirs invitèrent Joseph dans un club de Dalston. Lucy savait qu'il y avait de bons clubs à Dalston. Elle avait lu un papier à ce sujet dans le *Guardian*.

« Tu veux venir ? » lui proposa Joseph.

Lucy se mit à rire.

« Qu'y a-t-il de si drôle ?

— Je ne pense pas avoir ma place dans les clubs de Dalston, et tu partages cet avis. Sinon, tu aurais été capable de me regarder dans les yeux en me posant la question.

— Ça ne t'embête pas ?

— Le regard fuyant m'a embêtée.

— Pardon. Je voulais te regarder, mais…

— Mais ton enthousiasme t'a fait faux bond. »

Il ne la corrigea pas. Son refus le soulageait. Comment se serait-elle habillée ? Et si jamais elle avait voulu danser ? Il ne devait pas la juger sur ce qu'il avait vu dans la cuisine, il le savait, mais faute d'autre exemple, et si celui-là était représentatif de sa façon de danser en club, il ne pouvait pas prendre le risque.

« Tu vas prendre une cuite ?

— Pourquoi ?

— Par curiosité. Je ne t'ai jamais vu dans un sale état.

— Je n'aime pas trop ça. Je boirai deux bières, et beaucoup de Coca Zéro.

— Et des drogues ?

— Non. J'ai fumé de l'herbe quand j'étais ado. Mais tous ces trucs de lascar me tapent sur les nerfs. »

À quinze ans, Joseph avait été un lascar pendant une dizaine de jours. Il ne se souvenait pas si on les désignait par ce terme, à l'époque, mais la panoplie était la même : pétards, capuches, vélos. Il glandait avec des garçons qu'il n'aimait pas beaucoup et faisaient des trucs débiles. Cela lui avait valu de passer trois heures dans un commissariat. Lui n'avait rien à se reprocher, mais l'acolyte qui pédalait à ses côtés avait arraché son portable à un môme ; Joseph avait bien senti qu'il aurait été malvenu de se plaindre de harcèlement, du profilage et de tout le reste. Sa mère avait dû venir le récupérer, et sa détresse et sa colère avaient sonné le coup d'arrêt de ses associations criminelles. Sans compter qu'elle avait aussi payé une petite visite à la famille du jeune voleur de téléphone, donc, même s'il l'avait voulu, Joseph n'aurait pas pu continuer à traîner avec cette bande. Aux dernières nouvelles, Ahmaz était en prison, maintenant. Ou, s'il n'y était plus, il y retournerait bientôt.

« Mais tu vas danser ? demanda Lucy.

— Ça dépendra de la musique. Et de si je bois plus de deux bières ou pas.

— En résumé, tu ne boiras pas beaucoup et tu ne danseras pas forcément. »

Joseph haussa les épaules.

« Dans ce cas, pourquoi tu ne veux pas que je vienne ? Ça a un rapport avec les filles ?

— Non ! »

Son indignation était sincère, cela crevait les yeux.

« Ce n'est pas un problème, si c'est le cas. »

Le pensait-elle vraiment ? Elle l'avait dit, indéniablement, mais elle ne savait pas trop pourquoi, et ce n'était pas très cohérent avec son comportement récent. Un jour, elle rendait visite à la mère de Joseph, elle essayait de lui démontrer qu'elle était sincère, solide, et que Joseph faisait pleinement partie de sa vie ; le lendemain, elle donnait l'impression de suggérer un arrangement à la scandinave tout droit sorti des années soixante-dix.

« Pourquoi dis-tu une chose pareille ?

— Parce que tu es un jeune homme, et…

— Et quoi ?

— Je ne sais pas. »

Elle savait, pourtant, maintenant. Elle ne savait juste pas comment l'expliquer. Le dîner avec Fiona et les autres avait été une source d'inquiétude. Bien qu'elle se soit ingéniée à rassurer Joseph, elle avait redouté qu'il se sente mal à l'aise, exclu, qu'il se mure dans le silence ; redouté aussi que ses amis le trouvent terne, revêche, importun. Rien de tout ça ne s'était produit, mais le malaise avait été réel. Pour Joseph, une soirée à Dalston était le pendant du dîner, et sa peur de se sentir gêné était visiblement plus forte que son désir d'intégrer Lucy à sa vie sociale.

« Viens, dit-il.

— Tu ne le penses pas vraiment. »

Peut-être, mais il savait que sa proposition exprimait quelque chose. Elle signifiait qu'il aimait Lucy, qu'il n'avait eu aucune intention de la blesser, et que peu importait tous les regards goguenards dans un night-club mal éclairé de l'est de Londres. Elle valait mieux que ça.

Elle en jetait, trouvait-il. Elle était un peu plus maquillée que d'habitude, mais pas assez pour donner l'impression d'avoir fait trop d'efforts. Elle avait enfilé un jean skinny, ce qui lui allait toujours bien. Un haut discrètement scintillant. La bande se retrouva au Six Bells, en face du club : Kevin B, également connu sous le nom de Kevin le White ; Kevan G. et Rose, sa copine ; Jan, la directrice adjointe du centre, et son copain Azad ; Suzie et Becca, les monitrices de natation, qui, selon la personne qu'on écoutait, étaient ou n'étaient pas en couple, et enfin Mickey West. Le manque de personnel les avait obligés à placarder une affiche sur la porte d'entrée du centre : FERMETURE EXCEPTIONNELLE POUR SOIRÉE PRIVÉE, ce qui était plus ou moins vrai. Ils ne savaient pas quel genre d'ennuis cela leur vaudrait, ni même si quelqu'un, au conseil municipal, s'apercevrait de quoi que ce soit.

Tous étaient déjà là lorsque Joseph et Lucy arrivèrent, installés à une grande table au fond du pub, et Joseph eut droit à une ovation.

Ayant soigneusement réfléchi à ce qu'il dirait et à quel moment il le dirait, il s'ôta cette épine du pied.

« Bonsoir tout le monde, je vous présente ma copine, Lucy.

— Ta copine ? » s'étonna Kevin le White. Il en fallait un, et ce serait lui. Joseph et Lucy se préparèrent à ce qui allait suivre, chacun à leur façon. « Tu ne nous as jamais dit que tu avais une copine.

— Si », répliqua Joseph, mais il ne l'avait pas fait, bien sûr, il s'en apercevait maintenant.

Suzie et Becca se serrèrent sur le banc pour faire une place à Lucy et Joseph se glissa en face d'elles, dans la diagonale, entre Azad et Rose. Lucy commença immédiatement à papoter avec Becca, Rose se joignit à la conversation, et c'était réglé. Tout le monde s'en fichait. Azad était parti leur chercher des verres au comptoir et Joseph observa comment Lucy opérait : c'était un beau spectacle. Quand quelqu'un parlait, elle l'encourageait d'un sourire, elle riait de ses plaisanteries, et lorsqu'elle avait quelque chose à dire, les filles étaient tout ouïe. Personne n'allait se demander ce qu'il fabriquait avec elle. Il voyait, en revanche, que certains risquaient de se demander ce qu'*elle* fabriquait avec lui.

Il y avait la queue devant le club et lorsque Joseph la parcourut des yeux, il vit que Lucy n'était pas la plus âgée, loin de là. Par-dessus le marché, les gens susceptibles d'avoir le même âge qu'elle faisaient sensiblement plus vieux, du moins certains – les hommes, en tout cas, noirs ou blancs, accompagnés de femmes plus jeunes. Il remarquait les crânes rasés pour atténuer une calvitie, les casquettes pour la dissimuler, les barbes grises. Il commençait à comprendre que sa panique en disait plus long sur lui que sur Lucy, ou sur Londres. Lorsqu'il régla la fréquence de son ouïe sur la voix de Lucy, il s'aperçut qu'elle parlait de sexe avec Becca :

« Et le lubrifiant ?

— C'est une option, répondit Becca.

— Mieux vaut éviter ceux avec un parfum.

— Il en existe des parfumés ?

— Quelqu'un m'en avait offert un à la barbe à papa, pour rire, mais mon partenaire de l'époque ne le supportait pas. »

Qui était son partenaire de l'époque ? Et comment ce sujet était-il arrivé sur le tapis ? Joseph avait passé le plus clair du temps à débiner le rugby avec Azad, et chaque fois qu'il avait capté des bribes de la conversation entre Lucy et les deux filles, il semblait être question de son travail ou de ses fils. Mais inexplicablement, pendant la deuxième tournée, voire pendant qu'elles traversaient la rue, la conversation avait dérivé vers une thématique féminine – pas celle de l'hygiène, exactement, mais quelque chose en lien avec ça. La mécanique féminine, peut-être.

« Alors comment fais-tu, maintenant ? demanda Becca. Si tu... enfin, tu vois...

— Eh bien… »

Joseph sortit son téléphone et essaya de se concentrer sur son fil Instagram. Lucy baissa la voix :

« En fait, le problème tenait au partenaire plus qu'à la physiologie. »

Joseph se demanda si les gens qui le précédaient dans la queue, et ne faisaient pas partie de son groupe, verraient un inconvénient à ce qu'il se force un passage.

« Ah », fit Becca.

Il y eut un silence, puis Lucy reprit, avec douceur : « Allons, allons. »

Joseph se refusait toujours à se retourner, mais s'il lui avait fallu deviner, il aurait dit que Becca était en train de pleurer. Suzie se trouvait devant lui dans la file, en train de rire avec Kevan G. et Rose, mais comme personne ne savait si Becca était homo ou hétéro, ni si Suzie et elle étaient en couple ou non, il estimait que ce n'était pas son rôle d'alerter Suzie sur la détresse de Becca.

« Je crois que j'ai peut-être le même problème, dit celle-ci.

— Je suis désolée. Pardon. Je ne voulais pas… Je ne savais pas… Tu voudrais retourner au pub un moment ? lui proposa Lucy.

— Ça ne t'embête pas ? »

Lucy tapa sur l'épaule de Joseph.

« On repart au pub, juste un moment.

— Pas de souci. » Il ne lui demanda pas pourquoi, ce qui, s'aperçut-il, prouvait qu'il n'avait pas perdu une miette de leur conversation.

« On n'en a pas pour longtemps. »

Joseph trouva la remarque optimiste, compte tenu des difficultés émotionnelles et physiques qu'elle essayait d'aplanir, mais il s'abstint de commentaires.

Le club donnait l'impression de n'être que surfaces solides et impénétrables : béton transpirant, mur de chaleur dense, plaques métalliques de bruit, houle d'os et de muscles. Joseph et ses amis se forcèrent un passage loin du bar, loin des platines et du dancefloor, jusque dans un angle de la salle, un petit coin tranquille à l'écart de tout, mais qui, au moins, offrait un refuge et de l'air. Ils entassèrent blousons et manteaux au sol, parce que le vestiaire était inapprochable, et subitement Joseph se retrouva au centre de l'attention.

« Eh ben, mon salaud…, lui lança Kevan G.

— Quoi ?

— Ouais, putain, carrément, renchérit Jan.

— Quoi ? répéta Joseph.

— C'est vraiment ta meuf ?

— Oh. »

Il n'en dirait pas davantage avant d'avoir compris la raison de l'incrédulité et des gros mots, mais il ne pensait vraiment pas qu'ils aient quelque chose à voir avec l'âge de Lucy. Elle était plus âgée qu'eux, oui, mais pas au point de provoquer choc et indignation, lui semblait-il.

« Elle est adorable, dit Jan. Et tellement jolie.

— Et sexy, compléta Kevin le White.

— C'est ce que je viens de dire, mais d'une façon moins sexiste, le tacla Jan.

— Je ne vois pas pourquoi sexy est sexiste, et

adorable ne l'est pas, protesta Kevin le White. Sexy peut s'appliquer aux hommes comme aux femmes. Seules les femmes peuvent être adorables.

— Ça aussi, c'est sexiste.

— Oh, fais chier, j'abandonne, bougonna Kevin.

— Parfait, dit Jan.

— Où est-elle passée, au fait ? demanda Suzie.

— Elle est repartie au pub avec Becca, indiqua Joseph.

— Pourquoi ?

— Je ne sais pas. Je crois que Becca était contrariée.

— À cause de quoi ?

— Je ne sais pas. »

Il n'aurait pas su par où commencer. Mais si jamais Suzie fonçait au pub, parce qu'elle était inquiète ou en colère, ou parce qu'elle voulait tabasser Lucy, ils sauraient au moins que Suzie et Becca étaient en couple. Cependant, Suzie ne laissa rien transparaître, et ne bougea pas non plus.

« Quoi qu'il en soit, je connais tes antécédents, reprit Jan. Si tu lui fais la misère, ou que tu t'en désintéresses, tu auras des comptes à rendre à nous tous.

— Pas à moi, dit Azad. J'en ai rien à branler. Elle a l'air sympa, cela dit. »

Il avait éclusé deux autres bières et il était en train de danser lorsqu'il vit Lucy descendre les escaliers. Seule. Il se fraya un chemin jusqu'à elle, et la conduisit jusqu'au sanctuaire des manteaux.

« Où est Becca ?

— Elle est rentrée chez elle. Je suis désolée.
— Désolée de quoi ?
— Si je n'avais pas commencé à déblatérer sur le lubrifiant, elle n'aurait pas été contrariée.
— Tu ne pouvais pas savoir. Toutes tes autres conversations sur le lubrifiant s'étaient probablement bien passées jusque-là.
— C'est elle qui m'a demandé. Je ne parle jamais de lubrifiant.
— J'ai entendu toute la conversation. C'est toi qui as lancé le sujet.
— Oui, mais parce qu'elle m'avait posé une question sur... Bref. Elle est partie rompre avec sa copine.
— Sa copine ?
— Oui, confirma Lucy avec fermeté, comme pour clore un débat – ce qui était le cas, mais il s'agissait d'un débat interne à l'équipe et dont elle ignorait tout.
— Qui n'est pas Suzie ?
— Non. Elles ont rompu depuis des mois. Mais elle regrette. »
Lucy en avait découvert plus en dix minutes que n'importe lequel d'entre eux qui travaillait avec Becca au quotidien.
« Elle avait vraiment besoin de parler à quelqu'un, reprit Lucy.
— Elle aurait pu parler à n'importe lequel d'entre nous.
— Oui. Mais elle ne l'a pas fait. Tu viens danser avec moi ?
— Tu ne veux pas boire un verre ?

— Non, j'en ai bu deux autres au pub. Je suis déjà à moitié bourrée.

— Pourquoi se contenter de l'être à moitié ? »

Elle répondit d'un sourire et entraîna Joseph au milieu de la piste de danse. Le DJ passait un remix de *Body Drop*, qui se résumait à une piste de batterie, une note de synthé et du rap en boucle, mais ça rendait super bien, à cette puissance, c'était à la fois sinistre et futuriste. Les gens sautillaient sur place, bras en l'air, principalement parce qu'il n'y avait guère de place pour faire autre chose. Lucy dessinait des formes dans le vide avec ses doigts tout en faisant des grimaces bébêtes à Joseph. Il concentra toute son énergie sur ses pieds, en leur interdisant de l'entraîner sous terre.

Certains de la bande étaient déjà sur la piste ; les autres les y rejoignirent lorsqu'ils virent que Lucy dansait. Tous commencèrent à imiter ses mouvements de main. Et pas du tout par moquerie. Lucy semblait tout simplement accroître le plaisir que leur procurait la soirée.

Pour l'anniversaire de Joseph, Lucy fit rôtir un poulet et pendant qu'elle s'affairait en cuisine, Joseph briefa les garçons en vue de la visite de sa mère.

« Elle n'aime pas qu'on dise des gros mots.

— De quels gros mots on parle, ici ? voulut savoir Dylan.

— Tous ceux qui ont un rapport avec le sexe ou les toilettes.

— Comme "PQ" ? demanda Al.

— Tu as très bien compris ce que je veux dire.

— Mais “papier toilette”, on peut ?
— Et “toilettes pour dames” ?
— “Toilettes pour messieurs” ?
— Fermez-la une minute, d’accord ? »

Lorsque Joseph leur demandait de la fermer, les garçons s’exécutaient, ce que Lucy trouvait tout à la fois utile et déprimant. Sa seule consolation, c’était de savoir que ce tour de force était sans rapport avec le fait que Joseph soit un homme, car Paul était encore plus inefficace qu’elle.

« Crotte, merde, pisse, nichons, tête de nœud, queue, zob… interdit. »

Les garçons avaient assez de jugeote pour s’abstenir de ricaner, ce qui, pour le coup, était archi-déprimant.

« Alors on doit dire quel mot, à la place ?
— Aucun. On n’aborde tout simplement pas ces sujets. Personne n’a envie d’entendre parler de ton pénis à table. »

Lucy voulait répéter le mot « pénis », pour voir si elle pouvait introduire un peu de légèreté dans le débat, mais cela aurait été puéril, à maints égards.

« Autre chose ?
— Ah, oui… pas de “Bon Dieu” ni de “nom de Dieu”, non plus.
— Mais “mon Dieu”, on peut ?
— Si tu ne peux pas faire autrement. Vous êtes des garçons intelligents. Je veux qu’elle le voie.
— Hé, Dylan pourrait peut-être m’interroger sur les capitales du monde ? lança Al. Je les connais presque toutes.
— Je ne parlais pas de cette sorte d’intelligence.

— Je sais plus ce que je vais pouvoir dire, maintenant », conclut Al.

Finalement, aucun des deux ne dit grand-chose une bonne heure durant, parce qu'ils tombèrent violemment amoureux de Grace. Ils ne l'auraient pas admis, et peut-être même ne comprenaient-ils pas ce qui leur arrivait, mais les signes ne trompaient pas : les rougeurs intempestives, ces regards attentifs et écarquillés chaque fois que Grace parlait. Pour finir, cette stupeur émerveillée et muette laissa place à une serviabilité empressée et comique, une politesse exagérée, voire des concours d'orthographe quand certains mots polysyllabiques arrivaient dans la conversation. Pas un seul instant Lucy n'eut à craindre un écart de langage – sauf à compter quelques tournures baroques censées démontrer leur maîtrise de l'anglais. « Puis-je te prêter une assistance, maman ? demanda Dylan.
— A-S-S-I-S-T-A-N-C-E », épela Al, et ainsi de suite. Joseph levait souvent les yeux au ciel. Grace, elle, s'amusait de ce cirque.

Lucy et Mrs Campbell observaient pour leur part ces échanges avec tendresse. Elles se trouvaient, après tout, dans des situations étrangement similaires : leurs garçons faisaient la cour, avec des degrés variés de succès. Viendrait un temps où Al et Dylan, attablés dans la cuisine de quelqu'un d'autre, essayeraient de décider quelle version d'eux-mêmes montrer à quelqu'un qui pourrait, ou pas, les apprécier. Peut-être Lucy serait-elle présente. Elle sentit un petit élan de panique par anticipation. Elle aussi, il lui faudrait composer bon gré, mal gré avec des relations sentimentales importantes. Grace et sa mère semblaient disposées à passer outre leurs a priori, et Lucy leur en était reconnaissante. Peut-être son âge leur facilitait-il la tâche : elles se disaient probablement qu'elles n'auraient plus à être là dans cinq ans.

« On continue à franchir les obstacles », observa Joseph ce soir-là. Il lisait un truc sur son téléphone. Lucy était à la moitié d'un livre qui ne lui plaisait pas.

« Comment ça ?

— Mes amis et ma famille en un seul week-end. C'est pas rien. Et j'ai rencontré quelques-uns de tes amis, et… bref.

— On les a tous franchis.

— Bon, non, il reste mon père. Mais tu ne t'entendras pas avec lui parce que c'est dur de s'entendre avec lui, et de toute façon on s'en fiche.

— Et tu n'as toujours pas rencontré mes parents, mais on s'en fiche aussi.

— Et voilà. Tout roule.

— Je suis au lit avec un garçon de vingt-trois ans qui est scotché à son téléphone pendant que je lis un roman ennuyeux nominé pour le Booker Prize. Qu'est-ce qui pourrait bien dérailler ?

— Arrête de le lire.

— Je n'abandonne jamais un livre en cours de route.

— Pourquoi ?

— Parce que… je ne sais pas. J'ai peur, si je commence, que ça devienne une habitude.

— Tu lis toujours des livres ennuyeux, alors ? »

Elle rigola.

« Non, j'essaie de les éviter.

— Tu n'essaies pas assez fort peut-être. »

Maintenant qu'ils vivaient ensemble, et que le lit n'était pas systématiquement synonyme de sexe (même s'il l'était beaucoup plus souvent que Lucy n'en avait l'habitude), Joseph savait que Lucy sombrait assez rapidement et qu'il fallait en général retirer le livre posé sur sa poitrine et éteindre la lampe de chevet à sa place. Et Lucy savait que l'addiction de Joseph à son téléphone ne s'arrêtait pas lorsqu'il était sous une couette en tee-shirt et caleçon.

Il se replongea dans son article, totalement absorbé.

Elle relut le paragraphe qu'elle lisait un instant plus tôt, puis le re-relut. Le roman parlait de la relation qui s'était nouée entre un jardinier travaillant sur une des commandes de Capability Brown[1], et la jeune fille de la maison. Ce n'était pas pour autant ce qu'on imaginait. La jeune fille aidait le jardinier à comprendre qu'il aimait peut-être les hommes, « comme les aimaient les Grecs », mais jusque-là l'intéressé ne semblait pas y voir plus clair. Il y avait des développements interminables sur la philosophie du célèbre paysagiste. Quand elle tourna la page, un énième long paragraphe sur l'art du paysage lui arracha un soupir.

« S'il gagne, on est foutu.

1. Lancelot « Capability » Brown, grand paysagiste du XVIIIe siècle, souvent présenté comme « le plus illustre jardinier anglais ».

— Qui ça ?
— Ce connard de Trump.
— Qu'est-ce que tu lis ?
— Un article d'*Ebony*.
— Qui sera foutu ?
— Nous tous. Mais sans doute plus particulièrement les Noirs en Amérique.
— Et les femmes.
— Et les musulmans.
— Et les Mexicains. Tu t'intéresses à la politique des États-Unis ?
— Ouais, j'imagine. Plus qu'à la politique anglaise, en tous les cas. Depuis que je suis gosse, tout ce que j'écoute m'a renvoyé d'une manière ou d'une autre au mouvement pour les droits civiques. T'écoutes du hip-hop et tu découvres James Brown, Aretha, Martin Luther King. T'écoutes Public Enemy et ça t'amène à Malcolm X. Ici, ce n'est pas pareil. C'est chiant. C'est jamais enthousiasmant, du moins. Le Brexit et, je ne sais pas… Jeremy Corbyn. J'en ai rien à cirer. »

Depuis le Brexit, Lucy avait fui l'actualité. Et pour l'heure, elle était principalement concentrée sur Capability Brown. Peut-être Joseph avait-il raison : il ne restait plus d'obstacles. Et après ?

17

Il hésitait à la réveiller, mais il était en colère et ne voulait pas être en colère seul dans son coin.

« Lucy. »

Elle le regarda, puis s'assit dans le lit.

« Non.

— Si.

— Oh, merde. Je suis désolée.

— Tu es désolée pour moi mais pas pour toi ? Pourquoi ? C'est épouvantable pour tout le monde, répliqua Joseph. Épouvantable pour toute cette putain de planète. Et pour les femmes. Il parle sans arrêt de les attraper par la chatte.

— Je sais. Mais je suppose que c'est comme le Brexit. Ceux qui ont voté pour lui seront contents.

— Ça n'a rien à voir avec le Brexit. Le Brexit pourrait s'avérer bénéfique. Ce salaud retwitte des trucs de suprémacistes blancs.

— Les racistes ont voté pour le Brexit.

— Les racistes comme mon père ? C'est différent.

— Je sais.

— Tu viens de dire que c'était pareil. Trump a

retwitté un truc avec le hashtag « White Genocide Now ». Le Ku Klux Klan le soutient. Tu parles sans savoir. Vraiment. »

Il était en colère et voulait en découdre avec la première personne qu'il verrait. Ce matin-là, comme tous les autres matins, c'était Lucy. Le résultat de cette élection le touchait personnellement, comme aucun autre événement politique contemporain ne l'avait fait jusque-là. Si Trump était président, il viendrait en Angleterre et serrerait la main de la Première ministre – qui était censée le représenter, lui – Joseph. N'est-ce pas ? Plus tard, il regretterait d'avoir initié cette conversation orageuse. Il aurait aimé ne pas avoir de bonne excuse.

Le succès, lorsqu'il arriva, ne ressemblait en rien à ce que Joseph avait imaginé. Il frappa d'un coup et, à première vue, il ne signifiait pas grand-chose. £Man avait remixé le morceau que Joseph avait enregistré avec Jaz et il l'avait mis sur Spotify. Et parce que la notoriété de £Man avait entre-temps explosé, J. and J., ainsi qu'ils s'étaient rebaptisés, à l'arrache et sans réfléchir, comptabilisèrent 90 000 écoutes en l'espace de quelques jours. £Man fut sollicité pour remixer deux autres morceaux d'artistes très en vue et Joseph se trouva aspiré dans son sillage. Une marque de jeans lui proposa de collaborer à une pub. *Gonna Drive*, ainsi qu'ils avaient intitulé le morceau, à l'arrache et sans réfléchir, passa plusieurs fois sur l'antenne de Rinse FM. Et puis, le jour où il avait réveillé Lucy pour lui annoncer la victoire de Trump,

Joseph partit avec Jaz à Leeds, pour un showcase dans un énorme club.

Rien de tout cela n'était rémunéré, mais qui sait ? Peut-être la marque de jeans lui paierait-elle un petit quelque chose s'ils utilisaient le morceau ; peut-être le club de Leeds finirait-il par lui proposer un jour un set avec cachet ; peut-être le label qui avait signé £Man serait-il intéressé par un arrangement similaire avec Joseph, si le morceau continuait à cartonner ? Quelqu'un, quelque part, se mettait des billets dans la poche, mais ce n'était pas J. and J. Ainsi marchait le monde maintenant. Cependant Jaz était heureuse.

« Je n'aurais jamais imaginé qu'un jour j'aurais un boulot qui m'oblige à aller à l'hôtel aux frais de la princesse, observa-t-elle quand ils eurent trouvé deux sièges dans le train.

— Ouais, bon, je suis pas sûr qu'à ce stade on puisse appeler ça un boulot », tempéra Joseph.

Par ailleurs, comme l'hôtel en question appartenait à une chaîne bon marché et minable, et qu'il était largement excentré, le glamour ne serait probablement pas au rendez-vous.

« Il n'empêche, c'est génial, dit Jaz. Comment tu t'habilles ?

— Qu'est-ce que tu veux dire ?

— Comment tu t'habilles ? répéta-t-elle, mais avec un surcroît d'incrédulité.

— Tu vois bien comment je suis habillé, non ?

— Ce soir.

— Ah. Eh bien. Tu vois comment je suis habillé, non ?

— Tu n'as rien apporté d'autre ?

— Si. Un tee-shirt et des sous-vêtements pour demain. Les gens ne seront pas venus pour me regarder. »

Il portait un jogging Nike, ses Gazelles Adidas rouges, et un tee-shirt Adidas jaune – un modèle vintage.

« Tu devrais essayer de diversifier un peu les marques, observa Jaz. Tu ne pourrais pas t'acheter des lunettes Puma, par exemple ? Avec PUMA écrit en gros sur les verres. »

Il ignora le sarcasme.

« Tu ne veux pas savoir comment je m'habille ?

— Pour quoi faire ? Je le verrai bien.

— À mon avis, je ferais mieux de te préparer, sinon tu pourrais faire une crise cardiaque. C'est une combi pantalon noire ultra-moulante. Pas de place pour quoi que ce soit en dessous. »

Joseph garda ses pensées pour lui et sortit son téléphone.

En passant à l'hôtel déposer leurs sacs, ils découvrirent que l'organisateur avait réservé une seule chambre au lieu de deux.

« On réglera ça plus tard », décréta Jaz.

Une fois au club, aucun des deux ne pensa à mentionner le problème à l'organisateur. Joseph soupçonnait pourtant que ni l'un ni l'autre ne l'avait oublié.

Le showcase était tout à la fois excitant et nul. Le public les acclama lorsqu'ils montèrent sur scène, mais Joseph dut s'asseoir derrière un clavier et faire semblant de jouer, pendant que Jaz chantait en play-back. Elle s'en sortit très bien, et sans la moindre nervosité, comme si tournoyer devant une foule dans un night-club était son objectif depuis toujours et qu'elle n'en revenait pas d'avoir dû attendre aussi longtemps pour l'atteindre. La combinaison pantalon était fidèle à sa description, et Jaz bougeait bien. Le public l'adora. En quittant la scène, elle était en pleine effervescence et, tandis qu'ils regagnaient leur petite loge dégoûtante, elle embrassa Joseph sur les lèvres.

« C'était génial, dit-elle.

— Ouais. »

Il se sentait à plat. Il y avait deux façons de voir les choses : toutes sortes d'artistes aujourd'hui connus avaient débuté comme ça, par des apparitions bidon dans des night-clubs. Et toutes sortes d'artistes dont personne n'avait jamais entendu parler avaient débuté comme ça, et terminé pareil – et ce second contingent était bien plus fourni que le premier.

« J'ai faim et je veux picoler, annonça Jaz. Je veux te faire picoler.

— Ça ne sera pas nécessaire », répondit Joseph, en proie à un sentiment d'impuissance.

Après, il se sentait tellement mal qu'il crut vraiment qu'il allait dégueuler.

« Ça va ? demanda Jaz.

— Ouais. Bien.

— On aura le temps de remettre ça demain matin. »

Il ne répondit rien. À quoi bon ? Peut-être qu'il coucherait de nouveau avec Jaz, peut-être pas. Dans l'immédiat, parce qu'il avait eu son compte, et qu'il se sentait coupable et malheureux comme les pierres, il penchait plutôt pour le second cas. Mais, plus tôt dans la journée, il aurait pu jurer qu'il ne se passerait rien, et regardez le résultat.

« Hé ! Tu es parti où ?

— Nulle part. Je suis là, répondit-il, mais il aurait voulu être n'importe où ailleurs.

— Je savais que ça finirait comme ça entre nous. Et je savais que le gris, ça allait te passer. »

Une fois Jaz endormie, il se rhabilla et ressortit chercher quelque chose à manger. Il était affamé. Cela ressemblait à une métaphore : dans sa tête, il avait l'estomac en vrac, mais il avait aussi une faim de loup, qu'il lui fallait rassasier. Il n'avait aucun contrôle sur ses appétits.

De retour à Londres, il se rendit directement chez sa mère. Elle était au travail. Comme il n'avait plus aucun vêtement sur place, il lava tous ceux qu'il portait et aussi ceux de la veille, puis, vêtu d'une vieille robe de chambre, il attendit qu'ils sèchent. Il ne savait pas quand il pourrait accéder au reste de sa garde-robe.

Il alluma la télé, regarda Sky Sports News, puis une vieille compilation de buts de Ligue 1 et, en fin d'après-midi, les jeux télévisés. Lucy lui envoya un texto pendant *Eggheads*.

Ça va ? Tu rentres à quelle heure ?

Je dors chez ma mère ce soir.

Pourquoi ?

Je t'expliquerai.

Tout va bien ?

Personne n'est malade.

Mais tout va bien ?

Il coupa la sonnerie et posa le téléphone à côté du canapé, pour quelques minutes, et s'endormit.

Sa mère le réveilla deux heures plus tard.

« Que fais-tu là ?

— Je vais dormir ici.

— Pourquoi ?

— Pour rien. Comme ça.

— Elle t'a jeté dehors ?

— Non. » Et parce qu'il ne parvenait pas à contenir le dégoût qu'il s'inspirait, il ajouta : « Mais elle devrait.

— Pourquoi ? Qu'as-tu fait ? »

Il soupira.

« Le truc classique.

— Tu l'as trompée ?

— Oui. »

Il lui en coûtait d'en parler à quelqu'un, bien sûr, mais c'était un soulagement de laisser échapper un peu de sa honte. Il commençait à se dire qu'elle risquait de le faire imploser.

« Joseph.

— Je sais.

— Non, tu ne sais pas. Tu parles sans savoir. »

Joseph avait prononcé les mêmes mots lorsqu'il s'était énervé contre Lucy au sujet de Trump. Donc il était en train de penser à elle, et il savait que sa mère, de son côté, pensait à sa relation amoureuse la plus récente, la dernière peut-être, avec un homme qui l'avait trompée, quantité de fois, comme il avait trompé sa première épouse pendant tout le temps où il voyait en douce la mère de Joseph. Cet homme avait sonné le glas de son mariage et ne l'avait remplacé par rien qui en vaille la peine.

« Tu le lui as dit ? demanda sa mère.

— Pas encore.

— Quand comptes-tu le faire ?

— Je ne sais pas. Ce week-end, je suppose.

— Tu vas y aller tout de suite.

— Je ne peux pas.

— Parce que ?

— Parce que je ne peux pas.

— Parce que tu as la trouille. Ne compte pas rester ici.

— Génial. Merci.

— Tu pourras revenir, ensuite. Mais tu le lui dis d'abord.

— Je n'ai rien à me mettre.

— Où sont tes vêtements ?

— Dans la machine à laver. »

Mais cela faisait plusieurs heures qu'il les avait mis dans le sèche-linge. Il n'y avait aucun secours à attendre de ce côté-là, à moins qu'ils aient rétréci au point de ne plus pouvoir les enfiler, et, même ainsi, sa mère l'obligerait probablement à prendre le bus en robe de chambre.

Il faillit descendre du bus à chaque arrêt. Il s'était assis en bas, près des portes, et se levait dès qu'elles s'ouvraient. Des plans alternatifs s'échafaudaient dans sa tête : il irait chez sa sœur, encore qu'elle ne le laisserait probablement pas passer la porte si elle découvrait ce qui l'amenait. Ou chez son père – qui, lui, se ficherait pas mal de ce qu'il avait fait, ce pour quoi, entre autres raisons, il ne supportait pas de s'installer chez lui. Ou alors il marcherait toute la nuit. Au cours du trajet, il reçut trois textos de Jaz, et ne répondit à aucun d'eux. Elle semblait présumer que leur nuit à Leeds marquait le commencement d'une relation au long cours. *On fait quoi demain ?* demandait-elle dans son premier message.

Il regrettait de ne pas être fumeur. Ou buveur. Ou drogué. Devoir s'arrêter dans un magasin, ou dénicher un dealer, lui aurait permis de tuer un peu de temps. Lucy irait au lit de bonne heure, peut-être, s'il passait des heures à chercher de la drogue. Les dealers ne couraient pas les rues, près de chez elle. Il lui faudrait aller à Camden, ou ailleurs. À quoi allait-il choisir de devenir accro ? Il chercha « meilleures drogues » sur Google et trouva quantité de suggestions utiles. La kétamine le tentait bien. Il connaissait des gens qui en prenaient, mais ne savait pas vraiment ce dont il s'agissait. D'après Wikipédia, la kétamine plongeait dans un état proche de la transe, tout en offrant un soulagement à la douleur, une sédation et une perte de mémoire. Il pourrait la prendre juste avant d'arriver chez Lucy, dire ce qu'il avait lui à dire et s'effondrer. À son réveil, il ne se souviendrait de rien. Contrairement à Lucy, hélas. Il ne pouvait prendre aucune drogue pour remédier à ça.

Il ne fit rien de tout cela. Il ne sauta pas du bus, ne prit pas de drogue. Il parvint néanmoins chez Lucy dans un état proche de la transe. Il n'arrivait pas à croire à ce qu'il avait fait, ni à ce qu'il s'apprêtait à faire. Et Lucy n'était pas allée se coucher.

Il avait une clé, mais il frappa. Elle ouvrit la porte avec circonspection et, en le voyant, se fendit d'un grand sourire débordant d'amour.

« Je ne pensais pas que tu viendrais ! Pourquoi ne m'as-tu pas envoyé un texto ? Tu as perdu ta clé ? Je suis tellement contente de te voir ! »

Elle s'avança pour l'embrasser, mais il l'arrêta dans son élan. Elle eut l'air perplexe, puis anxieux.

« Je dois te parler.

— Ah », dit-elle, et son expression changea immédiatement.

Elle savait. De quoi d'autre aurait-il pu s'agir ?

Elle le fit entrer, et il déballa tout sans même attendre qu'ils se soient assis. Comme elle marchait devant lui, il fit ses aveux à son dos, juste entre les omoplates. Ne pas la regarder dans les yeux était une dernière chance offerte à sa lâcheté, et il s'en saisit. Ça valait mieux que les autres options envisagées.

« Jaz ? demanda-t-elle

— Oui. »

Elle s'assit, sur l'accoudoir d'un fauteuil, et le fixa. Il essaya de soutenir son regard.

« Et maintenant ? »

Cette question le prit au dépourvu. Il la pensait réglée d'elle-même, apparemment ce n'était pas le cas.

« Maintenant quoi ?

— Tu es avec Jaz, maintenant ? C'est ce que tu es en train de dire ?

— Non.

— Alors qu'es-tu en train de dire ? »

Il avait visiblement oublié que Lucy ne s'embarrassait pas de détours.

« Ce que je dis changera quelque chose ?

— Bien sûr.

— Et… quoi ? Tu vas passer l'éponge ?

— Non, bien sûr. Et ça ne servirait pas à grand-chose si tu t'en vas.

— Je ne m'en vais pas.

— OK. »

L'espace d'un instant de pure béatitude, Joseph crut que ça pourrait être le mot de la fin – que, dans le monde de Lucy, les gens disaient « OK » et tout rentrait dans l'ordre –, mais il avait trop braqué dans la direction opposée. En bien comme en mal, rien n'était jamais simple.

« Je pense que tu devrais rentrer chez toi, maintenant. »

Il n'essaya pas d'argumenter. Il n'avait aucun argument, de toute façon.

Lucy ne savait pas quand elle retournerait à la boucherie de Joseph, mais, pour l'heure, elle achetait sa viande ailleurs. Elle allait au supermarché, en voiture. Voilà donc pourquoi les habitants du quartier délaissaient les petits commerces de proximité, quand bien même ils s'en défendaient : ils couchaient avec les employés de ces commerces et n'osaient plus s'y montrer une fois que les choses s'étaient gâtées. Chez Sainsbury's, Lucy n'avait couché avec personne et, à première vue, n'avait pas l'intention de le faire. Elle fit appel à la jeune fille du bout de la rue pour le baby-sitting, une fois pour aller au cinéma, une autre fois pour le pot d'anniversaire d'un collègue, au Three Crowns, à côté de l'école.

Elle était blessée mais pas amère, triste mais pas en colère. Surtout, elle se sentait bête de s'être installée dans une relation stable avec un jeune homme d'une petite vingtaine d'années. Que faisaient les jeunes hommes ? Ils couchaient avec d'autres jeunes gens. Raison pour laquelle personne ne se mariait à vingt-trois ans : à cet âge-là, on n'était pas prêt à se caser définitivement. Naturellement, il s'avérait parfois qu'on ne l'était pas non plus à quarante-trois ou quatre-vingt-trois ans, même si on était convaincu du contraire. D'ailleurs c'était bien là le problème, on pensait l'être et, patratas – addictions, rencontres ou n'importe quoi d'autre : la vie venait vous mettre des bâtons dans les roues. Lucy avait su d'emblée qu'elle ne se caserait pas avec Joseph parce qu'il n'était pas encore prêt. Alors pourquoi, sachant cela, avait-elle fait peser un poids sur lui ? Joseph était une table branlante, une verrière, une mince couche de glace à la surface d'un lac. Mais les gens se régalaient à contempler une mince couche de glace ! Ils faisaient des ricochets, ou même s'amusaient à la briser. Ils évitaient juste de marcher dessus lorsqu'ils la savaient mince (chose que Lucy savait). Donc y avait-il moyen de faire des ricochets sur Joseph, métaphoriquement parlant ? Ou carrément de lui lancer quelques cailloux dessus, pour s'amuser, sans qu'ils puissent causer des dégâts ? Même si elle voulait en causer quelques-uns ? Elle n'en savait strictement rien.

Tous les jours ou presque, il lui envoyait des SMS, auxquels elle répondait, mais les conversations étaient brèves, tendues, polies. Et puis il appela pour l'inviter à dîner au restaurant.

« Juste pour parler.

— Parler par opposition à… ?

— Oui. Pardon. C'était une remarque idiote.

— Qu'importe. Ça me ferait plaisir.

— Je vais réserver quelque part.

— OK.

— Est-ce que j'ai vraiment besoin de réserver ?

— Si tu m'invites au Ivy, oui. Pour le Pizza Express, ce ne sera pas nécessaire.

— C'est très cher, le Ivy ? Ça se trouve où ?

— Je ne veux pas aller au Ivy. »

Elle n'y avait jamais été, mais elle en avait entendu parler. Était-ce là ce qui les différenciait ? Aucun des deux n'avait les moyens de dîner au Ivy, et aucun des deux n'aurait pu y obtenir une table, mais Lucy, elle, connaissait la réputation du restaurant et le savait inabordable. Ce qui ne l'avançait pas beaucoup.

« De toute façon, je ne veux pas que tu paies.

— C'est moi qui t'ai invitée.

— Oui, et c'est suffisant. »

Le choix se porta sur un restaurant italien, pas très loin de chez Lucy, où elle avait déjà été avec Paul et les garçons. Lorsqu'elle arriva, Joseph l'attendait à leur table, en costume et tee-shirt blanc ; l'effort évident qu'il avait consenti lui noua la gorge.

« Je ne savais même pas que tu possédais un costume.

— Ouais. Pour les mariages et les enterrements. Ils sont fréquents dans notre famille.

— Dans tous les cas, tu es superbe.

— Merci. Toi aussi. »

Elle portait un jean, un pull, et n'était pas maquillée. Elle avait réfléchi au message qu'elle voulait transmettre, et ce message, avait-elle découvert, était que cette soirée ne devait pas être perçue comme un événement. Maintenant elle se sentait un peu bête, un peu cruelle, aussi, ce qui n'avait pas été son intention.

« Loin de moi cette impression, répondit-elle, puis, devant l'air interloqué de Joseph, elle ajouta : Rien. Laisse tomber. »

Ils commandèrent les boissons puis consultèrent les menus.

« Choisis ce que tu veux, dit Joseph.

— Je te l'ai dit, on va partager. »

Mais elle se souvenait de l'époque où elle était une jeune prof et qu'elle sortait avec ses amis mieux payés qu'elle – l'anxiété pendant que les autres se demandaient s'ils prendraient ou pas des entrées, la panique quand les bouteilles de vin se succédaient de plus en plus vite. Elle eut un peu mal pour Joseph, et se demanda si, pour lui, cette anxiété disparaîtrait un jour.

« Comment ça marche, la musique ?

— Je n'ai pas revu Jaz, si c'est là ta question. »

Elle rit.

« Non, je demandais vraiment des nouvelles de ta musique. »

Il lui raconta qu'il avait presque terminé un autre morceau, mais que £Man, qui avait demandé à l'écouter, ne l'avait pas beaucoup aimé. Du coup, il avait perdu confiance en lui. En plus, il ne savait pas comment remplacer Jaz. Ensuite, ils parlèrent du travail de Lucy, des garçons. Chacun savait beaucoup de choses sur l'autre. Il y avait quantité de questions à poser.

« J'aimerais voir les enfants, bientôt, dit Joseph. Ils me manquent.

— Tu leur manques à eux aussi. »

Mais Joseph, avait-elle décidé, serait le dernier homme qu'ils verraient subitement disparaître de leur quotidien. Si quelqu'un devait lui succéder, il faudrait qu'il soit permanent, ou secret. Elle n'envisageait pas un défilé de petits jeunes qui s'éclateraient à jouer à Fifa sur la Xbox, mais elle n'excluait pas que quelqu'un, à moment donné, soit là pour donner de sages conseils, ou un coup de main pour les devoirs de maths. Cela dit, il était peu probable que les garçons développent des liens affectifs profonds avec un fondu des fractions. (Elle-même n'était pas certaine de lui arracher son caleçon avec les dents, si c'était là le premier centre d'intérêt ou passe-temps de cet homme.) Bref. Rien de tout cela n'était clair dans sa tête, et le sujet nécessitait plus mûre considération qu'elle ne lui en avait accordée jusque-là.

« Que leur as-tu dit ?

— Qu'on ne se voyait plus en ce moment, et que tu étais rentré chez ta mère. C'est tout.

— Est-ce qu'ils ont compris ?

— Ils comprennent que les gens se séparent.

— Mais tu ne leur as pas dit pourquoi ?

— Non. J'ai juste dit qu'on ne s'entendait pas.

Ils ont répondu que ce n'était pas vrai, et je leur ai fait observer qu'il y avait beaucoup de choses qu'ils ne voyaient pas. Et ils m'ont redit que ce n'était pas vrai. Je veux bien reconnaître qu'ils ont raison dans le premier cas.

— Oui, on s'entendait bien. »

Lucy ne dit rien.

« N'est-ce pas ? insista Joseph.

— Quelle réponse attends-tu ? Oui. On s'entendait bien. Exception faite de la petite prise de bec au sujet de Trump.

— Elle aurait été vite oubliée.

— Si quoi ?

— Que veux-tu dire ?

— Le conditionnel passé est censé introduire un *si*. »

Joseph soupira.

« Tu as dit qu'elle aurait été vite oubliée. Si quoi ?

— Ben… si je n'avais pas couché avec quelqu'un d'autre, je suppose.

— Je pense que ça devait forcément arriver un jour ou l'autre.

— Je ne suis pas d'accord.

— Tu l'as pourtant fait.

— Oui, mais… »

Il n'y avait pas de mais qui tienne, donc il arrêta d'en chercher.

« As-tu réfléchi à ce que tu ressentirais si j'avais couché avec quelqu'un d'autre ?

— Oui. Bien sûr. Sauf que… bon, j'y ai réfléchi, mais plus après qu'avant. J'aurais détesté ça. Je suis désolé.

— C'est OK. Ça pourrait se reproduire.
— Non.
— Bien sûr que si. »

Il secoua la tête, mais il ne pouvait pas en être sûr.

C'était une période où chacun jurait de ne jamais pardonner aux gens : aux politiciens, pour ce qu'ils avaient fait ; aux amis et aux parents, pour la façon dont ils avaient voté, les propos qu'ils avaient tenus, voire les pensées qu'ils avaient eues. La plupart du temps, on ne pardonnait même pas aux gens d'être juste eux-mêmes. On ne pardonnait pas leurs mensonges aux hommes et aux femmes politiques qui mentaient depuis le premier jour de leur carrière. On ne pardonnait pas aux habitants des grandes villes d'être des métropolitains, aux pauvres, d'exprimer leur insatisfaction, aux vieux, d'être vieux et d'avoir peur. Mais pouvaient-ils eux aussi être réduits à ça ? Et ne pouvait-on aimer que ceux qui pensaient comme nous, ou bien restait-il des ponts à construire, plus en amont sur la rivière ? Ne pouvait-on pas juste creuser des tunnels sous le champ de ruines ? Lucy n'avait jamais pu pardonner à Paul ce qu'il lui avait fait, ce qu'il avait fait aux enfants. Maintenant elle devait décider si elle pouvait pardonner à un jeune homme d'être un jeune homme, et si jamais elle le décidait, serait-elle capable d'honorer sa décision ? Décider de pardonner, après tout, ce n'était pas la même chose que le pardon.

« Comment va ta maman ? » demanda-t-elle. Elle voulait parler d'autre chose.

TROISIÈME PARTIE

Printemps 2019

18

Joseph avait été prié d'emmener son père acheter un costume, et s'il avait décodé correctement la requête de sa sœur, il était donc prié de lui acheter un costume de sa poche. Pour Chris, le Brexit n'avait pas tenu ses promesses sur un plan financier, non par manque de travail pour les échafaudistes – il y en avait plein –, ni parce que les salaires avaient chuté – ils avaient à l'inverse augmenté, exactement comme Chris l'avait prédit. Le secteur du bâtiment souffrait d'une pénurie de travailleurs qualifiés et le référendum n'avait fait que l'accentuer. Mais Chris était tellement en colère que le Brexit n'ait pas lieu qu'il avait mis son travail de côté le temps d'essayer de redresser la situation. Joseph ne savait pas trop ce qu'il fallait entendre par là, et n'avait pas cherché à le savoir.

« Merci pour ça, fils, dit Chris lorsqu'ils eurent choisi un costume gris anthracite au Fashion Man de Wood Green.

— De rien. »

Il avait donc correctement décodé la demande

de sa sœur. Ils apportèrent le costume à la caisse. Le pantalon aurait besoin de retouches, mais Chris serait sûrement à même de les payer.

« Bon, c'est un peu de la camelote, cela dit, reprit Chris. Si j'y avais été de ma poche, j'aurais probablement dépensé un peu plus. Ne viens-tu pas d'avoir une promotion ? »

Joseph était passé directeur adjoint du centre de loisirs deux mois plus tôt. Il avait arrêté de travailler à la boucherie, et même s'il continuait à s'amuser avec sa musique, il n'envisageait plus d'en faire une carrière.

« Ouais, et j'ai bossé dur pour ça.

— Un bon costume, ça revient moins cher sur le long terme. »

C'était vrai, et c'était le genre de conseil qu'un père était censé prodiguer à son fils, mais généralement pas dans ces circonstances.

« Tu noteras qu'il ne te revient pas très cher.

— Tu sais que je le paierais si je pouvais.

— Tu aurais pu le faire », répliqua Joseph.

Et lui-même aurait pu se montrer plus grand seigneur, mais il ne le fit pas.

« Comment ?

— En acceptant du travail.

— Comment je pourrais accepter du travail avec tout ce qui se passe ?

— C'est justement ce qui m'échappe. Tu as voté pour le Brexit parce que les Polacks et compagnie cassaient les salaires. Ce n'est plus le cas, maintenant. Pourquoi tu ne cherches pas du boulot, histoire de te refaire ?

— Parce que le Brexit n'a pas eu lieu, si je ne m'abuse ?

— Qu'est-ce ça peut faire ? Il a été décidé... tu as obtenu ce que tu voulais.

— Sauf que Brexit veut...

— Ah, non ! Épargne-moi les "Brexit veut dire Brexit". Qu'est-ce que ça pourrait vouloir dire d'autre puisque c'est le même mot ? J'aimerais passer une journée sans entendre ces âneries. À quoi ça nous avance ? »

Il ne maîtrisait cependant pas grand-chose du sujet. Unions douanières et filets de sécurité lui passaient par-dessus de la tête, même s'il lui semblait entendre quotidiennement ces expressions. Mais le Brexit semblait s'être progressivement vidé de sa substance. Il était maintenant comme une religion, avec ses croyants d'un côté, ses mécréants de l'autre, et des cinglés dans l'un et l'autre camp, qui manifestaient et vociféraient, sans qu'aucun puisse prouver qu'il avait raison et l'autre tort puisque rien ne se passait, ni dans un sens ni dans l'autre. Joseph commençait à se demander si cette affaire n'était pas en train de rendre tout le monde fou, si le pays tout entier n'était pas en train de perdre la boule.

« Nous avons été trahis. Toi et moi.

— Non. Pas moi.

— Est-ce que tu vis au Royaume-Uni ? Est-ce que tu as fait partie des 17,4 millions ?

— Oui, mais... »

Joseph n'avait jamais dit à son père qu'il était une des 17,4 millions de voix et une aussi des

16,1 millions. Là, comme partout ailleurs, Chris verrait une trahison.

« Donc, tu t'es fait avoir.

— En attendant, tu n'as pas quatre-vingts livres pour te payer un costume.

— Certaines choses sont plus importantes que l'argent.

— Tu as raison, Chris. Je vais arrêter de bosser et venir me battre à tes côtés. »

Son père le regarda avec méfiance.

« Mais du coup, je ne vais pas pouvoir t'acheter ça. Je vais avoir besoin de mes économies.

— J'entends bien ce que tu me dis. »

Par expérience, Joseph savait que cette phrase était toujours suivie d'un contre-argument, mais Chris s'en tint là. Joseph sortit sa carte bancaire. Son père ne sembla pas trouver ça gênant.

La raison de l'achat de ce costume était le mariage de Grace, et la cérémonie aurait lieu à l'église de leur mère. Joseph ne considérait plus cette église comme la sienne depuis longtemps. Il n'y avait pas mis les pieds depuis des mois, des années. Le dimanche matin, il préférait rester à la maison et, de toute façon, il trouvait de plus en de plus étrange d'aller à l'église. Le jour où il lui avait annoncé qu'il avait mieux à faire, et que par-dessus le marché il ne croyait pas en Dieu, sa mère s'était montrée étonnamment raisonnable.

« Je n'aimais pas trop que tu m'y accompagnes, de toute façon, avait-elle répondu. À ton comportement, on aurait dit que tu n'avais pas envie d'être là.

— C'était le cas.

– Il le voyait.

– Qui ça ?

– À ton avis ?

– Pas Dieu.

– Si, Dieu.

– Dieu voyait à mon comportement que je n'avais pas envie d'être là ?

– Non. Il n'a que faire du comportement, avait-elle répondu avec mépris. Il voyait que tu ne voulais pas être là. Il lit dans ton cœur. »

Ça ne le dérangerait pas d'aller à l'église pour le mariage, cependant. L'assistance ne se réduirait pas à l'habituelle clique de zombies qui le déprimait à mort. Il y aurait là quelques-uns de ses amis d'autrefois, ces fils et filles d'amies de sa mère avec lesquels Grace et lui avaient grandi. Et puis Joseph aimait bien les copains et les frères de son futur beau-frère, il avait passé un week-end avec eux à Bratislava, pour l'enterrement de la vie de garçon de Scott, ils s'étaient saoulés tous ensemble, et, faute d'autres distractions, il avait tiré à la AK47 dans un stand de tir.

L'idée d'assister au mariage avec Lucy et les garçons avait fait naître chez lui une sorte d'enthousiasme, probablement inoculé par celui de Lucy à l'égard de l'événement, bien sûr (elle adorait Grace et Scott), mais aussi de la cérémonie. Elle avait toujours voulu se rendre dans cette église, et Joseph trouvait ce désir un brin suspect – il lui semblait teinté de romantisme, voire de condescendance.

« Tu sais, je crois que tu te fais des idées, l'avertit-il lorsqu'elle lui demanda un conseil vestimentaire. Ce n'est pas une de ces églises où les gens se mettent à parler en langues ou à se rouler par terre.

— S'il te plaît. Fais-moi confiance.

— Et personne ne danse. C'est à peine s'ils peuvent chanter, pour la plupart. Ils sont trop vieux. Ils gazouillent, ils coassent. Quelques-uns se balanceront un peu sur leurs jambes, si tu as de la chance. Et, en général, il n'y a pas foule. De toute façon, la sœur de Scott chantera *Perfect*, d'Ed Sheeran, et sa mère l'accompagnera au piano.

— Fantastique », dit Lucy.

Joseph vit qu'elle était cependant un peu déçue.

Dans le bus qui la conduisait à l'église avec les garçons, Lucy ne put s'empêcher de penser qu'assister à ce mariage était une sorte d'accomplissement. Pour commencer, plus de deux ans étaient passés depuis que Joseph avait couché avec Jaz et, à sa connaissance, il n'y avait pas eu d'autre écart de conduite. Joseph et elle vivaient ensemble, célébraient ensemble les fêtes familiales, ne parlaient jamais de l'année à venir, uniquement de la semaine à venir, et des prochaines vacances d'été, si l'été n'était pas trop loin. Elle ne faisait peser aucun poids sur lui, mais peut-être les gens n'étaient-ils pas faits pour porter du poids, et par conséquent chaque jour leur procurait les plaisirs de la camaraderie et de la coparentalité, et chaque semaine, les plaisirs du sexe, parfois à plusieurs reprises.

Le mariage de Grace était une étape qui ferait date. Lucy connaissait déjà presque tout le monde et n'avait pas à redouter les accès de nervosité et de timidité qui allaient de pair avec les présentations. Elle serait Lucy, la copine de Joseph (selon sa terminologie à lui, pas la sienne), et tout le monde trouverait ça normal.

Lorsqu'ils arrivèrent à l'église, Joseph était lancé dans une conversation animée avec Chris.

« Bonjour », lança Lucy avec jovialité.

Joseph l'embrassa et Chris présenta son poing aux garçons pour un check.

« Mieux vaudrait nous laisser quelques minutes de plus, annonça Chris. Nous sommes en pleine crise domestique.

— Ce n'est pas vrai, protesta Joseph.

— Nous avons un désaccord profond, et un lien de parenté, argumenta Chris. C'est ce que j'appelle une crise domestique.

— Chris veut absolument conduire Grace à l'autel, expliqua Joseph. Il refuse de bouger d'ici, il l'attend.

— Oh », souffla Lucy.

Grace avait demandé à Joseph de la conduire à l'autel, au motif que son père lui inspirait une forte aversion.

« J'ai proposé qu'on l'y conduise tous les deux, reprit Chris. Mais même ça, il ne veut pas en entendre parler.

— Elle ne veut pas que tu l'approches, martela Joseph. Il a déjà fallu la persuader de te laisser venir.

— Ils ont honte de moi », dit Chris en s'adressant à Lucy, qui se fendit d'une grimace de sympathie.

— Ne le regarde pas comme ça, lui intima joseph.

— Pourquoi ne pas entrer et venir s'asseoir avec nous, proposa Lucy à Chris.

— Excellente idée, approuva Joseph.

— Non merci, répondit Chris. Je vais m'asseoir avec la famille.

— Lucy fait partie de la famille. »

Lucy lui sut grâce du sentiment, mais elle aurait préféré que Joseph s'abstînt de l'exprimer.

« Elle n'entre pas dans ce que j'appellerais la famille, asséna Chris, sans épiloguer.

— Vous devriez peut-être aller vous installer », suggéra Joseph à Lucy.

Elle aurait préféré rester à ses côtés, mais les garçons et elles étaient les derniers invités encore dehors, et elle ne voulait pas attirer l'attention sur eux en jouant les retardataires. Ils allèrent prendre place sur un banc à moitié vide, au fond de l'église, et, une ou deux minutes plus tard, Chris les y rejoignit, après avoir cherché en vain une place libre ailleurs, n'importe où sauf à leurs côtés.

« Il m'a menacé, dit-il à Lucy, à un volume dont il savait qu'il ferait retourner des têtes. Mon propre fils, ajouta-t-il, lorsqu'il eut la satisfaction d'avoir un public assez fourni.

— Il est drôlement balèze, observa Al. Il pourrait nous mettre une raclée à tous les deux en même temps.

— Ouais, c'est pas moi qui lui chercherais des poux, renchérit Dylan.

— Il fait du sport, expliqua Al. Et vu qu'il travaille dans une salle de gym, il en fait presque tous les jours.

— On ne devrait pas en arriver là, déplora Chris. On ne devrait jamais en arriver là.

— Même face à Hitler ? demanda Dylan, qui était maintenant au collège.

— Ah non, lui, il fallait qu'on l'arrête. Mais c'est lui qui avait frappé le premier.

— Joseph aussi allait frapper le premier, fit valoir Al.

— Tu as raison, fils. J'aurais dû tenir bon. Comme nous l'avons fait en 1940.

— Oui, mais il vous aurait quand même mis une raclée, dit Dylan. Il est drôlement balèze. »

La circularité de cet échange rappela à Lucy la plupart des conversations qu'elle avait écoutées depuis deux ans. Par chance, le pianiste plaqua les premiers accords de la marche nuptiale et Grace s'avança dans l'église au bras de Joseph. Lucy, d'abord tout yeux et tout ouïe, se mit à penser à sa propre cérémonie de mariage, puis à son mariage, qui l'avait rendue heureuse puis très malheureuse, et il lui sembla soudain absurde d'avoir passé tant d'années aux côtés de quelqu'un qui l'avait entraînée si bas, uniquement à cause de vœux qu'elle avait prononcés en des temps différents, face à une personne différente. De fil en aiguille, elle pensa à Chris, à la mère de Joseph, à l'obsession étrange de Chris pour le Brexit, au triste état dans lequel était son pays. Tout sembla la ramener à des histoires de mariage et de divorce jusqu'à ce que la sœur de Scott entonne la chanson d'Ed Sheeran, et que Lucy, mortifiée et passablement énervée, n'interrompe net ces cogitations.

Après la cérémonie, Lucy et les garçons observèrent le ballet des permutations devant l'objectif du photographe : la mariée, la mariée et le marié, le marié, les amis de la mariée, ceux du marié.

Quand le photographe rameuta à tue-tête la famille de la mariée, personne n'empêcha Chris de se joindre aux trois autres.

Joseph se tourna vers Lucy et les garçons.

« Il veut la famille au grand complet. »

Lucy se figea.

« Tout va bien, la rassura Joseph.

— Allez, maman, plaida Al.

— Tu es sûr ? demanda Lucy. Mais si jamais… »

Joseph s'écarta des autres.

« Mais si quoi, encore ? railla-t-il.

— Je veux pas que tout le monde pense, un jour futur : "Oh, c'était bizarre de la laisser figurer sur les photos."

— Tu es ma vie, maintenant, dit Joseph. Ça suffit amplement. »

Donc Lucy se jucha sur les marches de l'église avec Joseph, sa mère, Chris, les garçons et Grace, et elle essaya de vivre dans l'instant, avec ces gens, à cet endroit. Joseph avait raison. Il n'y avait plus d'obstacles. Désormais, il ne leur restait qu'à avancer et voir jusqu'où leurs pas pourraient les porter.

Remerciements

Merci à Mary Mount, Georgia Garrett, Amanda Posey, Lowell Hornby, Venetia Butterfield, Joanna Prior, Mary Chamberlain, Farhana Bhula, Sandra Verbickiene, Zion Roache, Barney Sergeant, Sarah McGraph, Geoff Kloske et Francesca Segal.

Cet ouvrage a été composé
par PCA
et achevé d'imprimer en avril 2022
par Rodesa
pour le compte des Éditions Stock
21, rue du Montparnasse, 75006 Paris

PAPIER À BASE DE FIBRES CERTIFIÉES

Stock s'engage pour l'environnement en réduisant l'empreinte carbone de ses livres. Celle de cet exemplaire est de :
600 g éq. CO_2
Rendez-vous sur www.editions-stock-durable.fr

Imprimé en Espagne

Dépôt légal : mai 2022
N° d'édition : 01 – N° d'impression :
11-08-9874/8